Jorge Semprun

# Netschajew kehrt zurück

W0341223

Fünf junge Leute verschreiben sich dem bewaffneten Kampf und gründen 1968 die Avantgarde Prolétarienne. 1974 wollen sie aufgeben, nur »Netschajew« widersetzt sich. Man beschließt, ihn zu »neutralisieren«. In den 80er Jahren erschüttert eine Serie von Attentaten die Gruppe der inzwischen in den Medien etablierten ehemaligen Untergrundkämpfer. Ist Netschajew zurückgekommen?
Ein politischer Zeitroman von höchster Brisanz, der über drei Generationen von politischem Kampf – Résistance, Mai 68 und die Anschläge der 80er Jahre – die Frage der Gewalt diskutiert.

Foto: Isolde Ohlbaum

Jorge Semprun wurde 1923 in Madrid geboren. Während des Spanischen Bürgerkriegs floh seine Familie nach Frankreich. In Paris schloß Semprun sich der französischen Résistance an, wurde 1943 verhaftet und nach Buchenwald deportiert. 1945 trat er der Kommunistischen Partei Spaniens bei, stieg in die Führungsspitze auf und leitete die Untergrundarbeit in Spanien. 1964 wurde er wegen »Revisionismus« aus der Partei ausgeschlossen. 1988 wurde er spanischer Kulturminister. 1994 erhielt er den Friedenspreis des Deutschen Buchhandels. In deutscher Sprache erschienen unter anderem die Romane: *Die große Reise, Der weiße Berg, Federico Sánchez verabschiedet sich, Unsre allzu kurzen Sommer.*

»Jorge Semprun ist ein blendender Schriftsteller«
*Frankfurter Rundschau*

Jorge Semprun

# Netschajew kehrt zurück

Roman

Aus dem Französischen
von Eva Moldenhauer

Rotbuch Verlag

Bibliografische Information Der Deutschen Bibliothek

Die Deutsche Bibliothek verzeichnet diese Publikation in der Deutschen Nationalbibliografie; detaillierte bibliografische Daten sind im Internet über http://dnb.ddb.de abrufbar

5. Auflage 2003
© Rotbuch | Sabine Groenewold Verlage, Hamburg
zuerst Berlin 1989
Titel der Originalausgabe: »Netschaïev est de retour«
© Edition Jean-Claude Lattès, 1987
Umschlaggestaltung: projekt ® | Philipp Starke, Hamburg
unter Verwendung einer Fotografie von photonica
Druck und Bindung: Druckerei Himmer, Augsburg
Printed in Germany
Alle Rechte vorbehalten
ISBN 3-434-54512-3

Informationen zu unserem Verlagsprogramm
finden Sie im Internet unter: www.rotbuch.de

*Für Mathieu L.,*
*damit er die Tradition des*
*Henry-IV-Gymnasiums fortsetze.*

# Erster Teil

# Zapatas Tod

»Es waren fünf junge Leute, alle in dem schlimmen Alter zwischen zwanzig und vierundzwanzig Jahren; die Zukunft, die sie erwartete, war unübersichtlich wie eine Wüste voller Luftspiegelungen, Fallen und unermeßlicher Einsamkeit.«

Paul Nizan, *Die Verschwörung*.

»Bereden Sie mal vier Mitglieder, dem fünften den Garaus zu machen, unter dem Vorwand, daß er denunzieren wolle, und Sie werden sie alle mit dem vergossenen Blut wie mit einem Strick zu einem Bündel zusammenbinden.«

Dostojewski, *Die Dämonen*.

# 1

Er hatte Zapatas Wagen auftauchen sehen, als dieser aus der Rue de Froidevaux kam. Es war ein Jaguar. Zumindest in dieser Hinsicht hatte der ehemalige Ganove seinen Geschmack nicht geändert.
Langsam fuhr der Wagen, nachdem er über die Kreuzung der Rue Boulard hinaus war, an dem Bürgersteig entlang, auf dem Silberberg hätte stehen sollen. Aber dort stand er nicht. Er versteckte sich, einige Meter entfernt, in dem Square hinter einer schütteren Hecke. Auch er hatte Vorsichtsmaßnahmen getroffen. Er wollte wissen, warum Zapata ein solches Geheimnis um dieses ungelegene Treffen gemacht hatte.

Vor einer Stunde hatte das Telefon geläutet. Es war sieben Uhr morgens. Das war ungewöhnlich. Nicht nur, daß es so früh läutete, sondern daß es überhaupt läutete. In letzter Zeit rief man Elie Silberberg nicht eben oft an. Man schien ihn vergessen zu haben.
Bestürzt hatte er den Hörer abgenommen.
Die Stimme, die sich meldete, die seinen Namen sagte, war ihm sofort vertraut. Auf sonderbare Weise: so vertraut wie eine verschüttete Erinnerung, noch bevor man sie erkennt und identifiziert, wie ein vergessener Augenblick der Vergangenheit, der plötzlich wiedergekehrt wäre. Sonderbar vertraut, diese Männerstimme am Telefon.
– Silberberg? Ich muß Sie sehen. Sofort ... Es ist sehr wichtig!
Es folgte ein kurzes Schweigen.
Die Stimme hatte ihren Weg gefunden, Echos geweckt. Schließlich war sie ihr eigenes Echo: sie selbst, die Stimme von Luis Zapata.

Elie dachte an Daniel Laurençon, logischerweise.
– Hören Sie mich, Silberberg? Haben Sie mich erkannt?
Ja, er hatte ihn erkannt. Er nickte, als könne sein Gesprächspartner ihn sehen.
– Natürlich, sagte er.
Dann bat Zapata, in einer Stunde auf ihn zu warten, in der Nähe von Denfert-Rochereau. Er sagte ihm, wo genau er stehen solle. Er bat ihn, sich nicht zu rühren, nicht auf ihn zuzugehen, sondern zu warten, bis er, Zapata, komme und ihn anspreche. Vor allem sich nicht zu rühren, ihn nicht wiederzuerkennen, ihm nicht zuzuwinken. Nichts, nur warten. Das sei alles. Aber unbedingt, es sei sehr wichtig. Er betonte die Silben: sehr wich-tig! Punkt acht!
– Warum ich? hatte Silberberg schließlich gefragt.
– Was?
Zapatas Stimme verriet Ungeduld, fast Gereiztheit.
– Es geht um die alte Geschichte, nicht wahr? insistierte Silberberg.
Das Schweigen des anderen war eine Bejahung.
– Um den Tod von »Netschajew«, ja?
– Kommen Sie. Ich werde es Ihnen erklären, sagte Zapata schroff.
– Warum gerade ich, von uns allen, fragte Silberberg weiter.
Zapatas Stimme wurde sanfter.
– Marc ist in den Vereinigten Staaten, sagte er, ich weiß nicht, wann er zurückkommt... Serguet fliegt gerade nach Genf... Ich habe wirklich nur Sie bei der Hand.
Wieder folgte ein kurzes Schweigen.
– Vor allem, Elie, fuhr Zapata fort, verzeihen Sie, daß ich Sie daran erinnere: von euch fünfen sind Sie am wenigsten bekannt ... Derjenige, der am ehesten unbemerkt bleiben wird.
Silberberg begann sich aufzuregen. Was sollte das heißen? Vor wem mußte er sich verstecken?
– Genau deswegen stehen Sie auch nicht auf der Liste, schloß Zapata mit neutraler Stimme.
– Auf der Liste? Was für einer Liste?

Am andern Ende der Leitung seufzte Zapata, vielleicht vor Ungeduld.
– Auf der Liste der Attentate ...
Elie Silberberg schrie jetzt am Telefon, wollte wissen, wovon er rede. Aber Luis Zapata gab keinen Kommentar. »Kommen Sie. Ich werde es Ihnen erklären«, wiederholte er. Er schärfte ihm nochmal ein, pünktlich und vorsichtig zu sein, sagte auf Wiedersehen, legte auf.
Er hatte recht, Zapata.
Von der linksextremen Gruppe der Proletarischen Avantgarde, der sie alle angehört hatten, war Elie Silberberg der einzige, der keinen gesellschaftlichen Erfolg gehabt hatte. Er hatte ihn übrigens auch nicht gesucht: das hatte ihn nie interessiert. Die anderen hatten es am Ende geschafft, diese Gesellschaft zu beherrschen, die sie hatten zerstören wollen. Zumindest von Grund auf hatten verändern wollen. Für ihren Erfolg hatten sie ebensoviel Leidenschaft aufgewandt wie vorher für ihren Willen zur Veränderung; und waren dabei zu Macht und zu Knete gekommen. Silberberg jedoch hatte am Rande gelebt und Bücher für ein raffiniertes, auserlesenes Publikum geschrieben. In der Tat, er war der unauffälligste von ihnen allen.
Besser gesagt, der unauffälligste der vier Überlebenden. Denn Daniel Laurençon war tot. Und sie waren es, die ihn getötet hatten, um zu überleben. Daniel Laurençon, genannt »Netschajew«. Warum hatte Elie Silberberg sofort gedacht, daß der Anruf jene alte Geschichte betraf? Zweifellos deshalb, weil Zapata im Spiel gewesen war, zum Schluß, als sie »Schluß« machen wollten, anläßlich der Auflösung der Proletarischen Avantgarde. Der Selbstauflösung wohlgemerkt, denn die Polizei hatte ihre Organisation schon seit geraumer Zeit verboten und aufgelöst. Sie hatten im Untergrund weitergearbeitet. Aber 1974 hatte sich Daniel Laurençon, der sich das Pseudonym »Netschajew« zugelegt hatte, ihrer Selbstauflösung heftig widersetzt. Daniel wollte im Gegenteil – und er schien auf einen kleinen Kern unbeugsamer Militanter zählen zu können – den Weg des bewaffneten Kampfs fortsetzen, der Ent-

führung von Arbeitgebern, des Partisanenkriegs, ihn notfalls intensivieren. Und zwar mit allen Konsequenzen, einschließlich des Terrorismus. »Was seid ihr bloß für Revolutionäre«, schrie er, »daß ihr Angst vor dem Terrorismus habt?«

Man hatte ihn neutralisieren müssen.

Auf dem Rand seines Betts sitzend, konnte Elie Silberberg nicht umhin, höhnisch aufzulachen, als er merkte, welcher Euphemismus ihm soeben in der stummen Sprache seines Denkens unterlaufen war. Neutralisieren? Sie hatten Laurençon schlicht und einfach liquidiert! Hingerichtet, und zwar mit Hilfe von Luis Zapata, um genau zu sein.

Aber Silberberg hatte immer gedacht, daß sie eines Tages würden dafür bezahlen müssen. Vielleicht war dieser Tag gekommen.

Ein Bild von fast blendender Helligkeit flammte wie im Blitzlicht des Gedächtnisses auf: Daniel Laurençon, wie er im Hof des Henri-IV-Gymnasiums herumging und mit einem gleichaltrigen Heranwachsenden diskutierte, mit ihm, Elie Silberberg natürlich. Sie beide diskutierten unaufhörlich, seit sie sich 1967 im Hypokhâgne* kennengelernt hatten.

»Der Bürgerkrieg ist eine Idee, die der Allgemeinheit gehört«, sagte Rosenthal. »So etwas läßt sich nicht schützen.«

Es war an einem der ersten Tage des Schuljahrs, vielleicht dem allerersten. Elie Silberberg kam aus einem Gymnasium im Süden von Paris. Daniel Laurençon hatte seine ganze Schulzeit im Henri-IV verbracht. Er lehnte an einer Mauer, in der Sonne jener ersten Unterrichtspause, und las ein Buch, unbeeindruckt von dem Getöse um ihn herum.

Mit klopfendem Herzen entzifferte Elie den Titel, *Die Verschwörung*.

Und mit der sicheren Stimme eines Schauspielers, der seine Rolle kennt, sich völlig mit ihr identifiziert, rezitierte er den

* A.d.Ü. = Nicht geläufige französische Ausdrücke und Namen sind im Glossar erläutert und werden im Folgenden nicht mehr besonders gekennzeichnet. Zitierte Literatur wird ausgewiesen.

ersten Satz des Romans von Nizan. Es war eines seiner Lieblingsbücher.

– »Mit einem Wort, die Zeitschrift könnte *Der Bürgerkrieg* heißen.«

Daniel Laurençon hatte die Augen gehoben. Überrascht, sofort lächelnd.

– »Warum auch nicht«, antwortete er, den Text von Laforgue in dem Roman wiederholend. »Der Titel ist nicht schlecht, er drückt aus, was wir sagen wollen. Bist du sicher, daß er noch frei ist?«

Dann hatten sie gemeinsam mit klarer, sogar tönender Stimme den folgenden Satz des Texts deklamiert: »Der Bürgerkrieg ist eine Idee, die der Allgemeinheit gehört. So etwas läßt sich nicht schützen.«

Sie hatten gelacht, verschwörerisch.

Das war im September 1967. So hatten sie sich kennengelernt, in der Sonne des ersten Schultags, dank der *Verschwörung* von Paul Nizan.

Kann man von Liebe auf den ersten Blick sprechen, wenn es um eine Männerfreundschaft geht? Man sollte es können. Man sollte diesen Ausdruck nicht der Begegnung zwischen einem Mann und einer Frau vorbehalten, mit allem, was er an Sinnlichkeit, an Begehren enthalten mag. Und ist im übrigen nicht auch bei der Männerfreundschaft in gewisser Weise, wenngleich geläutert, transzendiert, Sinnlichkeit im Spiel? Ist eine dauerhafte Männerfreundschaft, die allen Stürmen des Lebens standhält, überhaupt vorstellbar ohne irgend etwas Fleischliches?

Jedenfalls kann man füglich von Liebe auf den ersten Blick sprechen, wenn man die Freundschaft bezeichnen will, die an jenem Tag zwischen Elie Silberberg und Daniel Laurençon begann. Da war nicht nur die gemeinsame Vorliebe für *Die Verschwörung* und einige andere Bücher: *Das schwarze Blut, Paludes, Die Hoffnung* ... Da war auch der gleiche wilde, schmerzhafte Anspruch in ihrem Verhältnis zu den Ideen, zu den jungen Mädchen, zur Geschichte, zu ihrer Familie.

Elies Mutter, Carola Blumstein, war 1945 aus Auschwitz zurückgekommen, im Alter von zwanzig Jahren, die einzige Überlebende einer ausgerotteten Familie. Zwei Jahre später hatte sie David Silberberg geheiratet, auch er ein junger Überlebender. David jedoch hatte die Résistance überlebt, er war einer der wenigen Davongekommenen der Kampfgruppen der MOI-FTP in Paris. Er war Kommunist und – wie es später hieß, indem man eine Bezeichnung, die früher wie ein stolzer Ruhmestitel geklungen hatte, in einen Schandfleck verwandelte – überzeugter Stalinist. Nichts brachte ihn davon ab; weder der Antisemitismus, der in den fünfziger Jahren nach der strategischen Wende der UdSSR in der Israel-Frage über die kommunistische Bewegung hereinbrach; noch die Enthüllungen des XX. Parteitags und die Volksrevolutionen in Ungarn und Polen.

David Silberberg blieb verstockt, blockiert, erstarrt, dem Glauben seiner Jugend treu, ließ keine, nicht einmal eine partielle Infragestellung zu, mehr und mehr der einzige seiner Art, ein monolithischer Block in einer Welt voller Ungewißheiten. So daß an seiner doktrinären Unnachgiebigkeit sogar seine Ehe zerbrach.

Daniel Laurençon war der nachgeborene Sohn eines großen Widerstandskämpfers, der verhaftet und nach Buchenwald gebracht worden war. Er war 1948 zur Welt gekommen, nachdem sein Vater an den Folgen der Deportation gestorben war. Durch die zweifellos idealisierte Gestalt dieses Unbekannten hatte Daniel ein leidenschaftliches, widersprüchliches, schmerzliches Verhältnis zur Geschichte jener Zeit. Er schien den zweiten Mann seiner Mutter abgrundtief zu hassen, einen Mann, der ein Schulkamerad und Widerstandsgenosse seines Vaters gewesen war. Aber er weigerte sich, darüber zu sprechen: es war ein sowohl schneidendes wie unformuliertes Gefühl.

Vielleicht ein unformulierbares.

Später, als sie Marc Liliental kennenlernten – der sich bald Marc Laloy nennen ließ – und als zu diesem Trio Julien Serguet und Adriana Sponti stießen, die nicht den gleichen Universitätskursus besuchten, nicht wie sie auf der Ecole Normale Supérieur waren, mit denen sie jedoch nach 1968 die Proletarische Avantgarde gründeten, zitierten sie einen anderen Satz von Nizan im Hinblick auf ihre Gruppe: »Es waren fünf junge Leute, alle in dem schlimmen Alter zwischen zwanzig und vierundzwanzig Jahren; die Zukunft, die sie erwartete, war unübersichtlich wie eine Wüste voller Luftspiegelungen, Fallen und unermeßlicher Einsamkeit ...«

Das war ihnen wie auf den Leib geschrieben, dachte Elie Silberberg, nach dem ungelegenen Telefonanruf von Luis Zapata.

– Wüste voller Luftspiegelungen, Fallen und unermeßlicher Einsamkeit, wiederholte er leise.

Die Tochter von Luis Zapata hatte ihren Vornamen beibehalten, Sonsoles.

Sie mochte ihn, sogar französisch ausgesprochen, mit falscher Betonung. Die Silben dieses kastilischen Vornamens sind in der Tat wie Sonnen. Aber ihren Nachnamen hatte sie geändert, sie nannte sich Alberdi, mit dem Namen einer Mutter, die sie nicht gekannt hatte. Von der ihr Vater nie sprach, sich mit verzweifeltem Zorn jeder vertraulichen Aussage über sie enthielt.

Aber sie hatte ihren Nachnamen nicht wegen der Hänseleien geändert, die sie während ihrer Schulzeit begleitet hatten. »Viva Zapata«, so begrüßten sie ihre Kameraden, die Kinofans waren. Diejenigen, die Arschlöcher waren, nannten sie Zavatta, womit sie sie vielleicht zu beleidigen meinten. Aber nicht deshalb legte sie sich den Namen ihrer Mutter zu. Sondern weil eines Tages, anläßlich der Untersuchung einer alten Affäre, Luis Zapata eine Vorladung von der Kripo erhielt, einfach so, als Zeuge einer überwundenen Vergangenheit. Aber eine Zeitung hatte darüber berichtet, und Sonsoles entdeckte die Vergangenheit ihres Vaters.

Bis zu jenem Tag hatte sich Sonsoles diesbezüglich einen eher erfreulichen, ja sogar heroischen Familienroman vorgestellt. Aus Luis' Zurückhaltung, aus gewissen verstümmelten

Berichten, die sie ihm mit verfänglichen und wiederholten Fragen entlockte, hatte das junge Mädchen begeistert gefolgert, daß ihr Vater an den Untergrundtätigkeiten des antifranquistischen Widerstands teilgenommen hatte, eine Epoche und ein Epos, von denen er aus Gründen, die ihr entgingen, nicht mehr sprechen wollte. Sie fiel aus allen Wolken, als sie, zumindest teilweise, die kriminelle Vergangenheit ihres Vaters entdeckte.

Dieser Mann, den sie anbetete, dessen Biographie sie in einem Maße idealisierte, daß sie den antifranquistischen Widerstand als Thema ihrer Diplomarbeit in Geschichte gewählt hatte – so als habe sie dunkel gehofft, im Labyrinth eines unveröffentlichten Dokuments der Gestalt eines legendären Luis Zapata zu begegnen –, dieser Mann stürzte plötzlich wie ein gefallener Engel in die Welt des Verbrechens.

Doch statt mit dieser trüben, sträflichen Vergangenheit zu hadern, begann Sonsoles paradoxerweise, die vornehme und ehrbare Gegenwart dieses erfolgreichen Geschäftsmannes zu verabscheuen, heftig und unerbittlich. Die Entdeckung, daß ihr Vater ein Ganove gewesen war, weckte in ihr den Haß auf den Bourgeois.

Als dieser an jenem Morgen um sieben Uhr fünfundzwanzig an ihrer Tür läutete, saß Sonsoles Zapata an ihrem Schreibtisch, denn sie war strebsam und überdies Frühaufsteherin. Sie hatte bereits einen starken Kaffee getrunken und die Zeitung durchgeblättert, die sie am nahegelegensten Kiosk geholt hatte. Sonsoles bewohnte am Boulevard Edgar-Quinet eine große Einzimmerwohnung in einem hochgelegenen Stockwerk: unverbaubarer Blick auf den Friedhof Montparnasse. Sie las die *Libération* wie alle Welt, und wie alle Welt bekam sie bisweilen Wutanfälle, wenn sie die Kulturseiten oder die Leserbriefe las.

An jenem Mittwoch, dem 17. Dezember 1986, befaßte sich *Libération* mit Aids, in einem Dossier, das auf zwei Seiten, unter Zuhilfenahme von »harten« Zeichnungen, die Übertragungswege des Virus sowohl beim hetero- wie beim homosexuellen Verkehr beschrieb. Sonsoles hatte die Zeitung gerade zugeschlagen und sich an ihren Schreibtisch gesetzt – sie beschäftigte sich an jenem Morgen mit einem 1974 im Verlag Antonio Téllez erschienenen Buch über die anarchistische Stadtguerilla unter der Franco-Diktatur –, als es an der Tür läutete.

Es war ihr Vater.

Und es war das erstemal, daß dieser sich eine derartige Übertretung der ungeschriebenen Regeln ihrer Beziehungen erlaubte. Niemals schaute er bei ihr vorbei, schon gar nicht zu so ungebührlicher Stunde, ohne ausdrücklich dazu aufgefordert worden zu sein. Das junge Mädchen hielt es ebenso und begab sich niemals unangemeldet in seine prunkvolle Wohnung am Bois de Boulogne, Avenue du Maréchal-Maunoury.

Luis Zapata war ein Mann von mittlerer Statur mit dem schönen Haupt wie auf einer römischen Münze, an den Schläfen ergrauendem Haar, sehr dunklem Teint, untersetzt: eine Naturgewalt, das sprang in die Augen. Er hatte Sonsoles mit einer Kopfbewegung begrüßt, wie gewöhnlich. Er war nie sehr mitteilsam gewesen. Dann war er durch das Zimmer zu der breiten Fensterfront gegangen, von wo aus er den Friedhof betrachtet hatte. Das junge Mädchen hatte keine Fragen gestellt, denn sie wußte, daß es sinnlos war. Sie hatte gewartet, weiter nichts.

Nach einer Weile hatte sich ihr Vater achselzuckend umgedreht.

– Was für eine Idee, brummte er, nur einen Friedhof als Horizont!

Sie hatte prompt reagiert.

– Du willst mir doch nicht weismachen, daß die Toten dich erschüttern!

Er hatte kurz aufgelacht, ein wenig matt, mit einer mitleidigen Geste, die sie irritiert hatte.

An jenem Morgen schien sich Luis Zapata nicht für die Gefühle seiner Tochter zu interessieren, auch wenn sie sich aggressiv ausdrückten. Er war ernst. Weder angespannt noch fiebrig, nein: ruhig und ernst. Wie jemand, so hatte sie später gedacht, der die Angst vor der Gefahr überwunden, sich mit dem Unabänderlichen abgefunden hat. Ohne Hoffnung, aber ohne Furcht. Mit der traurigen Hellsicht einer akzeptierten Situation: so ist es, packen wir's an. Eine spanische Redensart war Sonsoles in den Sinn gekommen, die das Verhalten ihres Vaters charakterisierte: *dar la cara.* Die Stirn bieten, ins Gesicht sehen. Mit der Nebenbedeutung: dem Stier ins Gesicht sehen. Denn um diesen handelte es sich: Kampfstier, Metapher des Schicksals. Und immer mußte man ihm ins Gesicht sehen, in einer Arena. Niemals durfte man sein Gesicht verlieren.

– Hier sind Schlüssel, sagte Luis Zapata und reichte seiner Tochter einen Schlüsselbund. Sie öffnen einen Safe in Fromont, hinter der *Ansicht von Konstantinopel* im kleinen Salon. Und hier ist die Kombination für das Schloß. Lern sie auswendig ...

Er hatte auf seine Uhr geschaut.

– Falls mir heute etwas zustößt, mußt du sofort hingehen. Hörst du, sofort!

Ein plötzliches Lächeln hatte sein Gesicht aufgehellt.

– Übrigens, falls mir wirklich etwas zustößt, beerdige mich nicht da gegenüber ... Ich weiß, es wäre praktisch, du hättest mich bei der Hand! Aber ich ziehe Fromont vor, den Dorffriedhof!

Sonsoles hatte wütend die Achseln gezuckt.

– Findest du dich wirklich so komisch? Wovon redest du? Ich verstehe kein Wort von deinen Geschichten!

Aber er hatte weitergesprochen, ohne nähere Erklärung.

– Im Safe ist Zaster, ein ganzer Packen ... Schweizer Franken und Deutsche Mark ... Versteck es, das braucht nicht im Nachlaß zu erscheinen, sie werden dir ohnehin genug abknöpfen! Außerdem ist ein großer Umschlag mit der Aufschrift Marroux drin ... Es handelt sich um den Hauptkommissar Roger Marroux von der Kripo. Dokumente für ihn, es ist dringend ...

Sein Blick wurde träumerisch, verlor sich in der Ferne einer Erinnerung.

– Ich habe früher einmal eine Reise mit ihm gemacht. Nach Spanien ... Wir haben uns prächtig amüsiert.
Wieder sah er auf die Uhr.
– Ich habe dir die Telefonnummer des Kommissars notiert, zusammen mit der Kombination des Safes ...
Er begann zur Wohnungstür zu gehen.
– Ich zähle auf dich, Sonsoles ... Du sagst Marroux, daß es verdammt wichtig ist ...
Er machte eine Handbewegung, streifte die Schulter seiner Tochter.
– Du sagst ihm, daß es Netschajew betrifft ... Er wird verstehen ...
Sie reagierte, überrascht.
– Netschajew? rief sie. Wie der wirkliche? Ich meine, wie der Russe aus dem vorigen Jahrhundert?
Er nickte.
– Du kennst ihn? Ich dachte, du arbeitest über die Geschichte des zeitgenössischen Spaniens ...
Sie warf sich in die Brust:
– Eben! Ich habe über die spanische Anarchistenbewegung gearbeitet. Über Bakunin also, der sie anfangs inspirierte. Und dabei bin ich auf Netschajew gestoßen!
Er lächelte.
– Natürlich! rief er. Das hätte ich mir denken können!
Und da hatte Sonsoles Zapata mit klangvoller Stimme einen der Artikel des *Revolutionskatechismus* von Sergei Gennadijewitsch Netschajew deklamiert.
– »Ein Revolutionär verachtet jeden Doktrinarismus und verzichtet auf die Wissenschaft der heutigen Welt, die er den künftigen Generationen überläßt. Er kennt nur eine Wissenschaft: die Zerstörung!«
– In der Tat, murmelte Luis Zapata, die Zerstörung!
Sie standen auf der Türschwelle. Sonsoles hatte den Eindruck, daß sie endlich miteinander reden könnten. Daß sich zwischen ihnen etwas aufzulösen schien. Aber Luis Zapata warf einen letzten Blick auf seine Uhr.

– Ich mache mich auf die Socken, sagte er. Ich rufe dich zwischen zwölf und viertel nach zwölf an. Du gehst doch vorher nicht aus?
Nein, sie würde nicht ausgehen.
– Salut! sagte er.
Er war gegangen.

Um acht Uhr kam Zapata durch die Rue Froidevaux, am Steuer seines Jaguars, allein.
Er fuhr langsam weiter, hielt dann seinen Wagen in der zweiten Reihe an, ließ den Motor laufen und stieg aus. Auf der Straße stehend, an die halb geöffnete Tür gelehnt, suchte Zapata mit den Augen die Umgebung ab. Nicht nur den Teil des Bürgersteigs, auf dem sich Silberberg hätte befinden müssen. Sein Blick erkundete sodann den Square, in einer langsamen Bewegung von links nach rechts: jede Bank, jeden Winkel, die dünnen Hecken.
Er war im Begriff, den Punkt zu erreichen, wo Silberberg sich schlecht und recht versteckt hielt. Dieser hatte gerade beschlossen, sich zu zeigen. Schluß mit dem Räuber-und-Gendarm-Spiel. Er wollte sein Versteck verlassen und sich zeigen. Genau in diesem Augenblick wurde Luis Zapata niedergestreckt. Luis stand aufrecht, den rechten Unterarm auf den oberen Rand der offenen Tür des Jaguars gestützt; sein spähender Blick versuchte Silberberg auszumachen, vielleicht auch andere Verdächtige.
Plötzlich, in diesem nahezu unbeweglichen Bild, in dieser kurzen Zeitspanne, die in der Reglosigkeit der reinen Gegenwart erstarrt war, kaum unterbrochen von der langsamen Bewegung von Zapatas Kopf, nahm Silberberg mit einemmal verschiedene Ereignisse wahr.
Eine junge Frau erschien in dem schmalen Rahmen seines Blickfelds. Vielmehr zwei: zwei Frauen. Gleich nach der ersten, die auf der Straße an den parkenden Autos entlang auf Zapata zuging, zeigte sich nämlich eine zweite junge Frau, diesmal auf dem Bürgersteig.

Silberberg hatte keine Zeit, ihre Gesichter zu erkennen. Aber die beiden Frauen trugen die heute üblichen Klamotten: lange Röcke, Hemdblusen über dem Rock, Schals, Dreivierteljakken, alles in übereinanderliegenden Schichten; Klamotten, ja, aufgemotzte Fummel in den modischen matten Farbtönen: gräuliches Grau, verblichenes Grün, süßliches Lila, verwaschenes Fuchsrot. Augenblicklich, ohne ihre Züge zu erkennen, sogar ohne darüber nachzudenken, hatte er aus dieser Art Verkleidung gefolgert, daß die beiden Frauen jung waren, auch wegen ihres sicheren Schritts, weil sie den Eindruck erweckten, ein Ziel zu haben.

Und da war ein Ziel. Noch besser: eine Zielscheibe.

Die erste junge Frau, diejenige, die auf der Straße ging, war an der Stelle angelangt, an der sich Luis Zapata befand. Jetzt zog sie unter ihren Kleidern eine Waffe hervor und schoß mit ausgestrecktem Arm auf den ehemaligen Ganoven. Man vernahm lediglich zwei dumpfe Detonationen, so als hätte man Champagnerkorken knallen lassen. Etwas in der Art: flop, flop! Bestimmt war der Revolver mit einem Schalldämpfer versehen, was, wenn man später darüber nachdachte, den ungewöhnlich langen Lauf erklärte.

Die junge Frau setzte ihren Weg im selben Schritt fort, ohne den Kopf zu drehen, ohne sich zu beeilen: eine lebendige Mordmaschine, ein marschierender Roboter. Zapata sackte zusammen, verschwand, auf die Straße rollend, neben dem Jaguar, einem nunmehr lächerlichen Statussymbol.

In diesem Moment verließ die zweite junge Frau, zwischen zwei Autos hindurchschlüpfend, den Bürgersteig, näherte sich Zapatas Körper, der jetzt unsichtbar war, und gab ihm den Gnadenschuß. Elie hörte eine dritte Detonation. Er sah die Geste dieser zweiten jungen Frau, den auf den Boden gerichteten ausgestreckten Arm, dann den angewinkelten Arm, der die Waffe unter einer unförmigen Jacke aus wattierter Baumwolle verbarg.

Zum Abschluß das Geräusch eines Autos, das heulend anfuhr.

Im Blickfeld dieser entsetzten, faszinierten Wahrnehmung Silberbergs tauchte ein schwarzer BMW auf. Türen öffneten sich in dem Moment, als der Wagen scharf bremste. Die beiden Frauen, die ihren Weg im selben Schritt fortgesetzt hatten, ohne den Kopf zu drehen, ohne sich umzusehen, stiegen in das Auto, das mit hoher Geschwindigkeit zur Place Denfert-Rochereau weiterfuhr.

Dann nichts mehr: Stille, Tauben, die Geräusche der Stadt, der morgendliche Winterhimmel über dem Friedhof Montparnasse.

Silberberg verharrte im Square Georges-Lamarque, unfähig, sich zu rühren. Durch die Hecke beobachtete er Zapatas niedergestreckten Körper. Er sagte sich, daß er fliehen, sich so schnell wie möglich entfernen müsse, aber seine Beine trugen ihn nicht. Kurz nach dem Mord bremste mit quietschenden Reifen ein kleiner Peugeot. Der Fahrer hatte wohl den auf die Straße gesackten Körper neben der offenen Wagentür gesehen. Eine blonde Frau saß neben dem Fahrer, das Gesicht Silberberg zugewandt. Ihre Blicke kreuzten sich, er hatte fast den Eindruck einer körperlichen Berührung. Aber der Wagen war sofort wieder losgebraust.

Elie war wieder zu sich gekommen, er verließ den Square. Noch hatte niemand die Leiche entdeckt. Niemand hatte um Hilfe gerufen. Es gab nur die Tauben, das Leben, einen klaren Himmel über den nahegelegenen Gräbern des Friedhofs Montparnasse.

# 2

– Daniel ist zurückgekommen!
Roger Marroux schreckte aus dem Schlaf... Juliette, seine Frau, schüttelte ihn an der Schulter, um ihn zu wecken.
Mit einem Blick stellte er fest, daß es fünf Uhr morgens war und daß Juliette die irren Augen, den verkrampften Mund ihrer schlimmsten Anfälle hatte. Bestimmt war sie der Aufsicht der jungen Frau entwischt, die bei ihr schlief, um mögliche Unfälle zu verhüten.
Er richtete sich auf, zog sie an sich.
– Er ist zurückgekommen? Erzähle, Juliette ...
Vor allem durfte man sie nicht brüskieren, ihr nicht widersprechen, ihr nicht die Unmöglichkeit einer solchen Rückkehr vor Augen halten. Vor zwölf Jahren, als ihr Sohn verschwunden war, hatte Juliette das Ereignis zunächst ruhig aufgenommen und beschlossen, daß Daniel das Bedürfnis verspürt habe, andere Luft zu atmen, die der weiten Welt, um aus der Sackgasse seiner augenblicklichen militanten Tätigkeiten herauszukommen. Aber er würde bald wiederkehren, von seinen nihilistischen Illusionen geheilt, und ein neues Leben beginnen. Begabt wie er war, würde ihm alles leichtfallen: alles stand ihm offen, die ganze Welt.
Doch zwei Monate später kam ein Brief von Daniel, irgendwo in Mittelamerika aufgegeben, in dem er seinen Entschluß mitteilte, zu sterben, aus einem nunmehr sinnlosen Dasein zu scheiden. Er entschuldigte sich bei seiner Mutter und fand sogar ein freundliches Wort für Marroux, seinen Stiefvater. Was wirklich ungewöhnlich war.
Zuerst hoffte Juliette verzweifelt, daß Daniel seine Selbstmordabsicht nicht in die Tat umsetzen würde. Aber drei Wochen später ließ ihnen der französische Konsul in Ciudad Guatemala eine offizielle Mitteilung zukommen. Die Leiche von Daniel Laurençon war halb verkohlt in einer Schlucht aufgefunden worden, in der sein Auto zerschellt war. Der Konsul

schickte auch einige persönliche Gegenstände und Papiere zurück: die Armbanduhr, die seine Mutter ihm zur Feier seiner bestandenen Aufnahmeprüfung für die Ecole Normale geschenkt hatte, ein goldenes Kettchen, das sein Vater getragen hatte, und ähnliche Dinge. In seinem teilweise verbrannten Ausweis war die Seite mit dem Paßbild unversehrt geblieben.

Juliette hatte lange geweint vor diesem Bild ihres Sohnes, das zwar von mittelmäßiger Qualität war, aber dennoch Daniels unverschämte Blondheit zur Geltung brachte, schön wie ein nordischer junger Gott.

Roger Marroux hatte Schritte unternommen, um die Leiche seines Stiefsohns nach Frankreich überführen zu lassen, aber sie hatten sich als zwecklos erwiesen. Durch Zufall oder absichtlich war Daniels Auto in einer Guerillagegend abgestürzt. Die Leiche war auf die schnelle im Massengrab eines Friedhofs in den Bergen beigesetzt worden, und es war ausgeschlossen, sie dort zu identifizieren.

Im Laufe der folgenden Monate, ihres Sohns beraubt – auch wenn er in den letzten Jahren mürrisch, ungezogen und aggressiv gewesen war –, war Juliette in eine depressive Melancholie gesunken. Sie begann, sich in ihr Zimmer einzusperren, liegend oder in einem Sessel sitzend, reglos, den Blick verschwommen. Ihre einzige Beschäftigung in jener Zeit bestand darin, unablässig die Familienfotos zu sortieren, auf denen Daniel von Kindesbeinen an zu sehen war, um sie in Alben zu kleben, nach geheimnisvollen und wechselnden Kriterien, deren Sinn – oder Unsinn – niemand durchschaute.

Diese Perioden der Depression wurden immer länger und häufiger, unterbrochen von Tobsuchtsanfällen, die im allgemeinen mit Selbstmordversuchen endeten, so daß eine diskrete, aber ständige Aufsicht nötig wurde. Gewöhnlich wurden die Anfälle von Juliette selbst angekündigt: sie behauptete plötzlich, Daniel sei zurückgekommen, sie habe mit ihm gesprochen, ohne daß jemand davon gewußt hätte.

In dieser Winternacht war es der Frau von Roger Marroux ge-

lungen, ihr Zimmer zu verlassen, ohne daß ihre junge Krankenpflegerin es gemerkt hatte. Sie zitterte in den Armen ihres Mannes, murmelte, daß Daniel zurückgekommen sei, daß sie mit ihm gesprochen habe: nein, es sei kein Traum gewesen, wie so viele andere Male, heute sei es wirklich Daniel gewesen!
Roger Marroux hielt sie an sich gepreßt, sprach lange in ihr Ohr mit der verzweifelten Sanftmut, die alle diese bleiernen Jahre geprägt hatten. Juliette glitt wieder in eine Art von Schlaf oder träumerischer Bewußtlosigkeit. Er nahm sie in seine Arme, leicht und warm wie die Feder eines Zugvogels, trug sie ins Zimmer im Erdgeschoß, das auf den großen Garten ging. Er legte sie ins Bett, bemerkte, daß das Fenster offenstand, schloß es. In der Ferne erblickte er, als er die Vorhänge zuzog, die Lichter von Paris, die angestrahlte Silhouette des Eiffelturms, die sich gegen den Horizont einer klaren kalten Nacht abhob.
Vor ein paar Jahren hatte er dieses Haus gekauft, auf dem Hügel, der Montlignon mit Saint-Leu verbindet, im Norden der Hauptstadt, am Rand des Waldes von Montmorency. Damit Juliette hier in Ruhe leben konnte, am Saum der Winde und Bäume. Aber auch deshalb, weil er in Saint-Leu vor über vierzig Jahren – genau im Jahre 1942 – Juliette Blainville kennengelernt hatte. Auf einem Fest zum Geburtstag einer gemeinsamen Freundin, der Schwester eines Schulkameraden. Sie waren alle zwanzig Jahre alt, mehr oder weniger: in dem schlimmen Alter.
Michel Laurençon war zwanzig. Auch er war in Saint-Leu. Er war immer dort, wo sich sein bester Freund aufhielt, Roger Marroux. Wahrscheinlich war es Michel, der Juliette Blainville als erster erkannte: biblisch versteht sich. Aber das junge Mädchen ging von einem zum anderen, eine wankelmütige, unschlüssige, aber auch leidenschaftliche Geliebte. Michel und er warteten darauf, daß das Schicksal diese Situation entschied, die sie in die Schrecken des Glücks stürzte.
Es war der Tod, der entschied.

Roger Marroux hatte Europa durchquert, vor vielen Jahren – aber waren es nicht Jahrhunderte? War es nicht in einer anderen Zeit, einer anderen Landschaft der Geschichte? –, im Gefolge der III. amerikanischen Armee von General Patton, die ins Herz des nationalsozialistischen Deutschlands vorstieß. Die Städte lagen in Trümmern, die Frauen waren bleich (»Deutschland, bleiche Mutter«, hatte der Dichter geschrieben), Tausende von Gefangenen aller Art, die der Vormarsch der Alliierten befreit hatte, verstopften die Straßen: es war eine ziemlich glaubhafte Darstellung der Apokalypse.

Am 11. April 1945 umfuhr eine Panzervorhut der Patton-Armee die Hügel in der Nähe von Weimar, wo sich das Konzentrationslager Buchenwald befand. Am nächsten Tag kam Marroux mit dem Auto am Eingangstor des Lagers an, zusammen mit den beiden anderen – britischen – Mitgliedern einer Militärmission, die den Auftrag hatte, so schnell wie möglich die Spur der alliierten Agenten zu finden, die von den Nazis deportiert worden waren. In Buchenwald mußte es mehrere von ihnen geben, aber waren sie noch am Leben? Wie dem auch sei, er hatte sich bereit erklärt, an dieser Mission teilzunehmen, um möglichst bald zu Michel Laurençon zu gelangen.

Zum letzten Mal hatte er Michel im Februar des vergangenen Jahres gesehen, 1944. Michel kam aus dem Departement Yonne, er aus der Bretagne. Sie hatten sich in Paris wiedergefunden, um gemeinsam ins Atelier-Theater zu gehen, in eine der ersten Vorstellungen der *Antigone* von Anouilh. Anfang Februar, meinte er sich zu erinnern. Jedenfalls vor dem 15., denn an diesem Tag war Michel von der Gestapo geschnappt worden.

Die ganze Nacht, nach *Antigone*, hatten sie geredet. Das Untergrundnetz verfügte über ein Versteck in der Rue Blainville. Das traf sich gut: es war der Nachname von Juliette sowie das Stadtviertel ihrer aller Jugend. Sie hatten gelacht. Zwei Schritte davon entfernt, in der Rue Thouin, stand die Laterne, mit deren Hilfe sie früher über die Mauer von Henri-IV geklettert waren. Sie hatten auch über die kulturelle Aura gelacht, die ihr Engagement umgab. Man hätte meinen können, man befände sich in irgendeiner illustren Lebensbeschreibung von Plutarch! Denn im Hypokhâgne hatte ihr alter Griechischlehrer einen Teil des Winters darauf verwandt, Sophokles zu erklären. Die Tragödie im allgemeinen. Nicht ohne moralische Absichten im Hinblick auf die Probleme einer Zeit fremder Besatzung, heuchlerischer und einstweilen siegreicher Kreons.

Im folgenden Jahr, 1943, hatten sie ihren Abschied von den Geisteswissenschaften, ihren endgültigen Eintritt in die Welt der Untergrundarbeit gefeiert, indem sie sich alle zusammen *Die Fliegen* von Jean-Paul Sartre ansahen. Der Juni erfüllte Paris mit ländlichen Gerüchen und ungewissen Hoffnungen, bedeckte die Stadt mit der blauen Seide eines Himmels von teilnahmsloser Ewigkeit. Juliette hatte geweint: sie konnte sich einfach nicht für einen der beiden entscheiden, die sie abwechselnd liebte, die sie ebenso liebten, und nun verschwanden alle beide!

Ein Jahr später bot ihnen die *Antigone* von Anouilh Diskussionsstoff. »Wirklich eine ideale Zeit für gelehrte und kämpferische Studenten!« sagte Laurençon in jener Nacht, Rue Blainville.

Roger Marroux hatte das besiegte, bleiche Deutschland im Frühjahr 1945 durchquert, im Gefolge der Panzer von Patton, um Michel wiederzufinden, um ihn dem Abgrund des Vergessens zu entreißen. Einige Tage nach dem Abend im Atelier-Theater war Michel geschnappt worden. Ausgerechnet in jenem Versteck in der Rue Blainville. Man hatte erfahren, daß er grauenhaft gefoltert worden war. Daß er nach Deutschland gebracht worden war, nach Buchenwald, in einem Sondertransport mit Agenten der französisch-britischen Widerstandsnetze. Einige von ihnen waren gleich nach ihrer Ankunft im Lager erschossen worden, glaubte man zu wissen. Das Los der anderen war ungewiß. Daher die Dringlichkeit der Suchaktion.

Am Morgen des 12. April 1945 stieg Marroux aus dem Wagen, vor den Büros der *Politischen Abteilung,* der Abteilung der Gestapo des Lagers Buchenwald. Das monumentale Eingangstor mit seinem schmiedeeisernen Gitter befand sich etwa zehn

Meter entfernt, am Ende der langen Allee – begrenzt von Säulen, auf denen Nazi-Adler thronten –, die den Bahnhof von Buchenwald mit dem eigentlichen Lager verband.
Ein junger Mann – aber es war schwierig, sein genaues Alter zu beurteilen: etwa zwanzig, schätzte er – stand an der Tür der Gestapobaracke auf Wache. Er trug russische Stiefel aus weichem Leder, nicht zusammenpassende Kleidungsstücke. Sein Haar war kurzgeschoren. Aber über seiner Brust hing ein deutsches Maschinengewehr, offenkundiges Zeichen von Autorität. Die amerikanischen Verbindungsoffiziere hatten ihnen am frühen Morgen gesagt, daß es dem antifaschistischen Widerstand von Buchenwald gelungen sei, ein paar Dutzend Männer zu bewaffnen, die an der Befreiung des Lagers teilgenommen hatten, nachdem Pattons motorisierte Vorhut durchgebrochen war. Zweifellos war dieser junge Mann einer von ihnen. Der zusah, wie sie aus dem Jeep stiegen, sich in der Frühlingssonne streckten, in der dichten, befremdlichen Stille des Buchenwalds, der den Stacheldrahtzaun des Lagers säumte. Marroux fühlte sich in der verwüsteten Kälte dieses Blicks gefangen, eines glänzenden Blicks in einem knochigen, abgezehrten Gesicht. Er hatte den Eindruck, von Augen jenseits oder diesseits des Lebens beobachtet, abgeschätzt zu werden. Als käme der neutrale, flache Strahl dieses Blicks von einem toten Stern, einer verschwundenen Existenz zu ihm. Als wäre dieser Blick durch die Steppen einer düsteren, mineralischen Landschaft gereist, um mit barbarischer Kälte, unheilbarer Einsamkeit durchtränkt zu ihm zu gelangen. Er wandte sich seinen beiden Gefährten zu, zwei Offizieren der britischen Sonderabteilung, die älter waren als er, und er erriet, daß sie dasselbe Unbehagen empfanden, dieselbe Unruhe.
Der junge Mann hatte das Abzeichen mit der Trikolore und dem Wort »France« auf Marroux' Militärjacke bemerkt. Er sprach ihn auf französisch an:
– Sie sehen verblüfft aus ... Woran liegt es? An der Stille des Orts? Es gibt keine Vögel in diesem Wald ... Der Rauch des Krematoriums hat sie anscheinend vertrieben ...
Er lachte kurz auf.

– Aber das Krematorium hat gestern aufgehört zu arbeiten ... Es wird nie mehr Rauch geben ... Nie mehr den Geruch verbrannten Fleischs über der Landschaft.
Er hatte von neuem gelacht.
Marroux wurde übel. Er warf einen Blick auf seine Gefährten, sie sahen elend aus.
– Vielleicht werden die Vögel nie mehr wiederkommen ..., murmelte der junge Deportierte.
Sein Blick war irre, oder erloschen, tot, umnebelt von furchtbaren Visionen, und er hatte mit eintöniger, brutaler Stimme gesprochen. Zweifellos überzeugt, daß sie nicht verstehen könnten, daß sie für immer auf der anderen Seite einer unsichtbaren, aber unüberwindlichen Grenze stehen würden.
Doch diese Gewalt, diese verzweifelte Arroganz in der Stimme des jungen Mannes war immerhin ein Lebenszeichen, ein Beweis für Vitalität. Marroux hatte es eine Stunde später begriffen, als er Michel Laurençon wiederfand.
Dieser lag auf einer Pritsche im Block 56, einer der Baracken des »Kleinen Lagers«, in dem Tausende von Häftlingen zusammengepfercht waren, die man nicht in die Produktionsmaschine von Buchenwald gesteckt hatte, entweder weil sie sich auf der Durchgangsstation oder in Quarantäne befanden oder weil sie arbeitsuntauglich waren. Die Nummer 56 war ein Block mit Invaliden, eine Art stinkendes Totenhaus, dessen Insassen, bewegungsunfähig, zumeist vor Ungeziefer wimmelten und langsam verwesten, Opfer der Ruhr.
Und so hatte er am Ende eines strahlenden Aprilmorgens – ein paar leichte flockige Wolken trieben in der Ferne dahin, am blaugrünen Horizont der Thüringer Berge –, nachdem er kurz nach dem Eisen- und Feuerregen Europa durchquert hatte, Michel gefunden.
Er hatte ihn nicht wiedererkannt, nein. Man hatte ihm diesen gemarterten, in Lumpen gehüllten Körper gezeigt, man hatte ihm gesagt, daß dieser elende Haufen aus Haut und Knochen Michel Laurençon sei, seine Lagernummer beweise es. Und er hatte die freundschaftlichste Hand, eine Hand leicht wie die

Hoffnung und die Zärtlichkeit, auf die Schulter dieses Leichnams gelegt, der sich noch bewegte, ausgezehrt vom Hunger, vom Fieber, vom Durchfall. Er hatte seinen Vornamen gemurmelt. Michel hatte die Augen geöffnet, ihn wiedererkannt. Nichts würde jemals die Erinnerung an den Freudenschrei auslöschen können, den Michel zweifellos mit all seiner Kraft, all der Energie, die noch in seinen Eingeweiden schlummerte, ausgestoßen hatte und der nur ein Gemurmel, eine Art heiserer Seufzer war. Nein, nichts würde jemals diesen geflüsterten Schrei auslöschen. Michel weinte jetzt, stumm, und er sprach in sein Ohr, sanft, mit leiser, aber deutlicher Stimme.
Er nannte Michel alle Gründe zu leben, dieselben, für die sie den Tod riskiert hatten; die wiedererlangte Freiheit, die blühenden Kirschbäume, die toten Kameraden und die lebenden Kameraden, die Tränen und das Lachen von Juliette, die auf ihn wartete – denn er selbst mußte nun zurücktreten: Juliette aufgeben, sie Michels Liebe zurückgeben, ihm Juliettes sanfte Hände zurückgeben – er nannte ihm die Namen der neuen Zeitungen, der letzten Bücher: die Prosatexte von Camus, die Gedichte von René Char.
Michel hatte ihm gelauscht, buchstäblich seine Worte trinkend, sie langsam über seine Seele, sein Gedächtnis, seinen Körper rieseln lassend, sich ihnen öffnend, sich zusehends durch sie wiederbelebend. Aber er war stumm geblieben, hatte ihn lediglich mit rauher Stimme gedrängt, fortzufahren, wenn Roger Marroux' Monolog ins Stocken geriet, jäh unterbrochen beim Anblick des Entsetzens ringsum, der lebendigen Toten, die auf Pritschen lagen und deren Augen ihn mit einer Art lähmender Stumpfheit anstarrten.
Michel hatte erst am nächsten Abend gesprochen.
Es war in Eisenach, in dem von den verschiedenen Repatriierungsmissionen requirierten und in ein Feldlazarett und Durchgangslager umgewandelten Hotel. Marroux hatte den ganzen Tag bei ihm gewacht, den Krankenschwestern geholfen, die sich um ihn kümmerten. Gegen Ende des Nachmittags hatte Michel die Augen geöffnet und ihn an seinem Bett sitzen

sehen. Er hatte ein paar Worte gesagt, die unverständlich blieben, so schwach war seine Stimme. Marroux beugte sich über sein Gesicht, um seine ersten Worte zu vernehmen. Michel machte eine übermenschliche Anstrengung, um sich verständlich zu machen. Es gelang ihm, seinen Gedanken zu artikulieren, sehr langsam, mit beängstigenden Pausen zwischen bestimmten Wörtern.

»Die Frage nach Gott ... ist entschieden ... seine Existenz ...«

Michels Lippen waren trocken, vom Fieber aufgesprungen. Er gab ihm zu trinken, nur wenige Tropfen, erinnerte sich an ihre Diskussionen im Khâgne, als sie beschlossen hatten, ihre Kenntnisse der thomistischen Philosophie zu vertiefen.

»Undenkbar ... nach alledem ...«

Michel nahm seine ganze Kraft zusammen, für eine letzte Aussage.

»Gott ... ist undenkbar ... Oder verrückt ... Ein verrückter Tyrann ...«

Er war erschöpft, sein Kopf sank auf das Kissen zurück.

Dann hatte Michel Laurençon drei Jahre lang über sein Leben in Buchenwald geschwiegen. Systematisch hatte er alle Anlässe gemieden – Versammlungen ehemaliger Deportierter, Gedenkfeiern –, die ihn an diese Vergangenheit erinnern konnten. Doch plötzlich, als er sich zu erholen, wieder einigermaßen gesund zu werden schien, als Juliette ein Kind von ihm erwartete, kurz, als man zu glauben begann, daß sein Dasein wieder einen Sinn, eine Zukunft erhielt, das nie genannte Grauen versickerte, da begann Michel Laurençon plötzlich, sich zu erinnern. Zumindest seine Erinnerungen zu erzählen. Detailliert, sogar weitschweifig von ihnen zu berichten, als habe er es eilig, noch die kleinste, scheinbar unbedeutendste Begebenheit in Erinnerung zu rufen, aus Furcht, seine Zeit sei bemessen. Als ängstige ihn die Vorstellung, auch nur die geringste Spur davon zu vergessen, den winzigsten Schimmer des Grauens in seinem Gedächtnis verlorengehen zu lassen. Alles zu sagen, bis zur Erschöpfung, zum Ekel, zur zwanghaften Wiederholung, schien nun sein einziger Gedanke zu sein. Bis zu einer Nacht im April

1948, wo er seinem Leben ein Ende setzte, einen großen versiegelten Umschlag hinterlassend, der seinem Sohn übergeben werden sollte – denn er hoffte, wenigstens einen Sohn zu haben –, wenn dieser sechzehn Jahre alt werde.
Vor Jahrhunderten, so schien ihm, hatte er das in Trümmern liegende Europa durchquert, um Michel Laurençon heimzuholen, und es war ihm nicht gelungen, ihn am Leben zu halten. Aber vielleicht war Michel schon in Buchenwald gestorben, vielleicht hatte er nur einen posthumen Traum von Michel heimgeholt.

Roger Marroux zog die Vorhänge zu, vergewisserte sich, daß seine Frau wieder in den fiebrigen Schlaf voller Gemurmel und erstickter Klagen gesunken war, den sie seit vielen Jahren schlief, und verließ das Zimmer.
– Es tut mir leid, sagte Véronique im Vorzimmer, wo ihr Bett stand. Ich habe die ganze Nacht gehorcht, denn sie kam mir sehr unruhig vor. Und dann bin ich wie ein Stein abgesackt, ich habe nichts gehört!
Er beruhigte sie mit einem Lächeln und einer Handbewegung. Solche Zwischenfälle seien unvermeidlich, sagte er zu ihr.
Und plötzlich spürte er unter seiner Hand, die auf Véroniques Schulter lag, die Wärme der jungen Frau.
So als habe diese Geste einen Körper entstehen lassen, als habe sie einem Wesen, das bisher auf seine Funktion als Krankenpflegerin oder Gesellschafterin beschränkt war, eine sinnliche Gegenwart verliehen. Er betrachtete die zu ihm erhobenen Augen, deren Farbe er nicht kannte: bemerkte die Schönheit der Brüste im Ausschnitt eines weißen Popelinnachthemds, dessen Kragen und Ärmel altertümliche Spitzenstickereien zierten. Eine Art Glück durchflutete ihn, eine fast vergessene Lust zu leben. Seit langem hatte er nur noch flüchtige, oft käufliche Liebschaften gehabt. Genau genommen fast immer, auf welche Weise er den Preis dafür auch zahlen mochte.
Seine Hand lag auf Véroniques Schulter, glitt, ohne daß er es wirklich beabsichtigte, zur Achsel und zur Rundung der Brust

hinab. Er fühlte, daß sie schwach wurde. Er zog sie an sich, ihre Begierden verschmolzen, entzündeten sich wechselseitig. Sie sanken auf das schmale Bett. Sie öffnete sich augenblicklich, stöhnte vor Lust, sobald er in sie eingedrungen war, ohne Vorspiel und ohne Umstände.
Er blieb lange in ihr, auf jede mögliche Art.
Eins ergab das andere, die Liebe, das Gespräch, ein kräftigendes Frühstück, und Roger Marroux verspätete sich an diesem Morgen. Um halb neun, als das Telefon läutete, war er noch immer zu Hause.
– Kommissar, sagte die Stimme eines jungen Inspektors, die ihm fiebrig vorkam. Ich habe vorhin eine Nachricht für Sie erhalten. Es war dringend ... Luis Zapata war am Apparat ... Erinnern Sie sich an Zapata?
Ob er sich an Luis erinnerte? Fast hätte er losgelacht, aber er hielt sich zurück.
– Ich erinnere mich, Dupré, ich erinnere mich sehr gut ... Ich schau mir das nachher im Büro an ...
Der andere unterbrach ihn aufgeregt.
– Kommissar ... Die Nachricht von Zapata, die war um sieben Uhr fünfzehn ... Und gerade eben, deswegen rufe ich Sie an, kam das Neuste ... Zapata ist am Square Lamarque erschossen worden, bei Denfert!
Marroux' Blut begann wie wild zu pochen.
– Wurde die Nachricht auf Band aufgenommen, Dupré?
– Ich schließe Ihnen das Tonbandgerät an, sagte der Inspektor.
Es folgte ein konfuses Rauschen und Klicken, dann ließ sich Zapatas Stimme vernehmen, abgedämpft, überstürzt, Besorgnis verratend.
– »Geben Sie meine Nachricht an Hauptkommissar Roger Marroux weiter. Es ist dringend. Er soll am Vormittag Kontakt mit mir aufnehmen. Wirklich dringend. Menschenleben hängen davon ab. Es betrifft ›Netschajew‹ ...«
Marroux zuckte zusammen, wurde bleich.
Nach einer kurzen Pause wandte sich Zapatas Stimme direkt an ihn.

– »Tun Sie es in Erinnerung an die Reise nach Madrid, Kommissar …«
Das Tonband lief noch eine Sekunde weiter, metallisch schnurrend. Dann ergriff wieder Inspektor Dupré das Wort. Seine Neugier war nicht zu überhören, ließ ihn fast stottern.
– Sie haben mit Zapata eine Reise gemacht, Kommissar?
Er brach das Gespräch ab.
– Ich komme, Dupré …
Véronique schenkte ihm noch eine Tasse Kaffee ein, neugierig geworden durch die sichtbare Erregung auf Marroux' Gesicht. Er lächelte der jungen Frau zu, streichelte ihr Bein, das ganz nahe war, bis zum Schenkel hinauf.
– *»Es zog mich mit ganzem Verlangen – nieder auf deine Morgenschönheit«*, murmelte er.
Seit wie vielen Jahren hatte er diese Verse vergessen, die ihm plötzlich wieder einfielen? Seit wie vielen Jahren hatte keine Frau mehr sein Begehren geweckt im Dämmerlicht des Morgens, in der kehligen Stimme des neuen Tags?
– Wie, was? sagte Véronique, zugänglich für seine Liebkosung, mit verschleierten Augen.
Er begriff, warum die Worte von René Char aus der Asche der vergangenen Zeit wiedererstanden. Das Buch war im Februar 1945 erschienen, und bei dieser Gelegenheit hatte er Chars Gedichte entdeckt Zwei Monate später trug er den schmalen Band in seinem Tornister, als er im Gefolge von Pattons Panzern das besiegte Deutschland durchquerte.
Ein paar Gedichte daraus hatte er Michel vorgelesen, im Lazarett von Eisenach und ein paar Tage später auf der Heimreise. Michel, in der Agonie, ohne jeden Anker im Strom eines schaurigen Wassers, hatte ihn mit Gesten, mit flehendem Blick gebeten, ihm wieder und wieder *Die Freiheit* vorzulesen:
*Sie ist auf diesem weißen Streifen gekommen, der genausogut das Ende der Morgendämmerung bedeuten kann wie den Leuchter des Zwielichts am Abend …*
*Ein Ende nahm die Entsagung mit Feiglingsgesicht, die Heiligkeit der Lüge, der Alkohol des Henkers …*

*Mit einem Schritt, der nur in die Irre geht, wenn er dem Nicht-vorhandenen folgt, ist sie gekommen, Schwan über der Wunde, auf diesem weißen Streifen …*

Aber die Morgenschönheit aus einem anderen Gedicht von *Es bleiben aber* war natürlich die von Juliette.

Sie hatten sie sich geteilt, Michel und er, so wie man das Brot, den Wein, die Zukunft miteinander teilt. Ihrer beider Begehren hatte auf ihr geruht. Aber Juliette hatte sich nun verflüchtigt. Und ihm war es nicht gelungen, Michel am Leben zu halten. Auch Daniel nicht, den Sohn von Michel und Juliette.

# 3

Elie Silberberg hatte sich beherrscht und war nicht gerannt, als er den Square Georges-Lamarque verließ.

Er war über die Kreuzung der Rue Victor-Schoelcher gegangen und hatte seinen Weg durch die Rue Froidevaux fortgesetzt. Etwas weiter entfernt war er bei der ersten Verkehrsampel nach rechts abgebogen, um zu einem der Eingänge des Friedhofs Montparnasse zu gelangen.

Da er es zu eilig hatte, sich vom Ort des Mords zu entfernen, war ihm ein in schwarzes Leder gekleideter und behelmter Motorradfahrer nicht aufgefallen. Der Mann saß rittlings auf seiner stehenden Maschine, auf der andern Seite, an der Ecke der Rue Boulard.

Als Silberberg mit raschen Schritten den Square verließ, warf der Mann sein Motorrad an, das, dumpf schnurrend, sofort los fuhr. Der Motorradfahrer begann, Silberberg langsam zu folgen, in ziemlichem Abstand. Aber es war heute nicht schwer, ihn zu beschatten. Er trug eine leicht zu erkennende grellgrüne Jacke.

In ihrer Studienzeit auf der Ecole Normale hatten sie oft die Pariser Friedhöfe aufgesucht. Es waren privilegierte Stätten für Zusammenkünfte, Spaziergänge, Meditationen. Friedliche Räume im zerquälten Herzen der Stadt. Überdies gab es allenthalben Gräber von Freunden, an denen man sich treffen, sich sammeln konnte. In Montmartre natürlich das von Henri Beyle. In Montparnasse, wo es relativ viele gab, hatten sie eine Vorliebe für das Grab eines großen peruanischen Dichters, César Vallejo. »Einer der Größten des 20. Jahrhunderts spanischer Zunge«, sagte Julien Serguet, der ihnen einige seiner Gedichte vorlas.

*Ich werde sterben in Paris, mit Wolkenbrüchen,*
*schon heut erinnre ich mich jenes Tags ...*

Julien war der Spanienspezialist unter ihnen.
Er war es, der zu Spanien, seiner Literatur, seinem Irrsinn, seiner Schlichtheit, seinem Pathos, seinen kleinlichen Häßlichkeiten, seiner fast übernatürlichen Schönheit eine leidenschaftliche Beziehung unterhielt, die in seiner Kindheit wurzelte.
Sein Vater, Robert Serguet, hatte an der Universität von Aix-en-Provence eine lange Karriere als Professor für spanische Literatur hinter sich. Juliens Vater – Autor von maßgeblichen Essays über das Werk von Góngora und Baltasar Gracián sowie einer großartigen Dissertation über den Schelmenroman – hatte in der Kommunistischen Partei gekämpft, der er während der Nazibesatzung beigetreten war. Er war ihr im übrigen treu geblieben, noch lange nachdem seine Überzeugungen, oder sein Glaube, infolge der Enthüllungen Chruschtschows sowie der Ereignisse in Polen und Ungarn im Jahre 1956 zerronnen waren. Tatsächlich hatte er die Partei erst 1968 verlassen, nach dem Einmarsch in die Tschechoslowakei.
In jenem Jahr kam auch Julien Serguet nach Paris, um sich auf die Aufnahmeprüfung für die ENA vorzubereiten, und auf einer Studentenversammlung im Mai – kurz vor der Flins-Eskapade – machten Silberberg, Laurençon und Liliental Bekanntschaft mit ihm.
Bald waren sie unzertrennlich.
Im folgenden Winter wohnten Daniel Laurençon, Marc Liliental – nie würde Serguet sich daran gewöhnen, ihn Laloy zu nennen, zumindest nicht innerlich! – und Elie Silberberg in der Rue d'Ulm, in der Schule, da sie alle drei die Aufnahmeprüfung glänzend bestanden hatten. Julien Serguet dagegen mietete sich ein Zimmer in der Rue Lhomond, bei emeritierten Professoren. Aber er verbrachte seine Zeit auf den Buden seiner Kameraden in der Ecole Normale.
Da sie zu dritt und ständig zusammen waren, nannte man sie die drei Musketiere. Oder kürzer die Troika. Doch dieser letztere Gruppenname war den Versammlungen der linken Bewegungen vorbehalten, die aus dem Mai 68 hervorgegangen waren.
Sie meldeten sich gemeinschaftlich sowohl bei den Seminaren

über Marx und Platon als auch auf den politischen Versammlungen zu Wort. Mit derselben Gelehrsamkeit, derselben beißenden Schlagfertigkeit. Leider auch mit demselben Hang zum Absoluten!

Gemeinsam verführten sie die Mädchen. Oder besser gesagt, diese fielen zuerst in Trance, oft in Ohnmacht angesichts der Gruppe, die sie bildeten, bevor sie eine Auswahl trafen. Oder selber einer Auswahl unterzogen wurden: in Wahrheit einer machistischen Aufteilung, wie in den primitiven Gesellschaften. Dabei waren sie nicht identisch. In keiner Weise austauschbar. Aber die Summe ihrer körperlichen und geistigen Reize erzeugte einen Vervielfältigungseffekt, von dem bei Gelegenheit jeder einzelne individuell profitieren konnte.

Marc Liliental, der sich Laloy nannte, war vermutlich der scharfsinnigste, brillanteste: sein Denken war methodisch und streng, von unerbittlicher Präzision, wie das Skalpell eines Chirurgen. Er war auch der betörendste – oder von den Frauen betörteste – mit seinen grünen Augen, der Düsterkeit eines schwarzen Erzengels.

Elie Silberberg war unumstritten der gebildetste von ihnen allen: er hatte alles gelesen, in allen literarischen Gattungen und Sprachen. Schmächtig, dünn, mit weichem blonden Haar, das ihm in langen Strähnen in die Stirn fiel, hatte er hinter seiner Brille einen verwirrenden Blick. Bei den Mädchen war er der schüchternste: jedenfalls der am wenigsten zynische.

Daniel Laurençon hatte von seinem Vater die Gestalt eines Wikingers geerbt, einen Körper, der wie geschaffen war für die Nacktheit und die Sonne: breite Schultern, schmale Hüften, hervortretende Muskeln. Trotz seines sportlichen Äußeren (»In den dreißiger Jahren«, sagte Claudine Dupuy, eine pfiffige junge Person, deren Gunst sie in der Ecole Normale miteinander teilten, »hätte Daniel im Film die Rollen von Pierre-Richard Willm spielen können!«) war er in intellektueller Hinsicht der systematischste: der doktrinärste.

Was Julien Serguet betraf, weniger blendend, weniger begabt als seine Kameraden, so war er wie geschaffen für Langwieriges:

seine Beharrlichkeit, seine Arbeitskraft waren unerschöpflich; auch sein Gedächtnis und seine Zärtlichkeit. In Liebesdingen ähnelte er eher Silberberg, trotz seiner sporadischen Bemühungen, ebenso libertär zu erscheinen wie Marc oder Daniel: er glaubte an die große Liebe. Die der Definition nach unmöglich ist.

Es war Julien Serguet, der gegen Ende jenes denkwürdigen Jahres 1968 Adriana Sponti, die er in Aix-en-Provence kennengelernt hatte, in ihre Gruppe einführte. Sie war die Enkelin eines italienischen Kommunisten, der Ende der zwanziger Jahre in Frankreich Zuflucht gesucht hatte, eines Genossen von Giorgio Amendola.

Sobald sie bei ihnen auftauchte, mit dem verwirrenden Glanz einer androgynen Schönheit, eine Heranwachsende mit flammendem Blick und scharfem Geist, verliebten sie sich in sie.

Aber Elie Silberberg war zu ritterlich, als daß er die geringste Chance gehabt hätte, sie zu entführen. Er sagte ihr Gedichte auf, ganze Seiten aus *Die Verschwörung*: »Cathérine hatte sich zum Essen in Martin-Eglise wie für einen Stadtgang angezogen, sie suchte nun ihre Tasche und ihre Handschuhe zusammen: durch eine heftige Bewegung entblößte sie ihre Beine bis zu der grausamen Schwellung der Schenkel über dem Saum ihrer Strümpfe. Bernard wurde rot und spürte sein Herz klopfen, als er soviel harte Nacktheit in den verschwommenen Wolken der Seide und der Wolle entdeckte ...«

Doch vergeblich. Adriana lauschte ihm nicht ungern, aber von seinem geflüsterten Ruf wollte sie nichts hören.

Schließlich ließ sich Adriana von Marc Liliental erobern. Zweifellos hatte sie geahnt, daß von ihnen allen nur Marc sie mit der unaussprechlichen Brutalität der Leidenschaft bekannt machen konnte. Danach stand ihr Wunsch, ihr dunkles Verlangen.

1971, als sie gemeinsam die Proletarische Avantgarde gründeten – die lediglich eine Abspaltung der Linken mit demselben charismatischen Adjektiv war, einer Organisation, in der sie sich alle ihre ersten Sporen verdient hatten, der sie jedoch einen wahrhaft leninistischen Aufschwung nun nicht mehr zutrauten –, führte Julien Serguet sie häufig zum Grab von César Vallejo auf dem Friedhof Montparnasse. Er war es, der ihnen einige Gedichte des Peruaners vortrug: *Ich werde sterben in Paris, in Wolkenbrüchen* ... Und Vallejo ist tatsächlich in Paris gestorben, tatsächlich in Wolkenbrüchen, an einem Tag, an den er sich tatsächlich im voraus erinnerte.

Heute jedoch, unter einem klaren Dezemberhimmel, wäre es übertrieben zu behaupten, daß sich Elie Silberberg an die Gedichte von César Vallejo erinnerte, die Julien einst deklamierte.

Er war sehr rasch durch die Alleen des Friedhofs gegangen. Seine Schritte hatten ihn, ohne daß er es beabsichtigte, zum Grab des Peruaners getragen. Dort angekommen, an diesem vertrauten Ort, blieb er stehen, setzte sich auf eine Grabplatte und versuchte, über das Geschehene nachzudenken.

Luis Zapata war besorgt, das hörte man an seiner fiebrigen Stimme. Um so auffälliger, als er kein Mann war, der sich leicht beeindrucken ließ. Und diese Besorgnis hatte etwas mit der alten Geschichte zu tun, der Hinrichtung von Daniel Laurençon. Luis hatte es nicht geleugnet, als er ihn direkt danach gefragt hatte.

Zwei Fakten, über die es nachzudenken galt.

Aber plötzlich regt sich etwas, unterbricht ihn in seinen Gedanken.

Zunächst ein Geräusch. Silberberg hört das Brummen eines Motors. Er hebt den Kopf. Da hinten, zwanzig bis dreißig Meter entfernt, auf der Friedhofsallee quer zu dem Weg, den er eingeschlagen hat, um zum Grab von Vallejo zu gelangen, rollt ein Motorradfahrer.

Nein: nicht das ist es, was er sieht.

Er sieht lediglich einen in schwarzes Leder gekleideten, behelmten Männeroberkörper, der in der Luft zu schweben scheint, über der Fluchtlinie der aneinandergereihten Gräber. Er sieht das Motorrad nicht, er vermutet es. Denn nur ein Motorradfahrer kann sich logischerweise auf diese Art fortbewegen. Ein dumpfes, regelmäßiges Motorengeräusch bestätigt im übrigen

diese Folgerung. Es hat wirklich den Anschein, als sei dieser Motorradfahrer eine überprüfbare Hypothese. Eine empirische Realität.
Sogar eine gefährliche.
Elie Silberberg hat sich aufgerichtet, um das Nahen des Motorradfahrers besser beobachten zu können, leicht beunruhigt. Bisher lehnte er an einem Gedenkstein am Grab von Vallejo. Fast zusammengesunken auf poliertem Marmor, zu Füßen eines imposanten Kreuzes. Er richtet sich auf, um besser sehen zu können.
Das Motorengeräusch verstummt, der Motorradfahrer hält seine Maschine an. Wie in einem Alptraum – oder einem Kriminalfilm, der oft die sichtbare Realität des Alptraums ist – sieht Elie, wie der Fahrer einen Reißverschluß seiner Lederjacke öffnet und unter seiner linken Achsel eine schwere automatische Pistole hervorzieht. Er sieht, wie er die Waffe in beide Hände nimmt und sie auf ihn richtet.
Wie bei der Parade, bei einer Schießübung.
Er hat noch Zeit zu denken, in einer Art Zornesblitz: es reicht! Es ist noch keine zehn Minuten her, daß er Zeuge des Mords an Zapata war: jetzt soll er Zeuge seines eigenen sein. Das kotzt ihn an, er hat keinen höflicheren, auch keinen passenderen Ausdruck, um seine Gefühle zu beschreiben. Es kotzt ihn unheimlich an, Zeuge seiner eigenen Ermordung zu sein. Dagegen hätte er gern einmal seinen eigenen Tod überlebt, um darüber reden, über die gemachte Erfahrung berichten zu können. Aber Zeuge seiner Ermordung zu sein, nein: das geht zu weit. Und Zapata behauptete, er stünde nicht auf der Liste der Attentate!
Alles geht sehr schnell, alles geschieht gleichzeitig.
Der Motorradfahrer hat zweimal auf den Abzug seiner Waffe gedrückt. Man hört das kurze, fast obszöne Zischen der durch einen Schalldämpfer abgeschwächten Detonation. Fast zur gleichen Zeit zersplittert der Marmor des Kreuzes, an dem Silberberg lehnte, an zwei Stellen unter dem Aufprall der Geschosse. Doch eine Sekunde bevor die beiden Kugeln ihm den Schädel

hätten zertrümmern müssen, hat Silberberg sich geduckt. Ist vielmehr zusammengesunken wie ein Sack. Wie ein tödlich Getroffener: wie eine Leiche. Was ihn übrigens retten wird, diese Art zusammenzusacken. Der Motorradfahrer wird glauben, er habe ins Schwarze getroffen, und seine Aufmerksamkeit wird einige Minuten nachlassen.

Elie Silberberg hat sich in einer Art Abwehrreflex geduckt. Die Vorstellung, auf diese Weise zu sterben, erschien ihm wohl unerträglich. Aber auch vor Schreck sackt er zusammen. Dieser Schweinehund, der auf ihn schießt, war bestimmt abgestellt, die Operation Zapata zu decken. Er wird gesehen haben, wie er den Square verließ, vermutet haben, daß er den Mord beobachtet hat, und beschlossen haben, ihn auf der Stelle zu eliminieren. Silberberg versteht jetzt, warum Luis Zapata besorgt geklungen hatte: diese Kerle waren wahnwitzige Killer. Auch die Weibsbilder waren übrigens nicht von Pappe!

Elie beginnt zwischen den Grabsteinen zu robben, weg von der Allee, wo der Motorradfahrer aufgetaucht ist. Er bereut, die Smith and Wesson 11.43 nicht mitgenommen zu haben, die sein Vater ihm vor Zeiten gegeben hatte, zusammen mit einem ganzen Schwung von Waffen der Résistance.

Ende der sechziger Jahre hatte David Silberberg seinen Sohn zu sich gerufen. »Ich will nicht wissen, was genau du treibst«, hatte er gesagt, »außerdem würdest du es mir nicht sagen. Aber du kämpfst in den Gruppen der extremen Linken, das ist unverkennbar! Man braucht dich bloß reden zu hören. In einem Punkt bin ich mit dir einer Meinung. Kein Pardon im Klassenkampf, keine Atempause für die imperialistische Bourgeoisie!« Zum Schluß hatte er seinem Sohn vorgeschlagen, ihm und seinen Genossen einige Bestände der Résistance zu überlassen, die er noch besaß.

Es waren etwa ein Dutzend Faustwaffen, darunter drei Smith and Wesson mit langem, mit Mennigefarbe überzogenem Lauf: Prachtexemplare, die die Engländer während der Résistance mit Fallschirmen abgeworfen hatten. Ein paar Maschinenpistolen, zwar ebenfalls etwas alt, aber in hervorragendem

Zustand. Liebevoll gepflegt, eingefettet, gereinigt. Damit hatten sie ihre ersten Operationen durchgeführt. Später hatten sie natürlich, durch Vermittlung der Palästinenser, Zugang zu Waffen aus dem Osten gehabt, vor allem tschechischen, neusten Typs.

Elie hatte, warum wußte er nicht mehr genau, einen der schweren Smith and Wesson-Revolver behalten. Er hatte ihn tief in einem Schrank versteckt, aus dem er ihn einmal im Jahr hervorholte, um ihn zu reinigen. An diesem Morgen, als er sich zu dem Treffen mit Zapata begab, hätte er ihn fast mitgenommen.

Nachdem er ein paar Dutzend Meter gerobbt ist, springt Elie auf und rennt in wildem Zickzacklauf zwischen den Grabsteinen hindurch.

Ganz deutlich hört er einen Schrei, einen Fluch. Es kommt ihm so vor, als habe der Killer auf italienisch geschrien.

Er dreht sich halb um, weiterrennend. Der Typ geht zu Fuß zu der Stelle, wo Elie zusammengesackt war. Wohl um nachzusehen, ob er wirklich tot sei, ihm gegebenenfalls den Gnadenschuß zu verpassen. Überrascht von dem jähen Auftauchen dieses mutmaßlichen Leichnams, seinem wilden Lauf, zögert er. Geht dann zurück, um wieder auf sein Motorrad zu steigen.

Elie rennt, sucht sich einen Weg, der ihn vor den Blicken des Motorradfahrers verbirgt, und sei es nur für ein paar Sekunden, wenn er hinter den Grabsteinen verschwindet. Jetzt hört er das Aufheulen des Motors. Der andere rast ihm hinterher.

Aber Silberberg hat genügend Vorsprung, um den Ausgang des Friedhofs Montparnasse zu erreichen, an einer Querstraße, deren Namen er nicht kennt, die aber den Boulevard Edgar-Quinet mit der Rue Froidevaux verbindet. Er hofft, daß dort Leute sein werden: Autos, Passanten. Vielleicht wird sein Verfolger nicht zu schießen wagen, wenn zu viele Zeugen da sind, zu viele mögliche Fluchthindernisse.

Silberberg ist mit sich zufrieden, mit seinem Körper, seinem Lauf, seiner beherrschten Atmung. Er ist noch in Form, verdammt nochmal!

Ein ziemlich langer Menschenzug schreitet auf der Straße

voran, in dem Augenblick, als Elie sie im Laufschritt erreicht. Die ersten Reihen biegen gerade ab, um den jüdischen – israelitischen, sagt das Hinweisschild – Teil des Friedhofs Montparnasse zu betreten, der auf der anderen Straßenseite liegt.
Elie Silberberg hört von neuem das Brummen des Motorrads hinter sich. Er rennt zu dem Leichenzug, drängt sich dazwischen, bahnt sich mit den Ellbogen einen Weg, zur stummen Empörung der Leute, die er anrempelt. Bald befindet er sich in ihrer Mitte, im Warmen, geschützt. Er stellt nun fest, daß dem Zug eine Gruppe Fahnenträger vorangeht. Es sind meist rote Fahnen, aber auch blau-weiße mit dem Davidstern.
Eine Hand legt sich auf seine Schulter, er hört eine rauhe Stimme.
– Elie, ich bin froh, daß du da bist!
Er braucht eine Weile, bis er den weißhaarigen Mann mit einem vom Leben verwüsteten Gesicht wiedererkennt, der ihm sichtlich erfreut zulächelt. Oder vielmehr: er weiß genau, daß er diesen alten Mann kennt, aber er weiß nicht mehr, warum und woher.
Silberberg nickt, setzt eine passende Miene auf.
– Es mußte ja sein, flüstert er.
Der andere nimmt ihn am Arm, beschützend.
– Du weißt, daß dein Vater mir rundweg ins Gesicht gespuckt hat, als ich ihn bat, auf die Beerdigung von Max zu kommen? Mit Renegaten habe ich nichts zu schaffen, nicht mal, wenn sie tot sind!, hat er zu mir gesagt.
Jetzt hat Elie verstanden.
Er ist auf der Beerdigung von Max Reutmann, einem der Führer der Stoßtruppen der kommunistischen MOI-FTP während der Résistance. Einer der Kampfgenossen seines Vaters, der jedoch mit der PC gebrochen hatte. Die Nachricht seines Todes hatte in der Presse gestanden. Und er befindet sich an der Seite von Maurice Zehrfluss. Schon betrachtet ihn niemand mehr mit Argwohn. Seine etwas unmanierliche, sogar gewalttätige Hast erklärt sich dadurch, daß er es eilig hatte, zu diesem alten Freund zu gelangen, denn Zehrfluss ist eine legendäre Gestalt in der kleinen Welt der ehemaligen Widerstandskämpfer.

– Wie geht es Carola? fragt dieser.
Elie zuckt die Achseln. Darüber gibt es nichts zu sagen, Maurice müßte es wissen.
– Ich freue mich, daß wenigstens ein Silberberg hier ist, sagt Zehrfluss, ihm den Arm drückend.
Er freut sich wirklich, das sieht man.
Elie blickt sich kurz um.
Der Motorradfahrer ist am Eingang des jüdischen Teils des Friedhofs stehengeblieben. Er ist dem Zug nicht weiter gefolgt. In dem Augenblick, als Elie sich umdreht, klappt der andere gerade das Visier seines Helms hoch. Ein Gesicht erscheint, ein Blick: beide anonym, wie der Tod, den sie verkörpern.

»... bereden Sie mal vier Mitglieder, dem fünften den Garaus zu machen, unter dem Vorwand, daß er denunzieren wolle, und Sie werden sie alle mit dem vergossenen Blut wie mit einem Strick zu einem Bündel zusammenbinden ...«
Es waren Leichenreden gehalten worden, man hatte Max Reutmanns Verdienste gewürdigt, und die Zeit war vergangen. Man war beim hebräischen Totengebet angelangt.
Da erinnerte sich Elie Silberberg, die Arme verschränkt, reglos, in seine Gedanken versunken, an diesen Satz von Dostojewski. Einen Satz aus den *Dämonen*, dem von der Affäre Netschajew inspirierten Roman.
Silberberg hatte nämlich die Gabe, sich bei jeder Gelegenheit an Gedichtfragmente, Schriftstellersätze zu erinnern, die den Nagel auf den Kopf trafen. Man hatte den Eindruck, als könne er die vorüberziehenden, flüchtigen Augenblicke nicht erleben, ohne sie in ein System literarischer Reminiszenzen einzubetten. Als sei das Erlebte nur auf diese Weise erlebbar: bestätigt, bereichert, erleuchtet durch die Schönheiten der Literatur.
Aber das Blut von Daniel Laurençon, vor zwölf Jahren, hatte sie nicht zusammengebunden. Überhaupt nicht. Ganz im Gegenteil, um sich zu entbinden, hatten sie beschlossen, ihn zu beseitigen. Um sich von der wahnwitzigen Idee des bewaffne-

ten Kampfs zu entbinden, gewiß. Aber auch um sich voneinander zu entbinden: sich mit der bürgerlichen Gesellschaft, mit ihrer eigenen Individualität zu verbinden.
1974, in der Proletarischen Avantgarde, waren sie zu der Überzeugung gekommen, daß die politische Strategie radikal geändert werden mußte. Die Revolution, von der sie geträumt hatten, die sie in der Tiefe der französischen Gesellschaft glaubten heranreifen zu sehen, stand nicht für morgen an. Sie würde sogar niemals stattfinden, zumindest nicht nach dem Plan, den sie wie alle anderen extremistischen Organisationen entwickelt hatten, allein durch verbale Attacken. Sie hatten die wirkliche Bedeutung der Bewegung vom Mai 68 falsch analysiert; sie kündigte keine Revolution leninistischen Typs an – Massen, die sich aus den verschiedenartigsten Gründen zusammenschlossen, momentan geeint durch eine unerschrockene Minderheit, eine zwangsläufig autoritäre Avantgarde –, sondern eher eine libertäre Reform des politischen Verständnisses, der gesellschaftlichen Verhältnisse, der Kultur und der Sitten in einer Massendemokratie.
Letztendlich symbolisierte der Name, den sie ihrer Organisation gegeben hatten, Proletarische Avantgarde, ihren Irrtum. Denn die Zeit der Avantgarden war vorbei; die des Proletariats als universeller Klasse ebenfalls. Kurz gesagt, sie selbst bezeichneten die Sackgasse, in die ihr Unternehmen geriet. Man mußte ihre Untergrundorganisation auflösen, den militärischen Apparat zerschlagen, den sie im Hinblick auf gewaltsame Aktionen aufzubauen begonnen hatten, den weiten Raum der bürgerlichen Gesellschaft, der politischen Demokratie wiederfinden, deren Werte und Vitalität sie törichterweise – verbrecherischerweise? – unterschätzt hatten.
Dies waren die Schlußfolgerungen, zu denen sie im Laufe ihrer Diskussionen im Jahr 1974 gelangten.
Aber Daniel Laurençon hatte sich ihnen heftig widersetzt. Er behauptete, ihre Haltung sei nicht das Ergebnis einer objektiven Analyse, sondern die faule Frucht ihres Kleinmuts. Man müsse auf dem vorgezeichneten Weg weitergehen, sagte er, den Übergang zum bewaffneten Kampf forcieren und be-

schleunigen, die Massen durch das Beispiel einer kompromißlosen Strategie aufwecken.
An diesem Punkt ihrer Diskussion entdeckte Julien Serguet – in ihrer Führungsgruppe war er der Verantwortliche für klandestine Aktivitäten – den Plan von Laurençon. Dieser hatte mit einer kleinen Schar Unbeirrbarer eine Reihe spektakulärer, unvermeidlich blutiger Attentate gegen Polizeidienststellen, multinationale Gesellschaften sowie Persönlichkeiten aus der Welt der Industrie und des Militärs vorbereitet.
Diese terroristische Aktion hätte natürlich eine erbarmungslose Antwort seitens der Ordnungskräfte zur Folge gehabt. Damit wäre ihnen jede Möglichkeit der Rückkehr ins bürgerliche Leben, der Wiedereingliederung in die demokratischen Institutionen versperrt gewesen. Sie wären zur Konfrontation genötigt gewesen, und sei es nur, um sich der Polizeigewalt zu erwehren.
Man mußte Laurençon neutralisieren.
Aber sie schreckten vor den praktischen Konsequenzen dieser Entscheidung zurück. Vor der Tat. Neutralisieren? Leichter gesagt als getan. Unterdessen brach Daniel jeden Kontakt zu ihnen ab, gab kein Lebenszeichen mehr. Er löste sich in Luft auf. Julien Serguet wurde beauftragt, ihn aufzuspüren, bevor es zu spät war, mit Hilfe von Pierre Quesnoy, seinem Gehilfen im klandestinen Apparat der Organisation.
Während der Untersuchung, die er durchführte, um Laurençon zu fassen, brachte Serguet ein Faktum in Erfahrung, das ihnen bislang unbekannt geblieben war: Daniel war der Stiefsohn eines Hauptkommissars der Kripo, der seit der Befreiung bei allen möglichen politischen Scherereien mitgemischt hatte. Aber er hatte nie mit jemandem darüber gesprochen. Sogar Elie Silberberg, sein bester Freund, sein *alter ego* in der Bande, hatte nichts davon gewußt.
Warum hatte Daniel diesen entscheidenden Aspekt seiner Biographie verheimlicht?
Aufgrund seiner Freundschaft zu Daniel und der Kenntnis, die er von den verborgensten Winkeln seines Innern zu haben

glaubte, versuchte Elie, eine plausible Erklärung für dieses Schweigen oder dieses Versäumnis seines Freundes zu finden. Als nachgeborener Sohn eines 1948 an den Folgen der Deportation gestorbenen Vaters hatte Daniel mitangesehen, wie der Platz des Vaters von dessen bestem Freund eingenommen wurde, seinem Gefährten seit den Schuljahren im Henri-IV. Dieser Mann hatte nicht nur ruhmvoll die Résistance überlebt, an der er im selben Widerstandsnetz wie Michel Laurençon teilgenommen hatte, er hatte auch dessen noch warmen Platz im Bett seiner Frau eingenommen. Wäre das nicht Grund genug, fragte Silberberg, einen sensiblen Heranwachsenden wie Daniel bis zum angstvollen Schweigen einer inneren, unerbittlichen und haßerfüllten – auch schändlichen, wer weiß? – Zensur zu traumatisieren?

Aber dieser Rechtfertigungsversuch wurde von den anderen zurückgewiesen. Worauf lief er hinaus? Daß einer Salonpsychoanalyse Vorrang gebühre vor dem historischen Geschehen, den schlagenden Motivationen des Klassenkampfs? Ausgeschlossen. Onkel Sigmund Freud wurde in seine Londoner Gefilde zurückgeschickt.

Man muß sagen, daß die Entdeckung der Identität von Daniels Stiefvater ein Wink des Schicksals war. Sie erlaubte es, den Fall klipp und klar zu behandeln, kurzen Prozeß zu machen, gewiß, aber das gründete ja auf einer langen revolutionären Tradition. Es gab Bücher darüber, Theaterstücke, Hunderte von geschriebenen Seiten. Man brauchte gar nicht lange zu suchen: in der *Verschwörung* von Nizan, einem ihrer Lieblingsbücher, gab es Pluvinage, den Denunzianten.

Daniel Laurençon war ihr Pluvinage, weiter nichts.

Nun weiß man aber, wie zu verfahren ist mit Verrätern und Provokateuren in den Reihen der revolutionären Bewegungen, die die Gesellschaft, die Welt verändern wollen. Die im Namen des neuen Menschen handeln. Das ist sogar eines der Dinge, die man am besten weiß! Hatte nicht Daniel selbst ihnen bis zum Überdruß mit dem Beispiel von Sergei Netschajew und seinem *Revolutionskatechismus* in den Ohren gelegen? Nun, Netschajew hatte gezeigt, welchen Weg man gehen muß, indem

er den Verräter Iwanow hinrichten ließ. Denn Laurençons extremistisches Abenteurertum war nicht nur das Ergebnis einer falschen politischen Analyse, sondern auch das Resultat der machiavellistischen Manipulationen des Bullen-Stiefvaters. Dieser letztere zog die Fäden: die Technik der polizeilichen Provokation ist so alt wie der Staat selbst!
Und so wurde Daniel Laurençon, als man ihn gefunden hatte, zum Tode verurteilt.
Aber das vergossene Blut hatte sie nicht zusammengebunden, ganz im Gegenteil. Es hatte sie von ihrem Irrsinn, ihrer Arroganz entbunden: Daniel war der Sündenbock gewesen, der ihnen die Rückkehr ins Leben ermöglicht hatte.

Noch immer war man beim hebräischen Totengebet. Mit gesenktem Kopf lauschte Silberberg dem gutturalen Singsang des *Kaddisch*. Plötzlich dachte er an seinen Vater.
Dann waren die Reden gehalten, die Gesänge gesungen, die Gebete gebetet, die Fahnen zusammengerollt. Die kleine Schar begann sich zu zerstreuen. Man vernahm Gesprächsfetzen auf französisch, polnisch, jiddisch. Die Neuigkeit, daß er der Sohn von David Silberberg war, hatte sich bei den Teilnehmern wohl herumgesprochen. Unbekannte sagten ihm guten Tag, drückten ihm die Hand. Die Tochter einer Dame, an deren Namen sich Elie nicht mehr erinnerte, die aber seine Mutter noch manchmal besuchte, eine zwanzigjährige Schönheit mit großen schwarzen Augen und fleischigen Lippen, ergriff die Gelegenheit, ihm Fragen über die Romane zu stellen, die er unter dem Pseudonym Elias Berg geschrieben hatte. Sie fand sie unheimlich gut, aber auch unheimlich gewagt! Ja, sagte Elie brutal, in meinen Büchern wird viel gefickt, aber ist das im Leben nicht genauso? Das junge Mädchen wurde rot, lachte nervös, fragte rundheraus, ob in seinem Leben tatsächlich soviel gefickt werde. Die Mutter wandte den Kopf ab, ein wenig schockiert über die Worte, die sie hörte, aber schließlich, man weiß ja nie, eine Heirat ist immer gut! Elie antwortete, nein, leider nicht! Er würde gern, aber er sei zu schüchtern,

zu romantisch für die heutige Zeit. Das junge Mädchen versicherte, sie verehre die Romantiker, es sei ihr Traum! Er nutzte die Gelegenheit, ihr seine Telefonnummer zuzuwispern, die sie sich im Geist merkte, die Augen verzückt. Elie war ganz verwundert über seinen Mut. Donnerwetter, dachte er, an Tagen, wo man auf mich schießt, weiß ich, wie man mit Frauen redet! Maurice Zehrfluss unterbrach diese Zweisamkeit.

– Wohin gehst du, Elie? Kann ich dich begleiten?

Er hatte die Absicht, zur Place des Victoires zu gehen, in die Büros der *Action,* der von Julien Serguet herausgegebenen Wochenschrift. Der Motorradfahrer stand nicht mehr am Eingang des Friedhofs, wie Elie mit einem kurzen Blick feststellte, aber er konnte irgendwo lauern und warten, bis Silberberg wieder allein war.

Elie zog Zehrfluss beiseite und erklärte ihm sein Problem. Das heißt, er schilderte es ihm mit ein paar Worten – genug, daß der alte Kämpfer sich erregte. »Ich bin heute morgen von einem höchst verdächtigen Motorradfahrer verfolgt worden«, sagte Elie. »Sicher will man mich daran hindern, in einer bestimmten Sache als Zeuge auszusagen. Ich muß unbedingt zur Zeitung meines Kameraden Serguet. Erinnerst du dich, Maurice? Du hast ihn bei uns zu Hause gesehen, früher, als wir noch jung waren!« Maurice lachte, erklärte, daß er noch nicht verkalkt sei. Ja, er erinnere sich sehr gut. Übrigens habe er die *Action* abonniert. Er schätze die Leitartikel von Serguet, dem es gelänge, links zu bleiben, ohne borniert zu sein: ein Kraftakt!

Zehrfluss schlug jetzt einen väterlich strengen Ton an. »Hast du einen triftigen Grund, dich nicht lieber an die Polizei zu wenden?« fragte er.

Elie nickte. »Einen absolut triftigen Grund«, murmelte er. Die fragliche Affäre betreffe den Terrorismus, erklärte er. Bei all den Reibereien zwischen den verschiedenen Polizeidiensten in dieser Sache, wisse er nicht, an wen er sich am besten wenden solle. Serguet würde ihn beraten.

Das überzeugte Maurice Zehrfluss. Er trommelte einige seiner alten Genossen zusammen, tuschelte ihnen ein paar Erklärun-

gen ins Ohr, von denen Elie nicht viel verstand, denn er sprach Jiddisch, sehr schnell. Und schon befand sich Silberberg auf dem Weg zum Ausgang des Friedhofs, und einige Überlebende der Kampfgruppen der MOI umringten mit lauernden Blikken, geballten Fäusten das Auto von Zehrfluss.
Plötzlich erinnerte sich Elie an einen Satz von Zapata, vorhin. »Serguet fliegt gerade nach Genf«, hatte er gesagt. Ein Kolloquium über den Terrorismus, genau. Das traf sich gut! Julien hatte ihm letzte Woche davon erzählt. Aber bestimmt wußte Fabienne, wo man ihn erreichen konnte.

Fünf Minuten später, als sie über den Boulevard Raspail zur Seine hinunterfuhren, tauchte der Motorradfahrer wieder auf. Mit einemmal war er da, auf der Höhe von Zehrfluss, der am Steuer saß. Er sah den Wagen nicht einmal an, drehte nicht einmal seinen behelmten Kopf zu den Insassen um. Er war einfach da, ein schwarzer Zentaur, der mit derselben Geschwindigkeit fuhr wie sie, ein dämonischer Schutzengel.
Elie Silberberg schrie auf, um Maurice Zehrfluss zu warnen: »Da ist er wieder!«
Einige Sekunden zuvor war der Wagen, nachdem er die Kreuzung des Boulevard Montparnasse überquert hatte, vor einem Laden mit afrikanischen Kunstgegenständen vorbeigefahren. Elie hatte an Marc Liliental gedacht. In dessen Wohnung an der Place du Panthéon gab es wunderschöne Negermasken. Elie hatte an Marc gedacht, der seit einigen Monaten seine Zeit in den Vereinigten Staaten verbrachte. Wahrscheinlich hatte er einen guten Grund für all diese Reisen.
Das Auftauchen des Motorradfahrers hatte ihn aus diesen Träumereien gerissen.
Elie hatte aufgeschrien, um die anderen zu warnen. »Vor allem bei der Ankunft müssen wir aufpassen, wenn wir aussteigen!« hatte Maurice Zehrfluss erwidert. Er sprach leise, als fürchte er, der Killer auf dem Motorrad könne ihn hören.
Dieser drehte langsam den Kopf zu ihnen um.
Hinter dem schmalen Sehschlitz des Helms spähte sein Blick

ins Innere des Wagens. Wahrscheinlich wollte er herausfinden, wo genau Elie saß. Das heißt der Typ, der eine grüne Jacke trug und den er den Square hatte verlassen sehen, gleich nach dem Mord an Zapata. Elie saß hinten, an der rechten Wagentür.
Plötzlich verschwand der Motorradfahrer aus ihrem Blickfeld. Er hatte gebremst, hatte das Auto um einige Längen vorausfahren lassen. Dann hatte er, wieder Gas gebend, seine Maschine zwischen den Wagen von Zehrfluss und den Bürgersteig geschoben. Abermals befand er sich auf ihrer Höhe, diesmal auf der rechten Seite. Und er hielt die große Automatik in der Hand, fünfzig Zentimeter von Elies Schläfe entfernt.
Zehrfluss hatte nichts sehen können, da er mit dem Steuern des Wagens beschäftigt war. Er sah ständig in den Rückspiegel, aber in den auf der linken Seite, das nützte nichts. Er konnte also nicht versuchen, den Motorradfahrer dadurch aus dem Gleichgewicht zu bringen, daß er das Auto jäh herumriß, um die Maschine zu rammen.
Jemand rief Elie zu, sich zu ducken. Aber dieser war wie gelähmt, fasziniert von dem Schauspiel, so wie die Wüstenmaus von der Schlange. Er betrachtete den auf seinen Kopf gerichteten Lauf und fragte sich, ob er die Wagentür unter dem Aufprall zersplittern sehen würde wie im Kino. Ein recht merkwürdiger Gedanke.
Es war Ramirez, der ihm das Leben rettete. Vielmehr: der Stock von Ramirez.
Pepe Ramirez war einer der wenigen spanischen Überlebenden der Pariser Kampfgruppen der kommunistischen MOI. Alle seine Genossen waren tot. Man hatte ihre Gesichter auf den Naziplakaten gesehen: erschossen am Mont-Valérien. Nach 1975 war Ramirez nach Spanien zurückgekehrt, hatte versucht, dort zu leben. Er stammte aus einer kleinen Stadt in Kastilien, wo er noch Familienangehörige hatte. Am ersten Abend seiner Rückkehr setzte er sich auf eine Bank, um frische Luft zu schnappen. Über dreißig Jahre lang hatte er von diesem schattigen Platz geträumt: von dem Brunnen, der strengen Fassade des Bischofspalasts, den hundertjährigen Bäumen. Er

setzte sich auf eine Bank, ganz allein. Er hatte nicht gewollt, daß man ihn begleitete, dieses erste Mal. Er hatte zwanzigjährige Großneffen und -nichten, die ihm aufmerksam zuhörten, wenn er von seinem Leben erzählte, ohne müde zu werden. Und dann? fragten sie beharrlich. Der Onkel brachte ihnen den Wind der Geschichte, den epischen und abenteuerlichen Bericht des spanischen Exils. Mit klopfendem Herzen lauschten die jungen Leute der Geschichte der finsteren, roten Jahre. Aber Pepe Ramirez hatte allein sein wollen an diesem ersten Abend. Er setzte sich auf die Steinbank, irgendwo läuteten Glocken zur Vesper. Eine glückselige Lust zu weinen überkam ihn. Ja, warum auch sollte er diesem verwirrenden, fast kindlichen Wunsch nach Tränen des Glücks nicht nachgeben? Aber da erblickte er plötzlich am Ende des Platzes die Silhouette einer Reiterstatue, die er in seiner Kindheit nicht gekannt hatte. Von einer bösen Vorahnung gepackt stand er auf, um sie näher zu betrachten. Ja, das war es, leider! Es war die Statue des General Franco, der seine gedrungene Gestalt auf einem großen bronzenen Pferd reckte, den Marschallstab im ausgestreckten Arm. Es war die Statue des Generalissimus.
Pepe verließ den Platz, angewidert.
Bald begriff er, daß niemand daran dachte, dieses Denkmal niederzureißen. Die Statue des General Franco würde dort stehenbleiben, als Überbleibsel der Vergangenheit, in allgemeiner Gleichgültigkeit. Und zweifellos war das ganz normal, es gab nichts dagegen einzuwenden. Im übrigen wendete er auch nichts dagegen ein, Pepe Ramirez. Er gab ohne weiteres zu, daß die Geschichte auf diese Weise ablief. Daß der Übergang zur Demokratie in Spanien weder Freudenfeuer noch Racheakte, keine Art von Autodafés nötig hatte. Trotzdem war es unerträglich. Die Vorstellung, daß die Reiterstatue des Generalissimus ihn überleben würde, war unerträglich. Er sah sich in der Familiengruft liegen, von Würmern zerfressen, er sah seinen leeren Platz auf der gewohnten Bank unter dem bronzenen, unsterblichen Blick des General Franco: das war unerträglich.

Er kehrte nach Paris zurück, wo er mit keiner der zahlreichen Reiterstatuen irgendwelche persönlichen Rechnungen zu begleichen hatte.
Doch an diesem Tag, Mittwoch, dem 17. Dezember, war Ramirez mit gräßlichen Schmerzen im linken Bein aufgewacht. Daran war er in letzter Zeit gewöhnt. Es hatte mit harmlosen, aber hartnäckigen Schmerzen in der Ferse begonnen. Eine junge Frau, die in seinem Viertel einen Fußpflegesalon unterhielt, hatte das Heranwachsen eines Überbeins prophezeit. Eine Prognose, die sich nach wiederholten Röntgenaufnahmen als richtig erwies. Im Krankenhaus hatte er die Rheumatologin, die sich mit ihm befaßte, gefragt, ob dieser überzählige kleine Knochen, dieses Überbein, das an seiner Ferse heranwuchs, nicht eine neue Eva werden könne, wenn man es entsprechend behandle und hätschele. Die Ärztin hatte über diese Idee von Ramirez herzlich gelacht: eine ideale Frau wächst ihm im Schlaf aus der Ferse.
Man hatte ihm gesagt, daß die Schmerzen aufhören würden, sobald das Fersenbein sein Wachstum beendet hätte. Und so wartete er geduldig darauf, daß die neue Eva in seinem Körper zu wachsen aufhören würde. Manchmal litt er arge Schmerzen: sein linkes Bein war fast gelähmt.
So auch an diesem Morgen. Aber um nichts auf der Welt hätte er Maxens Beerdigung versäumt, seines alten Freundes. Er nahm den für derartige Gelegenheiten vorgesehenen Stock und begab sich zum Friedhof Montparnasse, zur genannten Zeit.
Und eben dieser schicksalhafte Stock sollte Elie Silberberg das Leben retten.
In einem Augenblicksreflex drückte Pepe auf den elektrischen Knopf, der die Fensterscheibe der Wagentür herunterließ, und schob seinen Stock in die Öffnung, sobald sie groß genug war. Mit einem harten Schlag auf das Handgelenk des Motorradfahrers entwaffnete er ihn. Die schwere Automatik fiel in den Rinnstein.
Im selben Augenblick merkte Maurice Zehrfluss, was los war. Er bremste scharf, das Steuer herumreißend. Das Vorderteil des Autos rammte das Motorrad. Aber der Killer war ein ge-

wiefter Fahrer. Es gelang ihm, die Kontrolle über seine Maschine zu behalten, bockte sie hoch, um auf den Bürgersteig zu fahren, die Zündung abzuschalten und wie ein Pfeil durch die Rue de Fleurus das Weite zu suchen.
Elie Silberberg stieg kurz aus dem stehenden Wagen, um die auf die Straße an den Rand des Bürgersteigs gefallene Automatik aufzuheben. Dann sahen sie sich an, alle fünf ein wenig mitgenommen. »Na«, rief Ramirez mit seinem unnachahmlichen Akzent, »wir sind noch einsatzfähig, Freunde!«
Sie lachten nervös.

# 4

Hauptkommissar Roger Marroux hatte Sirene und Blaulicht eingeschaltet und war wie ein Irrer über die Nordautobahn gerast. Bei La Chapelle hatte er den Ostring genommen, ihn vor der Porte d'Orléans an der Ausfahrt des Boulevard Jourdan und der Rue de la Tombe-Issoire verlassen.

Die Inspektoren Dupré und Lacourt erwarteten ihn am Square Georges-Lamarque, am Tatort.

»Es betrifft Netschajew.«

Er drehte und wendete diesen Satz aus Zapatas Nachricht in alle möglichen Richtungen. Den einzigen wirklich wichtigen, bedeutsamen Satz. Aber man konnte ihn nicht wörtlich nehmen, da »Netschajew« tot war. Da Daniel Laurençon, Juliettes Sohn und sein Stiefsohn, vor zwölf Jahren, 1974, in Guatemala umgekommen war. Zapata hatte also zweifellos sagen wollen, daß seine Nachricht, in Zusammenhang mit diesem Tod, die Gruppe der Proletarischen Avantgarde betraf. Was ziemlich rätselhaft war, da sich alle Führer dieser Gruppe in glänzender Weise wieder ins bürgerliche Leben und die Geschäftswelt eingeklinkt hatten. Es sei denn, einer oder mehrere von ihnen hätten weiterhin dunkle Verbindungen zu terroristischen Kreisen unterhalten?

Marroux hatte es eilig, an Ort und Stelle zu sein und handeln zu können.

Früher, am Anfang seiner Karriere, wenn man sich darüber wunderte, daß er Polizist geworden war, wenn man ihn nach seinen Gründen fragte, pflegte Hauptkommissar Roger Marroux sofort zu antworten: aus Liebe zur Philosophie. Einer verhinderten Liebe, wenigstens teilweise.

Mit neunzehn Jahren hatte er ein Studium aufgegeben, das ihm glänzende Aussichten versprach, um sich in das Abenteuer der Résistance zu stürzen. Und dann, wie das Leben so spielt: eines ergibt sich aus dem andern. Als Überlebender eines alliierten

Informations- und Aktionsnetzes gehörte er 1945 einer Kommission an, die den Auftrag hatte, die Akten der Gestapo und der Abwehr zu durchforsten, auf die noch frei herumlaufenden Naziagenten Jagd zu machen und die Wahrheit über einige trübe Affären der Besatzung herauszufinden. Was ihn, mehr aus Bequemlichkeit denn aus Berufung, dazu brachte, vorübergehend einen Posten in der Abteilung der damaligen Gegenspionage anzunehmen. Und dann, Schritt um Schritt auf dem Lebensweg, eine Aufnahmeprüfung der Kriminalpolizei zu machen.

Was hatte die Philosophie mit alledem zu tun?

Roger Marroux antwortete – am Anfang seiner Karriere, denn heute stellte ihm niemand mehr Fragen zu diesem Thema –, daß die zentrale Frage der Philosophie, wie jeder weiß, die Frage nach der Wahrheit sei. Sogar die einzige wirkliche Frage, die jedes philosophische Denken beherrsche. Auch wenn sie später überflüssig oder lächerlich werde, zumindest in ihrer metaphysischen Form, wenn man zu dem Schluß gelange, daß es kein begründetes und noch weniger ein begründendes Wahrheitskriterium gibt. Höchstens formale Verifizierungskriterien.

»Also, und darauf will ich hinaus«, pflegte Marroux zu seinem Gesprächspartner zu sagen – oder zu sich selbst zu sagen, als man aufhörte, ihm Fragen zu stellen –, »wenn also die Wahrheit das Wesentliche ist, dann kann man den Polizistenberuf verstehen: er ist einer der wenigen, bei dem man sich noch um die Wahrheitsfindung Gedanken macht. Bei dem es noch darum geht, die Wahrheit ans Licht zu bringen. Kennen Sie das Wort von Aristoteles?« Nein, seine Gesprächspartner kannten es im allgemeinen nicht, das Wort von Aristoteles, das besagt, wir alle verhielten uns den offenkundigsten Dingen gegenüber wie die Fledermäuse gegenüber dem Tageslicht, geblendet. »Die Wahrheit ans Licht zu bringen, auch wenn sie uns blendet: das ist mein Beruf.«

Die konsequente Anwendung dieser Regel hatte dafür gesorgt, daß Roger Marroux' Karriere stürmisch war, voll Höhen und Tiefen, Schall und Wahn. Heute, kurz vor dem Ruhestand, segelte er auf Sicht in den ruhigen Gewässern der Kriminalabteilung, wo Initiative nicht notwendig war. Auch nicht erwünscht. Kurz, er lebte in den Tag hinein, eine bedeutende Persönlichkeit außerhalb der Normen, über die die jungen Inspektoren widersprüchliche Meinungen hörten. Aber immer bewundernde, zumindest respektvolle: was man von seinen Ansichten auch halten mochte, der Mann war legendär. Doch in der Affäre Netschajew war seine Liebe zur Wahrheit bislang enttäuscht worden. Oder besser gesagt, die offenkundigsten Dinge waren ihm nie wahr vorgekommen: zu blendend.

1974, als der französische Konsul von Ciudad Guatemala Daniels Papiere zurückgeschickt hatte, hatte Roger Marroux vier Wochen Urlaub erhalten. Er war den Spuren seines Stiefsohns gefolgt, mit Hilfe einiger Informationen, die ihm der französische diplomatische Dienst an Ort und Stelle gegeben hatte.
Eine sonderbare Reise hatte er gemacht – durch die bergigen Regionen des Landes, im Westen der Hauptstadt! Von Quezaltenango nach Huehuetenango, große Marktflecken, dann von einem in der vulkanischen Zone verlorenen Indianerdorf zum anderen war Daniels Weg relativ leicht zu rekonstruieren gewesen, trotz seinen kapriziösen Strecken, seinem Hin und Her, dem kein Grund und kein Ziel zugrundezuliegen schienen. Bei seiner Statur und seiner Wikingerblondheit war Daniel Laurençon nicht unbemerkt geblieben.
Aber niemand konnte ihm irgend etwas über ihn sagen, niemand schien wirklich mit ihm gesprochen zu haben. Ja, er war hier vorbeigekommen. Was er tat? Wie soll man das wissen? antworteten die Bar- und Hotelbesitzer, die Kellnerinnen und die indianischen Marktfrauen.
*Quien sabe?* In der Tat.
Nur eines schien fast sicher zu sein. Während eines großen Teils seiner Reise war Daniel – *el Rubio* – von einem anderen Mann begleitet worden. Die Beschreibungen dieses zweiten Mannes waren völlig verschieden. Und verschwommen.

Jedenfalls ging daraus hervor, daß Daniels Reisebegleiter fließend Spanisch sprach. Was sowohl auf Luis Zapata wie auf Julien Serguet zutreffen konnte. Eine genauere Angabe über das Alter dieses zweiten Mannes hätte diese Frage klären können, aber Roger Marroux erhielt sie nie.
In San Juan Sacatepéquez, im Anschluß an die katholische Prozession, bei der Marroux Karnevalsfiguren auf Stelzen hatte vorbeiziehen sehen – sie trugen lange weiße Gewänder, die Masken der Idole ihrer Vorväter und bizarre Strohhüte mit Bändern auf dem Kopf –, war es ihm gelungen, eine junge Indianerin zu befragen, die sich sehr gut an Daniel erinnerte. Sie willigte ein, Spanisch zu sprechen, und flüchtete sich nicht wie die meisten anderen Zeugen in eine gespielte oder tatsächliche Unkenntnis der Sprache ihrer Eroberer. Trotzdem mußte Marroux jedes Wort aus ihr herauspressen.
Ja, es stimmt, *el Rubio* war in San Juan vorbeigekommen, vor zwei Monaten. Nein, er war nicht allein, ein Mann hat ihn begleitet. Wie alt dieser Mann war? So alt wie Männer im allgemeinen. Nein, sie hatte nie mit diesem Mann gesprochen.
Sie waren da, zusammen, und schaukelten stundenlang auf Stühlen, im Freien. Ja, er war ein paar Tage in San Juan geblieben. Warum? Wie soll ich das wissen? Er war geblieben, das ist alles. Warum er überhaupt unterwegs war? Er war hier gewesen, er war wieder gegangen, einfach so. Aber er wartete auf etwas. Oder auf jemanden, das sah man. Vielleicht nicht in San Juan Sacatepéquez, vielleicht anderswo, aber er hatte eine Verabredung. Er ging hin, auf seine Art, indem er sich Zeit nahm, auf eigenen Wegen, Schleichwegen.
Eine Verabredung? Mit wem? hatte Marroux gefragt. Die junge Indianerin schüttelte den Kopf, weigerte sich zu sprechen. Schließlich hatte sie ihr Gesicht mit einem Zipfel des bestickten Schals bedeckt, der um ihre Schultern lag. Nur ihr flammend schwarzer Blick blieb sichtbar.
*Con la muerte,* murmelte sie und floh augenblicklich in einen Wirbel gestärkter Stoffe um ihren geschmeidigen und sinnlichen Leib.

Zwei Wochen später erreichte Marroux die letzte Etappe von Daniel Laurençons irdischer Reise. Es war in San Francisco el Alto, einer kleinen Stadt in etwa dreitausend Meter Höhe, über dem Tal von Samalá. Dort hatte Daniel seine drei letzten Tage in einer *posada* in der Nähe des Indianerviertels verbracht, bevor er für die verhängnisvolle Expedition aufbrach. Vom Fenster des Zimmer aus, in dem er gewohnt hatte, konnte man die häufig von Wolken umgebene konische Masse des Vulkans von Santa María sehen.

Roger Marroux hatte dem Wirt der kleinen Herberge ein großes Trinkgeld gegeben, damit man ihn in dieses Zimmer ließ, um sich zu sammeln. Er hatte einen schweren Holzstuhl ans Fenster gezogen.

Kurz vorher hatte ihm der Besitzer nach langem Palaver, umständlichen Umschreibungen und wiederholten Anspielungen auf einen Gegenstand, der ihn interessieren könnte, ein Notizbuch gebracht, das Daniel gehört und das dieser in einer Schublade seines Zimmers zurückgelassen hatte an dem Tag, an dem er mit seinem Wagen in eine Schlucht gestürzt und umgekommen war. Die Magd hatte es gefunden, als sie gründlich saubermachte (das Zimmer eines Toten muß ausgewaschen und frisch getüncht werden, so verlangt es der Brauch), als die persönlichen Sachen des Verschwundenen bereits ins französische Konsulat geschickt worden waren.

Roger Marroux hatte sich vor das Fenster gesetzt, das den mit wolkigen Flocken umgebenen Vulkan einrahmte. Er hatte Daniels Notizbuch aufgeschlagen. Es war ein kartoniertes rotes Heft im rechteckigen Format 11 x 18, *made in China*, in das Daniel ein paar Gedanken und Aphorismen eingetragen hatte, manchmal mit Datum, manchmal ohne Datum, die jedoch alle, von wenigen Ausnahmen abgesehen, die Person von Sergei Gennadjiewitsch Netschajew betrafen. Oder in diesem Zusammenhang die Frage nach dem Verhältnis zwischen Terrorismus und Revolution.

Marroux hatte Daniels Notizen in einem Zug gelesen, so wie man den letzten Brief eines Menschen liest, der beschlossen

hat, sich zu töten, und nun versucht, die Gründe für diese Entscheidung herauszufinden. Doch in dieser Hinsicht war Daniels Text nicht zu entziffern, trug nichts zur Erhellung bei. Er verwischte eher die Spuren. Der Tod, von dem in dem roten Heft zuweilen die Rede war, war nämlich derjenige, den man im Kampf riskiert, derjenige, der pathetisch im Zeichen eines kollektiven Abenteuers steht. Ein bedeutungsschwangeres Wort also, gesättigt mit Sinn und Opferblut, ruhmvoll, dem Leben und der revolutionären Apotheose zugewandt. Keinesfalls der Tod der individuellen Niederlage und Verzweiflung, auf den Daniel in seinem Brief angespielt hatte, den er einige Wochen zuvor an seine Mutter geschickt hatte.
Roger Marroux hatte das Heft mit dem Eindruck zugeklappt, daß er ein wesentliches Kapitel seines Lebens abgeschlossen hatte, über das er niemals die volle Wahrheit erfahren würde. Sechsundzwanzig Jahre nach dem Tod von Michel Laurençon versank nun auch Daniel im Nichts. Marroux war lange Zeit reglos auf dem Stuhl mit der harten, steifen Lehne sitzen geblieben, übermannt von einem Gefühl der Schuld. Er hatte Michel nicht am Leben zu halten vermocht. Er hatte Michels und Juliettes Sohn nicht auf das Leben vorzubereiten vermocht, ihren Sohn, den er geliebt hatte wie seinen eigenen. Und der bis zur Adoleszenz diese Liebe erwidert hatte.
Was würde nun aus Juliette werden?
Lange war er, starr vor Sorge, vor dem Fenster sitzen geblieben, das sich auf den Vulkan und das Tal von Samalá öffnete.
Als er wieder in Paris war, hatte er Luis Zapata aufgesucht, um zu erfahren, ob er es gewesen war, der Daniel in Guatemala begleitet hatte. Aber Luis verneinte kategorisch. Er kenne Daniel Laurençon nicht einmal, versicherte er. Der einzige Freund von Marc Liliental, den er gekannt habe, sei Julien Serguet. Im übrigen könne er beweisen, daß er in der Zeit, als Laurençon verschwunden war, Frankreich nicht verlassen habe. Und er hatte tatsächlich Beweise dafür. Mit so viel Präzision und Details, daß es verdächtig war. Diese ganze Geschichte roch nach einer Inszenierung. Aber es war nichts zu machen.

Marroux hatte keine Möglichkeit, Luis zu zwingen, ihm die Wahrheit zu sagen.
Sie hatten sich eher kühl verabschiedet. Und hatten sich seitdem nicht wiedergesehen.
Keine Nachricht mehr von Zapata bis zu dem Hilferuf an diesem Morgen.

Am Square Georges-Lamarque hatten die Inspektoren Lacourt und Dupré gute Arbeit geleistet.
Sie hatten auch Glück gehabt. Es war ein Glückstag, das kommt vor! Die Hausmeisterinnen, die einsamen morgendlichen Spaziergänger – man hätte meinen können, alle Welt hätte sich heute verabredet, um im passenden Augenblick an der richtigen Stelle zu sein. Die Inspektoren hatten eine Menge Zeugenaussagen sammeln können. Aneinandergereiht ergaben sie, Minute für Minute, ein zusammenhängendes Bild.
– Offenbar waren es Frauen, die Zapata erschossen haben, sagte Inspektor Dupré. Zwei junge Frauen …
Roger Marroux hatte genickt.
– Das scheint Sie nicht zu überraschen! rief der andere Inspektor.
– Nein, nicht besonders, sagte Marroux lakonisch.
– Immerhin!
Man konnte Inspektor Duprés Verwunderung verstehen. Denn nie waren es Frauen, die in Bandenkriegen Rechnungen beglichen. Das fehlte gerade noch! Die Frauen blieben zu Hause oder gingen auf den Strich – manchmal beides, abwechselnd – im Milieu, das noch machistischer war als die sogenannte normale Gesellschaft. Die Gleichstellung von Mann und Frau bei der Ausübung des Rechts auf Tod und Mord als eines politischen Aktionsmittels war eine Errungenschaft des revolutionären Geistes.
– Sehen wir uns zuerst die Fakten an, sagte Marroux. Dann werde ich Ihnen meine Hypothese vortragen.
Inspektor Lacourt war neu in der Abteilung, und er hatte über seinen Chef nur das Allerbeste gehört. Aber fast hätte er reagiert.

Ohne die Fakten zu kennen, hatte Marroux bereits eine Hypothese? Das war unerhört! Trotzdem zog er es vor zu warten, wie es weiterging.
Dupré hatte sein übliches Notizbuch aus einer Tasche gezogen. Marroux vermutete, daß er es gar nicht brauchte. Er wußte aus Erfahrung, daß sein Assistent ein phantastisches Gedächtnis hatte. Bestimmt sollte das Notizbuch ihm Haltung geben. Oder er hatte diese Geste Colombo abgeguckt, das war nicht ausgeschlossen.
– Zapata kommt in seinem Jaguar hier an, Punkt acht Uhr. Er parkt den Wagen in zweiter Reihe, steigt aus, schaut sich um ... Eine Hausmeisterin hat es bemerkt ... Man könnte meinen, er habe auf jemand gewartet, um ihn im Auto mitzunehmen ... Deswegen hat er es nicht richtig geparkt ... Das ist der Kommentar der Hausmeisterin ...
Er drehte die Seite seines kleinen Spiralblocks um. Ja, wie Colombo, das war es!
Sie standen auf dem Bürgersteig, am Ort des Verbrechens.
Zapatas Jaguar war noch da, aber die Leiche war weggeschafft worden. Polizisten durchkämmten noch immer die Gegend auf der Suche nach Indizien, irgendwelchen Spuren.
– Und dann hat die Hausmeisterin die beiden Frauen kommen sehen, fuhr Dupré fort. Die eine ging auf dem Bürgersteig, die andere auf der Straße ... Junge Frauen, hat sie gesagt. Wie Hippies gekleidet ...
Dupré hob den Kopf.
– Dieses Wort hat sie gebraucht, kommentierte er. Meines Wissens benutzt es heute niemand mehr, aber diese Dame wirkt ziemlich antiquiert!
Keiner der anderen reagierte auf diese Erläuterung.
– Gut! Wie Hippies gekleidet, Klamotten vom Flohmarkt ... Nur kurz, als sie gerade eine Mülltonne durch das Haustor schob, dann hat sie nichts mehr gesehen. Aber sie hat drei gedämpfte Detonationen gehört ... Zuerst zwei hintereinander ... Dann eine einzelne ... Wie knallende Sektkorken, hat sie gesagt ... Als sie wieder hinausging, um die zweite Mülltonne

zu holen, war der Mann am Jaguar verschwunden … Und die beiden Frauen stiegen, ja flogen geradezu in einen schwarzen BMW, der sofort losbrauste!

Nach kurzem Schweigen fuhr er fort:

– Eine Minute zuvor, Rue Froidevaux …

Dupré deutete mit dem Kopf in die Richtung, die er gerade genannt hatte.

– … kurz vor der Einmündung der Rue Boulard, sind die beiden Frauen aus dem BMW gestiegen … Ein Mann, der seinen Hund ausführte, hat sie bemerkt … Ihre Jugend, ihre Klamotten … Seine Beschreibung deckt sich genau mit der der Hausmeisterin. … Nur daß der Typ sie gut angezogen fand .. Absolut modisch! Eine Frage des Alters und des Geschmacks … Er ist jünger als die Hausmeisterin. Ihm ist auch aufgefallen, daß das Auto, aus dem sie gestiegen sind, hinter ihnen hergefahren ist, im Schrittempo … Sonst hat er nichts gesehen, er ging in die andere Richtung, zur Avenue du Maine …

Inspektor Dupré steckte sein kleines Notizbuch wieder ein.

– Sie gestatten, Kommissar? sagte der junge Lacourt.

Er räusperte sich, eingeschüchtert. Mit einer Handbewegung ermunterte ihn Marroux zu sprechen.

– Es sieht so aus, als sei die Killerbande Zapata dicht auf den Fersen gewesen, ohne besondere Vorsichtsmaßnahmen zu ergreifen, um unbemerkt zu bleiben … Ist es Ihnen aufgefallen? Die Mädchen sind praktisch vor Zapatas Augen aus dem BMW gesprungen! Als hätten sie keine Minute zu verlieren … Sie ergriffen die erste günstige Gelegenheit, ihn niederzustrecken … Er ist stehengeblieben, sie haben sofort zugeschlagen, rechneten mit dem Überraschungseffekt … Es sieht nicht nach einem Hinterhalt aus, eher nach einer Improvisation!

Marroux nickte zustimmend.

– Das ist durchaus möglich, Lacourt! Sogar wahrscheinlich …

Er sah sich um.

– War Luis bewaffnet?

– Nein, erwiderten die beiden Inspektoren aus einem Mund.

– Wie viele Kugeln hat er abgekriegt?

– Drei, sagte Dupré. Zwei in die Herzgegend ... Eine in den Kopf ...
– Der Gnadenschuß, murmelte Marroux.
Er schüttelte sich.
– Wir wissen, daß Zapata mich sprechen wollte ... Und wir wissen auch, warum ...
Bei den letzten Worten zuckten die beiden Inspektoren zusammen, sahen einander an. Wußte man denn wirklich, warum?
– ... wir müssen nur noch herausfinden, mit wem er sich verabredet hatte ... Gerade hier ... Nicht ohne Grund hat er ...
Offensichtlich wandte er sich an niemanden. Er dachte laut.
– Sie wissen, warum er Sie sprechen wollte? fragte Dupré verblüfft.
Marroux begann, zu seinem Auto zu gehen.
– Kommen Sie, sagte er kurz. Ich erwarte Sie in meinem Büro ... Wir bringen das auf die Reihe ...
Lacourt sah ihm nach. Er hat den Gang eines Westernschauspielers, dachte er.
Inspektor Lacourt war ganz aufgeregt. Er hatte das Gefühl, daß die Sache spannend werden würde. Er war ein junger Mann, noch nicht abgestumpft. Vielleicht liebte er das Abenteuer. Oder die Wahrheit. Trotzdem konnte man nicht darauf wetten, daß er Aristoteles gelesen hatte.

# 5

Es war acht Uhr morgens, bald würde es an ihrer Tür läuten. Jeden Tag um diese Zeit, seit Marc Liliental letzte Woche in die Vereinigten Staaten gereist war, bekam sie ein Telegramm von ihm.
Fabienne Dubreuil war im Bad und kämmte sich vor einem großen Spiegel. Fast nackt. Prall, goldbraun, die Brüste nach einer kühlen Dusche emporgereckt, trug sie lediglich eine glänzend schwarze Strumpfhose, die ihre langen Beine betonte, die schmale Taille, die harmonische Kurve der Hüften.
Sie hörte auf, sich die Haare zu bürsten, träumte flüchtig, es wäre Marc, der bald an ihrer Tür läuten würde. Träumte, sie würde ihm öffnen, sich ihm öffnen. Bilder zogen durch ihr Gedächtnis, Luftblasen, die kitzelten. Bilder? Eher innere Empfindungen, körperliche Regungen, beklemmend.
Sie warf einen Blick in den großen Spiegel. Sie gefiel sich. Aber sie gefiel sich öfter. Ohne jede Selbstgefälligkeit erregte ihr Körper sie, wenn er sich verdoppelte, ein Widerschein ihrer selbst: sie selbst.
So schön in diesem Spiegel, das ist so alt wie die Welt, sagte sie sich. Das nennt man das Ewigweibliche.
Die Spiegel, erst neulich. Am ersten Tag.
Marc hatte sie in ein Maison de Rendezvous im Viertel der Alma mitgenommen. Ein Privathotel hinten in einem Garten. Die Bar im Erdgeschoß, die dem Ort seinen Namen zu geben schien, hieß *Die Ufer des Styx.* Fabienne hatte das ein wenig affektiert gefunden. Sogar kitschig. Aber dann war der Ort überraschend luxuriös und ruhig gewesen.
Im Aufzug hatte Marc ihr mit zartem Finger die Augenbraue, die Schläfe, das Profil des Gesichts, der Wange am Mundwinkel gestreichelt.
– Wieviel Zeit hast du? fragte er.
– Zeit?
Sie hatte kurz gelacht, eher fröhlich.

– Eine Stunde, eine Art Stunde ... Ja, bevor ich in die Zeitung muß ... Heute ist Redaktionsschluß.
Ein Zimmermädchen erwartete sie auf dem Flur, eine junge Frau, die Marc gut zu kennen schien. Er hatte sie Iris genannt. Er stand ihr gut, dieser Vorname, an einem solchen Ort. Botin der kleinen Freuden; das kalte Wasser des Styx in ihren Händen! Iris beobachtete sie: als wolle sie Marcs neue Eroberung begutachten, hatte Fabienne gedacht.
Es hatte sie plötzlich irritiert, die Vorstellung von Marcs Gewohnheiten hier. Denn er vermittelte den Eindruck, als habe er hier Gewohnheiten. Gewiß, sie konnte nicht erwarten, die erste zu sein. Daß er für sie einen neuen Ort für Treffpunkte einweihte. Aber sie schwor sich, nicht rückfällig zu werden. Er war aufregend, Marc, das stimmte. Sie würde sich ihm hingeben, sich nehmen lassen. Warum nicht? Sie war frei, verfügbar, fühlte sich wohl in ihrer Haut. Kleiner Tod, kleines Glück: man würde ja sehen. Jedenfalls ohne Zukunft. Iris' Blick – überdies war sie schön, das Luder! – verwies sie an ihren Platz. Oder vielmehr: an einen Platz, den sie nicht unbedingt einzunehmen wünschte, in einer Reihe. Sie wäre nicht die letzte Eroberung von Marc Liliental.
Das Zimmermädchen öffnete jetzt eine Tür, trat zurück, um sie einzulassen.
An der Rezeption hatte Marc das blaue Appartement verlangt. Es war luxuriös, ein wenig extravagant. Fabienne drehte sich um, verblüfft. Marc gab Iris einen großen Geldschein, an der Tür des Appartements. Dann strich er ihr mit der Hand leicht über die Hüften, den flachen Bauch, die Rundung einer Brust. Wahrscheinlich war diese Geste ebenso üblich wie das Trinkgeld. Alle möglichen Verheißungen, Herausforderungen, verhohlene Niederlagen glitzerten im Blick der jungen Zofe, wie eine nach dem Regen glänzende Landschaft, hatte Fabienne gedacht.
Sie war durch den prunkvoll altmodischen Salon gegangen, ein Meisterwerk im Stil der dreißiger Jahre. Sie stand am Eingang des Schlafzimmers. Und sie hatte einen fast unartikulierten, ein wenig barbarischen Laut ausgestoßen. Eine Art Lautmalerei

fröhlicher, jugendlicher Überraschung. Huaa! So etwas Ähnliches, wobei die Stimme den letzten Vokal dehnte, wie ein Indianer.

Es gab nämlich überall Spiegel. Ihr Paar vervielfachte sich ins Unendliche.

Sie hatte ihre Handtasche und ihren Mantel auf einen Sessel geworfen, ihre Schuhe ausgezogen und sie durch das Zimmer geschleudert. Ein Reißverschluß war aufgezogen worden, der Rock glitt von ihren Hüften. Sie hatte einen Schritt gemacht, über den auf dem Teppich liegenden weichen Stoffhaufen hinwegsteigend. Mit einer harmonischen Bewegung, die die Kühnheit des Vorsatzes milderte, hatte sie ihren Kaschmirpullover ausgezogen. Nackte Brüste, hart, goldbraun – sie trug nur noch ein rauchgraues Spitzenhöschen, selbstverständlich von *Sabbia bianca*, und Strümpfe mit durchbrochenen Strumpfbändern von leuchtendem Schwarz: sternnachtschwarz.

Sie betrachtete ihr Bild, bewegte sich vor den tausend Spiegelbildern ihrer selbst, die sich bewegt hatten. Hatte sich zu ihm umgedreht, mit herabhängenden Armen.

Hier, da bin ich, schien sie zu sagen, sagte sie, ihren Körper zeigend, ihn in der Unendlichkeit seiner Spiegelbilder darbietend, ihn wie ein Spiegelbild präsentierend. Fabienne haßte die ersten Augenblicke, ihre Listen, ihre oft schäbigen Riten, die Wörter, mit denen man nichts sagte, da man das einzig Benennbare umging: das Begehren.

Sie mochte die ersten gewagten Gesten der Männer nicht, die das Wagnis nicht durchhielten, die durch dieses Gefummel, diese Unsicherheit schlüpfrig werden und Gefahr laufen, das Begehren auszutrocknen, dieses fragile Gefühl: gebieterisch, aber flüchtig. Um das Getue abzubrechen, machte sie zuweilen die erste Geste, brutal, unzweideutig, sogar mitten in einem Gespräch über Wittgenstein. Auf die Gefahr hin, leichtfertig zu erscheinen, nymphoman, mannstoll, brünstig oder was es sonst noch für Nettigkeiten gibt, mit denen die Männer Frauen abqualifizieren, die es wagen, in ihr Territorium einzudringen,

sich wie sie zu verhalten, als Eroberer und Räuber, die einfach wissen, was sie wollen. Und es bekommen.
Da bin ich, schien sie zu sagen.
Marc war zwei Schritte auf Fabienne zugegangen. Seine Augen glänzten.
– »Black illusion«, hatte Fabienne gesagt, die Arme ausbreitend. Sie schien die Wörter in Anführungszeichen zu setzen, sie in gepflegtem Englisch auszusprechen.
– So heißt diese Strumpfmarke, hatte sie hinzugefügt. Ich finde, das paßt genau!
Dann hatte sie einen Schalter gesucht, der es ihr erlaubte, die Beleuchtung zu regulieren, sie zu verringern. Daß sie fast nackt war, machte ihren Gang noch beschwingter, ein Labsal für das Auge und die Seele.
Fabienne hatte ihn gefunden, das Licht wurde sanft, schimmerte in blauen Schatten. Der Umriß ihres Körpers, von den Spiegeln vervielfältigt, zerfloß und gewann dabei an geheimnisvoller Dichte.
Eine Art Unsicherheit schien Marc befallen zu haben, eine dumpfe Traurigkeit. Konnte sie verstehen, daß ihre Schönheit ihm in diesem Augenblick unerreichbar vorkam? Sie ging auf ihn zu.

Die Welle war aufgebrandet, sie waren unter der Welle gerollt, den Körper ohne Fesseln, die Haut wund, von Tausenden Seesternsplittern zerstochen.
Sie waren auf dem Bett gerollt, sich voneinander lösend, sich wie verwundete Tiere wieder schließend über dem Schmerz ihrer Lust, sogen sie in tiefen Zügen ein, kamen dann jeder zum Körper des anderen zurück, tastend, sich überall reibend, ihre zerschlagenen Glieder an jeden Anker schmiegend, den der andere ihm überließ: die Knöchel, die Hüften, die Rundung des Gesäßes, die Achselhöhle, ihre aufgereckte Brust, mit der er eine gierige und zarte Hand füllte, sein Geschlecht, dessen geschmolzene Kraft noch in der Tiefe ihres Körpers brannte.
Zeit war vergangen.

Sie hatten alterslose Wörter gemurmelt, Wörter ohne Rhetorik, ohne jede Eitelkeit, ohne Besitzanspruch, ohne schäbige Prahlerei; unschuldig wie die Gesten einer ursprünglichen Entweihung: Brüderlichkeit der Liebe, altruistische Gewalt der Erfindung des Geschlechts.

Zeit war vergangen, im Geflüster.

Sie waren nackt, von der Welle auf die Weiße des breiten zerwühlten Betts geworfen, noch zitternd.

– Ich habe dich vorhin gehaßt, murmelte Fabienne.

Marc war mit leichter Hand den Umriß ihres Körpers entlanggefahren, von der Spitze der großen Zehe bis zum Ohrläppchen, zur geäderten Zartheit der Schläfe.

– Ich habe es gespürt, sagte Marc. Es war ziemlich stimulierend.

Sie hatte ihn perplex angesehen. Mit einem Anflug vager Unruhe, ganz plötzlich.

– Bevor du dich hast gehen, in deiner Lust hast treiben lassen, kam es mir vor, als hättest du dich einen Augenblick aufgelehnt, fuhr er fort.

– Auch das hast du verstanden? sagte Fabienne.

Nicht nur meinen Körper, hatte sie gedacht: seine Freuden, seine Gier, den Rhythmus seiner Lust, seinen Ausbruch, den du an seiner Quelle gesucht hast; du hast auch meine Auflehnung verstanden? Den Augenblick, wo es mich drängte, diese Lust, die sich ankündigte, auszuschlagen?

Er hatte sich mit einer Handbewegung entschuldigt.

– Nichts fesselt mich so sehr wie die Rätsel der weiblichen Seele, sagte Marc lachend. Ich sage mit Absicht Seele ... Der Körper hat keine Rätsel ... Nur kleine Geheimnisse, Reflexe, Schändlichkeiten. Der Körper ist eine Frage der Geduld ... Die Seele eine Frage der Intuition ...

– Teufel, und die Zärtlichkeit? hatte Fabienne gefragt, lachend, spöttisch.

Er hatte sie auf den Bauch gedreht, um ihren Rücken, ihre Lenden zu liebkosen.

– Die Zärtlichkeit ist am Ursprung von allem! Sogar ihrer Kehrseite, der Grausamkeit ... Welchen Spaß könnte man

daran haben, ein Wesen zu beherrschen oder zu demütigen, für das man nicht eine Regung der Zärtlichkeit empfunden hätte?
Sie war erschauert, sowohl bei seinen Worten wie bei seiner Berührung.
Er hatte sie gebeten, ihre schwarzen Strümpfe anzubehalten. Das betonte die Rundung ihrer Hüften.
– Ist die Frau die Zukunft des Mannes, hatte er ausgelassen gesagt, oder die Zukunft einer Illusion? Einer *black illusion?*
Sie stöhnte unter einer drängenderen Liebkosung.
– Oder die Illusion einer Zukunft? murmelte sie.
Sie hatte ins Laken gebissen, als er auf ihre Lenden glitt.

Es war acht Uhr morgens, es läutete an der Tür. Das Telegramm von Marc, da kam es.
Sie lachte, zog ein schwarzes T-Shirt über, das ihr bis zum halben Oberschenkel reichte. Gut, jetzt sehe ich aus wie ein Hoteldieb. Auf dem Flur waren sie zu zweit heute.
Der junge Telegrammbote, wie jeden Tag. Aber auch Pierre Quesnoy, der die Fotoabteilung der *Action* leitete. Die beiden Männer standen Seite an Seite. Sie sprachen nicht miteinander, sahen sich auch nicht an.
Dagegen sahen sie Fabienne an, mit weit aufgerissenen Augen.
Die junge Frau nahm das Telegramm an sich, steckte dem Boten das Zehnfrancstück zu, das sie zurechtgelegt hatte, wie jeden Morgen. Der junge Mann drehte sich auf dem Absatz um und rief ein herzliches und verschwörerisches »bis Morgen, Mademoiselle!«
Sie stand allein vor Pierre Quesnoy.
Dieser hatte einen Packen Zeitungen unter dem Arm. Zweifellos hatte er sie von Fabiennes Fußmatte aufgehoben. Denn jeden Tag legte der Zeitungshändler vom Boulevard Saint-Germain, gegenüber *La Hune*, ein halbes Dutzend Tageszeitungen vor ihre Tür. Eine französische, *Libération*, eine spanische, *El Pais*, eine deutsche, die *Frankfurter Allgemeine Zeitung*, eine italienische, *La Repubblica*, und zwei englischsprachige, den *Daily Telegraph* und die *New York Herald Tribune*.

– Liest du die wirklich alle? fragte Pierre Quesnoy, als er ihr den Packen hinhielt.
Er beäugte noch immer Fabiennes Gestalt.
– Übrigens, fügte er sogleich hinzu, an *Libération* wirst du heute deinen Spaß haben. Unter dem Vorwand, über Aids aufzuklären, veröffentlichen sie einen richtigen kleinen Katalog der erotischen Stellungen. Wußtest du, was ein *Cunnilingus* ist?
– Kommst du morgens um acht hierher, um mir Schweinereien zu sagen? schrie sie.
Fabienne war wirklich aufgebracht.
Sie hatte es eilig, allein zu sein, um in Ruhe Marcs Telegramm zu lesen. Sie alle nochmal zu lesen, eins nach dem anderen.
Quesnoys Verhalten veränderte sich von Grund auf.
– Verzeih mir, sagte er. Es ist sehr ernst! Aber du hast mich abgelenkt ... Du siehst irre geil aus, weißt du?
Während er sprach, berührte er ihre Schulter mit einer Geste, die jede Zweideutigkeit beseitigen wollte. So wie man die Schulter oder den Arm eines Kameraden berührt, den man mag. Bei der *Action* war ihre Beziehung zu Pierre vom ersten Tag an unzweideutig gewesen. Herzlich, vertrauensvoll, manchmal intim, aber ohne jeden sexuellen Hintersinn, da man merkwürdigerweise gerade das für zweideutig hält. Als ließe sich das natürlichste, spontanste Verhältnis zwischen Mann und Frau so bezeichnen. Aber zweifellos stimmt es, in anderer Hinsicht. Es gibt wohl nichts Reicheres, Ungewöhnlicheres, Verwirrenderes – letztlich Zweideutigeres als den Sex: das durchsichtigste Verhältnis zwischen Mann und Frau, von dem nicht nur das Überleben der Gattung, sondern auch das seiner Träume, seiner Kultur abhängt.
– Was ist ernst? fragte Fabienne. Dann komm rein!
Sie führte ihn in das große Zimmer, ging sich anziehen.
Die beiden Fenster gingen auf die Rue de l'Abbaye und die äußeren Strebebogen des Schiffs von Saint-Germain-des-Prés. Fabienne hatte die Wohnung von einem reichen alten Herrn gemietet, dem ein großer Teil des Gebäudes an der Ecke der Rue Fursternberg gehörte. Und der die schönste Bibliothek

mit illustrierten Büchern und Originalausgaben besaß, die sie je gesehen hatte. Der alte Herr wollte diese Zweizimmerwohnung unter dem Dach verkaufen, um eine Sammlung handgeschriebener erotischer Gedichte von Paul Valéry zu erwerben, aber Fabienne wickelte ihn dermaßen ein, daß er ihr die Wohnung zu einem Spottpreis vermietete, weit unter dem, der in einem so begehrten Viertel normalerweise verlangt wurde. Er kaufte sich Valérys Manuskripte trotzdem: er war ein nicht unbemittelter alter Herr.

Fabienne kam mit Kaffee zurück. Sie trug einen Rock und einen Rollkragenpullover.

– Ist das besser? fragte sie. Weniger geil?

Pierre fand, daß sie ein wenig zu sehr mit dem Feuer spielte. Aber es waren ehrliche Waffen. Er lachte mit ihr.

Vor einem Jahr hatte sich Fabienne Dubreuil im Büro der *Action* vorgestellt. Ein Redaktionssekretär hatte sie empfangen, hatte sie intelligent gefunden. Außerdem schön, das konnte nicht schaden. Hatte sie auf der Stelle zum Direktor geschickt. Warum wollen Sie Journalismus treiben? hatte Julien Serguet gefragt, auf den Zettel seines Mitarbeiters schauend. Sie hatte mit Witz und Sachverstand geantwortet, gewürzt mit der nötigen Prise Zwanglosigkeit, mit Selbstvertrauen ohne Wichtigtuerei. Ihre Ausdrucksweise hatte ihm gefallen. Keine Ticks, keine Modewörter, keine postmodernen und patenten Lautmalereien, kein Getue und Gehabe. Stimmt es, daß Sie das philosophische Staatsexamen haben? hatte Serguet ungläubig gefragt. Ja, es stimmte. Mit zweiundzwanzig hatte sie die Agregation bestanden, Ehrenwort. Ihre erste Anstellung war in Montpellier gewesen, wo sie sich in einer Abiturklasse voller Zombies wiederfand. Ein Drittel Analphabeten, ein Drittel Ausgeklinkte und ein Drittel Kälber. Sie begriff sehr schnell, daß man ihr nur beigebracht hatte, Schüler in Philosophie zu unterrichten, die sich dafür interessierten. Was aber sollte man mit denen anfangen, fast der gesamten Klasse, die das kalt ließ, die sich einen Scheißdreck draus machten? (Immer wenn Fabienne daran dachte, wurde sie ordinär.) Die außerdem fast

genauso alt waren wie sie selbst? Sie kämpfte, schlug sich herum, mühte sich redlich, ärgerte sich, zog andere Saiten auf und segelte schließlich in einer Art ideologischem Nebel.
Dazu kam noch, daß sie im ersten Jahr ihrer Lehrtätigkeit, während der Winterferien, amtliche Papiere ausfüllen mußte. Bei dieser Gelegenheit entdeckte sie mit Schrecken, daß bereits das genaue Datum ihrer Pensionierung feststand. Der Tag und die Uhrzeit im Jahr der Gnade zweitausendzwanzig und ein paar gequetschte, an dem sie keinen Unterricht mehr zu erteilen brauchte, waren bereits im Kalender ihrer Zukunft vermerkt. Angesichts eines allzu durchleuchteten, allzu betreuten Lebens geriet sie in Panik, legte in den Sommerferien ihr Amt im staatlichen Erziehungswesen nieder und befand sich jetzt auf der Suche nach einem Job.
Nicht für lange: Julien Serguet hatte sie sofort eingestellt.
Bei der *Action* hatte sich Fabienne Dubreuil innerhalb weniger Monate einen Platz auf höchster Ebene erobert – sie leitete nun die Kulturseiten der Wochenschrift –, ohne die geringste Intrige oder Gemeinheit. Auch ohne mit einem der Verantwortlichen der Redaktion geschlafen zu haben: eine Art Tour de force.
– Also, was ist? fragte sie Pierre Quesnoy.
Dieser trank genüßlich einen Schluck Kaffee. Fabienne machte ihn sehr stark, auf italienische Art.
– Ich muß dringend mit Julien sprechen!
Er stellte seine Tasse ab.
– Ich hatte gerade seine Frau am Telefon. Sie schlief noch, verstand nichts, wie gewöhnlich! Immer bescheuerter, die Ärmste ... Sie hat mir was vorgequatscht, mit schwerer Zunge ... Daß Julien in Grenoble sei, auf einem Kolloquium über das Privatfernsehen ... Aber in Grenoble war er letzte Woche ... Daraus schloß ich, daß unser Freund einen Seitensprung macht. Und daß wohl nur du weißt, wo er zu erreichen ist, wie gewöhnlich!
Eine Spur Eifersucht lag in seiner Stimme. Fabienne sah auf ihre Armbanduhr.

– Um diese Zeit ist Julien im Flugzeug Paris-Genf ... Nicht Grenoble, Genf ... Er nimmt tatsächlich an einem Kolloquium teil ... Aber nicht über das Privatfernsehen, sondern über den Terrorismus ...

Quesnoy unterbrach sie.

– Scheiße, wie sich das trifft!

Sie begann neugierig zu werden.

– Was meinst du damit?

– Wann kommt er zurück?

– Er kommt nicht gleich zurück, sagte sie. Er macht einen Seitensprung von achtundvierzig Stunden, wie du sagst ... In die italienische Schweiz ... Heute abend, nach dem Kolloquium ...

– Mit seiner Bettina?

Sie antwortete nicht. Es schien auf der Hand zu liegen.

– Kannst du ihn erreichen? sagte Quesnoy drängend.

Sie fixierte ihren Blick.

– Ich kann ihn erreichen, wie gewöhnlich, sagte sie etwas provozierend. Heute mittag in Genf ... Am Abend in Ascona, morgen in Lugano ...

– Und du bist sicher, daß du nicht mit ihm schläfst?

– Wenn ich mit ihm schliefe, würde Julien doch dafür sorgen, daß ich ihn nicht erreichen kann!

Sie lachten zusammen.

– Unterschätze dich nicht! rief Pierre Quesnoy. Immerhin bist du ein bißchen besser und weniger beknackt als die arme Engels!

1969, vom populistischen Fieber jener bleiernen und träumerischen Jahre gepackt, hatte Julien Serguet die ENA und ihren Pomp an den Nagel gehängt, um viele Monate im Norden Frankreichs zu arbeiten, in proletarischem Milieu. Dort hatte er eine junge Aktivistin der Textilgewerkschaft kennengelernt und geheiratet, Suzanne Engels. Ihre kränkliche Blondheit hatte Julien gerührt, auch ihre Unbeholfenheit, die sie durch Reden von glühendem Radikalismus wettmachte, die auf den Volksversammlungen Wunder wirkten.

Pierre Quesnoy, der seit Mai 68 in Serguets Windschatten

lebte, obwohl er sechs Jahre älter war, hatte versucht, ihm dieses eheliche Abenteuer auszureden, das er für eine zum Scheitern verurteilte Torheit hielt. Er, der wirklich proletarischer Herkunft war, konnte Serguets Schwärmerei nicht verstehen. »Schau sie dir doch an, Julien! Sie ist mies, und fade ... Ich wette meinen Schwanz, daß sie im Bett nichts taugt, die Art von Mädchen, die dauernd Migräne haben und deren Periode acht Tage dauert!«
Manchmal führte Quesnoy die Debatte ernster, versuchte zu verallgemeinern. »Der Traum eines echten Prolos, Julien«, sagte er zu seinem Freund, »der einzig wirkliche Traum, glaub meiner alten Erfahrung, ist, den Arbeiterstand zu verlassen ... Indem er seine Klasse notfalls verrät! Indem er sie individuell oder kollektiv durch den sozialen Aufstieg oder durch die Revolution beseitigt. Und du, trübe Tasse, stürzt dich nicht nur in die Welt der Arbeiter – im Grunde riskierst du gar nichts! Du kannst jederzeit wieder die Flatter machen, Saukerl! –, du willst auch noch die dämlichste Schnepfe heiraten, die die zurückgebliebenste Arbeiterklasse von Roubaix-Tourcoing hervorgebracht hat! Das wirst du teuer bezahlen, mein Lieber!«
Und Serguet hatte es teuer bezahlt. Vor allem, da er sich nicht dazu entschließen konnte, sich legal von seiner Frau zu trennen: die Scheidung wäre eine Art Mord gewesen.
– Könntest du mir bis Mittag sagen, worum es geht Pierre? fragte Fabienne.
Er schüttelte den Kopf.
– Ich muß es dir sofort sagen, auch wenn ich nicht kann! Ich brauche deine Hilfe.
Er öffnete seine Ledertasche, die er überall mit sich herumschleppte, vollgestopft mit Fotoapparaten, Filmrollen, allen möglichen Objektiven. Er zog einen braunen Umschlag heraus, der Vergrößerungen enthielt.

Pierre Quesnoy war um sechs Uhr morgens aus dem Schlaf geschreckt. Schweißgebadet, nach einem Alptraum.

Es war nicht das erste Mal, daß er einen solchen Traum hatte. Das kam in letzter Zeit immer wieder vor. Aber es war das erste Mal, daß die Bilder des Traums derart genau waren. Auch das erste Mal, daß er sich an alles erinnerte, sogar noch mehrere Minuten nach dem Erwachen.
Er war im Dunkeln, mit klopfendem Herzen, er erinnerte sich an alles.
Sie waren vier oder fünf, in Uniform. Sie folterten eine Frau, die in seinem Alptraum Thérèse hieß. Die sie zumindest Thérèse nannten, die einen wie die anderen. Er dagegen wußte, daß es Duras war, Marguerite Duras. Nicht, daß die Frau, die sie folterten, zu erkennen war, daß sie Marguerite Duras ähnlich sah. Aber er, Pierre Quesnoy, bediente den elektrischen Strom, und er wußte, daß Thérèse Marguerite Duras war.
Sie folterten diese Frau, die Thérèse hieß, damit sie etwas gestehe. Aber was? Sie wußten es nicht mehr, es war entsetzlich. Sie schlugen sie, setzten ihr den elektrischen Strom an die empfindlichsten Körperstellen, aber sie wußten nicht mehr, was sie herauskriegen wollten. Sie hatten es vergessen. Thérèse stöhnte: »Wenn ich wenigstens wüßte, was ihr von mir wollt!« Nein, sie wußten es nicht mehr. Aber sie wußten, daß sie gestehen mußte. Daß sie eine Wahrheit gestehen sollte, gleich welche. Damit sie dann ihre Ruhe hätten, sie und die Frau. Ihre Wahrheit? Kannte Thérèse irgendeine verborgene Wahrheit, die sie ihnen hätte preisgeben können wie einen Schatz? Sie schlugen weiter zu, es gab nichts anderes zu tun. Das Grauen nahm kein Ende.
Pierre Quesnoy wachte ganz auf, ging ein Glas kaltes Wasser trinken. Er kannte diesen Alptraum, seinen Ursprung: alle seine Begleitumstände.
Während des Algerienkriegs, als junger Prolet ohne Klassenbewußtsein – etwas, was von den modernen Arbeitern am wenigsten geteilt wird! –, hatte Quesnoy mit anderen Soldaten seines Jahrgangs an Kommandos teilgenommen, die Verdächtige des FLN verhörten. Er war, um die Dinge beim Namen zu nennen, bei Folterungen dabeigewesen. Es war vorgekommen,

daß er aktiv daran teilnahm, nicht nur als Zuschauer. Mehrmals hatten Unteroffiziere ihm den Befehl erteilt, dem er auch nachgekommen war, den Strom zu bedienen, wenn man die Häftlinge der Elektrizitätsfolter unterzog.

Als Julien Serguet ihn Jahre später kennenlernte, in einer Nacht im Mai 1968, die vom Feuer der Auseinandersetzungen in der Rue Gay-Lussac erleuchtet war, lebte Pierre Quesnoy – der außerstande gewesen war, ins bürgerliche Leben zurückzufinden und wieder seinem früheren Beruf als Autoschlosser nachzugehen – noch immer im Grauen dieser Erinnerung. Im Selbsthaß, den diese Erinnerung hervorrief und der ihn dazu trieb, systematisch jede Gelegenheit zu ergreifen, sein Leben zu verpfuschen.

Im Quartier Latin gehörte Quesnôy 68 zum Plebs der Aufrührer und Vandalen (eine dieser Banden wurde unter dem Namen »Katangais« berühmt), die durch die damals heißen Straßen zog, mit blankem Haß auf jede Gesellschaftsordnung, einer grundsätzlichen Lust an der Zerstörung.

An jenem Abend bemerkte ihn Julien Serguet in der Menge, wegen seiner Tapferkeit bei den Krawallen. Er ging zu ihm hin, schaffte es, mit ihm zu sprechen. Ihm zuzuhören vielmehr. Eine von Juliens herausragenden Eigenschaften war nämlich seine Bereitschaft, seine unbegrenzte Fähigkeit, den Berichten der anderen aufmerksam zuzuhören. Er konnte so gut und mit solcher Leidenschaft zuhören, daß seine Gesprächspartner manchmal den Eindruck hatten, er habe ihnen treffende Dinge gesagt. Kurz, sein Schweigen war Gold: buchstäblich.

Er hatte Pierre Quesnoy zugehört in jener Nacht im Mai 68. Noch nie hatte ihm jemand so zugehört. Noch nie hatte Quesnoy irgend jemandem bis zum Schluß, bis er sich im Grauen seiner eigenen Erzählung zerfleischte, sagen können, was er zu sagen hatte: die entscheidende Geschichte seines Lebens, um die sein Leben zwanghaft kreiste, den Alptraum einer zwecklosen Reue, eines sterilen Schuldgefühls.

Seitdem hatte Quesnoy in Julien Serguets Windschatten gelebt. Er hatte wieder gelernt zu leben, zu lesen, zu lieben, in

Juliens Nähe. Er war im klandestinen Apparat der Proletarischen Avantgarde sein Gehilfe gewesen. Geschickt, äußerst fingerfertig, geduldig und perfektionistisch, war Quesnoy zum offiziellen Fälscher der Organisation geworden. Er hatte falsche Papiere hergestellt, deren Ruf über die französischen Grenzen hinausging. Später, nach der Selbstauflösung der Avantgarde, war er Serguet in die *Action* gefolgt, wo er sich auf den Beruf des Fotografen geworfen hatte.
Und nun war er, vor ein paar Monaten, auf ein Buch von Marguerite Duras gestoßen. *Der Schmerz*. Quesnoy las selten literarische Werke. Vor allem Geschichtsbücher, Dokumente. So hatte er zum Beispiel alles gelesen, was über den Algerienkrieg erschienen war. Aber eine der Telefonistinnen der *Action* hatte ihm *Der Liebhaber* geliehen, zur Zeit des Prix Goncourt. Alle Sekretärinnen und Telefonistinnen der Zeitung hatten für dieses Buch geschwärmt. Gut, er hatte ihrer Begeisterung nachgegeben, er hatte es gelesen. Er hatte es übrigens nicht bereut. Es war kurz, leicht, so geschrieben, wie man spricht, lässig: das heißt, wie die Mädchen und Jungen sprachen, die jünger waren als er und mit denen er in der Zeitung zusammenkam. Mit ihren Ticks, ihren Redensarten: nicht unangenehm. Cool, alles in allem.
Diese gute Leseerinnerung hatte ihn bewogen, wenig später *Der Schmerz* auszuleihen, wieder von der Telefonistin. Ein prächtiges Mädchen, das Pech hatte: sie war unsterblich in einen Typen verliebt, der sie mit Absicht leiden ließ. Verlaß ihn! rieten ihr die anderen Mädchen. Aber dieser Mann war ihr Leben! Kann man sein Leben verlassen?
Gut, *Der Schmerz*.
Quesnoy hatte diese Erzählungen mit mäßigem Interesse zu lesen begonnen. Es war sowohl härter als auch prätentiöser als der vorhergegangene kleine Roman. Offensichtlich hielt sich Duras nicht für irgendwen. Plötzlich zuckte er eines Abends zusammen, als er einen kurzen Hinweis zu zwei Texten entdeckte, die in dem Buch in einem Kapitel zusammengefaßt sind: *Albert vom Capitales* und *Ter der Milizionär*. »Thérèse,

das bin ich. Die, die den Denunzianten foltert, das bin ich. Die, die gern mit Ter, dem Milizionär schlafen möchte, ebenfalls ich. Ich liefere euch die, die foltert, mit dem Rest der Texte aus. Lernt zu lesen: es sind heilige Texte.«

Die, die foltert? Quesnoy war zusammengezuckt. Er hatte die kurze Erzählung, *Albert vom Capitales*, mit wachsendem Entsetzen gelesen. Am Ende hatte er sich übergeben müssen, war lange wie zerschlagen gewesen, nach Atem ringend.

Es ging um eine Geschichte, die in Paris spielte, wenige Tage nach der Befreiung, in einer Gruppe von Widerstandskämpfern. »Seit zwei Tagen kämpften sie nicht mehr, gab es für die Gruppe nichts mehr zu tun. Nur noch zu schlafen, zu essen, sich allmählich in die Haare zu kriegen wegen Waffen, Autos, Mädchen.« In dieser Art. Schön, man meldet den Anführern dieser Gruppe die Anwesenheit eines Kerls, der für die deutsche Polizei arbeitete. Sie holen ihn, sperren ihn in ihrem Lokal ein, beschließen, ihn zum Reden zu bringen. Es ist ein alter Mann, dieser angebliche Denunziant, ein Jammerlappen. Man zwingt ihn, sich auszuziehen, man sucht kräftige Typen aus, die ihn schlagen, mit Akribie. »Sie schlagen nicht, wie's gerade kommt. Sie könnten vielleicht kein Verhör führen, aber sie können schlagen. Sie schlagen intelligent ...« Das stand da geschrieben, Quesnoy traute seinen Augen nicht. Duras hatte das getan? Das heißt Thérèse, die befahl, die die Folter leitete. Aber »Thérèse, das bin ich«, hatte Duras geschrieben. Mußte man ihr glauben? Quesnoy bekam einen trockenen Mund, je weiter er in dem schmutzigen Grauen dieser minutiösen Beschreibung der Folter versank.

Nicht, daß er es anstößig fand, daß man über ein solches Ereignis schrieb. Er, Quesnoy, wußte sehr gut, daß derartige Dinge geschehen waren. Kahlgeschorene Frauen, standesrechtliche Erschießungen, Racheakte: er kannte es, er hatte davon gehört. Es beunruhigte ihn nicht, daß solche Episoden wieder an die Oberfläche kamen. Schlammblasen in den stehenden Gewässern der Geschichte. Im Gegenteil, er hätte selbst gern die Fähigkeit gehabt zu schreiben, um von der elektrischen Folter zu berichten. Um sich von dieser Erinnerung zu befreien, indem er sie niederschrieb. Wie er als junger Soldat, entsetzt, aber passiv, an der Folterung einiger Verdächtiger des FLN teilgenommen hatte. Er hätte das um so lieber aufschreiben wollen, als niemand es getan hatte. Zumindest seines Wissens nach hatte kein Soldat der Algerienarmee über dieses Thema geschrieben.

Nein, der Bericht dieses Grauens, das Duras erzählte, empörte ihn nicht an sich. Die Geschichte dieser Absurdität schockierte ihn nicht an sich. Denn ehrlich, einen Jammerlappen zu foltern, damit er gestehe, welche Farbe sein Gestapo-Ausweis hatte, ist absurd. Völlig debil! Als ob die kleinen Denunzianten der Gestapo Ausweise gehabt hätten! Im übrigen war er grün, der Ausweis der Denunzianten der Gestapo. Thérèse wußte es im voraus. Vielleicht hatte sie ja mit Denunzianten der Gestapo verkehrt, die so freundlich waren, ihr ihre hübschen Ausweise zu zeigen, statt sie zu denunzieren. Aber er war grün, zum Glück. Denn wie hätte sie dagestanden, Thérèse, wenn er orange gewesen wäre? Der orange Ausweis der kleinen Denunzianten der Gestapo, prima.

Nicht, daß sie diese schändliche Erinnerung ins Gedächtnis rief, entsetzte Pierre Quesnoy. Die Erinnerung an das Schändliche ist notwendig. Sie kann reinigend sein. Nein, es war der Ton, der Standpunkt dieses Erinnerns. Denn Duras beschrieb keine schändliche Erinnerung, überhaupt nicht. Ihr Gedächtnis – das von Thérèse – war ruhmvoll, befriedigt, von seiner Gerechtigkeit durchdrungen. »Es wird nie wieder Gerechtigkeit auf der Welt geben, wenn man in diesem Augenblick nicht selber die Gerechtigkeit und die Justiz ist«, schrieb sie. Nie wieder Gerechtigkeit, wenn man diesen Jammerlappen nicht foltert. Wenn man sich nicht das Recht herausnimmt, Gerechtigkeit zu üben, eine zwar schnelle, gewiß, aber revolutionäre. Natürlich, man kennt die Leier! Und die Gerechtigkeit, das war sie, Thérèse. »Sie ist klein. Sie hat zu nichts Lust. Sie ist ruhig und spürt, wie ein ruhiger Zorn ihr diktiert, ganz ruhig die Worte der Notwendigkeit herauszuschreien, die mächtig ist wie

ein Element. Sie ist die Justiz und die Gerechtigkeit, wie es sie seit hundertfünfzig Jahren auf diesem Boden nicht gegeben hat.«
Das Buch fiel ihm aus der Hand, Pierre Quesnoy brüllte vor Wut bei diesem Satz.
Hundertfünfzig Jahre, das läßt sich 1944 leicht zurückrechnen, es ist die Französische Revolution. Seit 89 also mußte man darauf warten, daß Thérèse einen dreckigen kleinen Denunzianten folterte – und dabei ließ nichts den Schluß zu, daß dieser arme Tropf wirklich ein Denunziant war; daß er in bezug auf seinen Gestapo-Ausweis log, damit man aufhöre, ihn zu schlagen, bewies noch nicht, daß er wirklich ein Denunziant war! –, mußte man auf die ruhmvolle und revolutionäre Foltersitzung warten, die Thérèse in Szene gesetzt und zu Papier gebracht hat, damit in diesem armen Frankreich die Gerechtigkeit aus ihrer Asche steige!
Pierre Quesnoy war zur Toilette gerannt, um sich zu übergeben.
Aber das Schlimmste für ihn war nicht diese Lektüre gewesen. Das Schlimmste war die allgemeine Gleichgültigkeit gewesen, die seine Empörung hervorrief. Na ja, es war ein Roman, Fiktion, nicht von Belang! Quesnoy sprach in seiner Umgebung darüber, zog dagegen zu Felde. Er hatte sogar ausführliche Briefe an bekannte Literaturkritiker geschrieben, die eine feste Spalte und ein eigenes Haus hatten. Nichts hatte etwas bewirkt, keine Reaktion.
Sogar Julien Serguet hatte ihn bei dieser Gelegenheit enttäuscht.
Julien interessierte sich nicht für Duras als Schriftstellerin. Er interessierte sich ein wenig für das Phänomen, das in Mode war, für den *touch:* für den Duras-*look*, wie sie selbst sagen würde. Er fand das bezeichnend. Er las *Der Schmerz* auf Quesnoys drängende Bitten, er fand diese Apologie der Folter im Namen einer Volksjustiz ekelhaft. Mehr nicht! Du willst also in deinem Blatt nichts bringen? schrie Quesnoy. Offensichtlich hatte Serguet nicht die Absicht, irgend etwas zu bringen. Wer nimmt Duras ernst? fragte er. Der andere würgte vor Empörung. Aber sie schwingt große Reden, sie erteilt uns Lek-

tionen, sie interviewt den Präsidenten, sie spricht im Namen der Linken! rief er. Pech für die Linke! Ich habe damit nichts am Hut!
Und dabei blieb es. Aber Pierre Quesnoy bereitete es Alpträume.

Um sieben Uhr morgens also, an diesem Mittwoch, dem 17. Dezember, konnte Quesnoy nicht mehr schlafen, er zog sich Jeans und einen Pullover an und ging in die ehemalige Küche seiner Wohnung, aus der er ein Fotolabor gemacht hatte. Er mußte ein paar Fotos entwickeln. Die er am Vortag aufgenommen hatte, heimlich, in der Halle und den Salons eines Pariser Palasts an der Place de l'Alma.
Bei der *Action* waren sie einem Waffengeschäft zugunsten des Iran auf der Spur, das zu den halbamtlichen Machenschaften des großen diplomatischen Manövers gehörte, das die Beziehungen zwischen Frankreich und dem Regime Khomeinis normalisieren sollte. Serguet hatte Quesnoy auf diese Affäre angesetzt, da er wußte, daß er absolutes Vertrauen in ihn setzen konnte, daß es keine undichten Stellen geben würde. Und Quesnoy war es bereits gelungen, einen der wichtigsten Zwischenhändler zu ermitteln, einen libanesischen Geschäftsmann mit saudiarabischem Paß. Quesnoy hatte sich unter allen möglichen Verkleidungen in allen möglichen Bars, Salons, Luxusrestaurants und Luxusabsteigen versteckt, um die Gesichter der Leute, die der Saudi im Laufe seiner Verhandlungen traf, auf seinen Film zu bannen. Das Dossier, das er zusammengestellt hatte, war explosiv: es durfte ihnen bloß nicht vor der eigenen Nase hochgehen!
Über diese Affäre war Serguet allerdings vertraulich informiert worden von einem Kommissar der Antiterrorabteilung der Kripo, dem die Ausflüchte und machiavellistischen Winkelzüge einiger offizieller französischer Geheimdienste zum Hals heraushingen, die glaubten, die Iraner hinters Licht führen zu können, und sich in Wirklichkeit wie Chorknaben übers Ohr hauen ließen.

Plötzlich zuckte Quesnoy zusammen.
Das war kein Bild, keine Metapher, keine Redensart. Er zuckte buchstäblich zusammen. So daß er ein Fläschchen mit Chemikalien fallen ließ, das auf den Fliesen zerbrach. Fürchterlich fluchend machte er den Dreck weg.
Dann kehrte er zu dem Negativ zurück, an dem er arbeitete. Er war gerade dabei, einige Details eines der am Vortag aufgenommenen Fotos zu vergrößern. Der Saudi, dem er nachstieg, verabschiedete sich von einer Personengruppe in der Halle eines Luxushotels. Durch immer neue Bildausschnitte und Vergrößerungen versuchte Quesnoy, brauchbare Porträts von diesen Besuchern zu erhalten.
Und während dieser Operation war ihm die Gestalt eines Mannes im Hintergrund des Bildes bekannt vorgekommen.
An die Portierstheke des betreffenden Hotels gelehnt, etwas zur Seite gedreht, stand Daniel Laurençon.
Wahrlich Grund genug, zusammenzuzucken. Grund genug, ein Glasfläschchen fallen zu lassen.
Pierre Quesnoy arbeitete an diesem Teil des Fotos. Er stellte Vergrößerungen her, zuerst in schwarzweiß, damit es schneller ging. Aber er hatte einen Farbfilm verwendet, kam darauf zurück, nachdem er den passenden Bildausschnitt gefunden hatte.
Zwar war er ein wenig fülliger – immerhin waren zwölf Jahre vergangen! – und trug einen sehr britischen Schnurrbart, aber es war Laurençon. Oder sein Doppelgänger. Es war seine Schulterbreite, seine Blondheit, seine Eleganz, sein Raubtierlächeln, kein Zweifel!
Quesnoy hing alle Vergrößerungen ordentlich zum Trocknen auf. Er ging in sein Zimmer zurück, machte sich Kaffee auf einem Kocher, trank ihn mit einem Glas Calvados. Seine Hände zitterten, der nächtliche Alptraum kroch in sein Gedächtnis. Alle Alpträume aller Nächte krochen in sein Gedächtnis.
Er, Pierre Quesnoy, hatte »Netschajew« wiedergefunden – das war damals der Deckname von Daniel Laurençon, als dieser 1974 die Verbindung zur Organisation abgebrochen hatte, um

seine Attentatspläne in die Tat umzusetzen. Er, Quesnoy, war es gewesen, dem es gelungen war, den Wohnsitz einer gewissen Christine herauszufinden, Daniels kleiner Freundin. Von hier aus hatten sie, sich dem Mädchen an die Fersen heftend, Laurençon aufgelauert. Alles andere, ihn zu entführen und in eines der Verstecke zu sperren, die bereits vorbereitet waren, um hochrangige Geiseln aufzunehmen – »Volksgefängnisse« sagten sie, was für ein Hohn! –, war dann nur noch ein Kinderspiel gewesen.

Das Ende der Geschichte hatte er selbst nicht miterlebt. Julien Serguet hatte es ihm erzählt.

Von der Organisation zum Tode verurteilt, falls er in Frankreich bliebe, soll Daniel Laurençon sich bereit erklärt haben, sein Glück in einer Guerilla Mittelamerikas zu versuchen. Wo er einige Monate später Selbstmord beging.

Quesnoy hatte an dieser Version der Affäre immer gezweifelt. Zumindest an ihrem Ende. Er meinte, die Reise nach Mittelamerika und der Selbstmord in Guatemala seien eine Inszenierung gewesen, um die Wahrheit zu vertuschen.

Aber wie auch immer, Daniel Laurençon hätte tot sein müssen. Er hatte zwölf Jahre nach seinem Verschwinden nichts, absolut gar nichts in der Halle eines Pariser Palasts zu suchen!

Pierre Quesnoy steckte alle Vergrößerungen, die er angefertigt hatte, in einen Umschlag. Es war halb acht. Er rief Julien zu Hause an. Suzanne antwortete verschlafen. Es gab nur noch eine Lösung, um Serguet diese Neuigkeit mitzuteilen, die ihn aufschrecken müßte: nämlich Fabienne aufzusuchen, die immer wußte, wo er zu erreichen war.

# 6

»Geben Sie meine Nachricht an Hauptkommissar Roger Marroux weiter ... Es ist dringend. Er soll am Vormittag Kontakt mit mir aufnehmen ... Wirklich dringend ... Menschenleben hängen davon ab ... Es betrifft Netschajew ... Tun Sie es in Erinnerung an die Reise nach Madrid, Kommissar!« Marroux drückte auf eine Taste und stoppte das Tonband.
Der Dienstleiter hatte sie alle drei zu sich gerufen: Roger Marroux und die beiden Inspektoren, Dupré und Lacourt. Er wollte sich über die Ermittlungen auf dem laufenden halten. Er sah ungläubig aus, vielleicht sogar schockiert.
– Sie haben mit Zapata eine Reise gemacht? rief er.
Auch die beiden Inspektoren sahen Marroux an. Er wußte, daß sie ihm diese Frage von Anfang an gern gestellt hätten. Sie hatten sich nicht getraut.
– Ja, Monsieur, sagte er.
– Wann denn? Zu wessen Ehre?
Marroux unterdrückte den Wunsch, sich eine Zigarette anzuzünden: vormittags nie. Heute fiel es ihm besonders schwer.
– Zur Ehre Frankreichs, Monsieur. Zumindest seiner Freiheit.
Er hatte in neutralem Ton gesprochen. Aber er fügte sogleich einige Details hinzu, da er den Chef nicht durch zuviel Feierlichkeit unnötig verärgern wollte.
– Diese Episode wurde vom Geheimdienst gedeckt, sagte er.
Er zwinkerte Dupré zu.
– Aber das ist schon ein Vierteljahrhundert her. Außer mir sind alle Protagonisten tot. Oder kaum besser dran: in Rente, vertrottelt!
Inspektor Dupré prustete, faßte sich wieder.
Lacourt war baff.
– Sprechen Sie, Kommissar, sagte der Chef.
– Es handelte sich um einen Auftrag in Spanien. Zur Zeit der OAS. Ich sollte einen ehemaligen Oberstleutnant liquidieren, einen der Anführer der Delta-Kommandos. Dieser Typ hatte

anscheinend in der Umgebung des Generals selbst einen Informanten gehabt, den die Geheimdienste nicht aufspüren konnten. Er führte auch das soundsovielste Attentat gegen de Gaulle im Schilde ... Vor dem man wegen dieses Maulwurfs große Angst hatte ... Kurz, es wurde beschlossen, radikal zu sein, das Problem an der Wurzel zu packen ... Das heißt den treubrüchigen Exoffizier zu liquidieren. Und diese Aufgabe hat man mir übertragen ...

Die Blicke der drei anderen ruhten auf ihm.

Marroux strich sich mit der rechten Hand durch sein weißes Haar.

Er war nie Gaullist gewesen. Er hatte die Art und Weise verabscheut, mit der sich der General 1958 Frankreich aufgedrängt hatte. Oder vielleicht die Art und Weise, mit der Frankreich sich ihn hat aufdrängen lassen. Auch die nationale Rhetorik, das Pathos der Größe war nicht nach seinem Geschmack. Aber unter den damaligen Umständen war er bereit gewesen, den General vor einem Attentat der OAS zu bewahren. Unabhängig von seinen Vorbehalten gegenüber dem Mann und seiner Politik wußte er genau, daß der General zum gegenwärtigen Zeitpunkt, so paradox es klingen mochte, das Bollwerk der Demokratie war. Zumindest eines der Bollwerke; vielleicht das wichtigste.

Und das Kriterium, nach dem sich die Legitimität einer formal illegalen Aktion bemaß – die sogar in Friedenszeiten der Moral zuwiderlief – lautete: diente sie der Rettung – in diesem Fall der Wiederherstellung – der Demokratie, des Rechtsstaats? So einfach war das.

Nach reiflicher Überlegung hatte Marroux diesen Auftrag also angenommen.

– Aber Zapata? fragte der Chef. Warum Zapata?

– Irgendjemand, ich weiß nicht mehr, wer, hatte die Idee, ihn mir als Begleiter mitzugeben. Es war eine sehr gute Idee! Zapata war mutig, entschlossen, mit der Witterung und Wildheit eines Raubtiers. Außerdem war er Spanier und kannte die Gegend genau, in der sich das Versteck des Kerls befand, den wir zur Strecke bringen sollten. Und er konnte mit der unschätzbaren Unterstützung eines wahren Familienclans rechnen ...

Er lächelte in Erinnerung an einige Begebenheiten von damals.

– Zum Schluß haben wir zusammen sogar eine Bank geknackt ... Paris hatte uns nämlich vergessen!

Im Grunde war es schlimmer als ein Vergessen. Aber er wollte nicht ins einzelne gehen.

Der Chef und die beiden Inspektoren waren in homerisches Gelächter ausgebrochen. Sie wurden wieder ernst.

– Ohne Zapata hätte ich es nie geschafft, aus diesem verfluchten franquistischen Spanien wieder rauszukommen, schloß Marroux.

Sein Chef drückte auf eine Taste des Tonbandgeräts. Von neuem hörte man einige Sekunden lang Zapatas Stimme, überstürzt, heiser.

– Er war nicht leicht zu erschüttern, der große Zorro! sagte der Chef. Aber hier klingt es, als sei er in Panik!

Marroux nickte.

– Er hatte nicht unrecht, geben wir's zu! murmelte er.

Es folgte ein kurzes Schweigen. Woran dachten die anderen? Darum machte sich Marroux nicht allzuviel Gedanken. Flüchtig, aber mit einer Freude wie schon lange nicht mehr, erinnerte er sich an den Körper von Véronique.

– Und warum, Ihrer Meinung nach? sagte der Chef. Seit zehn Jahren hat Luis ein ordentliches Leben geführt. Das wissen wir mit Sicherheit. Wer hätte Interesse daran, alte Kriege aufzuwärmen?

– Vielleicht ist es ein neuer Krieg, Monsieur!

Der Chef war sofort auf der Lauer.

– Haben Sie eine Idee? fragte er.

– Ich habe eine gewisse Idee ... Und Indizien ...

Erneut unterdrückte Marroux den Wunsch zu rauchen. Aber es war erst zehn Uhr, zu früh, um sich gehen zu lassen.

– Das erste Indiz, mehr noch: einen wirklichen Hinweis ... hat uns Zapata selbst gegeben ...

Marroux fingerte an den Tasten des Tonbandgeräts, suchte die Stelle, die er zu Gehör bringen wollte.
Es knisterte, man hörte die Stimme des ehemaligen Ganoven.
– »... Menschenleben hängen davon ab ... Es betrifft Netschajew ...«
– Ach ja, genau! rief der Chef. Das wollte ich Sie schon vorhin fragen ... Wer ist das, Netschajew?
Roger Marroux hatte keine Lust, über Daniel zu sprechen. Jedenfalls jetzt noch nicht. Er wollte nicht, daß seine persönliche Beziehung zu diesem »Netschajew« gleich zu Anfang ans Licht käme.
Vorhin, als er das Haus in Saint-Leu verließ, hatte Marroux das rote Heft gesucht, das Daniel vor zwölf Jahren in seinem Zimmer in San Francisco al Alto vergessen hatte. Vergessen? Plötzlich begann das Herz von Roger Marroux heftig zu klopfen. Und wenn Daniel das rote Heft nicht vergessen hätte? Wenn er es absichtlich hätte liegen lassen, als Botschaft? Bestimmt vermutete er, daß Marroux kommen würde, um ihn zu suchen, das Gegenteil wäre undenkbar gewesen. Nach seinen Spuren zu suchen, zumindest. Vielleicht hatte er das Heft liegenlassen, damit Marroux es finde, damit er wisse, woran er sich zu halten habe. Ja, woran eigentlich? Er mußte diese Notizen noch einmal aufmerksam lesen, aus dieser neuen Perspektive.
Er hob seine rechte Hand zur Innentasche seiner irischen Tweedjacke. Daniels Heft befand sich darin, er hatte es heute morgen eingesteckt. Es war wohl nicht der rechte Augenblick, einen Blick hineinzuwerfen.
– Sergei Gennadijewitsch Netschajew, sagte er in neutralem Ton, war ein russischer Revolutionär aus dem 19. Jahrhundert ... Ein junger Nihilist, Freund von Bakunin ...
Aber sein Chef unterbrach ihn, verdutzt.
– Aus dem 19. Jahrhundert, Marroux! Inwiefern betrifft uns das?
In allem, hätte er fast geantwortet. Freilich hatte er selbst besondere Gründe, sich dafür zu interessieren, seit langem schon.

Es war Daniel, der Netschajew in Roger Marroux' Leben gebracht hatte. Wirklich in sein Leben. Als quälenden lebendigen Zeitgenossen. Der einen am Ende fasziniert. Wie manchmal die Idee des Bösen einen faszinieren kann.
Schon vorher hatte Marroux eine vage Vorstellung von Netschajew gehabt, zwangsläufig. In den Geschichtsbüchern des 19. Jahrhunderts war von ihm die Rede. Karl Marx hatte ihm einen großen Teil der Broschüre gewidmet, mit der er Bakunins Ideen in der Ersten Internationalen 1873 bekämpfen wollte. Die Marx übrigens in französischer Sprache geschrieben hatte: *L'Alliance de la démocratie socialiste et l'association internationale des travailleurs*. Der Titel der deutschen Übersetzung von Kokosky war sehr viel deutlicher: *Ein Complott gegen die Internationale Arbeiter-Association*. Wie dem auch sei, Marx verwendete einen großen Teil der genannten Broschüre auf eine regelrechte Attacke gegen Netschajew, denn er hielt ihn für das Musterbeispiel des falschen Revolutionärs, für die unheilvolle Verkörperung des zerstörerischen Wahns des Terrorismus und Putschismus. Später, sehr viel später hatte auch Albert Camus in *Der Mensch in der Revolte* von Netschajew gesprochen. Und dann hatte es das Buch von Venturi gegeben, den Briefwechsel und die Papiere Bakunins über den jungen Nihilisten, in den er mehrere Jahre geradezu verliebt gewesen war.
Vier Jahre nach Daniels Verschwinden, 1978, hatte sich Kommissar Marroux in Zusammenhang mit Aldo Moro erneut mit Sergei Gennadijewitsch Netschajew befaßt.
Auf ein Rechtshilfeersuchen der römischen Justiz hin hatte er nämlich zur Zeit der Entführung des Führers der Democrazia Cristiana nach Italienern gefahndet, die im Verdacht standen, daran beteiligt gewesen zu sein, und sich wahrscheinlich in Frankreich versteckt hielten.
Eines Tages hatte Marroux in einem Dokument gelesen, daß Aldo Moro kurz vor seiner Entführung beschlossen hatte, die Frage des politischen Terrorismus in ihrer Gesamtheit zu untersuchen. Zu diesem Zweck hatte er für einen seiner Sekre-

täre eine Liste mit Werken aufgestellt, die man ihm beschaffen sollte.
An den Anfang dieser Liste hatte Moro *Die Dämonen* von Dostojewski gesetzt.
Roger Marroux hatte aus seiner Bibliothek ein Exemplar dieses Romans geholt. Im Alter von sechzehn Jahren hatte er ihn zum erstenmal gelesen. Es war das normale Alter, ihn zu lesen. »Wie die Entdeckung der Liebe und des Meeres bezeichnet die Entdeckung Dostojewskis ein denkwürdiges Datum in unserm Leben. Sie entspricht im allgemeinen der Jugend: das reife Alter sucht und findet gelassenere Schriftsteller.«
Marroux kannte diese Meinung von J.L. Borges und teilte sie uneingeschränkt. Aber 1939, in den großen Ferien, kurz vor Ausbruch eines Weltkriegs – »Adieu, lebendige Klarheit unserer zu kurzen Sommer ...« –, als er *Die Dämonen* verschlang, hatte sich Marroux nicht für die historische Gestalt Netschajews und die reale Begebenheit der Ermordung des Studenten Iwanow und des darauf folgenden Prozesses interessiert, von denen Dostojewski sich inspirieren ließ. Er hatte sich mit der düsteren und glühenden Realität der Romanfiktion begnügt. Das Interesse für die Quellen, für die Fiktionen und Metaphern der Realität ist nicht Sache der Jugend.
Aber seit Daniel diesen Netschajew in sein Leben gebracht hatte, hatte Roger Marroux nicht aufgehört, an ihn zu denken.
– Inwiefern uns das betrifft? sagte er. In gewisser Weise, Monsieur, verkörpert Netschajew besser als andere vergleichbare Personen, und zwar trotz der historischen Distanz und der ganz anderen Verhältnisse, die Gestalt des modernen Terroristen. Gewissermaßen den Vorfahren der Männer der Roten Brigaden oder der Action directe. Es wird ihm ein Text zugeschrieben, der *Revolutionskatechismus*, der fast gestern verfaßt sein könnte, von einem unserer Marxisten-Leninisten!
Mit einer Handbewegung wischte Marroux diese Betrachtungen beiseite.
– Aber das ist nicht das Wichtigste, fuhr er fort. Zumindest

nicht in dem konkreten Fall, der uns beschäftigt ... »Netschajew« war auch der Deckname eines Militanten der extremen Linken Anfang der siebziger Jahre ... Er gehörte zur Gruppe der Proletarischen Avantgarde, die der Innenminister aufgelöst hatte, die jedoch im Untergrund weiterarbeitete ... Sie predigten den bewaffneten Kampf gegen die imperialistische Bourgeoisie ... Nun ja, all diese blutrünstigen Flausen. Und Luis Zapata stand mit ihnen in Verbindung ...

Die drei anderen rissen die Augen auf.

– Zapata? In Verbindung mit den Gauchisten? rief der Chef.

Da erzählte Marroux in wenigen Worten die Geschichte der Avantgarde. Das Wesentliche, ohne in Einzelheiten zu gehen oder die Familienbande zu erwähnen. Dagegen betonte er die Freundschaft zwischen Luis Zapata und Marc Liliental, genannt Laloy, seit sie zusammen im Gefängnis waren.

– Laloy? rief der Chef. Der Typ von *Média-Monde*? Er war im Gefängnis?

Er konnte es nicht fassen. Freilich war er zu jung, um damals auf einem Posten gesessen zu haben, der bedeutend genug war, um diese Art von Details zu wissen.

Marroux berichtete: 1970 oder '71, man müßte das genaue Datum überprüfen, saß Luis im Gefängnis, in der Santé. Er war wieder einmal wegen eines sensationellen Raubüberfalls eingefahren, den er vielleicht gar nicht begangen hatte. Aber was geschenkt kriegen bloß die Reichen. Jedenfalls hatte er Marroux eine Nachricht zukommen lassen (schon damals, wie Sie sehen!): »Herr Kommissar, ich habe damit wirklich nichts zu tun (leider!). Aber Ihre Kollegen von der Kripo sind wie tolle Hunde. Sprechen Sie mit ihnen, in Erinnerung an unsere Reise nach Madrid.« (Wahrhaftig! rief der Chef. An diese Reise erinnert er sich dauernd!) Tatsächlich fragte Marroux in der Sache nach, aber seine Kollegen ließen ihn rüde abblitzen. Jedenfalls konnte er jene Reise nach Madrid nicht erwähnen: sie war Staatsgeheimnis.

Bei dieser Gelegenheit lernte Luis im Gefängnis Marc Liliental kennen. Letzterer war einer der Führer der Proletarischen

Avantgarde. Er saß einige Monate in Untersuchungshaft und wartete auf einen Prozeß, der niemals stattfand, da die Ermittlungen schließlich eingestellt wurden. Und Luis war, was er war: der große Zorro, wie man sagte, auf dem Höhepunkt seiner Macht im Reich des Milieus.
Aus allen Zeugenaussagen ging hervor, daß die beiden Männer voneinander angetan waren. Zapata, der große Kaid, seine natürliche Macht über die Ereignisse, die Häftlinge und die Schließer; seine seidenen Schlafanzüge und seine Guerlain-Fläschchen; seine großzügigen Anwandlungen; seine vielen Frauen, untröstlich und treu: sein ganzes prächtiges Leben hatte Marc Laloy beeindruckt.
Dieser, ein Sohn von Kleinhändlern in der Rue du Roi-de-Sicile, hatte versucht, auf den Wegen der weltumspannenden Utopie der Revolution mit einer jüdischen Tradition zu brechen, die ihm eng und erstickend vorkam, weil sie – so meinte er, ein Entwurzelter, der jedoch seine einzigen möglichen Wurzeln ablehnte, sogar verabscheute – das Erbe des großen historischen Desasters der Shoah in den kleinen Münzen von Familienmißgeschicken und trübsinnigen Wehklagen verschleuderte. Er verscheuchte die Erinnerung an sie, um ihr keinen Sinn entnehmen zu müssen. Auch keine persönliche Ethik. Zapata dagegen stand über dieser unnennbaren Angst vor jedem Augenblick; er war anderswo, in einem trotz aller Gefahren merkwürdig ruhigeren Leben, weil der Wind der Geschichte dort nicht wehte. Was den großen Luis betraf, so erfuhr er von Marc mit Wonne, daß sein Gaunertum eine berechtigte Revolte gegen eine ungerechte Gesellschaft sei, die auf jeden Fall zerstört werden müsse, komme, was da wolle, ohne Mitleid. Seine Liebe zum Risiko, zu den Waffen, zum Alles oder Nichts wurde dank Marcs Reden zu einem grundlegenden und begründeten Zerstörungstrieb, der seine schädlichsten Instinkte adelte. So bewunderte Luis die Ungezwungenheit seines neuen Freundes im dunklen Universum der Zeichen. Er lauschte ihm, wie er die Welt neu schuf, stundenlang, mit ungeahntem Entzücken.
Später, als beide wieder in Freiheit waren – es stellte sich her-

aus, daß Luis tatsächlich nichts mit jenem berüchtigten Überfall zu tun hatte –, blieben sie befreundet. Roger Marroux war davon überzeugt, daß Liliental Zapata geholfen hatte, sein Leben neu zu gestalten, die Welt des großen Gangstertums endgültig zu verlassen, um sie gegen die Welt der Geschäfte zu vertauschen, in dessen Maquis nun nicht mehr die Inspektoren der Kripo, sondern lediglich die des Fiskus etwas bei ihm aufzuklären oder zu bemängeln haben würden.

– Sie werden diesen »Netschajew« so schnell wie möglich verhören, nicht wahr, Marroux? fragte der Chef nach kurzem Schweigen.

– »Netschajew« ist tot, Monsieur! Vor zwölf Jahren ... Selbstmord ...

– Aber wozu dann Zapatas Nachricht?

– Ich glaube, sagte Marroux, er wollte mir sagen, daß es die Proletarische Avantgarde betrifft ... Die Überlebenden ihrer Führungsgruppe ...

Er zögerte eine Sekunde.

– Der richtige Name von »Netschajew« war Laurençon, Daniel Laurençon ... Was die vier anderen angeht ... Marc Laloy ist seit acht Tagen in den Vereinigten Staaten ... Er scheint morgen zurückzukommen ... Julien Serguet ist heute von Paris nach Genf geflogen ... Zum Zeitpunkt des Mordes war er in Roissy ... Wir brauchen nur noch die Alibis von Elie Silberberg und Adriana Sponti ...

Der Chef pfiff durch die Zähne.

– Die Alibis? rief er. Machen Sie langsam, Marroux! Passen Sie auf, wo Sie hintreten!

Er stimmte seinem Chef völlig zu, Marroux. Ganz bestimmt würde er aufpassen, er hatte es mit feinen Leuten zu tun, das wußte er. Trotzdem. Seit zwölf Jahren versuchte er, die Wahrheit über diese Affäre ans Licht zu ziehen. Pech, wenn auch der Rest ans Licht käme!

# 7

Der Winterhimmel war von tiefem Blau. Lapislazuli, dachte er.

Marc Liliental lächelte, als er an Béa dachte. Nein, sie haßte es, wenn er sie so nannte. Béatrice, seine vierzehnjährige Tochter. »Mein kleines Juwel, meine Prinzessin.« Einige Tage vor seiner Abreise in die Vereinigten Staaten hatte Béatrice ihm einen Aufsatz vorgelesen, den sie gerade geschrieben hatte. Im Henri-IV hatte die Französischlehrerin der dritten Klasse ihre Schüler gebeten, Wörter zu erläutern, deren Klang sie erregt, inspiriert, bezaubert habe, noch bevor sie ihren genauen Sinn kannten. Und Béa – Béatrice – hatte sehr hübsch über eine Reihe von Wörtern fabuliert, angefangen mit »alizés« bis hin zu »lapis-lazuli«, mit »Alyscamps« in der Mitte.

Lapislazuli, der Dezemberhimmel über der kleinen Stadt Ellsworth im Bundesstaat Maine, USA, acht Uhr morgens. Transparent und diaphan wie der Saphir der himmlischen Sphären im *Buch der Erkenntnis* von Maimonides. Er lächelte. Fabienne liest jetzt mein Telegramm, dachte er. Sie muß es soeben erhalten haben. Aber nein. Ich vergesse den Zeitunterschied. In Paris ist es schon vierzehn Uhr!

Ihn verwirrte die Vorstellung, daß Fabienne dem Rendezvous, das er für heute abend verabredet hatte, sehr viel näher war als er. Sie hatte diesen Tag des Wartens schon zur Hälfte hinter sich; er hatte noch den ganzen Tag vor sich! Täglich hatte er Fabienne ein Telegramm geschickt, damit sie es am nächsten Tag gegen acht Uhr erhielte. In seiner letzten Nachricht kündigte er ihr an, daß er seine Rückkehr vorverlege, verabredete ein Rendezvous zum Abendessen, bei *Lipp*, heute, Mittwoch, den 17. Dezember. Marc Liliental überquerte die Hauptstraße von Ellsworth. Es herrschte eine trockene Kälte. Die *gazoline alley* war gesäumt von Tankstellen, Supermärkten, Läden mit Klamotten, Möbeln, elektrischen Haushaltsgeräten, Videokassetten: kurz das Amerika des Kinos. Er wollte für eine

Minute in die Schreibwaren-/Buchhandlung gehen, die den sinnigen Namen Mister Paperback trug, und Postkarten kaufen, um die Béatrice ihn gebeten hatte. Der Laden gehörte zu einer Kette. Eine halbe Stunde später, auf dem Flughafen von Bangor, würde er feststellen, daß es dort denselben gab. Vielmehr einen anderen mit demselben Namen.
Beim Hinausgehen fiel sein Blick auf ein Regal, auf dem philosophische Werke im Taschenformat standen. Er stöberte herum, zog einige heraus, um in ihnen zu blättern, vergaß, daß er es eilig hatte, stieß auf einen Band, der einen köstlichen Titel trug: *Portable Plato!*
Er lachte in sich hinein, stellte fest, daß die Auswahl der in diesem tragbaren Platon versammelten Dialoge recht vernünftig war, und las die kurze Einleitung zum *Gorgias*.
Plötzlich flimmerte es ihm vor den Augen.
Er wußte nicht mehr, wo er war, noch mit wem, noch in welchem Lebensalter. Als ob sich alle Bezugssysteme verflüchtigt hätten. Es gab nur noch diese weiche, klebrige, unförmige Masse: das Leben. Die Gewißheit zu existieren, brutal, angefüllt mit einer totalen Leere, die zu nichts führt. Zu nichts anderem als zu sich selbst: dem törichten Leben.
Und dann, als er aus dieser Art Abgrund, diesem reglosen Wirbel emportauchte, fand er sich in der Rue d'Ulm wieder.
Aber es war keine Erinnerung, keine Beschwörung des Gedächtnisses, keine wiedergefundene Zeit. Überhaupt nicht, er war in der Rue d'Ulm, in der Gegenwart, so wie man in der Wirklichkeit eines Traums gegenwärtig ist. Und er befand sich in einem Seminar über Platon, mit Elie Silberberg und Daniel Laurençon.
Daniel hatte sich gerade zu ihm umgedreht, aber er hatte keinen Blick. Nicht einmal ein Gesicht. Er wußte, daß es Daniel war, ganz ohne Zweifel. Aber er sah nur eine rauhe Oberfläche anstelle von Daniels Zügen. Wie Bimsstein, erkaltete Lava. Und im blendenden Licht dieser vollkommenen Gegenwart – die die Bilder des Realen um ihn herum verschleierte, so als hätte man aus Versehen oder Ungeschick die Filmkammer eines

Fotoapparats geöffnet –, im harten Licht dieser Erinnerung – man mußte sich wohl oder übel damit abfinden, sie so zu nennen, in Ermangelung eines passenderen Worts –, befiel ihn eine beklemmende Vorahnung: die abscheuliche Gewißheit des Unheils.

Er schüttelte sich, unternahm eine verzweifelte Anstrengung, wieder Fuß zu fassen, zu sich zu kommen. Er riß sich zusammen, so wie wenn man die Kandare eines launischen Pferdes scharf anzieht.

Mit zitternden Händen stellte er den Taschen-Platon auf das Regal zurück.

Auf dem Flughafen von Bangor, bevor er das kleine Flugzeug von Bar Harbor nach Boston bestieg, würde er Béa anrufen. Béatrice! Sie geht heute nicht zur Schule, sie muß also nachmittags zu Hause sein.

Alles hatte vor einer Woche angefangen, am 10. Dezember.

Jedenfalls wird Marc Liliental, genannt Laloy, wenn Hauptkommissar Roger Marroux seine Zeugenaussage im Zimmer des Krankenhauses auf Band aufnehmen wird, seinen Bericht hier anfangen. Er wird nicht zögern. Er wird mit präziser Stimme zu sprechen beginnen, einer Stimme, die zuweilen dumpf klingt vor Teilnahmslosigkeit, zuweilen sich überschlägt unter der Nachwirkung der Ereignisse jenes Tages.

Dabei hatte diese Geschichte nicht erst am 10. Dezember angefangen. Gewiß ist es nicht immer leicht, den Anfang einer Geschichte genau zu datieren. Gibt es überhaupt einen absoluten, unbestreitbaren Anfang von irgend etwas? Nichtsdestoweniger blieb es eine Tatsache, daß ihre Geschichte – die Geschichte ihrer Gruppe, die Geschichte des Todes von Daniel Laurençon, genannt »Netschajew« – bestimmt nicht am 10. Dezember 1986 begann.

Dennoch begann er seinen Bericht mit diesem Datum. Mit diesem Tag, an dem Daniels Gespenst zurückgekehrt war, um ihn heimzusuchen.

Die Tür seines Schlafzimmers öffnete sich leise an jenem Morgen,

gegen Viertel vor acht. Er war ein wenig darauf gefaßt. Seit Béatrice bei ihrem Vater lebte, vergaß sie nie seinen Geburtstag. Der 10. Dezember war Marc Lilientals Geburtstag.
Béatrice setzte sich auf den Bettrand. Sie hatte zwei Pakete in der Hand. Das eine enthielt ein Buch, dem Format nach zu schließen. Eine rote Rose war mit einem Stück Klebeband daran befestigt. Das andere war größer. Auch flacher.
– Das mit der Rose ist von mir, sagte Béatrice. Das andere ist von Mama. Sie hat es gestern gebracht.
Auch Adriana Sponti vergaß nie seinen Geburtstag.
Béatrice sah zu, wie er seine Geschenke auspackte. Marc begann natürlich mit ihrem.
– Wie ist das, wenn man vierzig ist? fragte sie.
Das sind zehn Jahre weniger, als wenn man dreißig ist. Zwanzig Jahre weniger, als wenn man zwanzig ist. Denn Marc zählte nie die vergangenen Jahre, er verbuchte lediglich die kommenden. Jeder Geburtstag frißt ihm zwölf Monate weg. Zwölf Monate voller Pläne, Taten, Träume, Neuanfänge verschwanden aus seiner Zukunft.
– Es macht mir nichts aus, log er. Ich fange erst dann an, alt zu werden, wenn du vierzig bist! Nicht vorher!
Er hatte das erste Paket aufgemacht.
Es war nicht ein Buch, sondern drei. Die drei kleinen Bände der *Histoire populaire et parlamentaire de la Commune de Paris* von Arthur Arnould, 1878 in Brüssel veröffentlicht, bei der sozialistischen Buchhandlung von Henri Kistemaeckers. Marc hatte sich im Lauf der Jahre eine beachtliche Sammlung Bücher über die Kommune und, allgemeiner, die Geschichte der sozialen Bewegungen im 19. Jahrhundert zugelegt.
– Toll! sagte er und küßte seine Tochter. Du hast also gehört, daß ich dieses Buch neulich bei Magis bestellt habe?
Plötzlich runzelte er die Brauen.
– Sag mal! Das kriegt man doch nicht umsonst ... Wo hast du den Zaster her?
Sie setzte ihre störrische Miene auf, sagte jedoch die Wahrheit. Sie sagte immer die Wahrheit. Weder aus unwiderstehlicher

Wahrheitsliebe noch aus moralischen Erwägungen. Einfach deshalb, weil es einfacher war, das wußte sie aus Erfahrung.
– Ich hab dir den nötigen Kies geklaut ... Zu teuer für mich, das stimmt!
Er unterdrückte ein Lachen.
– Wie klaust du? Durchsuchst du meine Taschen?
Sie zuckte die Achseln.
– Nicht mal das! Überall läßt du Kohle rumliegen, Alter! Besonders im Bad. Also spare ich hinter deinem Rücken seit zwei Wochen was zusammen, um dir ein Geschenk zu machen!
Sie frühstückten im väterlichen Zimmer. Der Tag fing gut an. Aber der 10. Dezember war nicht nur der Geburtstag von Marc Laloy. Es war auch der Tag, an dem eine Schülerdemonstration angesagt war – aus Protest gegen den brutalen Polizeieinsatz, der zum Tod eines jungen Mannes geführt hatte, im Quartier Latin , in der Nacht vom 5. zum 6. Dezember.
Marc wußte, daß seine Tochter daran teilnehmen würde. Er riet ihr zur Vorsicht.
– Was heißt das, vorsichtig sein, fragte sie, wenn man mit Tausenden von Freunden auf der Straße ist und recht hat, dort zu sein?
Er beobachtete sie verstohlen, eine Tasse Kaffee trinkend.
– Hast du mit deiner Mutter darüber gesprochen? Was hat sie gesagt?
Sie tat die Worte ihrer Mutter mit einer Handbewegung ab.
– Blödes Zeug!
– Und was noch? insistierte er.
– Sie hat gesagt, ich sollte lieber meine Hausaufgaben machen!
– Und du hast ihr mit einer Unverschämtheit geantwortet ...
– Mit einer Wahrheit! rief Béatrice. Ich hab ihr gesagt, daß es nichts bringt, 68 die Revolution zu wollen, um heute wie eine bourgeoise Tante aus dem sechzehnten Arrondissement mit mir zu reden.
– Deine Mutter haßt das sechzehnte, sagte er.
Béatrice lachte schallend.
– Genau das hat sie mir gesagt ... Ich hasse das sechzehnte und

setze keinen Fuß dorthin, hat sie gesagt. Und außerdem haben sich die Zeiten geändert, sagte sie zum Schluß.
– O nein! rief er. Du hast doch immer das letzte Wort. Welche Frechheit hast du zum Schluß gesagt?
Béatrice sah ihren Vater zärtlich an. Er verstand einfach alles.
– Ich hab sie gefragt, ob sich die Zeiten geändert hätten oder die Revolutionäre!
Eine gute Frage, in der Tat, dachte Marc Laloy.
Er trank noch einen Schluck Kaffee, sah auf seine Uhr.
– Ich muß mich duschen, mich anziehen ... Ich habe heute viel zu tun ... Aber wir essen zusammen, du vergißt es nicht? Morgen früh fliege ich mit der Concorde nach New York.
Er erhob sich vom Frühstückstisch, legte die Hand auf den Kopf seiner Tochter.
– Wenn ich wieder da bin, sagte er versonnen, ich verspreche es dir: dann erzähle ich dir was von den Revolutionären ...
Er war schon fast an der Tür zum Badezimmer, als er hinter sich die Stimme von Béatrice hörte.
– Und das Geschenk von Mama machst du nicht auf?
Er drehte sich um, versuchte seine Stimme zu beherrschen.
– Das eilt doch nicht, oder? Es wird schon nicht wegfliegen!
Béatrice fand diese Erwiderung schlichtweg vulgär. Das wunderte sie bei einem so intelligenten Mann. Sie konnte nicht ahnen, daß Marc sich scheute, das Paket in ihrer Gegenwart zu öffnen. Als er es betastete, hatte er den Eindruck gehabt, daß es sich um eine Fotografie handelte. Sie waren manchmal für kindliche Augen wenig geeignet, die Fotografien, die sie beide, Adriana und er, früher gemacht hatten. Und Adriana war pervers genug, ihm ein solches Foto zu schicken, um seinen Geburtstag auf ihre Weise zu feiern.
– Du willst dieses Paket nicht in meiner Gegenwart aufmachen ... Sag's doch gleich! rief Béatrice gekränkt.
Er zuckte die Achseln, ging das Risiko ein, es vor ihr zu öffnen. Béatrice bemerkte, daß er blaß wurde, daß sein Blick sich verfinsterte, als er das Papier aufgemacht hatte.
– Darf ich sehen? fragte sie.

Mit einer schroffen Geste reichte er ihr den Gegenstand. Es war eine fotografische Vergrößerung, in schwarzweiß, mit einem kostbaren Holzrahmen. Als sie es in die Hand nahm, bemerkte Béatrice, daß auf der Rückseite etwas geschrieben stand. Sie erkannte die Handschrift ihrer Mutter.
– »Es waren fünf junge Leute, alle in dem schlimmen Alter zwischen zwanzig und vierundzwanzig Jahren«, las sie laut.
– »... die Zukunft, die sie erwartete, war unübersichtlich wie eine Wüste voller Luftspiegelungen, Fallen und unermeßlicher Einsamkeit ...«
Ihr Vater hatte den Satz, den sie vor Augen hatte, zu Ende gesprochen. Seine Stimme klang seltsam verändert, brüchig, wie innerlich von einem dunklen Leid bearbeitet.
Sie sah ihn an.
Marc – sie nannte ihren Vater immer beim Vornamen; oder sie nannte ihn »Alter«, »Typ«, »du«, nur nicht »Papa«! –, Marc stand da wie versteinert, mit feindseligem Gesicht, die Fäuste in den Taschen seines Morgenrocks geballt.
Alle fünf waren sie auf diesem Foto. Sie waren tatsächlich in dem schlimmen Alter. Es war in der Bretagne, in der Nähe von Fouesnant, im Sommer 1969. Sie waren zusammen aus Paris gekommen, mit der Eisenbahn. Sie hatten gejauchzt, als sie feststellten, daß der Bus, mit dem sie vom Bahnhof von Quimper nach Fouesnant fahren würden, dem Unternehmen eines gewissen Le Mao gehörte. Adriana Spontis Schultern waren nackt. Ausgelassen hatte sie verkündet: »Ein Funke kann die ganze Heide in Brand stecken!« Und Silberberg hatte hinzugefügt, es sei sehr praktisch, ein Double an der Hand zu haben, und sei es nur eine blasse platonische Kopie des Großen Steuermanns! Sie hatten viel gelacht, vier Wochen lang. Auch viel gearbeitet. In Wirklichkeit waren es gar keine Ferien, trotz ihrer Ungezwungenheit und ihres gesunden Aussehens. Fouesnant war vor allem ein Arbeitstreffen gewesen. Sie hatten die Theorie der revolutionären Gewalt, des Partisanenkrieges gebüffelt. Schon damals war Daniel der eifrigste, der systematischste unter ihnen. Zweimal in der Woche hatten sie auch an

praktischen Lehrgängen teilgenommen: Umgang mit Sprengstoffen, Schießübungen in einem verlassenen Steinbruch mit den Smith and Wesson, die Elies Vater ihnen überlassen hatte, Fälschung von Ausweisen.
Das Übliche also.
– Wer ist denn der da? fragte Béatrice.
Der da, das war Daniel Laurençon, in der Mitte ihrer Gruppe, die Haare im Wind, mit geschmeidigem Körper, im Glanz seiner blonden Männlichkeit.
– Alle andern kenne ich, ihn nicht! Er sieht irre gut aus! Wer ist das, Marc?
– Niemand, sagte dieser.
Mühsam verbesserte er sich.
– Er ist tot, Béatrice ... Wir sprechen nie über ihn ... Laß mich jetzt, ich muß mich anziehen.

In Bangor war es ihm nicht gelungen, Béatrice zu erreichen. Die Telefonleitung der Pariser Wohnung, Place du Panthéon, war ständig besetzt. Bestimmt sprach seine Tochter mit Schulfreundinnen, es war unerträglich!
In diesem Augenblick wird Marc Liliental den Hauptkommissar Roger Marroux angesehen haben, der an seinem Krankenbett sitzen und seine Zeugenaussage auf Tonband aufnehmen wird. Hatte er alles richtig verstanden? Aber ja, der Polizist konnte seinem Bericht sehr gut folgen. Er hatte verstanden, daß wir nun wieder zum 17. Dezember zurückgekehrt waren, dem Tag des Rückflugs nach Frankreich, wo Marc am Abend Fabienne Dubreuil wiedersehen wird, bei Lipp.
Vor allem der Tag, an dem Luis Zapata ermordet worden ist.
In Bangor hatte Liliental die Telefonzelle verlassen müssen. Die kleine zweimotorige Propellermaschine der Bar Harbor Airlines wartete nur noch auf ihn, um zu starten. Er ging an Bord. Es gab nur noch drei andere Passagiere und die beiden Piloten natürlich. Das Flugzeug dröhnte, vibrierte, rüttelte, hob schließlich ab. Sobald es sich in der klaren dichten Luft befand, schien es zu schweben wie ein Vogel.

Marc beugte sich zum Bullauge, war ergriffen von der Schönheit der Landschaft.
Bald flogen sie über die Bucht von Penobscot. Er erblickte die Inseln, die er alle mit Namen kannte, manchmal war es ein französischer. Die Isle au Haut drehte sich unter dem Flügel der zweimotorigen Maschine, als sie Kurs auf Südsüdost nahm.
Eine ungehörige Erregung schnürte ihm die Kehle zu. Er wunderte sich über soviel sentimentale Klammheit bei der Betrachtung der sich entfernenden Küste des Maine mit ihren Wäldern, ihren Flüssen, ihren weißen Holzhäusern, den Segeln ihrer Schiffe, den Buchten ihrer unzähligen Inseln.
*Et in Arcadia ego*, murmelte er. Er schloß die Augen.
Früher behauptete Elie Silberberg, er könne nur im Liegen nachdenken. Wirklich nachdenken zumindest. Was nichts mit den vagen Gedanken zu tun hat, die einen bestürmen oder einem dauernd durch den Kopf gehen. Nein, nachdenken: neue Ideen entwickeln, um eine sich verhärtende Realität zu erfassen. Zweifellos schränkte das die Möglichkeiten, die Gelegenheiten der klaren Reflexion ein, dieses Bedürfnis zu liegen. Oder diese Neigung. Nicht immer hat man einen alten Liegestuhl zur Hand, in dem man sich ausstrecken kann. Oder ein Flugzeug. Im Flugzeug klappte es auch, sogar noch besser als im Liegen. Wenn ich die Mittel hätte, sagte Silberberg, würde ich jedesmal ins Flugzeug steigen, wenn ich ein Problem zu lösen hätte, gleich welcher Art. Sogar existentieller Art, das unlösbarste von allen. Ein bis anderthalb Stunden Flug, die ideale Dauer. Paris-Nizza zum Beispiel, das sei perfekt. Bei der Landung sei alles geklärt, man bräuchte nur noch zu handeln. Oder im Gegenteil gar nichts zu tun, da die klügste Entscheidung oft darin bestehe, nichts zu tun, die Dinge sich von selbst regeln zu lassen.
Marc Liliental hatte die Augen geschlossen. Er befand sich im Flugzeug, fast liegend, in der idealen Situation zum Nachdenken.
Am 10. Dezember, seinem Geburtstag, war Fabienne Dubreuil mittags in sein Büro gekommen. Sie wurde von Quesnoy begleitet, der ein paar Fotos schoß und sich schnell zurückzog.

Um so besser, Marc war mit diesem Typ nie klargekommen. Er war ein Querulant, eifersüchtig auf den Einfluß, den Marc auf die anderen ausübte. Besonders auf Serguet.
An jenem Tag hatte sich Quesnoy, kaum war er ins Büro eingetreten, umgesehen und dabei an seinem Fotoapparat herumgefummelt.
– Was für ein Erfolg! hatte er nach einem ironisch bewundernden Pfeifen gesagt.
Aber Marc hatte nicht reagiert. Er hatte nur Augen für Fabienne.
Er hatte in dieses Treffen eingewilligt, weil Serguet darauf bestanden, ihn mehrfach telefonisch daran erinnert hatte. Auch weil ihm bereits einige Artikel der *Action* aufgefallen waren, die diese Signatur trugen: Fabienne Dubreuil. Ein flotter Stil, ganz bestimmt. Ein hübsches flottes Mädchen mit ebensolchem Stil, dachte er jetzt, als er sie auf der großen Fläche des grauen Teppichbodens auf sich zukommen sah. Es hatte ihm den Atem verschlagen. Was für eine Erscheinung, Donnerwetter, was für eine Art, sich zu bewegen, ihren Körper der Welt darzubieten, ihn, ein weiblicher Zentaur, sofort wieder zu bezwingen und an sich zu reißen durch die Zügel des Blicks, die stolze Haltung des Oberkörpers! Eine Seele zeigte sich darin, durchsichtig, unergründlich. Eine Seele, die es zu erobern, zu besetzen, zu verwüsten galt: ein höllisches Glück kündigte sich als möglich an.
– Sie wissen, was mich zu Ihnen führt? hatte sie gefragt.
Marc hatte eine blasierte Miene aufgesetzt.
– Sie machen eine Reportage über den gesellschaftlichen Erfolg der ehemaligen 68er ... Zu diesem Thema pflegen mich die Journalisten gewöhnlich zu befragen ...
Er warf Pierre Quesnoy einen Blick zu, der sich an seinen Apparaten zu schaffen machte.
– Und es stimmt, daß ich erfolgreich bin, fügte er hinzu. Sogar zu sehr, wie einige meinen ... Neidisch, manchmal empört.
Sie schüttelte ihr kurzes Haar.
– Entschuldigen Sie ... Aber Ihr Erfolg interessiert mich nicht!
Was Fabienne außer philosophischen Büchern interessierte,

das waren die Gegengesellschaften, die Subkulturen, die Kleinstgruppen in der Massengesellschaft. Zum Beispiel hatte sie gerade eine Untersuchung über die Nizzaer beendet. Marc war ein wenig verdutzt. Was für Nizzaer? Na, die Gruppe der Schwestern Pisier, die von Michèle Cotta, Bernard Kouchner, die kleine Dany Corbel ... Sie gehörten zur selben Generation, hatten oft gemeinsam studiert, waren nach Paris gegangen, um dort berühmt oder einflußreich zu werden, manchmal beides.
– Dann müßten Sie Romanschriftstellerin sein, sagte Marc.
Sie stimmte zu, sagte, das käme noch.
– Und in welche Kleinstgruppe haben Sie mich gesteckt? fragte er weiter.
Pierre Quesnoy hatte sich empfohlen: eine Last weniger!
– In die der ehemaligen Schüler von Henri-IV! sagte Fabienne lachend.
Sobald sie sich gesetzt hatte, ihre Beine entblößend, als sie sich vorbeugte, um das Tonbandgerät auf den niedrigen Tisch zwischen ihnen aufzustellen, war das Verlangen da: sein Verlangen nach ihr und ihr Verlangen nach ihm. Nie hatte er sich in derartigen Situationen getäuscht. Immer, noch in derselben Sekunde, hatte er das Verlangen des anderen gespürt. Manchmal noch bevor die betreffende Frau es selber spürte.
Aber verlangte es Fabienne wirklich nach ihm? Ihm, Marc Liliental, genannt Laloy, heute vierzig Jahre alt, groß, schlank, mit blitzendem Auge und sinnlichem, zynischem Mund, ehemaliger Revolutionär, im Begriff, sich in der Welt der Information und der Medien ein Reich aufzubauen? Ursprünglich vielleicht nicht in erster Linie. Das Begehren war bei ihr nicht eindeutig: einfach das Begehren nach dem Mann, nach ihm, Marc, ganz plötzlich, bei der ersten Begegnung. Vielleicht war es zum Teil das Begehren nach dem Begehren an sich. Die Freude und die Überraschung dieses Begehrens. Sich nicht nur begehrenswert, sondern begehrend zu wissen.
Marc jedenfalls hatte von diesem ersten Augenblick an den flüchtigen, aber starken, äußerst präzisen, im übrigen absurden Eindruck gehabt, in ihrem Körper zu sein, in den Tiefen seiner

Männlichkeit das jähe Erschlaffen eines weiblichen Körpers zu spüren, in dem Moment, da Fabiennes sich spreizende, dann übereinanderschlagende Beine in ihm die fleischliche Vorstellung des Augenblicks der Hingabe weckten, wo sie offen wäre für seine Macht.

Er hatte ihre Hand berührt, als er ihr ein Glas Mineralwasser servierte. Sie schloß gerade das Tonbandgerät an und hatte am ganzen Leib gezittert, für den Bruchteil einer Sekunde. Fabienne hatte gelacht, etwas über die statische Elektrizität des Apparats gesagt, behauptet, solche Dinge kämen vor.

Er hatte beflissen zugestimmt: natürlich kommen solche Dinge vor!

Aber es war noch zu früh. Man greift einer Frau nicht unter den Rock, sobald man sie zum Zittern bringt, indem man ihre Hand berührt, kaum daß man ihr begegnet ist. Man unterwirft sie nicht sofort seinen Liebkosungen. Ein solches Verhalten, das in gewisser Hinsicht völlig natürlich ist, würde als tierisch bezeichnet werden. Und zweifellos lag ein Körnchen Wahrheit in diesem abwertenden Urteil. Nicht, daß sich die unverzügliche Befriedigung des Verlangens, des Sexualtriebs als unmenschlich bezeichnen ließe. Oder als unmoralisch. Ein paar Tage mehr, ein paar Gläser Champagner oder ein paar Kommentare über Marcel Proust als Dreingabe machen den Akt gewiß nicht moralisch. Aber es gibt keine Zivilisation ohne Zwang, ohne kulturelle Konventionen. Wenn Mann und Frau, im Unterschied zu den Tieren, für das sexuelle Begehren immer verfügbar sind, in jeder Jahreszeit, zu jeder Stunde des Tages oder der Nacht, so vielleicht deshalb, weil sie die Fähigkeit haben, die zeitliche Dimension mit ihren Ritualen und Rücksichten in ihre fleischlichen Beziehungen einfließen zu lassen. Aus diesem Grund können sie ihr Verlangen aufschieben, hinauszögern, indem sie es in gewisse Normen einbetten. Und natürlich deren Übertretungen.

Vom ersten Augenblick an hatten sie gewußt, daß sie miteinander schlafen würden.

Dabei tat Fabienne nichts, um auf Marc Lilientals Winke und

Avancen einzugehen. Nicht, daß sie so tat, als sei sie taub, als verstehe sie nicht recht. Nein, sie hörte sehr gut, blieb aber zunächst die Antwort schuldig. Mochte er auch behaupten, das Interview ließe sich anderswo besser erledigen als in seinem Büro, und sie an ungewöhnlichen Pariser Orten spazierenführen, Orten, die sie bezauberten, es half nichts. Das Gespräch nahm zuweilen eine anzügliche Wendung, die sie nicht von sich wies, als das Begehren beim Namen genannt, seine möglichen Folgen beschrieben wurden. Sie akzeptierte die Wörter, ihre schillernde Rohheit, schien sich jedoch fortzustehlen.

Und dann plötzlich, als er schon verzichtet hatte, wenn nicht auf sie, so doch darauf, sie noch am selben Tag zu besitzen, da ergriff Fabienne die Initiative.

Sie waren in diesem Augenblick bei ihm zu Hause, Place du Panthéon. Gibt es einen besseren Ort, um ein Gespräch über Henri-IV zu beenden? hatte er verkündet. Vom Fenster des großen Salons aus konnte man, etwas zur Rechten, auf die Gebäude und Gärten des Gymnasiums hinunterblicken. Es war ihm so vorgekommen, als habe Fabienne gezögert, ihm in seine Wohnung zu folgen. Meinte sie, dort seinen Avancen stärker ausgesetzt zu sein? Oder der Versuchung ihres eigenen Begehrens? Sie hatte indes nichts zu befürchten. Auch nichts zu erhoffen. Niemals hatte er eine Frau in amouröser Absicht in die Wohnung gebracht, in der er mit Béatrice lebte. Gerade weil er heute auf sie verzichtet hatte, hatte er Fabienne gebeten, ihn zur Place du Panthéon zu begleiten.

Und dort hatte er der jungen Frau irgendwann die Fotografie gezeigt, auf der sie alle fünf beisammen waren und die ihm Adriana an diesem Morgen zum Geburtstag geschenkt hatte. Fabienne hatte sie lange betrachtet. Sie hatte ihm Fragen gestellt. Aber es war ihm so vorgekommen, als fixiere sie vor allem Adrianas Gesicht. Plötzlich stand sie auf, kam auf ihn zu, quer durch das große Zimmer, mit ihrem stolzen, durchsonnten Gang, der ihm so gefiel.

– Wollen Sie mich immer noch? sagte Fabienne. Nehmen Sie mich!

Am Abend hatte Marc mit seiner Tochter gegessen, wie vorgesehen.
Dann hatte Béatrice von der Demonstration am Nachmittag erzählt. Aber sie hatte bald gemerkt, daß er zerstreut war.
– Marc, hörst du mir zu oder schläfst du ein? hatte sie schroff gesagt.
Er hatte sie angesehen, sie sah unzufrieden aus. Aber er schlief ganz und gar nicht ein. Freilich hörte er auch nicht zu. Er dachte an Fabienne, an den mit ihr verbrachten Tag.
– Weder noch, sagte er, wenn du es genau wissen willst!
Sie lachte, Béatrice.
– Dann träumst du. Oder du denkst an eine Frau ... Auch eine Art zu träumen, oder?
Er hatte große Lust, sie zu fragen, in was sie sich einmische. Zuckte dann die Achseln. Béatrice hatte sich immer in alles eingemischt, seit sie zu ihm gezogen war.
– Da wir gerade davon reden, sagte Béatrice, woran denkst du, wenn du an eine Frau denkst? Und überhaupt, wie machst du es mit den Frauen? Nie kommt eine ins Haus. Außer Mama manchmal. Aber du bist nie da, wenn sie kommt, und außerdem besteigst du Mama nicht. Wo besteigst du die Frauen, die du besteigst?
Er verschluckte sich, erstickte fast.
Er wischte sich das Kinn und den Hemdkragen ab: sie waren naß geworden von dem Mineralwasser, das er in seiner Erregung ausgespuckt hatte.
– Béa! rief er. Willst du bitte korrekt sprechen?
Sie riß die Augen auf.
– Was ist unkorrekt an »besteigen«? Es ist eher ein diskretes Verb, um die betreffende Sache zu nennen!
Er bemühte sich, eine strenge Miene aufzusetzen.
– Béa, du weißt nicht, wovon du redest!
Sie wurde blaß vor Entrüstung.
– Erstens, nenn mich nicht mehr Béa, ich hasse das! Es spiegelt Nettigkeit vor, es klingt herablassend. Und außerdem weiß ich sehr wohl, wovon ich spreche!

Er versuchte, dem Gespräch eine andere Richtung zu geben, von einer Art Schüchternheit ergriffen: er hatte keine Lust, Béatricens Wissen über das Sexualverhalten nachzuprüfen.
– Daß nie eine Frau ins Haus kommt, sagte er, geschieht deinetwegen, Béatrice. Um dich nicht zu stören ... Aus Rücksicht auf dich, verstehst du?
Sie nickte ernsthaft.
– Das hatte ich schon begriffen, trotzdem danke! Aber das ist nicht der einzige Grund ...
– Welcher noch?
Sie sah ihn etwas mitleidig an.
– Was hast du heute abend, Alter? Es ist doch ganz einfach!
– Sei nicht impertinent!
Béatrice sprang auf, rannte zu einem Bücherregal am Ende des Zimmers, kam mit einem Wörterbuch zurück.
– »Impertinent. Adjektiv, 14. Jahrhundert, Küchenlatein. *impertinens*: was nicht passend ist. Erstens: alt. Was nicht zutreffend ist, vernunftwidrig, gegen den gesunden Menschenverstand.« – Ist das mein Fall? Ah, hier! – »Viertens, modern (1670).« – Na, das Moderne ist auch nicht von gestern! – »Wer Unehrerbietung, eine unangebrachte, anstößige Vertraulichkeit an den Tag legt ...«
Sie legte den Band auf den Teppich, sah ihren Vater an.
– Wie könnte es zwischen uns eine unangebrachte Vertraulichkeit geben, sag?
Er lachte, trank einen Schluck Apollinaris.
– In der Tat, sagte er.
– Ich finde, daß ich eher das Gegenteil von impertinent bin, fuhr sie fort. Denn nicht nur zu meinem Schutz bringst du keine Frauen ins Haus, sondern auch, weil du Angst hast!
Er sah seine Tochter an, verdutzt.
– Erkläre mir das, du machst mich neugierig!
– Sie wechseln ständig, nicht wahr? Also hast du Angst, lächerlich zu erscheinen, daß ich denke, du seist nicht auf der Höhe ... Was ist das bloß für ein Typ? Er hat 'ne Menge Zaster, dauernd fällt ihm was Neues ein, er sieht gut

aus, er ist jung ... Aber er ist nicht in der Lage, eine Frau zu halten ... Du hast Angst, daß ich mich nach dem Grund frage, ist es so?

Er sagte nichts. Béatricens Worte bohrten sich langsam in seinen Kopf, in sein Fleisch.

Aber ich habe keine Lust, sie zu halten, Béatrice. Deine Mutter, die hätte ich vielleicht halten wollen, und trotzdem habe ich alles getan, sie zu verlieren. Oder daß sie mich verliert. Wir haben uns gemeinsam verloren, buchstäblich und in allen Bedeutungen des Worts. Ich will die Frauen eben nicht halten. Ich will sie nur verlieren. Ich mag nur verlorene Mädchen, Béatrice. Nie hat mich eine Frau wirklich interessiert, die sich nicht in den Taumel ihrer eigenen Verirrung, ihrer persönlichen Verworfenheit reißen ließ. Nie hat mich eine anständige, rechtschaffene, treue, aufrichtige Frau wirklich interessiert. Deine Mutter war es, hätte es zweifellos sein können. Aber wirklich geliebt, bis zum Wahnsinn geliebt habe ich sie erst von dem Moment an, wo sie endlich falsch, verlogen und grausam geworden ist: eben eine Frau. Um meinetwillen, für mich, um mir zu gefallen und mich zu verlieren. Auch Fabienne, meine neueste Eroberung – sie weiß es selber nicht, noch nicht, aber sie ist erobert; außerdem gibt es keine wirkliche Eroberung, Béatrice, man nimmt nur die bereits aufgegebenen, bereits verlorenen Plätze ein, die Frauen, die bereits vom köstlichen, schandbaren Taumel des Falls, der Unterwerfung ergriffen sind –, auch Fabienne, ich brauchte sie nur einmal zu sehen, ein paar Stunden, am heutigen Tag, auch sie könnte sehr aufrecht sein, ihr göttlicher, beschwingter Gang könnte der Ausdruck ihrer Seele sein, aber es gibt bei ihr einen Bruch, den ich vom ersten Augenblick an geahnt habe, den sie selbst ahnen muß: einen Abgrund, in den das Verlangen nach der Perversion sich stürzen kann, das Verlangen nach dem Abgrund: die Liebe zur Hölle. Ich weiß es schon jetzt. Und Fabienne ahnt es.

Die Worte von Béatrice hatten sich in sein Fleisch, in seinen Geist gebohrt, um dort ihre Maulwurfsarbeit zu verrichten.

Sie fürchtete, ihn verletzt zu haben, dem langen Schweigen nach zu urteilen.
– Habe ich dir wehgetan? fragte sie beunruhigt.
Er schüttelte den Kopf, lächelte ihr zu.
Sie zerschmolz in der Sonne dieses Lächelns, wie immer. Wie jedes Mal, wenn ihr Vater auf diese Weise lächelte. Sie lechzte nach diesem Sonnenlächeln, das ihr Herz erwärmte. Sie rückte auf dem Kanapee mit katzenhaften Bewegungen zu ihm und schmiegte sich an ihn. In seinen Armen, beschützt, sinnlich geborgen, im Warmen: geil! dachte sie.
– Wie soll ich dich dann nennen, wenn du Béa nicht magst?
– Nenne mich ruhig Béa, wenn es dir Spaß macht! rief sie. Nicht dieser Kosename hat mich geärgert!
– Sondern?
– Daß du sagst, ich wüßte nicht, wovon ich rede ... Ich hatte das Verb »besteigen« nur aus Anstand und Diskretion gewählt!
Er versuchte, nicht zu zeigen, wie sehr sie ihn belustigte.
– Und welche Verben hättest du statt dessen sagen können?
Sie löste sich von ihm, hob den Blick zu ihrem Vater.
– Ich hätte sagen können ...
Mit den Fingern ihrer rechten Hand zählte sie die möglichen Verben ab.
– Vögeln, bumsen, pimpern, geigen, knallen, hacken, bürsten, orgeln, fucken ...
– Wie bitte? fragte er. Das letzte ...
– Das ist ein Anglizismus, sagte Béatrice todernst. *To fuck* ... Manche schreiben es mit *ph*. Wegen *phoques* natürlich, schwul wie eine Robbe. Aber es hat eine einschränkende Bedeutung, es heißt arschficken ...
Sie sah das entrüstete Gesicht ihres Vaters, änderte augenblicklich den Ton.
– Also, wir übersetzen englische Wörter oder Ausdrücke Wort für Wort ... Mit wir meine ich meine kleine Bande von Henri-IV.
Er nahm sie in seinen Arm, eine zerbrechliche junge Göttin, Verheißung einer Zukunft, von der jeder Augenblick seines Lebens ihn ins undurchdringliche Nichts des Todes stieß.

– Zum Beispiel? fragte er.
Sie war glücklich, die Aufmerksamkeit ihres Vaters so lange auf sich zu ziehen.
– *Fast-food*, zum Beispiel. Wir sagen »Schnell-Fraß«. Es gibt auch Varianten. Wenn es sich um Hamburger-Lokale handelt, heißt es »Schnell-Ochse«, und wenn sie beschissen sind, »Schnell-Bulle«.
Er lachte aus vollem Herzen.
– »Schnell-Ochse« stammt nicht von mir, sagte sie gewissenhaft. Es stammt von Mathieu, einem Schulkameraden, der wirklich kühl ist.
– Auf französisch wäre er cool, sagte Marc.
Béatrice war entzückt, sie hatten zusammen gelacht.

Aber die kleine zweimotorige Maschine beginnt, zum Flughafen von Boston abzusinken.
Marc sieht auf die Uhr. Er hat Zeit, Béatrice anzurufen. Der Flug 527 der PanAm nach New York, wo er in die Concorde umsteigen muß, startet erst um neun Uhr dreißig. Er hat kein Gepäck aufzugeben. Nur eine Reisetasche mit Toilettensachen, einen Walkman mit Kassetten klassischer Musik und Blues aus der guten alten Zeit. Und zwei Bücher: *Less than One*, eine Auswahl der Essays von Joseph Brodsky, und *The Garden of Eden*, ein weiterer posthumer Roman von Hemingway! Aber Fabienne hat ihn gelesen, während ihres Wochenendes in Deer Isle vor ein paar Tagen. Sie haben zusammen darüber gesprochen. Wenn er sich nun seinerseits in diese Lektüre versenkt, so ist das gewissermaßen eine Art, in Fabiennes Gedächtnis, ihr Innerstes zu schlüpfen.
Das Flugzeug der Bar Harbor setzt holpernd auf der Landebahn von Boston auf.

# 8

Die Fotografien, einige in schwarzweiß, andere in Farbe, lagen auf dem niedrigen Tisch. Fabienne betrachtete sie zum dritten Mal, eine nach der anderen.
Pierre Quesnoy hatte ihr unterdessen die Geschichte der Proletarischen Avantgarde erzählt. Das heißt das Wesentliche, in knappen Worten. Er erzählte übrigens sehr gut, Fabienne war überrascht. Er hatte ein Gefühl für den Vortrag, für die Abkürzung, für das treffende Detail.
Jedenfalls war sie verblüfft.
Sie verstand jetzt, warum Marc letzte Woche so bestürzt gewesen war, als sie von Daniel Laurençon gesprochen hatte.
Marc hatte sie nach einer langen Wanderung durch Paris schließlich in seine Wohnung mitgenommen, Place du Panthéon.
Natürlich hatte er ihr die Passagen gezeigt. Wenn sie gebildet sind und Zeit zu vergeuden haben – sie zumindest in nicht unbedingt sofort rentable erotische Unternehmungen investieren können –, dann kommen sie einem immer mit den Pariser Passagen, hatte Fabienne zu sich selbst gesagt. Oder zur Abwechslung mit den diskreten Bars in unauffälligen Luxushotels. Davon gibt es noch welche: die des *Meurice* könnte als Archetypus dienen. Die Passagen jedenfalls sind aufregend, es gibt einige, die noch sehr schön sind. Und außerdem, mein Gott, einfach irre, wie sehr sie qualifizierte literarische Anspielungen erleichtern, die es unseren Verehrern erlauben, sich aufzuplustern. Von Aragon über Walter Benjamin bis Julio Cortázar gibt es so manches, womit man glänzen kann.
Fabienne hatte sich an jenem Tag einiges von Marc vorschwatzen lassen, mit eben dem Funken Ironie, die ihm zu verstehen gab, daß sie sich nicht für dumm verkaufen ließ. Trotzdem hatte es ihr Spaß gemacht, die Passage Véro-Dodat wiederzusehen, eine ihrer bevorzugtesten. Im Schaufenster eines Antiquars gab es Affen, die Musik spielten. Violine, um genau zu sein. Automatische Affen spielten eine herbe, verzaubernde, nostalgische Musik.

Marc Liliental hatte einen verwunderten Schrei ausgestoßen, bleich werdend.
Er hatte diese als Violinspieler verkleideten kleinen Tiere schon einmal gesehen, vor mehr als zwanzig Jahren. Bei einem anderen Antiquar, in der Rue Jacob. Das sei überhaupt nicht seltsam, sagte sie: die Dinge kommen und gehen, wechseln den Besitzer. Das Gesetz des Markts, mein Lieber! Aber die kleine Musik der Affenautomaten schien Erinnerungen in ihm zu wecken. Mit einem Satz, den er wie ein Zitat aussprach, beschwor er die Vergangenheit, die fünf jungen Leute, die sie gewesen waren, alle in dem schlimmen Alter zwischen zwanzig und vierundzwanzig Jahren.
Fabienne hatte verstanden, daß er Nizan zitierte, jedoch geglaubt, daß er sich irre. Sie korrigierte ihn, stellte den richtigen Text wieder her, an den sie sich Wort für Wort erinnerte. Es folgte eine wirre Diskussion. Schließlich stellte sich heraus, daß sie an den Anfang von *Aden* dachte und daß Marc *Die Verschwörung* zitierte. Aber Fabienne kannte die Romane von Paul Nizan nicht. Sie hatte *Aden, Die Wachhunde* gelesen, theoretische oder kritische Texte von Nizan, nicht jedoch seine Romane.
Marc Liliental war entsetzt.
– Wenn ich bedenke, rief er ironisch, daß ich beinahe mit einer Frau geschlafen hätte, die *Die Verschwörung* nicht gelesen hat!
Fabienne bäumte sich auf.
– Gar nichts hätten Sie beinahe! rief sie. Sie werden mit mir schlafen, wann ich es beschließe! Ich pfeife, und Sie kommen!
Er hatte laut gelacht. Wurde dann wieder ernst.
– Los! murmelte er. Pfeifen Sie, Fabienne ...
Ihre Blicke hatten sich ineinander verloren, einen kurzen sehr langen Augenblick.
Und dann hatte Marc zum erstenmal seine Jugendfreunde erwähnt: Julien Serguet, Elie Silberberg, Adriana Sponti. Fabienne kannte die beiden ersten. Serguet war ihr Chef. Und Elie Silberberg lieferte der *Action* bissige Texte, die immer von

großer intellektueller Treffsicherheit und untrüglicher Bildung zeugten, die Julien und sie selbst jedoch auf eine publizierbare Länge bringen mußten, wozu sie Stunden brauchten, in denen sie Höllenqualen litten, um hier oder dort eine Zeile zu streichen.
Gut, das waren drei. Der vierte war er selbst, Marc Liliental. Übrigens, fragte Fabienne, warum die Namensänderung? Hatte er Angst gehabt, einen jüdischen Namen zu tragen? Marc hatte sie mit eisigem Lächeln angesehen. Ich habe nie vor irgend etwas Angst gehabt, sagte er. Und das stimmte wohl auch. Aber er hatte seinen Spruch augenblicklich vervollständigt. Besser gesagt, ich habe immer nur Angst vor mir selber gehabt, gelegentlich. Ein Engel ging vorüber. Oder ein Dämon. Das heißt, es trat ein kurzes Schweigen ein. Nein, ehrlich, hatte Marc weiter gesagt, es ist keine Frage der Angst. Aber ich wollte nicht von Anfang an gezeichnet sein, zum Guten oder zum Bösen, für Mitleid oder Haß. Gezeichnet von einer Geschichte, die ich nicht gemacht hatte, die über mich hereinbrach wie ein Schicksal. Ich wollte nur für mich selbst verantwortlich sein. Aus demselben Grund habe ich übrigens aufgehört, Leninist zu sein: um jedweder Theorie des kollektiven Heils zu entgehen. Also wollte ich mich von denjenigen absetzen, die sich auf die Shoah stützen oder sich hinter ihr verstecken, die über sie jammern und sich bei Gelegenheit mit ihr brüsten, die durch diesen Bezug geformt oder verformt sind. Ich wollte mein einziger Bezug sein: der Sohn meiner Werke.
– Denken Sie heute noch genauso? hatte Fabienne gefragt.
Er hatte eine gleichgültige oder gelangweilte Handbewegung gemacht.
– Ich denke gar nichts mehr über die Weltgeschichte, hatte er gesagt. Aber ich stelle fest, daß wir in den Morast der Partikularismen zurückgefallen sind ... Jeder bei sich, für sich, hockt auf dem Scheißhaus seiner nicht übertragbaren Identität, seines unaussprechlichen Glaubens, und steckt bis zum Hals in der Scheiße der Geschichte seiner Horde, seines Volks oder seines Reichs ... Die einzigen, die noch eine Weltanschauung haben, sind auf der einen Seite die Kapitäne der Multis und auf der

anderen die Chefs des KGB! Die Weltwirtschaft und die Weltpolizei ... Reizende Aussichten!
Er hatte gelacht.
– Kurz gesagt, ich bin vaterlandsloser denn je ... Vielleicht ist das meine Art, Jude zu sein, den Antisemiten nach zu urteilen.
Marc Liliental hatte sie am Arm genommen, sie aus der Véro-Dodat-Passage geführt. Die Affen spielten noch immer Musik. Aber er hatte kein Wort über den fünften von ihnen gesagt.
Später, in Marcs Wohnung, Place du Panthéon, hatte Fabienne ihre Karteikarten über die ehemaligen Schüler des Henri-IV-Gymnasiums hervorgeholt.
– In Ihrem Khâgne, sagte sie, war Elie Silberberg. Gut, den kenne ich. Und dann ein Daniel Laurençon, der mich besonders interessiert ...
Er war zusammengezuckt und hätte fast seine Teetasse auf dem Tisch umgeworfen.
– Warum besonders?
Lilientals Stimme war rauh, schneidend. Fabienne hatte ihn erstaunt angesehen.
– Weil es der zweite Laurençon im Henri-IV. ist, erklärte sie. Der erste, Michel Laurençon, war 1942 im Hypokhâgne. Er starb an den Folgen der Deportation. Sein Sohn Daniel, der mit Ihnen im Khâgne war, wurde im Jahr dieses Todes geboren ... Ein posthumer Sohn. Ich habe versucht, mich über die Familie zu informieren. Aber ich kann nicht herausfinden, was aus Daniel Laurençon geworden ist ...
Und da hatte Marc Liliental ihr das Foto von ihnen fünfen gezeigt, das Adriana Sponti ihm am Morgen geschenkt hatte. Das im Sommer 1969 in Fouesnant aufgenommene Foto.
Marcs Hand zitterte, als er auf Daniels Gesicht gedeutet hatte.
– Das ist er, sagte er mit dumpfer Stimme. Er ist tot ... Hat sich umgebracht ... Wir sprechen nie von ihm, Fabienne.
Jetzt verstand sie, warum er bestürzt war. Sie sprachen nie von Laurençon, weil sie ihn ermordet hatten, ganz einfach. Vielmehr: weil sie glaubten, ihn ermordet zu haben.

Fabienne legte die letzte Vergrößerung des Fotos von Pierre Quesnoy auf den niedrigen Tisch zurück.

– Bestimmt hast du recht, Pierre! Wenn es nicht Laurençon ist, dann ist es sein Zwillingsbruder.

Er sah sie an, mit offenem Mund.

– Wie kannst du das wissen? Du hast ihn doch nicht gekannt!

Sie schüttelte den Kopf.

– Ich habe ein Foto von ihm gesehen, vor einer Woche, als ich Marc Laloy interviewte. Aber du warst doch auch da!

Am 10. Dezember, schon eine Woche. Ein leicht zu behaltendes Datum. Nicht nur wegen Marc und seines Geburtstags. Es war auch der Tag, an dem der Nobelpreis für Literatur verliehen wurde. Die ganze Nacht hatte sie über dem Werk von Wole Soyinka hocken müssen, von dem sie absolut nichts wußte. Um ihren Artikel zu schreiben, hatte sie *Season of anomy* gelesen, einen der Romane des nigerianischen Schriftstellers. Und dann, gegen Mittag, hatte sie eine Verabredung mit Marc Laloy in seinem Büro von *Média-Monde* gehabt.

Quesnoy hatte sie mit einem ironischen Lächeln angesehen.

– Ich war da, sagte er. Aber in Lilientals Büro, letzten Mittwoch, war ein Bild von Arroyo, Collagen von Max Ernst, eine Skulptur von Germaine Richier ... Dagegen nicht das kleinste Foto von »Netschajew« ... Es wäre mir aufgefallen, und ob! Bestimmt hast du es anderswo gesehen.

Sie war rot geworden. Ja, anderswo, na und?

Aber Quesnoy hatte weitergeredet.

– Von allen Typen der Avantgarde ist Liliental der einzige, den ich nicht mag. Oder um mich genauer auszudrücken ... der einzige, der mir Angst macht, der mir ein gewisses Unbehagen bereitet.

– Warum nennst du ihn dauernd Liliental, fragte sie wütend.

– Weil er Liliental heißt, sagte Quesnoy phlegmatisch. Weil ich Juden, die sich schämen, nicht ausstehen kann. Es ist ungesund, es schafft willige Opfer ...

– Er ist kein Jude, der sich schämt, rief sie. So einfach ist das nicht!

Er schüttelte den Kopf.
– So einfach ist es nie, das gebe ich zu! Jedenfalls ist Liliental besser als Laloy ... Poetischer.
Er lachte.
– »Tal der Lilien« ... oder ziehst du »Lilien im Tal« vor?
Wieder wurde sie rot. Er hatte ihre Hand genommen.
– Das Telegramm kam von ihm?
Sie nickte.
– Laß dich nicht kaputtmachen, sagte er sanft.
Also wirklich, immer dieselbe Leier. Was hatten sie bloß alle, daß sie sie beschützen wollten?
Letzten Donnerstag, einen Tag nachdem sie Liliental begegnet war, arbeitete Fabienne in ihrem Büro der *Action*, als ein Bote ihr einen Brief gebracht hatte. Er war von Marc, am selben Morgen geschrieben, kurz vor seinem Abflug in die Vereinigten Staaten. Er lud sie ein, ihm nach Maine nachzukommen, für das Wochenende. Eine Hin- und Rückflugkarte für die Concorde lag bei. Seit dem Vortag hatte ihr Gefühl in bezug auf dieses Abenteuer mit Marc Höhen und Tiefen erlebt. Bald blieb Fabienne bei ihrem ersten Entschluß, den sie gefaßt hatte, als sie im Hotel den Blick von Iris aufschnappte: sie würde es nicht wieder tun. Bald dagegen träumte sie, daß eine Geschichte anfinge: ein Leben, wer weiß? Zwischen diesen beiden Extremen waren alle Nuancen aufgetaucht, alle Mischungen von Aufschwüngen, Sehnsüchten, Verdrängungen. Fabienne hatte ihre Arbeit beendet, Marcs Brief und die Flugkarte in ihre Handtasche gesteckt und Julien Serguet in seinem Büro aufgesucht.
Dieser saß hinten im Zimmer und telefonierte leise, fast flüsternd an einem Apparat mit Direktanschluß. Sicher mit Bettina. Seit einigen Monaten war eine mysteriöse Bettina in Serguets Leben aufgetaucht. Aufgetaucht war übrigens ein recht hochtrabendes Wort. Nur zwei oder drei enge Freunde wußten, daß es sie gab, aber keiner hatte sie gesehen. Es war eine klandestine große Liebe.
Julien hatte Fabienne mit einer Handbewegung aufgefordert, sich zu setzen, auf ihn zu warten.

Auf Serguets Schreibtisch häufte sich Unordnung. Fabienne hatte, fast zufällig, ein Buch mit Fotografien von Henriette Grindat herausgefischt, *La Postérité du soleil*, mit Texten von Albert Camus. Sie hatte darin geblättert, war auf einen Halbsatz gestoßen, der sie wonnevoll verletzte, sie in der Erinnerung erröten ließ: »... manchmal spürte ich den frischen, flüchtigen Geschmack eines unverdienten Glücks.«
Sie hob die Augen: es war abgemacht, sie würde nach Maine fliegen und Marc Liliental treffen.
Julien hatte sein Gespräch beendet, kam auf Fabienne zu. Diese bat ihn, sie bis Montag abend zu beurlauben.
Ein Schimmer von Besorgnis lag in Juliens Blick.
– Es ist Marc, nicht wahr?
Sie hatte die Achseln gezuckt.
– Warum er und nicht ein anderer?
Er lachte.
– Weil immer er es ist und nicht ein anderer! rief Serguet. Seit zwanzig Jahren sehe ich, wie die Mädchen in Marcs Arme sinken, in Ohnmacht fallen, leiden, sich über ihr Leid freuen ... Dieser Kerl ist genial bei den Frauen.
Genial? fragte sich Fabienne. Dann ist das Genie die absolute Verfügbarkeit, der unerbittlichste Altruismus, der nur die Lust des anderen will, um sich ihn besser unterwerfen zu können, eine Beherrschung der Zeit und des Worts.
Er sah sie zärtlich an.
– Aber teuflisch genial. Nichts befriedigt ihn so sehr, wie eine Frau in der Niedertracht der Leidenschaften zu ertränken, die in sich selbst zu entdecken er ihr hilft.
Sie hatte seinem Blick standgehalten.
– Was erlaubt dir zu glauben, daß ich für diese Art Niedertracht begabt bin?
Er hatte sich zu ihr gebeugt, ihr leicht die Wange streichelnd.
– Aber dafür sind wir doch alle begabt, meine Hübsche! Laß dich von diesem Taumel nicht zerstören, falls überhaupt ein Taumel besteht.
– Zerstören?

Eine Erinnerung hatte ihr in der Seele gebrannt. Am Vortag, im »Ufer des Styx«, der Blick jener Zofe, Iris, die Marc ins blaue Appartement gerufen hatte: ihr Blick, ihrer beider Nacktheit, die verstörte Freude.

– Geh nur, sagte Serguet. Aber sei Dienstag zurück, ich werde dich brauchen ...

Er schlug die Seiten eines Schreibtischkalenders um.

– Nächste Woche muß ich nach Genf ... Mittwoch, den 17. ... Ein Kolloquium über den Terrorismus ... Danach werde ich zwei Tage in der italienischen Schweiz verbringen ... Auch ich ...

Fabienne hatte sich gewundert.

– Im Tessin? Mit einer geliebten Frau? Was gibt es denn für ein Museum im Tessin?

Julien hatte laut gelacht.

– Welches wohl! Die Villa Favorita von Lugano! Die Thyssen-Bornemisza-Sammlungen ... Hattest du das vergessen?

Sie lachten beide wie verrückt.

Das einzige, was Fabienne von Bettina wußte, der geliebten Frau, war, daß ihre außerehelichen Eskapaden mit Julien stets besser klappten, wenn es in der Nähe ein schönes Museum gab. »Man könnte meinen, sie kann nicht bumsen, wenn sie keine Meisterwerke gesehen hat!« hatte Julien einmal gesagt. Aber er hatte die Vulgarität dieses Geständnisses sofort bereut. »Mach dir nichts draus, Julien!« hatte Fabienne geantwortet, schöne Museen gibt es überall, sogar in Castres ... Wer käme auf die Idee, Bettina für ein libidinöses Wochenende nach Castres zu bringen. Ein Name, der einem jede Kraft raubt, oder? Und trotzdem hängt im Museum von Castres ein wunderbarer Goya ... Das reicht mindestens für eine verrückte Nacht!«

Fabienne war also am Freitag in die Concorde gestiegen.

Kaum saß sie im Flugzeug, als eine Stewardeß sie ansprach. »Mademoiselle Dubreuil?« Sie übergab ihr ein Päckchen. Fabienne hatte es ungeschickt geöffnet, so sehr zitterten ihre Hände vor Neugier. Es war ein Exemplar der *Verschwörung* von Paul Nizan. Mit einem Brief von Marc.

»Ich habe den Zeitunterschied schon immer gemocht, Fräulein

F.! Immer von den romantischen Möglichkeiten geträumt, die er bietet. So ist in dem Augenblick, elf Uhr, da man dir dieses Buch übergeben wird, in Maine die Sonne noch nicht aufgegangen. Wahrscheinlich werde ich noch schlafen. Aber wenn in meinem Traum aus einer falschen Lage meines Schenkels eine Frau entsteht, dann wirst du es sein: eine neue Eva, nach dem Bild meines Begehrens geschaffen. Drei Stunden später, wenn ich im Salon der Leidson meinen Kaffee trinken werde, mit einem hinreißenden Blick auf den Meeresarm von Eggemoggin (für uns, für unseren siebten Himmel habe ich im *Pilgrim's Inn* von Deer Isle ein Zimmer reserviert, einem Gasthaus, das bis Weihnachten geöffnet ist: und zauberhaft; um sechs Uhr abends, und wir werden dem Ritus huldigen müssen, versammeln sich die Gäste in den Salons im Erdgeschoß, um gemeinsam ein Glas zu trinken, vor dem Essen, das übrigens vorzüglich ist; und während ich dir zusehen werde, wie du dich inmitten der Paare von Professoren und Künstlern bewegst, die man hier gewöhnlich antrifft, allesamt schön und intelligent, die Amerikas Stärke und Schwäche ausmachen – seine Stärke aufgrund ihres demokratischen Geistes einzigartig auf der Welt, in seiner Entschiedenheit, seiner historischen Kontinuität; seine Schwäche wegen ihrer Naivität, ihrer Unkenntnis einer Welt, die sie nicht mehr lenken wollen, aber die sie noch immer murrend beherrschen, wider Willen und gegen den Strich –, während ich dir zusehe, wie du dich unter ihnen bewegst, werde ich bereits an deine nächtliche Lust denken: ›wie schön ist dein Schrei, den dein Schweigen mir schenkt!‹ – das ist natürlich von René Char –, an dein lustvolles Stöhnen in der Nacht, wenn du im gedehnten, ätherischen Augenblick des Zeitunterschieds schweben wirst), wenn ich also meinen Kaffee trinken werde, wird die Concorde ihren Anflug auf New York beginnen, und du wirst *Die Verschwörung* ausgelesen haben. Was für ein Glück du hast, dieses Buch noch für einen Augenblick in deiner Zukunft zu haben! Danach wirst du in die Welt der Erwachsenen eingeführt sein, in die geheime Bruderschaft der Eingeweihten: wir sind ein sehr

geschlossener Club. Auf Seite 16, wo Nizan über Bernard Rosenthals Beziehungen zu seiner Familie spricht, über die jüdische Tradition, kannst du dafürhalten, daß er für mich spricht – vielmehr sprach –, daß er die Fragen beantwortet, die du mir vorgestern gestellt hast ...«
Augenblicklich hatte Fabienne ihre Lektüre von Marcs Brief unterbrochen, um Nizans Roman an der genannten Stelle aufzuschlagen.
»Er glaubte im Grunde nicht daran, daß die Juden Anspruch auf eine besondere Befreiung hätten, auf einen neuen Bundesvertrag mit Gott: er erfuhr, daß diese Befreiung in einer allgemeinen Befreiung aufgehen würde, in der nicht nur ihre Namen, sondern auch ihr Unglück und ihre Berufung verschwänden. Im übrigen wollte Bernard erst einmal selber befreit werden, es kümmerte ihn wenig, andere zu befreien ...«
Sie vergaß darüber vorläufig das Ende des Briefes von Marc Liliental, begann den Roman von der ersten Seite an zu lesen, las ihn in einem Zug, starr vor Erregung. Als die Concorde auf der Landebahn des Kennedy-Flughafens aufsetzte, drehte sie tatsächlich die letzte Seite um, wie Marc es vorausgesehen hatte.

– Und? sagte Fabienne zu Pierre Quesnoy. Was tun wir für Daniel Laurençon, falls er es wirklich sein sollte?
– Gegen Mittag kannst du Julien erreichen? sagte Quesnoy.
Aber es war keine Frage. Lediglich eine Art Zusammenfassung. Er fuhr sogleich fort, da er keine Antwort erwartete auf das, was keine Frage war.
– Wir wollen versuchen, bis dahin weiterzukommen ... Du gehst zum *Athenée*, Fabienne ... Ich bin aufgeflogen ... Gestern hat ein Portier mein Treiben bemerkt und mich rausgeschmissen. Mit einem der Fotos, einem Trinkgeld und deinem üblichen Dusel gelingt es dir bestimmt, von einem Boy oder einem Barmann Auskünfte über diesen Typ zu erhalten, wer immer er sein mag ... Klar?
Er unterstrich mit dem Finger ein Detail der Vergrößerung.

– Der Portier überreicht ihm eine Nachricht ... Er muß im Hotel wohnen ...
Er sah auf seine Uhr.
– Acht Uhr fünfundvierzig ... Ich werde meinerseits herumschnüffeln ... Wir treffen uns in der *Bar des Théâtres* gegen halb elf und sprechen alles durch ...
Er nahm seine Tasche, ging zur Tür von Fabiennes Wohnung.
– Sei trotzdem vorsichtig, sagte er noch. Wir wissen nicht genau, in was für eine Scheiße wir treten!
Sie dachte an Daniel Laurençon, den vom Tod Auferstandenen.

War das wirklich Daniel Laurençon, dieser Schweizer mit dem blonden Schnurrbart eines britischen Offiziers der Indienarmee?
Es war zehn Uhr morgens, Fabienne hatte sich gerade in der *Bar des Théâtres* niedergelassen, Avenue Montaigne, um auf Pierre Quesnoy zu warten. Das Lokal war noch ruhig. Sie setzte sich nach hinten, bestellte einen doppelten Kaffee und Eier mit Schinken. Sie zog die Fotos, die Pierre ihr gegeben hatte, aus dem braunen Umschlag.
Sie betrachtete sie aufmerksam. Zuerst die Gesamtaufnahme mit dem Saudi im Vordergrund und jener verschwommenen Gestalt im Hintergrund, an der Rezeption des Hotels. Dann die verschiedenen Vergrößerungen und Bildausschnitte, auf denen schließlich, wie dem Nebel der Zeit, des Zufalls, des Unsäglichen entrissen, Laurençons Gesicht auftauchte.
Jedenfalls das Gesicht von jemandem, der ihm wie ein Bruder ähnelte.
Walter Benjamin hatte recht gehabt, sich dafür zu interessieren: die Kunst der Fotografie hat etwas Geheimnisvolles. Magisches. Und die technischen Fortschritte haben ihre überraschenden metaphysischen Möglichkeiten noch vermehrt, sagte sich Fabienne.
1839, als Daguerre die berühmte Ansicht eines Pariser Boulevards aufgenommen hatte, zeichnete sich keinerlei Bewegung,

kein lebendiges Wesen darauf ab. Die nötige Belichtungszeit war zu lang, als daß die Platte die Kutschen, die Spaziergänger, die Menge mit ihrem Hin und Her – das Leben – hätte aufnehmen können. Die Daguerreotypie konnte lediglich das Unwandelbare, Ewige einfangen. Zumindest das Dauerhafte. Fassaden, Denkmäler, Steine, Bäume, Berge, die harte Dauer der Natur oder der Artefakte. Jener verschwommene, fast unentzifferbare Schatten an der Ecke des Pariser Boulevards auf der Platte von Daguerre ist zweifellos die Gestalt eines Mannes, der lange genug reglos, erstarrt dagestanden hat – in Erwartung einer Frau, die nicht kam, vielleicht? –, um seine Spur – unleserlich, unförmig, unmenschlich – auf der Oberfläche hinterlassen zu haben, die gleichgültig war gegen die Lebendigkeit der Fotografie. Eine Kunst, von der wir heute meinen, sie sei erfunden worden, um die Bewegung, den Augenblick festzuhalten, wozu sie in ihren Anfängen absolut unfähig war.
Gestern dagegen brauchte Pierre Quesnoy sein Objektiv nur heimlich, ohne jede Belichtungszeit, fast zufällig, am Ende eines lässig auf die Lehne eines Sessels gelegten Arms in die Halle eines Pariser Palasts zu richten, um das kurze Erscheinen eines Mannes im Hintergrund, ganz in der Ferne einzufangen. Noch das flüchtigste Bild ist Gefangener des Objektivs und des Films, für alle Ewigkeit. Und in einigen Jahren – oder Jahrzehnten, geizen wir nicht zu sehr mit der Bemessung der Zeit – wird der Film zweifellos imstande sein, Ereignisse einzufangen, die gerade stattgefunden haben, die bereits vergangen sind, aber deren ätherische Welle noch im Raum vibriert. So wie das Licht eines toten Sterns zu uns gelangt, so wird das Lächeln jener Frau in dem Augenblick, da sie sich auf der Straße, glücklich, zu einem Geliebten umwendet, für immer vom Fotoapparat eines unbekannten Passanten festgehalten, eine Sekunde, nachdem sie zu Boden gefallen sein wird, niedergestreckt von einem tödlichen Übel. Ein Lächeln aus dem Jenseits: genau das wird die Fotografie der Zukunft für uns verewigen, dachte Fabienne.
Aber sie hatte tatsächlich Dusel gehabt.

Sie war augenblicklich auf den Boy gestoßen, der sie informieren konnte. Ja, der Mann auf dem Foto wohnte im Hotel. Er war vor drei Tagen angekommen. Schweizer, nannte sich Lachenoz, Frédérique Lachenoz. Ein Geschäftsmann. Gab gute Trinkgelder. Auf Sex aus, fügte der Palastdiener hinzu. Komisch für einen Schweizer. Wieso? hatte Fabienne sich gewundert. Ficken Ihre sonstigen Schweizer etwa nicht? Die derbe Sprache der jungen Frau hatte den Boy verwirrt. Wie dem auch sei, schon am ersten Abend hatte er Gabriel – das war sein Vorname: Gaby für die Damen und Stammgäste – gebeten, ihm ein Mädchen aufs Zimmer zu schicken. Auf den Preis kam es nicht an, aber sie sollte skandinavisch aussehen. Eine schlanke Blondine mit langen Beinen, unter dreißig. Bloß nichts Orientalisches! Dieses Wort hatte den Boy frappiert. Das klingt nach Bauchtanz, oder?

Gut, er hatte ihm das Nötige besorgt. Eine Frau, blond wie Weizen, wie Honig, wie die Mädchen aus den Krimis. Eine kleine Freundin von ihm, die er ein bißchen ausnutzte, die an der Garderobe stand und an der Bar Zigaretten verkaufte. Auch Präservative, nach all den Aids-Geschichten. Eine geniale Idee, die Gaby da gehabt hat! Seine Freundin versteckte die Gummis unter den bunten Verpackungen ihres Zigarettenbauchladens. Kurz, sie machte Extras unter Gabys beiläufiger Kontrolle, dem die Kleine einige Einnahmen vorzuenthalten verstand, Eintritts- und Wegegeld, wenn sie auf die schnelle in den Toiletten im Kellergeschoß arbeitete. Am nächsten Tag, dito. Dreiundzwanzig Jahre, eine todsichere Sache. Der Helvetier ebenfalls, wie es scheint: ein Athlet. Aber Gaby hatte darüber nicht zuviel wissen wollen: man hat ja seine Würde!

Fabienne hatte ihn reden lassen. Vielleicht ließ sich aus diesem Geschwätz ein interessantes Detail herausklauben.

Lachenoz hatte zwei Tage im Hotel verbracht und wie ein Pascha gelebt. Aber gestern – sie hatte ihn wiederholen lassen: wirklich gestern, Dienstag, den 16. Dezember? aber ja! –, gestern hatte sich alles verändert. Zunächst hatte der Schweizer nicht mehr die Dienste seiner kleinen Freundin gemietet.

Dagegen hatte er ein Auto gemietet, am Nachmittag. Und dann war er verschwunden. Das heißt, er hat auswärts geschlafen. Sein Gepäck war noch da, aber er selbst war letzte Nacht nicht zurückgekommen. Heute morgen um neun Uhr hatte er angerufen. Hatte gefragt, ob eine Nachricht für ihn da sei. Nein, keine Nachricht. Und niemand habe ihn besuchen wollen? Doch, gestern, gegen Abend. Ein Paar, etwa dreißig Jahre alt. Der Mann hatte einen so starken italienischen Akzent, daß es schon komisch klang. Man hätte meinen können, er sei nachgemacht. Nein, sie hatten keine Nachricht hinterlassen. Sie hatten eine knappe Stunde auf ihn gewartet, sich dann aus dem Staub gemacht. Nein, keine Nachricht.
Fabienne hatte dem Boy das Versprechen abgenommen – ein bißchen Charme, viel Trinkgeld –, sie bei der Zeitung zu benachrichtigen, falls es etwas Neues gäbe.

Plötzlich ließ sich Pierre Quesnoy ihr gegenüber auf einen Stuhl fallen.
– Einen doppelten Scotch, sagte er zu dem Kellner. Johnny Walker, schwarzes Etikett ... Und Eiswürfel, gesondert, ich werde mich selbst bedienen!
Fabienne sah auf ihre Uhr.
– Ein doppelter Whisky um zehn Uhr fünfundzwanzig! Spinnst du?
Quesnoy blickte sie unfreundlich an.
– Hör zu, Fafa! Du bist nicht meine Mama ... Klar?
Drohend hob sie eine Hand über ihn.
– Wenn du mich nochmal Fafa nennst, hau ich dir eine in die Fresse.
Der Kellner brachte den doppelten Whisky, stellte eine Schale mit Eiswürfeln daneben. Quesnoy trank einen großen Schluck, zuerst trocken.
– Wenn du wüßtest, in was für ein Schlamassel wir geraten sind! rief er dann.
Sie schüttelte ihr kurzes rotblondes Haar.
– In das du geraten bist, korrigierte sie. Ich nämlich warte auf

Marc, der heute abend aus Boston zurückkommt. Wir haben eine Verabredung bei *Lipp* ... Und ich verziehe mich für einige Zeit mit ihm, sobald Julien wieder da ist.
Quesnoy pfiff durch die Zähne, schlürfte einen weiteren Schluck Whisky. Diesmal hatte er Eiswürfel hineingetan.
– Hochzeitsreise? sagte er ironisch. Möglicherweise steckt Liliental bis zum Hals in dieser Scheiße!
Sie wurde unruhig, wollte wissen, warum.
– Zuerst zu dir, sagte Quesnoy. Hast du unsern Mann gefunden?
Sie hatte ihn nicht gefunden, aber identifiziert. Sie gab ihm alle Informationen. Ohne die Faxen von Lachenoz mit Gabys kleiner Freundin zu erwähnen: das war nicht entscheidend.
Pierre Quesnoy schien keine Zweifel mehr zu haben: der falsche Lachenoz war der echte Laurençon, der aus noch unerfindlichen Gründen 1974 nicht gestorben war, sondern zurückgekommen war, um sich zu rächen.
– Du hast die Neuigkeit noch nicht gehört? fragte er sie, sie auf die Folter spannend.
Nein, sie hatte keine Neuigkeit gehört.
– Heute morgen ist Luis Zapata ermordet worden. Genau in dem Augenblick, als ich mit den Fotos von Laurençon bei dir klingelte, hat sich Zapata bei Denfert-Rochereau abknallen lassen! Als er von ihr weggegangen war, erzählte Quesnoy, hatte er sich zur Avenue Maréchal-Maunoury begeben, zu Zapatas Wohnung. Er wollte ihm reinen Wein einschenken, ihm die Fotos zeigen. Keiner war besser in der Lage als Zapata, Daniel Laurençon, genannt »Netschajew«, zu identifizieren. Zu wissen, ob es möglich wäre, daß er zu den Lebenden zurückgekehrt ist. Denn es war Zapata gewesen, der damals mit dem Ende der ganzen Geschichte befaßt war, wegen seiner Freundschaft zu Liliental. Aber in der Wohnung des ehemaligen Ganoven hatten ihm die Bullen die Tür geöffnet. Sie befragten gerade Zapatas Hausangestellte, ein philippinisches Ehepaar, das nur Englisch sprach. Und ein sehr komisches Spanisch. Quesnoy hatte sich als Dolmetscher angeboten, aber der Inspektor, ein gewisser Lacourt, hatte ihn abgewimmelt. Wie

er überhaupt von Zapatas Ermordung erfahren habe, wer ihm das gesteckt habe? Der Inspektor war neugierig, es zu erfahren. Denn zu diesem Zeitpunkt, halb zehn, war die Nachricht noch gar nicht veröffentlicht worden. Sie sollte erst in den Zehnuhrnachrichten kommen. Von alledem wußte Quesnoy nichts, aber er hatte die Rolle des gut unterrichteten Journalisten gespielt, der überall seine Informanten hat. Über seine Quellen würde er nichts verlauten lassen: Berufsgeheimnis, Herr Inspektor! Der ihn schließlich vor die Tür von Zapatas Wohnung gesetzt hatte.

– So weit sind wir also, Fabienne! schloß Quesnoy.

Sie versuchte zu verstehen, was los war.

– Warum sagst du, daß Marc Liliental möglicherweise in Gefahr ist?

Pierre Quesnoy schlürfte seinen Whisky.

– Er war es, der die Proletarische Avantgarde dazu angestiftet hat, »Netschajew« zum Tod zu verurteilen. Falls sich Laurençon an jemandem rächen will, dann an Liliental!

– Warum sollte er zwölf Jahre gewartet haben, um sich zu rächen? fragte sie.

Er sah sie an und nickte.

– Die entscheidende Frage, Miss Watson! Die einzige, die meine Hypothese über die Motive von Laurençons Rückkehr über den Haufen werfen kann ... Und ich habe keine Antwort!

– Was tun wir jetzt?

– Du bleibst in Kontakt mit Gaby, sagte er. Wir müssen wissen, ob der Schweizer wieder auftaucht ... Ich flitze in den Presseraum der Kripo und versuche, irgendwem ein paar Würmer aus der Nase zu ziehen ... Und wir sehen uns um zwölf Uhr in der Zeitung, um Julien in Genf anzurufen ... Ich weiß nicht, was wir sonst noch tun könnten ...

Fabienne dagegen weiß es ... Behält ihre Idee jedoch für sich.

# 9

Elie Silberberg öffnete die Haustür.
Ein Mann stand auf der Freitreppe, ihm den Rücken zukehrend, und betrachtete das kleine Haus gegenüber, so etwas wie die Imitation eines normannischen Landhauses.
Der Mann drehte sich um, als er jemanden hinter sich spürte.
Ein sehr hochgewachsener Typ – etwa ein Meter neunzig – mit weißem Haar, Falten rings um sehr helle Augen von eisigem Graublau, in einem markanten Gesicht, gegerbt von frischer Luft.
Oder vom Leben, das genügt oft.
Silberberg wohnte Boulevard de Port-Royal, auf der Seite der ungeraden Hausnummern. Man durchschritt das Eingangsportal eines gedrungenen, banalen Gebäudes. Man überquerte einen ersten, ebenso banalen Hof. Aber hinter einem zweiten Portal stieß man auf eine ungewöhnliche, ziemlich weitläufige Grünfläche, an der mehrere niedrige Häuser standen. Eines von ihnen gehörte seit den dreißiger Jahren der Familie von Elies Mutter, Carola Blumstein. Carola war hierher zurückgekehrt, als sie sich von ihrem Mann trennte. Hier hatte Elie in seiner Jugend gewohnt, insbesondere zur Zeit seines Studiums im Henri-IV. Dorthin war er zurückgezogen, um seiner Mutter Gesellschaft zu leisten, als diese in einen harmlosen, aber unheilbaren Wahnsinn verfiel.
Der Unbekannte hatte sich umgedreht, als er hörte, daß die Tür aufging.
– Interessiert Sie das Häuschen von gegenüber? fragte Silberberg. Wissen Sie, wer dort gewohnt hat?
Der Unbekannte sah ihn mit leicht ironischer oder nachsichtiger Miene an.
– Lucien Herr, sagte er. Er hat die letzten Jahre seines Lebens hier verbracht!
Silberberg wunderte sich über die Selbstsicherheit des anderen, der sich abermals dem Häuschen zugewandt hatte.

– Ich kam manchmal hierher, während der Besatzung, fügte der Unbekannte hinzu.
Elie Silberberg versuchte, seine Fassung zu wahren. Er warf die lange Strähne seines blonden Haars nach hinten.
– Während der Besatzung war Lucien Herr schon lange tot! verkündete er.
Der andere sah ihn etwas mitleidig an.
– Seine Familie lebte noch, sagte er mit fast unhörbarer Stimme. Seine Witwe, zwei Söhne, eine Tochter! Ich war mit dem jüngsten befreundet, einem ehemaligen Schüler der Ecole Normale ...
Irgend etwas begann sich in Elie Silberbergs Gedächtnis zu regen. Irgend etwas Undeutliches, aber Scharfes: man könnte sich leicht daran verletzen.
Der Unbekannte lächelte.
– Madame Lucien Herr hat einmal ihren jüngsten Sohn in die Bibliothek der Schule geführt, Rue d'Ulm. Er war noch ein Kind, etwa zehn Jahre alt. Sie hat ihm die mit Tausenden von Büchern gefüllten Regale gezeigt. »Dein Vater hat alle diese Bücher gelesen«, sagte sie zu ihm. »Du wirst das gleiche tun!« Grund genug, das Kind zu traumatisieren, oder?
Silberberg begann, in Panik zu geraten.
– Das letzte Mal, fuhr der Unbekannte fort, war ich 1943 hier ...
1943? Ja, im Winter, gegen Ende des Jahres. Sie waren fünf, als er das letzte Mal zum Boulevard de Port-Royal gekommen war, ins Haus der Familie Herr. Laurençon, der junge Herr, Sonia W., »Kléber«, er selbst. Alle tot, dachte er. Außer mir natürlich. Und Herr vielleicht. Keine Nachricht mehr vom Sohn Lucien Herrs, den er in jener fernen Zeit gekannt hatte. Die anderen jedenfalls tot. Michel Laurençon an den Folgen der Deportation. Sonia W., blond, strahlend, unbeugsam: sie war in eine Falle der Gestapo geraten, ganz zum Schluß. Hatte noch Zeit gehabt, ihre Waffe zu benutzen, hatte sich ihr Leben teuer bezahlen lassen. Und »Kléber«, der die Zyankalikapsel zerbissen hatte, am achten Tag des Verhörs. Er konnte sich die

Verzweiflung seines Kameraden vorstellen, als dieser merkte, daß sein Körper die Schläge der Folterer nicht mehr aushalten würde. Seinen Zorn, als er sah, daß seine Knochen nicht mehr gehorchen wollten, über die Grenzen des Schmerzes hinaus. »Kléber« hatte die Giftkapsel zerbissen, um sein Gedächtnis den Kerlen der Gestapo zu entziehen, um sie eines grauenhaften Siegs zu berauben, den er nahen spürte, höchstwahrscheinlich. Das Schweigen meines Todes, ihr Schweine, das schleudere ich euch in die Fresse, hatte er wohl im Schweigen seiner Angst, seiner Einsamkeit geschrien. Ein so reiner Held, »Kléber«, ein junger Mann, umstrahlt von allen Zaubern der Seele und des Körpers, »Kléber«, der du uns deinen dürstenden Tod schenktest, damit wir in Gleichgültigkeit und Sattheit leben.

– Ja, 1943, wiederholte der Unbekannte. Und ich war mit Michel Laurençon hier, Daniels Vater ...

Elie wurde blaß.

Der Mann hatte eine mit den Farben der Trikolore versehene Karte hervorgeholt, stellte sich vor.

– Hauptkommissar Marroux!

Ja, so lautete der Name, dachte Silberberg. Der Name von Daniels Stiefvater, ohne Zweifel.

Aber Roger Marroux machte eine unerwartete Geste. Er streckte die Hand aus, befühlte den Stoff von Silberbergs Jacke, brach in rasselndes Gelächter aus.

– Eine sehr hübsche Jacke, Silberberg! Ein bißchen grell, gewiß ... Man muß sich eben trauen! Aber sehr hübsch, wirklich ...

Verwirrt gab Elie eine absurde Erklärung ab.

– Ich bin gerade nach Hause gekommen, ich hatte noch keine Zeit, mich umzuziehen.

Es stimmte, daß er gerade nach Hause gekommen war. Bei der *Action*, Place des Victoires, hatte er Fabienne Dubreuil nicht angetroffen. Sie würde erst gegen Mittag wieder in der Zeitung sein, hatte man ihm gesagt. Und Serguet, der war tatsächlich in Genf, noch mindestens diesen Tag. Silberberg hatte Fabienne eine Nachricht hinterlassen, mit der Bitte, sich dringend mit ihm in Verbindung zu setzen, und war zum Boulevard de Port-

Royal zurückgekehrt: schließlich konnte er nicht den ganzen Tag mit der Automatik des motorradfahrenden Killers in Paris herumlaufen. Er hatte sie in einem Schrank versteckt, zusammen mit der alten Smith and Wesson, die sein Vater ihm einst gegeben hatte.

Marroux lachte erneut.

– Ich sehe den Zusammenhang nicht, sagte er.

In spöttischem Ton fuhr er fort:

– Jedenfalls hat man Ihre Jacke schon mal gesehen! Um acht Uhr morgens, sie ging am Square Georges-Lamarque spazieren. Ich habe zwei sehr präzise, übereinstimmende Zeugenaussagen …

Er sah Elie an.

– Sicher wissen Sie, daß ein gewisser Luis Zapata heute morgen ermordet worden ist, um jene Zeit, an jener Stelle …

Elie nickte, antwortete nicht.

– Liliental ist in den Vereinigten Staaten, Serguet in Genf … Und Madame Sponti empfing zur fraglichen Zeit ihren Masseur, wir haben es nachgeprüft … Nur Sie scheinen kein Alibi zu haben …

Silberberg begann wütend zu werden. Eine Art dumpfer Zorn stieg in ihm auf. Am Morgen hatte ein Killer auf ihn geschossen, und jetzt versuchte ein Bulle, ihn in die Mangel zu nehmen. Das war zuviel!

– Brauche ich denn eines, Monsieur?

Das letzte Wort hatte er in wütendem Ton ausgesprochen.

– Kommissar, berichtigte Marroux. Hauptkommissar Roger Marroux …

– Ich pflege nicht mit Bullen zu reden, sagte Elie scharf.

– Ich schon, erwiderte Marroux lächelnd. Ich pflege sogar mit Mördern zu reden …

Silberberg steckte den Schlag ein.

– Ich ermittle in einer Mordsache, Silberberg! Ich meine den Mord an Zapata, wohlgemerkt … Der andere, der an Daniel Laurençon entzieht sich im Augenblick meiner Zuständigkeit … Aber nichts beweist, daß die beiden nicht zusammenhängen!

Elie Silberberg gab sich Mühe, sich zu beherrschen, es gelang ihm.
– Warum wir … Kommissar?
– Sie?
– Von den vielen Millionen Parisern sollen nur wir ein Alibi brauchen? … Wir, die Gruppe von früher?
– Ah! rief Marroux. Die Proletarische Avantgarde? Aber Zapata selbst hat uns den Hinweis darauf gegeben … Kurz bevor er erschossen wurde, hat er der Kripo eine Nachricht für mich hinterlassen. »Es betrifft Netschajew«. Verstehen Sie?
Er verstand, daß er allein war, Elie, diesem Typ gegenüber, der alle Trümpfe in der Hand zu haben schien. Und er wußte nicht, wie er diese Partie spielen sollte. Mit der Karte der Wahrheit vielleicht? Aber die Wahrheit bis wohin?
– Sicher wollen Sie mir Fragen stellen, Kommissar … Drinnen geht das besser …
Silberberg trat zurück, damit Roger Marroux durch die Tür gehen konnte.
Dieser drehte sich ein letztes Mal zu dem kleinen Haus um, in dem Lucien Herr gewohnt hatte.

– »Der Revolutionär verachtet die öffentliche Meinung. Er verachtet und haßt die gegenwärtige gesellschaftliche Moral in allen ihren Antrieben und allen ihren Kundgebungen. Für ihn ist alles sittlich, was den Triumph der Revolution begünstigt, alles unsittlich und verbrecherisch, was ihn hemmt …«
Marroux hatte den Satz mit lauter Stimme gelesen.
– Das steht im *Katechismus* von Netschajew, kommentierte Silberberg hinter ihm. Aber das wissen Sie wohl!
Marroux drehte sich um, nickte.
– In der Tat, sagte er.
Das große Zimmer, in das Silberberg ihn geführt hatte, war mit Büchern und Papieren vollgestopft. Es lagen welche auf Regalen, auf den Tischen, stapelweise auf dem Parkett. Es war keine feindselige oder unangenehme Unordnung, wie Schlamperei oder Nachlässigkeit sie hervorrufen. Sie war lebendig, be-

wohnbar. Man gewann augenblicklich die Gewißheit, daß alle diese angehäufte Lektüre eine Reflexion nährte.
Marroux hatte sich an die Privatbibliothek von Lucien Herr erinnert, den er während der Besatzung häufig besucht hatte, im Haus gegenüber. Aus fünfundvierzig Jahren Abstand hatten ihm die beiden Zimmer einen ähnlichen Eindruck von geistigem Leben, tätiger Kreativität vermittelt.
Bei Elie Silberberg war die hintere Wand des Arbeitszimmers zum größten Teil mit einer Korkplatte verkleidet, auf die er mit bunten Reißzwecken oder durchsichtigem Klebeband Dokumente aller Art geheftet hatte: Presseausschnitte, Fotokopien von Buchseiten, bibliographische Notizen, Blätter mit Zitaten, Aphorismen, Erklärungen von Politikern, Auszügen aus Gesprächen mit Schriftstellern und so weiter.
Es gab Dutzende davon, scheinbar ungeordnet, aber ein roter Faden schien diese Fragmente zu verbinden: sie bezogen sich allesamt auf die Frage des Terrorismus. Noch genauer auf die Beziehung zwischen Terrorismus und Revolution.
– »... Für ihn ist alles sittlich, was den Triumph der Revolution begünstigt, alles unsittlich, was ihn hemmt«, wiederholte Roger Marroux.
Er machte eine müde Handbewegung.
– Ihre Moral und die unsere, in der Tat, fügte er hinzu. Immer dieselbe Geschichte!
Silberberg war auf der Hut, er mißtraute diesem merkwürdigen Polizisten. Er dachte, der andere wollte ihn in eine theoretische Diskussion verwickeln, um ihn besser entwaffnen zu können, ihn dann mit peinlichen Fragen piesacken, ganz unvermittelt, wenn er am wenigsten darauf gefaßt war.
Aber er hatte unrecht.
Roger Marroux hatte ganz einfach Lust, mit ihm zu sprechen, ihn besser kennenzulernen. Von allen ehemaligen Führern der Proletarischen Avantgarde war Silberberg der einzige, der ihm sympathisch war. Zum Teil, weil er Daniels bester Freund gewesen war, als sie beide Heranwachsende waren. Sein Stiefsohn hatte ihm von Elie erzählt, damals, als er ihm noch von

seinem Leben, seiner Lektüre, seinen Freunden erzählte. Auch deshalb, weil Silberberg nicht soviel Erfolg gehabt hatte wie die anderen. In einem Maße, daß es Absicht verriet: das bewies, daß Elie Abstand wahrte, daß es eine Frage der Moral war. Eine Entscheidung und weniger ein Mangel an Begabung, in der Welt zu reüssieren.

Aber vor allem deshalb, weil Roger Marroux die Romane, die Silberberg unter dem Pseudonym Elias Berg veröffentlicht hatte, vorzüglich fand. In formaler Hinsicht ragten sie aus dem Alltäglichen heraus. Es waren nämlich *action*-Romane, genaugenommen schwarze, voller Schall und Wahn, voller Leichen, Überraschungen und Spannungen, in denen nichts wirklich passierte. Zumindest scheinbar, direkt, auf den ersten Blick, vor unseren Augen, als wären wir dabei. Der Erzähler war nie dort, wo er sein sollte, er kam immer zu spät oder hatte gerade den Ort des Verbrechens, der Tat verlassen. Das Wesentliche der Erzählung bestand daher aus Vorwarnung, Nachdenken oder Erinnerung.

In gewisser Weise waren es Racinesche Romane. Nie befand man sich an der Seite von Théramène, der Theseus' Tod miterlebt. Man befand sich in Théramènes Bericht. Und das Leben, das wahre Leben war normalerweise – das wußte Marroux aus eigener Erfahrung – meist ein Bericht, ein Gewirr von Berichten, eher die Erinnerung an die Tat oder der Wunsch nach ihr als die Tat selbst, als wären wir dabei. Denn wir sind nie dabei. Oder nur sehr selten, sehr kurz. Außer zweifellos im Augenblick der körperlichen Liebe, wo der Akt auf der Zeit ruht, in ihr verweilt: Gedächtnis und Projekt der Lust. Ihrer Freuden, ihrer Spiele, ihrer Genüsse. Aber man kann nicht sein ganzes Leben damit zubringen, Liebe zu machen. Ansonsten befinden wir uns eher in einer Folge von Reglosigkeiten, Erwartungen, festen Bildern, im Vor und Nach der Tat.

Marroux versuchte, das Gespräch wieder in Gang zu bringen, trotz des unübersehbaren Mißtrauens des anderen.

– Jedenfalls ist es eine zentrale Frage, oder? Dieser Satz von Sergei Netschajew könnte Wort für Wort von Lenin, von

Trotzki stammen, von jedem beliebigen unserer heutigen Marxisten-Leninisten!
Silberberg konnte dem Vergnügen der Diskussion nicht mehr widerstehen.
– Nicht von Marx! verkündete er. Er hat den *Katechismus* wüst kritisiert!
Im selben Ton, in dem Archimedes Eureka! gerufen hatte.
Marroux nickte.
– Ich gebe Ihnen recht, sagte er, wenigstens teilweise. Hinter Netschajews Aphorismus über die Moral und die Revolution steckt die latente Vorstellung, daß sie das absolute Gute ist ... Während Marx wußte, daß die Geschichte häufig mit ihren schlechten Seiten fortschreitet ...
Silberberg sah ihn an, immer verwunderter. Auch immer beunruhigter.
– Trotzdem, fuhr Marroux fort. Auch bei Marx, in seiner messianischen Theorie der Revolution und der universellen Klasse, besteht die Möglichkeit, daß das Absolute in diesen moralischen Relativismus abgleitet!
Silberberg hatte fast vergessen, weshalb Marroux hier war, welche Ermittlungen über welchen Mord ihn hergeführt hatten. Ihn bewegte nur noch die Lust an der Argumentation, der Wunsch, dabei zu glänzen, seinen Gesprächspartner in den Schatten zu stellen.
– Sie meinen, wenn die Revolution das absolute Gute wäre, dann wäre Netschajews Formulierung kohärent, gerechtfertigt?
Sie standen da, inmitten eines Bergs von Büchern. Marroux machte eine Handbewegung, um diese Frage zu verscheuchen, so wie man eine lästige Fliege verscheucht.
– Aber nein, Silberberg! Auch wenn die Revolution wäre, was sie nicht ist, das absolute Gute oder das Reich der Freiheit oder die Epiphanie des nicht entfremdeten Menschen, irgendeine dieser gemeinhin tödlichen Albernheiten, wäre Netschajews Formulierung falsch. Nicht alles, was den Triumph der Revolution begünstigt, wäre sittlich ... Erstens weil, ganz trivial, der

Zweck nicht die Mittel heiligt ... Und vor allem, weil die sittlichen Kriterien einer historischen Tat dieser Tat selbst immanent sind. Nie lassen sie sich aus einer Transzendenz ziehen wie aus dem Hut eines Zauberkünstlers. Sie müssen aufgestellt, entdeckt, in der Dichte der historischen Immanenz selbst zum Funktionieren gebracht werden ... Gewiß gibt es Dinge, die auf keinen Fall getan werden dürfen ... Aber in der Relativität der historischen Tat selbst muß man jene entscheidenden Augenblicke begründen, in denen man verkündet: das darf auf keinen Fall getan werden!

Silberberg nickte.

– Sicher haben Sie recht ... Zumindest in der Perspektive einer Moral des konsequenten Atheismus ... Aber die Christen gehen nur auf die Transzendenz zu ... Und ihre Moral ist ungemein effizient, sowohl in historischer wie in individueller Hinsicht ...

Marroux machte eine abwehrende Geste.

– Sie haben doch bestimmt die Werke von Maritain in Ihrem Durcheinander? rief er. Lesen Sie die Abhandlung über *Gott und die Erlaubnis zum Bösen* noch einmal ... Sie werden dort sehen, daß die Thomistische Philosophie der Transzendenz die Öffnung zu Gott verkündet in dem, was sie »die Linie des Guten« nennt ... Für die »Linie des Bösen« ist einzig der Mensch verantwortlich ... Gott hat mit dem Bösen nichts zu schaffen, außer daß er dem Menschen erlaubt, darin seine totale Freiheit zu manifestieren! Kurz, Gott ist nicht für Auschwitz verantwortlich ... Er hat damit nichts zu tun, da Er nicht verantwortlich ist für »die Linie des Bösen«! Auf den ersten Blick ist das natürlich skandalös ... Aber es ist ein sinnreicher Skandal ...

Plötzlich unterbrach er sich.

Er schloß die Augen für eine geraume Weile. Begab sich dann zu dem Glasverschlag einer Veranda, die auf den Gartenhof ging. Er blieb reglos stehen, schweigend, betrachtete das kleine Haus der Familie Herr. Seine Stimme war gedämpft, als er sich wieder zu Silberberg umdrehte, zu ihm sprach.

– Ich habe Ihnen gesagt, daß ich 1943 zu den Herrs kam, nicht wahr? Wir mußten eine Entscheidung treffen. In unserem Widerstandsnetz gab es einen Mann, »Mirabeau« war sein Deckname, Sohn einer mittellosen Familie, ungeheuer wagemutig, den wir im Verdacht hatten, für die Gestapo zu arbeiten. Zumindest ein Doppelagent zu sein. Einige von uns meinten, man sollte ihn hinrichten, daß die Indizien für seinen Verrat beweiskräftig genug seien und das Risiko zu groß für moralische Skrupel. An jenem Tag, im Haus von Lucien Herr, haben wir uns entschieden. Wir haben beschlossen, ihn am Leben zu lassen, seine Aktivitäten im Netz während einer gewissen Beobachtungszeit einzuschränken. Alle Anzeichen für seine Schuld ließen sich nämlich auch als simple Beweise für seine allzu große Waghalsigkeit, ein irrsinniges Vertrauen in seinen guten Stern interpretieren ...
Marroux atmete tief, bevor er fortfuhr.
– Einer schlug vor, wir sollten uns »Mirabeau« schnappen, ihn in eines unserer Verstecke einsperren und verhören ... Verhören, verstehen Sie? Notfalls foltern, um ihm die Wahrheit über sich zu entreißen ... Wir haben diesen Vorschlag selbstverständlich abgelehnt ... Auch wenn die Wahrheit nützlich gewesen wäre, nämlich zu wissen, ob »Mirabeau« seinen Verrat unter der Folter gestehen würde, so hätte diese Wahrheit allein deshalb, weil sie auf diese Weise zustande gekommen wäre, unser Gewissen vergiftet ... Auch unsere Aktion ... Diese Wahrheit mit den Mitteln der Folter ans Licht zu bringen, hätte uns für den Sinn unseres Kampfes blind gemacht ...
Wieder atmete er tief. Silberberg hatte den Eindruck, als presse eine eiskalte Hand sein Herz zusammen. Er erriet, was folgen würde, in etwa.
– Michel Laurençon war der kategorischste ... Er war es, der die Entscheidung herbeiführte, »Mirabeau« am Leben zu lassen. Ein paar Wochen später wurde Laurençon in einem Zimmer in der Rue Blainville von der Gestapo verhaftet ... »Mirabeau« hatte ihn denunziert ...
Die Stille fiel auf sie herab, wurde dicht, greifbar, erstickend.

– Dreißig Jahre später, fuhr Marroux fort, und man hatte den Eindruck, als risse er sich die Wörter einzeln aus der Kehle, was haben Sie dreißig Jahre später mit seinem Sohn gemacht, mit Daniel Laurençon?
Elie Silberberg war weiß wie ein Handtuch.
Daß ihm diese Frage gestellt werden würde, hatte er sofort begriffen, als er den Namen dieses weißhaarigen, blauäugigen Unbekannten erfahren hatte. Er wußte seit langem, daß dies die einzig wirkliche Frage war.
Aber die Tür der Bibliothek flog auf. Elies Mutter, Carola Blumstein, stürmte herein, aufgeregt, redselig. Eine junge Frau versuchte, sie zurückzuhalten, zu beruhigen.

– »... und es fiel ein großer Stern vom Himmel, der brannte wie eine Fackel und fiel auf den dritten Teil der Wasserströme. Und der Name des Sterns heißt Wermut. Und der dritte Teil des Wassers war bitter wie Wermut, und viele Menschen starben ..«
Wie war Carola Blumstein darauf gekommen, einen Vers aus der Offenbarung des Johannes zu rezitieren?
Roger Marroux wäre nicht in der Lage gewesen, es zu sagen, auf der Stelle den launenhaften Weg des Gesprächs zurückzuverfolgen. Tatsache jedoch war, daß Carola die Apokalypse deklamierte, den Vers, in dem der dritte Engel die Posaune blies.
Elie Silberberg befand sich in einer Ecke, unwirsch. Er hatte fast nichts gesagt, seit seine Mutter ins Zimmer gerauscht war.
Kommissar Marroux war Carola Blumstein noch nie begegnet. Im Laufe seiner privaten Ermittlungen über »Netschajews« Verschwinden vor zwölf Jahren hatte er natürlich von ihrer Existenz erfahren. Er hatte alle Informationen, die er über sie gesammelt hatte und von denen er meinte, sie könnten ihm nützlich sein, notiert. Daher wußte er, daß Elies Mutter eine Überlebende von Auschwitz war.
Jetzt, als er sie die Offenbarung rezitieren sah, überkam ihn eine heftige Erregung. Denn er hätte überall und unter allen

Umständen Carolas Blick wiedererkannt. Den irren Blick der Überlebenden: geblendet, leer, verwüstet vom Rauch der Krematorien über der kahlen Ebene von Birkenau. Michel Laurençons Blick auf der Pritsche von Block 56 in Buchenwald. Den Blick des jungen Deportierten – es war ein Spanier: er trug ein Dreieck aus rotem Stoff auf der Brust, mit einem mit schwarzer Tinte aufgemalten »S« –, der ihn angesprochen hatte, vor der Baracke der Politischen Abteilung, in jenem fernen Frühling 1945. »Nie wieder der Geruch von verbranntem Fleisch über dem Wald«, hatte der Spanier mit irrem Lachen gesagt.

Carola Blumstein hatte die Anwesenheit von Roger Marroux ausgenutzt, eines idealen, da neuen Gesprächspartners, um ihre derzeitige Zwangsvorstellung zum Ausdruck zu bringen: die Folgen der Katastrophe von Tschernobyl.

– Wissen Sie, wo Tschernobyl liegt, Monsieur? In der Ukraine, nicht wahr? Nun, die meisten unserer Mißgeschicke seit einem Jahrhundert sind von der Ukraine ausgegangen! Verfolgungen, Pogrome, Massaker ...

Marroux nickte, hörte ihr aufmerksam zu. Tat wenigstens so.

– Ja, ja, ja, sagte sie. Und wissen Sie, was das Wort Tschernobyl bedeutet?

Nein, er wußte es nicht. Er bat um Verzeihung, aber er wußte es nicht.

– Es bedeutet »schwarzes Gras« .. Oder »bitteres Gras« ... anders gesagt Wermut ...

Sie sah Marroux an, vielleicht in der Hoffnung, daß dieser Hinweis genügen würde, ihm zu verstehen zu geben, worum es ging. Aber Roger Marroux verstand offensichtlich immer noch nicht.

– »Und der Name des Sterns heißt Wermut ...«, deklamierte sie plötzlich. Erinnern Sie sich an den Wermutstern?

Nein, Marroux erinnerte sich nicht daran. Er wußte nicht einmal, worauf Carola Blumstein anspielen mochte.

Auf die Bibel natürlich. Genauer gesagt auf das Buch der Offenbarung.

Und da rezitierte Carola den Text der Apokalypse, nach dem

Aufbrechen des siebten Siegels. »Und ich sah sieben Engel, die da stehen vor Gott, und ihnen wurden sieben Posaunen gegeben …«
Marroux hörte ihr zu, fasziniert von dieser leisen, brüchigen Stimme, die mit einem Mal prophetische Fülle bekam.
– »Und der dritte Engel posaunte; und es fiel ein großer Stern vom Himmel, der brannte wie eine Fackel und fiel auf den dritten Teil der Wasserströme und über die Wasserbrunnen. Und der Name des Sterns heißt Wermut. Und der dritte Teil der Wasser ward Wermut, und viele Menschen starben von den Wassern, denn sie waren bitter geworden …«
Sie sah Roger Marroux triumphierend an.
– Deutlicher geht es gar nicht, nicht wahr? Tschernobyl ist der Wermutstern … Das Kernkraftwerk ist explodiert, es brannte wie eine Fackel, das Trinkwasser wurde verseucht … Aber das Furchtbarste kommt noch … Denn Tschernobyl kündigt einen Krieg an, in dem man Israels Zerstörung erleben wird … Um uns davor zu warnen, wurde Tschernobyl gewählt, verstehen Sie? Es gibt eine Menge Atomkraftwerke in der Welt! Jeden Tag sind wir der Katastrophe nahe … Aber die erste Explosion ereignete sich ausgerechnet in Tschernobyl … In jener Ukraine, wo die Juden unter jedem Regime verfolgt wurden … Ich habe mit Elie darüber gesprochen … Aber er will nichts davon hören … Er behauptet, daß es unterschiedliche Interpretationen gibt, und daß er nicht weiß, welche glaubwürdig ist … Er rät mir, den Rabbi aufzusuchen … Aber ich habe noch nie den Rabbi aufgesucht, ich ließ immer Gott in meinem Herzen sprechen, seit er seine Stimme in meinem Herzen wiedergefunden hat …
Sie begann, in Erregung zu geraten. Ihre Hände drehten und wanden sich, flehentlich. Die junge Krankenschwester, die sich abseits gehalten hatte, griff nun mit unerbittlicher Sanftmut ein. Sie schob Elies Mutter hinaus, sie bei den Schultern nehmend.
Carola Blumsteins Stimme steigerte sich nun fast zum Angstschrei. Sie fragte sich, ob die Juden nicht Gottes Zorn heraufbeschworen hätten, als sie den Staat Israel gründeten, ob der

Wermutstern und das Feuer von Tschernobyl nicht das Explodieren von Gottes Zorn ankündigten.
– Vielleicht sind wir alle zum Exil verurteilt, schrie sie. Vielleicht ist das Exil unser einziges Reich, und vielleicht haben wir kein Recht auf ein Land? Vielleicht will Gott uns nur in der Diaspora eines zerstörten, verschwundenen Vaterlandes haben?
Die Tür schloß sich hinter den beiden Frauen. Marroux und Silberberg standen sich erneut gegenüber.
– Ich muß Sie bitten, mich zur Kripo zu begleiten, sagte der Kommissar. Um Ihre Aussage aufzunehmen ...
Silberberg zuckte die Achseln.
– Ich versichere Ihnen, daß ich Zapata nicht getötet habe!
– Das weiß ich! sagte der andere ungerührt. Es waren zwei junge Frauen ... Aber Sie waren am Tatort ... Ich vermute, daß Zapata Sie dorthin bestellt hatte. Was wollte er Ihnen sagen?
Plötzlich hatte Silberberg den Wunsch, sich gehen zu lassen.
– Ich weiß es nicht ... Er hatte keine Zeit, es mir zu erklären ... Jedenfalls hat er sich ganz einfach geirrt ... Er hat mir versichert, daß ich nicht auf der Liste der Attentate stehe ... Und zehn Minuten später hat man auf mich geschossen, im Friedhof Montparnasse ...
Marroux verschlug es die Sprache.
– Sie haben ja tolle Sachen zu erzählen, Silberberg!
In diesem Augenblick vernahm man die Klingel der Eingangstür. Mit zwei Sätzen war Marroux am Fenster, schob die Vorhänge ein wenig zur Seite. Eine, wie ihm schien, schöne junge Frau stand auf der Freitreppe. Er hatte den Eindruck, sie irgendwo schon einmal gesehen zu haben.
– Wer ist es? fragte Silberberg etwas nervös.
– Sehen Sie selber ... Aber ich glaube, es ist in Ordnung!
Elie trat näher, warf einen Blick hinaus.
– Ja, natürlich, es ist Fabienne Dubreuil ... Sie arbeitet bei Julien, bei der *Action* ... Ich habe ihr vorhin eine Nachricht hinterlassen ...
Er ging hinaus, um die Tür zu öffnen.

Kommissar Marroux ließ den Knauf seiner Magnum 357 los, die er im Halfter gepackt hatte. Trotzdem richtete er es so ein, daß er die beiden anderen durch die angelehnte Tür beobachten konnte, die auf die Diele des Hauses ging.
Fabienne Dubreuil und Elie Silberberg sprachen leise und angeregt. Die junge Frau holte einen großen braunen Umschlag aus ihrer Handtasche. Sie zeigte Elie irgend etwas, wahrscheinlich Fotos.
Roger Marroux stieß die Tür auf, betrat die Diele, ging mit leisen und schnellen Schritten auf die junge Frau zu. Und noch bevor sie irgend etwas merkte, hatte er Quesnoys Vergrößerungen in der Hand und warf einen Blick darauf.
Er wurde blaß, richtete das Wort an Fabienne, mit rauher, heiserer Stimme.
– Woher haben Sie diese Fotos von Daniel Laurençon? Von wann sind sie? Wo wurden sie aufgenommen?
Fabienne betrachtete ihn, konnte nicht umhin, ihn toll zu finden. Sein Aussehen, versteht sich. Ansonsten fragte sie sich, in was der Typ sich einmischte!
Sie sah Elie fragend an.
– Hauptkommissar Roger Marroux, sagte dieser. Fabienne Dubreuil ... Der Kommissar ermittelt wegen des Mords an Zapata.
– Marroux? rief Fabienne aufgekratzt. Gerade Sie wollte ich treffen! Sie waren im Henri-IV, im Khâgne, zusammen mit Michel Laurençon, dem Vater von Lachenoz ...
Die beiden Männer sahen sich verblüfft an.
– Lachenoz? knurrte Marroux.
– Ein Schweizer, sagte sie. Diesen Namen scheint er in letzter Zeit zu benutzen, Daniel Lauren ...
Marroux unterbrach sie schroff. Er schrie.
– Und meine Fragen?
Fabienne betrachtete ihn erneut. Wirklich toll dieser Typ. Ein Meter neunzig, ungefähr, kein Gramm Fett, ein Blick, bei dem es einem kalt wird im Rücken, anderswo heiß.
– Diese Fotos habe ich von meiner Zeitung, Kommissar. Sie

stammen von gestern nachmittag ... Sie wurden in einem Pariser Palast aufgenommen ...
Roger Marroux seufzte auf. Zapatas Nachricht betraf wirklich »Netschajew«. »Netschajew« in Fleisch und Blut, aus dem Nichts zurückgekehrt.
– Haben Sie was zu Trinken auf Ihrer Bude, Silberberg? Ich würde mir gern einen Whisky mit Eis reinziehen, während wir drei ein bißchen miteinander plaudern ...
Er nahm Fabienne am Ellbogen und zog sie in die Bibliothek.
Was Elie Silberberg anging, so weinte er vor Freude.
Daniel lebte!
Aber eine Idee, erschreckend in ihrer Einfachheit, ließ ihn erstarren. Er sah, wie die beiden anderen sich entfernten, Marroux umklammerte immer noch Fabiennes Arm. Wenn Daniel lebte, dann war vielleicht er der motorradfahrende Killer im Friedhof Montparnasse ... Daniel war vom Tod zurückgekehrt, um zu töten, vielleicht ...

Zweiter Teil

# Ein verlorener Mensch

»Der Revolutionär ist ein verlorener Mensch. Er hat keine persönlichen Interessen, Angelegenheiten, Gefühle oder Neigungen, kein Eigentum, nicht einmal einen Namen. Alles in ihm wird verschlungen von einem einzigen ausschließlichen Interesse, einem einzigen Gedanken, einer einzigen Leidenschaft – der Revolution.«

Sergei Netschajew, *Revolutionskatechismus*

»Die Hand, die zur Waffe greift, leidet gewiß an der Gewalt dieser Geste. Das Betäuben dieses Schmerzes bringt den Revolutionär an die Grenze des Faschismus.«

Emmanuel Lévinas, *Difficile Liberté*

# 1

Er blieb stehen, an der Einmündung der Avenue Georges-V. Er würde nicht in Ruhe nachdenken können, bevor er eine Frau gehabt hätte. Einen Körper, einen Geruch, ein Geschlecht, Beine, die sich spreizen, einen verdrehten Blick, den Blitz der Lust: den Schrei.
Eine Frau, ja.
Die Flut der Autos ergoß sich in alle Richtungen auf der Place de l'Alma. Er wiederholte sich mit halblauter Stimme einige der Wörter, die einst seine Seele geprägt, seine innere Gestalt geformt hatten.
»Der Revolutionär ist ein verlorener Mensch. Er hat keine Schonung für den Staat überhaupt und für die ganze zivilisierte Klasse der Gesellschaft und er darf ebensowenig Schonung für sich erwarten. Jeden Tag muß er zu sterben bereit sein.«
Er lachte wild, allein in der Menge.
Ein Jahrhundert, nachdem Netschajews Text ausgesprochen worden war, fand er zu seiner Wahrheit. Es stimmte – er war ein verlorener Mensch: es stimmte auf gefährliche Weise. Seit einer halben Stunde, seit er im Taxi die Nachricht von Luis Zapatas Tod gehört hatte, wußte er, wie sehr es stimmte.
»Jeden Tag muß er zu sterben bereit sein«: auch das stimmte. Und dieser Tag war gekommen.
Er schloß die Augen für den Bruchteil einer Sekunde. Die Welt war nur noch ein wirres Getöse, ein Toben schriller Geräusche, schallender Aggressionen.
Anfangs hatte er nicht hingehört. Das Radio lief, alles war verworren. Er dachte nur an sein Rendezvous. Nunmehr galt es, vorsichtig zu sein. Noch vorsichtiger. Man betrat die gefährlichste Zone: den Moment, da die Operation in Gang gesetzt

würde, den Moment, da er das Weite suchen, die Brücken abbrechen mußte.
Schon am Tag zuvor hatte er damit angefangen.
Es war der Taxifahrer, der mit einem Scherz seine Aufmerksamkeit weckte.
– Das ist ja ein Kinoname, Zapata! Viva Zapata! rief er.
Sofort hatte er die Ohren gespitzt.
Es war nur eine kurze Meldung in den Zehnuhrnachrichten. Luis Zapata war in der Nähe von Denfert-Rochereau erschossen worden. Der Sprecher erinnerte kurz an seine kriminelle Vergangenheit, fragte sich, ob der Mord eine alte Abrechnung sei oder einen neuen Bandenkrieg ankündigte.
Humbug also.
Dann kamen wieder die üblichen Radiospiele. Es ging darum, zwei Plätze für acht Tage in irgendeinem karibischen Paradies zu gewinnen. Im Dezember spiegelte man den Parisern das Paradies der Karibik vor.
Sie kamen zur Place Victor-Hugo, er bat den Fahrer, einen Augenblick anzuhalten. Zigaretten kaufen. Der andere hielt ihm einen Vortrag über die Schädlichkeit des Tabaks, den er sich höflich anhörte. Er gab ihm sogar recht. Versicherte, daß er sehr wenig rauche. Das heißt, sie plauderten.
Er betrat das Café, verließ es fast sofort wieder. Er sagte dem Fahrer, er habe gerade einen Kumpel getroffen, zufällig, und würde einen mit ihm heben. Kurz, er zahlte die Fahrt, gab ein dickes Trinkgeld, blieb allein.
Er kehrte zur Theke der Kneipe zurück, bestellte einen doppelten Kaffee und einen Armagnac.
Die junge Kellnerin musterte ihn sichtlich überrascht. Bei seiner Blondheit und seinem sportlichen Äußeren sah er wohl nicht so aus wie jemand, der schon um zehn Uhr morgens Armagnac trinkt.
Sei's drum, er brauchte wirklich einen Schnaps.
Er trank einen großen Schluck.
Tags zuvor hatte er mit Luis Zapata gesprochen. Am späten Nachmittag. Er glaubte, alle erdenklichen Vorsichtsmaßnah-

men getroffen zu haben. Und vor allem hatte er den anderen gegenüber niemals Zapatas Namen erwähnt. Niemals von der Rolle gesprochen, die dieser früher gespielt hatte. Das verstand sich von selbst. Zapata war der Joker in seinem Spiel: die große Überraschung. Sie mußten gestern von Zapatas Existenz erfahren haben. Erst gestern. Was bedeutet, daß man ihn Tag und Nacht beschattete, seit er in Frankreich angekommen war. Er hatte diese Überwachung einkalkuliert, er hatte seine Maßnahmen getroffen: sie erwiesen sich als unzureichend.
Mit einer Handbewegung hatte er noch einen Armagnac bestellt.
Das junge Mädchen kam mit der Flasche. Sichtlich betrübt. Ein so hübscher Kerl, so männlich, und Alkoholiker!
– Liebeskummer, murmelte er, während sie ihm abermals sein Glas füllte.
Aber man rief die Kellnerin am anderen Ende der Theke, sie konnte diesem Problem also nicht auf den Grund gehen.
Er sah ihr nach, sie hatte einen hübschen Hintern. Der Alkohol und der schöne Arsch wärmten seinen Bauch.
Sie hatten ihn also beschattet. Sein Treffen mit Zapata entdeckt. Wo kam der denn her? Wer war das? Sie hatten wohl ein wenig den Kopf verloren. Vor allem, weil er danach nicht in sein Hotel zurückgekehrt war. Dieser debile Gaby hatte ihm soeben mitgeteilt, daß sie gekommen waren, um ihn zu besuchen, am Abend. Gut, sie verlieren die Fassung und beschließen, sofort einzuschreiten. Sie haben etwas improvisieren müssen, keine Zeit herumzutüfteln.
Aber es war nicht nur die Schnelligkeit ihrer Reaktion, die ihn frappierte, sondern ihre Bedeutung. Indem sie Zapata ermordeten, gaben sie ihm zu verstehen, daß es aus war. Er war kaltgestellt, es war Krieg. Beim Rendezvous am Ranelagh hätten sie ihn zweifellos geschnappt.
Die junge Kellnerin kam augenklimpernd zurück. Mit halblauter Stimme machte er ihr erschütternde Geständnisse. Sie war erschüttert. Drei Minuten später akzeptierte sie ein Treffen um achtzehn Uhr, nach der Arbeit. Er spielte nicht mit ihr, über-

haupt nicht. Machte sich nicht lustig. Er mußte sich einfach in die Zukunft projizieren, einen Grund haben, und sei er noch so klein, noch so läppisch, das Ende dieses Tags zu erreichen, diesen Augenblick des Rendezvous. Er würde vom Warten auf dieses junge Mädchen leben, sein Leben mit dieser dürftigen, aufwühlenden Hoffnung auf die junge Kellnerin nähren.
»Der Revolutionär ist ein verlorener Mensch«, dachte er. »Jeden Tag muß er zu sterben bereit sein.«
Ja, er war bereit. Aber es würde sie sehr teuer zu stehen kommen, sie würden schon sehen.

Er öffnete die Augen wieder, an der Einmündung der Avenue George-V.
Einige Schritte von ihm entfernt, hoch oben am Pranger eines Werbeständers, ließ sich eine hinreißende Schauspielerin im Stehen vögeln, an einer mit der Trikolore bespannten Wand. Auf Dutzenden von Kinoplakaten quer durch Paris zeigte die keusch bekleidete junge Frau von ihrem Körper nur ein wunderschönes rechtes Bein, das sie hochhob, um die angedeutete Penetration zu erleichtern.
In einer Gaststätte auf den Champs-Elysées hatte ihm jemand erklärt, daß diese akrobatische Stellung der letzte Schrei der schicken Erotik des französischen Films sei. Eigentlich hatte er nicht die geringste Absicht gehabt, den Exkursen jenes Unbekannten zuzuhören, der an einem Nebentisch saß und ihm das alles mit Einzelheiten und schlüpfrigen Kommentaren erzählte, um die junge Frau zu animieren, die mit ihm zu Mittag aß.
Dann hatte es ihn amüsiert, die fortschreitende Verwirrung in den Blicken und Gesten von Nana zu beobachten: so lautete der Kosename, den der Schönredner ihr gab. Er machte also mit, gab seinen schmierigen Senf dazu, bis sein Nachbar, der zweifellos den Augenblick für gekommen und das Mädchen für chambriert hielt, das Ende der Mahlzeit abkürzte und mit geilem Lachen erklärte, sie würden den Nachtisch anderswo zu sich nehmen.

In all jenen Tagen schwebte die schöne Schauspielerin weiterhin über dem Boden von Paris, wie ein Schmetterling auf die Trikolore gespießt, durch den Sex auf diesen patriotischen Horizont genagelt, das reine Gesicht in Erwartung der Lust nach hinten geworfen.
Er hatte gelacht, traurig, mit verzweifelter Bissigkeit, als er in jenen Tagen überall in der Hauptstadt dieses symbolische Bild sah. Er hatte gelacht, mit zugeschnürter Kehle, als er diese Plakate betrachtete, die das Bild Frankreichs vervielfachten. Bald hatte er nicht mehr an die hinreißende Schauspielerin gedacht. Er hatte gedacht, daß sein Land ihn dadurch begrüßte, daß es schamlos seinen Niedergang, seine künftige Unterwerfung plakatierte. Ja, das war wirklich das schwächste Glied in der imperialistischen Kette, sie hatten recht, so zu denken, die Strategen des Terrors, die stinkenden und salbadernden Theoretiker, die zwischen dem Leninismus und dem islamischen Fundamentalismus pendelten, selbstsicher, im Bewußtsein ihres arroganten Wissens, unterstützt von der Logistik der östlichen Geheimdienste, die man stets im Hintergrund antraf, diese Lehre war ihn teuer zu stehen gekommen. Sie dachten zu Recht, daß man gerade auf Frankreich einschlagen mußte, daß es als erstes nachgeben würde, das geteilte süße Frankreich, geschwächt durch die Lebensfreude und den verrückten Glauben, noch immer eine Großmacht zu sein. Frankreich war es, das sie in die Knie zwingen, zum Weinen bringen wollten, von dem sie träumten, daß es die Beine spreizte wie eine Dirne.
Er hatte die Augen wieder geöffnet, an der Ecke der Place de l'Alma.
Hoch oben auf ihrem Werbeträger bot die schöne Schauspielerin den Passanten ihr verzücktes Gesicht dar, ihr erhobenes Bein, das anstößige Trugbild ihrer Lust.
Er dachte, daß er nicht einmal den Vornamen der jungen Kellnerin von der Place Victor-Hugo kannte. Wenn schon: eine Frau, Zärtlichkeit, ein dankbarer Blick, belanglose Wörter, das Leben.
Er lachte ganz allein, wie ein Verrückter.

Er ging bis zum Rond-Point. In der Toilette des Drugstores rasierte er sich den Schnurrbart ab, den er in letzter Zeit trug. Dann suchte er in einer der Ladengalerien der Champs-Elysées nach einem Fotoautomaten. Mit diesen neuen Paßfotos nahm er sodann ein Taxi und ließ sich nach Belleville fahren. Zahlte das Taxi, ging in eine Kneipe, um einen Kaffee zu trinken, verließ das Lokal, flanierte ein wenig, durchquerte einen Uniprix, der verschiedene Ausgänge hatte, kaufte eine Zeitung und las sie im Freien, in der trockenen Kälte, die die Passanten zwang, schnell zu gehen, die jedes Schlendern in seiner Nähe verdächtig gemacht hätte.

Nachdem er eine Stunde herumgelaufen war, allerlei Manöver gemacht hatte und überzeugt war, daß niemand sich für ihn interessierte, abgesehen von zwei oder drei Frauen unterschiedlichen Alters, die sich nach ihm umgedreht hatten, begab er sich zu dem Künstler und klingelte an seiner Tür.

Der Typ erkannte ihn wieder, ließ ihn in sein Atelier eintreten. Er war übrigens gerade am Malen. Eine Frau war da, nackt, zugänglich, und posierte. Der Künstler hatte sie in einen Sessel gesetzt, aber der Quere nach, ihre Beine lagen über einer der Armlehnen.

Er machte ein paar Schritte, näherte sich der Staffelei, warf einen Blick auf die Leinwand. Das fast fertige Bild war von akkuratem Realismus, nicht ohne Kunstfertigkeit. Aber das ist ja bekannt: Fälscher sind immer Realisten. Jedenfalls hatte der Künstler eine treue Kundschaft, die gut zahlte: seine Tarnung war solide.

– Akt mit schwarzen Strümpfen auf rosa Sessel, sagte er zu dem Fälscher.

Die Frau kicherte, machte ihm schöne Augen.

Freilich, er sah nobel aus, war in Schale, piekfein.

Aber der Künstler wurde ungeduldig. Er wartete darauf, daß man ihm das Kennwort nannte. Er änderte es jeden Monat, und wenn man das gerade gültige nicht wußte, ließ er nicht mit sich reden. Ausgeschlossen, daß er Bestellungen falscher Papiere annahm: wenn man das Kennwort nicht wußte, so

hieß das, daß man den Kontakt mit den wahren Kanälen verloren hatte. Er setzte den ungebetenen Gast rücksichtslos vor die Tür. Auch wenn er einer seiner Stammkunden war.
Der von heute war kein Stammkunde. Der Künstler hatte ihn erst einmal gesehen, vor zwei Monaten, im Oktober. Aber es ging um eine große Bestellung. Er hatte eine ausgezeichnete Empfehlung und hatte in Dollars bezahlt, bar. Nicht zu verachten, trotz des Kursverfalls der grünen Scheine.
Er sah abermals auf die Leinwand.
– Sag mal, Künstler, täuschend echt! rief er. Es fehlt nicht viel und man könnte mit dem Porträt flirten.
Die Frau kicherte lauter.
– O nein! Für den Flirt bin ich da! sagte sie mit vor Erregung spitzer Stimme.
»Der Mädchen Schrei und Kitzligsein der Glieder«, dachte er plötzlich.
Wie ein Lauffeuer im Gedächtnis, dieser Vers von Valéry. Natürlich hatte er ihn von Silberberg. Es war Elie, der ihm beigebracht hatte, am Zauber der Poesie Geschmack zu finden, es war schon lange her.
Er fragte sich, ob er mit Silberberg Kontakt aufnehmen sollte, jetzt, da die anderen Zapata liquidiert hatten. Gut: alles zu seiner Zeit. Zuerst die Papiere.
Er drehte sich zu der nackten Frau um, deklamierte mit leiser, klangvoller, nostalgischer Stimme, die ihre Wirkung nicht verfehlte:
»Der Mädchen Schrei und Kitzligsein der Glieder / die Augen, Zähne, feuchte Augenlider: / die süße Brust, die glüht und sich erfrischt: / das Blut, das glänzt in Lippen, die sich geben / und Finger, die sich vor das Letzte heben – / hinab mit allem und ins Spiel gemischt!«
Die Frau stieß einen Freudenschrei aus, verlor die Pose.
– Genial! rief sie.
Aber der Künstler war mißmutig.
– Keine Schweinereien bei mir!
Dann, sich zu seinem Modell wendend:

– Zieh dir ein Hemd an, Muschi, geh in die Küche und mach uns einen Kaffee!
Es war vorauszusehen: sie kalauerte unanständig über ihre Muschi. Sie sprang auf, sich räkelnd. Schnappte sich einen Schal im spanischen Stil, eine geschweifte Mantilla, mit der sie sich aufreizend drapierte, um durch eine Tür hinten im Atelier zu verschwinden.
Der Künstler starrte ihn unzufrieden an.
– Na? Weißt du es oder weißt du es nicht?
– Ich hatte keine Zeit, den entsprechenden Instanzenweg zu nehmen, antwortete er mit sanfter Stimme. Ich hab's eilig.
– Ich überhaupt nicht, sagte der Künstler im selben Ton.
Er tat, als habe er nichts gehört.
– Ich brauche einen kompletten Satz: Personalausweis, Reisepaß, Führerschein, Versicherungsschein! Aber ohne Komplikationen: einfache französische Papiere! Ich habe die Fotos dabei.
Der Künstler sah ihn wortlos an.
– Das Ganze auf den Namen Daniel Laurençon. Ich habe alles aufgeschrieben, was du brauchst.
Er reichte ihm einen Umschlag mit den Fotos und einen Zettel mit den nötigen Angaben.
Im Augenblick reiste er mit einem tadellosen schweizerischen Paß auf den Namen Frédérique Lachenoz. Er bedauerte, sich von ihm trennen zu müssen. Zumindest genötigt zu sein, ihn zurückzulegen. Aber das war das Vorrangigste: er brauchte Papiere, die die Organisation nicht kannte. Schade. Mit einem schweizerischen Paß reist man angenehm in der Welt, von allen geachtet. Außer wenn man es auf Rechnung der französischen Geheimdienste tut, so scheint es. Sie hatten es fertiggebracht, den guten biederen schweizerischen Paß von Madame Turenge zu verpfuschen: der Gipfel!
– Laß mir die Fotos da, sagte der Künstler, und komm in zwei Tagen wieder!
Der Typ beeindruckte ihn. Er wollte nicht den Fehler machen, ihm die Tür vor der Nase zuzuschlagen, falls er ein echter Boß war. In den zwei Tagen würde er sich erkundigen.

– Du kennst den Preis für einen kompletten Satz, fügte er hinzu. Die Hälfte will ich sofort!
Er lächelte dem Künstler zu, tätschelte ihm freundlich die Wange mit der linken Hand. Plötzlich hielt er in der anderen Hand eine Waffe. Der Lauf bohrte sich dem Künstler in den Bauch.
– Halt dich ran! sagte er. Wenn du trödelst, ruiniere ich dir zuerst die Beine, dann die Hände. Hast du das Kaliber gesehen? Es macht große Löcher ...
Er würde es tun. Er sprach, ohne die Stimme zu erheben, aber er würde es bestimmt tun!
Als die Frau mit dem Kaffeetablett aus der Küche zurückkam, mit bloßen Brüsten, die Mantilla um die Hüften geschlungen, saß der Künstler an seinem Tisch und arbeitete fieberhaft an einem kompletten Satz tadelloser und jungfräulicher Ausweispapiere.
Der Lauf einer Waffe war auf seinen Nacken gerichtet.
Statt eines Kommentars pfiff sie durch die Zähne. Sie verteilte die Tassen, schenkte Kaffee ein.
– Zucker? fragte sie.
Er schüttelte den Kopf, trank seinen Kaffee in kleinen Schlukken, die Tasse in der linken Hand haltend.
– Sie haben aber eine große Kanone! sagte die Frau spitzbübisch.
Er lachte, sah dem Künstler über die Schulter. Es ging gut voran.
– Weißt du was, Junge? Deine Freundin wird mir einen blasen, während du arbeitest. So hat jeder von uns seine kleine Beschäftigung!
– Es ist nicht meine Freundin, sagte der andere mürrisch.
Freundin oder nicht, sie brach in Lachen aus.
– Höhere Gewalt, Gustave! Ich handle unter Zwang. Einem bewaffneten Mann kann man nichts abschlagen!
Sie kniete nieder, zog den Reißverschluß auf, bereitete mit zarten Fingern die Operation vor.
– Besonders nicht einem so gut bewaffneten Mann! sagte sie kurz darauf.

Dann schwieg sie.
Er hörte die Engel singen, erinnerte sich an früher.
Welches sind die besten Voraussetzungen, um in Ruhe nachzudenken? Einer von ihnen hatte früher einmal diese Frage gestellt, im Schulhof, Rue d'Ulm. Silberberg behauptete, daß Flugreisen das Beste seien. Er persönlich mochte die Augenblicke beim Friseur, wo man seinen Schädel den sanften Händen der Haarwäscherinnen überläßt. Und Marc versicherte, der beste Augenblick für metaphysische Meditationen sei eine gute Fellatio. Irre, wie das die Lebensgeister weckt, sagte er.
Man würde ja sehen, ob das stimmte.

Vor zwei Monaten, im Oktober, hatte er eine kurze Reise nach Frankreich gemacht.
Es mußten Leute aus ihren Löchern geholt, Verstecke überprüft oder vorbereitet, Netze neu geknüpft, Energien angefacht werden. Er mußte bestimmte Waffen- und Sprengstofflager in die Nähe von Paris verlegen, Schlupfwinkel organisieren, neue Unterstützungsbasen schaffen. Logistik also, im Hinblick auf eine neue Welle von Operationen.
Er leistete tadellose Arbeit. »Ein einziger Gedanke, eine einzige Leidenschaft – die Revolution!« Damit verbrachte er seine Tage und Nächte, rigoros, hellsichtig, erbarmungslos gegenüber den Zauderern. Er wußte, daß man ihn beobachtete, alle seine Handlungen auf die Goldwaage legte. Der Bericht über ihn mußte positiv sein. Nur unter dieser Bedingung würde er zurückkehren können, für die Operation selbst. Und er mußte zurückkehren, damit er eine Chance hätte, aus der Sache herauszukommen.
Damals, im Oktober, hatte er einen langen Umweg gemacht, um den Nahen Osten zu verlassen. In Stockholm hatte er schließlich einen Morgenflug der SAS genommen. Er reiste erster Klasse. Man servierte ihm ein köstliches Frühstück, sobald die Maschine in der Luft war. Er nahm Rühreier zu sich, sehr starken Kaffee. Ein jähes Glück überkam ihn. Wohlbefinden, eine Art körperlicher Freude. Es lag nicht nur an dem vor-

züglichen Frühstück. Es lag auch an der Vorstellung, daß er auf Paris zuflog. Schon lange hatte er die Stadt nicht mehr betreten. Die Stewardeß war bezaubernd, er machte ihr ein wenig den Hof, bat sie um Pariser Zeitungen. Sie hatte welche, gab ihm *Le Monde, France-Soir, Libération*, alle vom Vortag.
Er begann mit *France-Soir*, mit dem Sportteil.
In Wahrheit machte er sich nichts aus Sport. Wettkampf, Leistung, Körperkult, über sich Hinauswachsen, *corpore sano, mens* dito: alles Schmus. Er interessierte sich nur für Fußball, und zwar aus wenig sportlichen Gründen.
Wenn man Jean Giraudoux glauben darf, rekonstruierte Suzanne auf ihrer menschenleeren Insel im Pazifik 1914, nach ihrem Schiffbruch, ihre Erinnerungen an Frankreich mit Hilfe einer Zeitung, die wie durch ein Wunder zu ihr gelangt war und in der ständig von der Marne die Rede war. Eine mysteriöse, schwer zu entziffernde Nachricht, denn sie wußte nichts von der Marne. Oder vielmehr: sie wußte alles über die Reize der Marne als Fluß und Badegelegenheit, aber nichts über die Schlacht desselben Namens, auf die die Journalisten bei jeder passenden und unpassenden Gelegenheit anspielten.
Die Marne wurde auf diese Weise zum Symbol der Reize und Tugenden Frankreichs, sowohl seiner kriegerischen Gefährlichkeit wie seiner prickelnden Spiritualität. So als habe die überaus berühmte, wenngleich Suzanne unbekannte Schlacht an der Marne es nicht nur ermöglicht, die Armeen des Angreifers aufzuhalten, sondern auch der Seele Frankreichs neue Kraft zu geben und sie in der Weltgeschichte zu verankern.
So ging es auch ihm in all diesen Jahren, in den Palästinenserlagern oder den Luxushotels der ganzen Welt; in den Verstecken quer durch Europa oder den Guerillabasen in Mittelamerika; in den langen Zeiten des düsteren, nervösen Wartens rekonstruierte er die Bilder seiner Vergangenheit, seiner Heimat mit Hilfe einiger Namen von Fußballspielern. In unregelmäßigen Abständen verfolgte er das Schicksal von Dominique Rocheteau, Marius Trésor, Alain Giresse; er las die Beschreibungen ihrer Heldentaten oder ihrer schlechten Form, und er zog dar-

aus den bittersüßen Eindruck, nicht völlig aus der Welt der Lebenden ausgeschlossen zu sein. Noch zu einer Gemeinschaft zu gehören, die größer, offener war als die schreckliche Bruderschaft des Todes, in der er gelebt hatte.

Er las den Sportteil von der ersten bis zur letzten Zeile. Er hatte Glück gehabt. Die Zeitung berichtete vom letzten Tag der französischen Meisterschaft der ersten Liga. So konnte er sich auf den neuesten Stand bringen.

Er zündete sich eine Zigarette an, schloß die Augen, genoß die Freude dieser Rückkehr.

Er erinnerte sich an Elie Silberberg. Zweifellos deshalb, weil Elie vor zwölf Jahren zu sagen pflegte, daß er im Flugzeug am besten nachdenken könne. »Wenn ihr wollt, daß ich die Lösung unserer strategischen Probleme finde«, sagte Elie, »oder wahlweise die der Grundlagen der Ontologie, dann laßt mir von der Organisation eine Flugreise bezahlen – erster Klasse natürlich! Habt ihr die Touristenklasse schon mal nachdenken sehen? –, und ich werde mit den entsprechenden Antworten auf alle unsere Sorgen zurückkommen.«

Aber vielleicht erinnerte er sich an Elie Silberberg ganz einfach deshalb, weil er es war, den er immer vorgezogen hatte, seit dem Tag, an dem dieser ihm die ersten Sätze der *Verschwörung* vorgelesen hatte. Von der ganzen Gruppe war er ihm am nächsten gewesen.

Er öffnete die Augen wieder, drückte seine Zigarette aus, schloß erneut die Augen, verstellte die Rückenlehne seines Sitzes nach hinten. Er hatte Zeit, über alles nachzudenken, vor der Ankunft in Paris Bilanz zu ziehen, in die Zukunft zu blikken. Er lächelte selig. *Bilanz und Perspektiven*: Jahrzehnte lang wird man in allen Sprachen des Planeten diesen Titel Dutzenden von Artikeln und Berichten der marxistisch-leninistischen Organisationen gegeben haben! Die Bilanz war immer insgesamt positiv, die Perspektiven immer glänzend. Zumindest berauschend. So wie das Opfer berauschend ist, dachte er bitter. Und sinnlos, ohne jeden Zweifel.

Wirklich nachdenken. Die Partie würde schwierig sein. Er

durfte keinen einzigen Fehler begehen: sein Leben stand auf dem Spiel.

Eine halbe Stunde später richtete er die Rückenlehne seines Sitzes wieder auf, zündete sich noch eine Zigarette an, verlangte einen doppelten Whisky. Sein Plan war fertig, ausgeklügelt. Soweit ein Plan das überhaupt sein kann. Das Unvorhergesehene läßt sich nicht vorhersehen: genau das macht den Reiz – manchmal den Schrecken – der Geschichte aus.
Im September, in Athen, hatte sich Daniel Laurençon eine Lösung für sein Problem ausgedacht: wie man die Organisation des bewaffneten Kampfs verläßt, ohne dabei sein Leben zu lassen.
Einige Tage zuvor war eine neue Welle von Attentaten über Frankreich hereingebrochen. Blinder Terrorismus, hatte die große Presse albern gesagt. Als sei die Tatsache, die Opfer aufs Geratewohl auszuwählen, nicht im Gegenteil der Beweis für eine sehr klare Einschätzung der Situation. Nicht die Entschlossenheit der Terroristen war blind, sondern ihre Zielscheibe: das Opfer. Der Herr, der seinen Hund spazierenführte, die Dame, die den Prisunic verließ, das Kind, das aus der Schule kam: sie hatten nichts kommen sehen, sie konnten nichts sehen, nichts voraussehen, da sie nicht betroffen waren. Und eben diese Blindheit hatten die Terroristen vorsätzlich gewählt. Sie hatten hellsichtig entschieden, die Blinden mit den Realitäten zu konfrontieren, damit die Augen der Opfer sich schließen und den entsetzten Überlebenden aufgehen.
Die Attentate vom September, in Paris, nach all den anderen im Jahre 1986, waren das Werk des Dschihad. Unter dieser pauschalen metaphorischen Bezeichnung verstand Daniel Laurençon die Gesamtheit der islamischen Bewegungen, die im Nahen Osten im Gefolge der palästinensischen Sache aufgetaucht waren, in ihrer Vielfalt – manchmal ihrer blutigen Rivalität – vereint durch ein und dasselbe Ziel: die Zerstörung des Staates Israel. Was machte es schon aus, daß hinter den unmittelbaren Ausführenden der Apparat der Geheimdienste des

syrischen oder iranischen Staates arbeitete. Oder bei anderen Anlässen manipulierte Palästinenserorganisationen, die vom KGB und seinen Satellitenorganen gesteuert oder unterstützt wurden. Gewiß, für die französischen Dienste, deren Aufgabe darin bestand, die Kanäle zurückzuverfolgen, um sie zu neutralisieren oder gegebenenfalls aus einer Position der Stärke heraus mit dem still beteiligten Staat zu verhandeln, war es nicht gleichgültig, die Fäden des Netzes präzise zu entwirren. Aber für Daniel, für die Ausarbeitung seines Überlebensplans genügte es zu wissen, daß der Dschihad für die Attentate verantwortlich war: der Heilige Krieg gegen Frankreich.
Im September, in Athen, hatten sich nicht die islamischen Bewegungen getroffen, sondern die marxistisch-leninistischen Gruppen, die verschiedenen kommunistischen Kampforganisationen. Das Ziel der Zusammenkunft war die Vorbereitung einer neuen Offensive in Westeuropa, insbesondere in Frankreich. Ohne zu den vom islamischen Dschihad durchgeführten Attentaten offen Stellung zu beziehen, ging es darum, sich dadurch von ihm zu unterscheiden, daß man gezielte Guerilla-Aktionen ähnlich denen fortsetzte, die in Frankreich bereits gegen General Audran oder gegen Brana vom CNPF geführt worden waren. Und in der Bundesrepublik Deutschland gegen Bekkurts, den Direktor der Forschungsabteilung von Siemens.
Ein Militanter der Action directe hatte die Diskussion eröffnet.
Schon bei den ersten Worten hatte Daniel gewußt, woran er war. Er schickte sich an, während der ganzen, voraussichtlich langen Zeit der Intervention des Franzosen innerlich zu dösen.
– Die Einheit der Revolutionäre in Westeuropa und die Notwendigkeit der Organisation der Guerilla der Kommunisten, hier wie überall in Westeuropa, sind die gleichzeitigen Erfordernisse, die immer mehr revolutionäre Kämpfer zusammenschließen, die sich ihrer Pflicht gegenüber den grundsätzlichen Aufgaben bewußt sind, die ihnen die allgemeine Veränderung der objektiven Situation und ihre notwendige Überwindung setzt ...

Daniel Laurençon fand dieses leere Gerede unerträglicher denn je; er kam nämlich gerade von einer Mission aus Israel zurück, wo er sich der harten Prüfung der Tatsachen hatte unterziehen müssen. Wo die Realität seines ideologischen Diskurses der letzten Jahre in die Brüche gegangen war, aufgelöst vom Diskurs der Realität Israels.

Als man ihm diese Aufgabe angetragen hatte, hatte Daniel ohne Zögern zugestimmt. Dabei wußte er, daß es gefährlich war, daß der Wachsamkeit des Mossad nicht leicht zu entgehen war. Er wußte auch, daß es eine Falle sein konnte. Seit einiger Zeit wurde er von seinen Leuten überwacht, verdächtigt. Ihn nach Israel zu schicken, war vielleicht ein Weg, sich seiner zu entledigen. Aber er hatte trotz allen Risiken zugestimmt, ohne zu zögern: eine große Neugier trieb ihn. Er wollte sich eine eigene Meinung über Israel bilden, dieses verhaßte Land, das die meisten derjenigen, mit denen er seit Jahren zusammenkam, verteufelten.

Es handelte sich um einen Auftrag zur Information und Kontaktaufnahme mit palästinensischen Persönlichkeiten und Gruppen sowohl innerhalb der israelischen Grenzen von 1948 wie in den besetzten Gebieten. Daniel widmete sich dieser Aufgabe drei Wochen lang, mit Leidenschaft.

Als er zurückkam und in Athen eintraf, hatte er sich geändert.

Nicht nur in bezug auf Israel, was relativ leicht war: man brauchte nur die Augen aufzumachen, den Stimmen dieses Landes zu lauschen, wo jeder eine Geschichte zu erzählen, eine Vergangenheit zu verteidigen oder in Frage zu stellen, eine Zukunft zu imaginieren oder zu perpetuieren hat, um zu verstehen, daß Israel nicht das Reich Satans war. Daniel Laurençon hatte zuerst in der revolutionären Illusion, dann in der Ungewißheit, schließlich voller Entsetzen die grauenhafte Erfahrung der Zerstörung der demokratischen Freiheiten im Libanon gemacht, eine Folge der Unterminierungsarbeit der PLO und ihrer Verbündeten. Dadurch konnte er begreifen, was an der Existenz Israels im Vergleich zu den anderen Staaten der Region so spezifisch, so überraschend anders war.

Das Wesentliche lag für Laurençon in Wahrheit nicht, wie so manche, und nicht die Geringsten, hätten meinen können, in dem nahezu fleischlichen Verhältnis des jüdischen Volks zu einer jahrtausendealten Tradition der Achtung vor dem Leben, der Meditation über das Gesetz, der Konfrontation mit der Transzendenz. So gewichtig diese Tradition, die moralische Kraft dieser Verwurzelung auch sein mochte, das Wesentliche war etwas anderes: es lag im Verhältnis Israels – aufrechterhalten während eines fast vierzig Jahre währenden Kriegszustands, der nie zur Militarisierung der Gesellschaft geführt hatte – zu den universellen Werten der demokratischen Revolution.

Eben dadurch, das begriff Daniel im Verlauf seiner Reise, war Israel nicht nur privilegierter Zeuge der Menschheitsgeschichte, sondern auch Zukunftsträger. Es würde keinen Aufbau und keinen Fortschritt einer bürgerlichen Gesellschaft und Demokratie in der Region geben, die arabischen Staaten natürlich eingeschlossen, wenn man die Hefe, die der Staat Israel darstellte, nicht aufgehen ließ. Paradoxerweise, zumindest auf kurze Sicht, hing sogar die Errichtung eines palästinensischen Staatsgebildes von der Aufrechterhaltung der israelischen Demokratie ab. Von der Sicherheit des Staates Israel.

Mitte September, in Athen, hatte Daniel Laurençon seine Ansichten geändert, hatte sich vielmehr selbst verändert. Er selbst war ein anderer, in seinem tiefsten Wesen. Nicht nur seine Meinungen: sein Innerstes, seine Vorstellung vom Leben, von der Zukunft.

Plötzlich, während der Typ der Action directe schon seit fast einer Stunde in seiner unverdaulichen Sprache quasselte, spitzte Daniel die Ohren.

– In Frankreich, sagte der Typ, hat sich, nachdem sie den von der objektiven Analyse aufgezeichneten Weg richtig eingeschlagen hatte, die Entwicklung der Organisierung revolutionärer Gewalt eines Tages aufgelöst durch die Entschlußlosigkeit ihrer Initiatoren, Abweichler der ersten Stunde, die sich auf den Weg gemacht hatten, um zu sehen, ob es über die neue

Philosophie und den befreiten Journalismus nicht einen besseren Weg gäbe, um billig und ohne Schwierigkeiten zur Geschichte und ihren Abflußkanälen zu gelangen.
Damit waren Leute wie July, Geismar, Serguet, Rolin, wie alle seine ehemaligen Freunde gemeint. Eine Idee schoß Laurençon durch den Kopf, blitzartig. Er würde, wenn der praktische Teil der Diskussion käme, den Vorschlag machen, die gegen die Repräsentanten des militärisch-industriellen Bereichs vorgesehene Guerilla-Aktion auf solche Persönlichkeiten, wie der Berichterstatter sie soeben genannt hatte, auszudehnen. Er würde sich für die Vorbereitung einer solchen Aktion bewerben, unter Berufung auf seine Kenntnis des Landes und der Menschen. Und bei dieser Vorbereitung könnte er, über Zapata, mit Elie Silberberg und den anderen Kontakt aufnehmen und versuchen, aus der Welt des Terrors auszusteigen.
Das Glück wollte es, daß sein Vorschlag angenommen wurde. Man gab ihm sogar einen Decknamen: Medientod. Und man beauftragte Daniel mit einer ersten Mission im Oktober, in Paris.
Er nahm das Exemplar der *Libération* zur Hand und begann, es zu überfliegen. Mit wachsender Gereiztheit, um die Wahrheit zu sagen. Intellektueller Verfall, Gehirnerweichung, Absterben des politischen Instinkts: wenn man bedenkt, daß diese armen Typen zum größten Teil Revolutionäre gewesen waren!
Er träumte von exemplarischen Strafen.
Serge July zum Beispiel. Man könnte ihn entführen und irgendwo einsperren. Er dürfte nur dann schlafen, trinken, fressen, scheißen, sich einen runterholen, wenn es ihm gelänge, fehlerfrei, ohne ein einziges Wort zu vergessen, ein Kapitel seines eigenen Buchs von 1969 aufzusagen, *Auf dem Weg zum Bürgerkrieg*. Alt würde er aussehen, July! Genauso beknackt wie in den Fernsehprogrammen mit Tapie!
Er stellte sich die Szene vor.
July, verfettet, ein bißchen grün im Gesicht, wie er den Text seines Buchs herlallt. Zum Beispiel: »Ohne den Propheten spielen zu wollen: Frankreichs Horizont '70 oder '72 ist die Revolution!«

Man würde ihn an seiner Diktion, seiner Stimme arbeiten lassen. Oder: »Die Straße ist das Feld des Klassenkampfs. Hier prallen die Widersprüche aufeinander und finden keine andere Lösung als durch das Blut. Der Bürgerkrieg ist die Perspektive, der Horizont der französischen Bourgeoisie. Die proletarische Machtergreifung führt über die Eroberung der Straße, ihre *militärische* Eroberung.«
Man würde ihn auf einen Tisch steigen lassen, in Unterhosen, damit er eine der grundlegenden Passagen seines heute völlig in Vergessenheit geratenen Essays deklamiere: »Sagen wir es klar und deutlich: der Haß ist das hellste Gesicht des revolutionären Bewußtseins. Er ist der Wunsch, der ausbeuterischen Gesellschaft den Todesstoß zu versetzen. Im Gegensatz zum Söldner ist der revolutionäre Soldat im Kampf kein ›Wilder‹. Seine Art zu kämpfen und zu töten ist immer überlegt; sie hat immer einen Sinn. Der Tod ist der Horizont – oder das Risiko – des revolutionären Kampfs. Nur zu diesem Preis läßt sich die Macht erobern. Und die revolutionäre Macht ist der einzige Garant des Klassenhasses ...«
Man könnte meinen, es spreche Sergei Netschajew und nicht Serge July, oder?
Zur Zeit, als letzterer sein Buch *Auf dem Weg zum Bürgerkrieg* schrieb, hatten sie selber, die Proletarische Avantgarde, einen Plan für pädagogische Inhaftierungen aufgestellt. Zusammen mit Silberberg hatte er die Einzelheiten ausgetüftelt. In der Nähe von Nemours war bereits ein Bauernhof in ein Volksgefängnis umgewandelt worden. Dort hätte man für unterschiedlich lange Zeit – von vier bis acht Wochen, je nach ihrer Widerstandskraft – distinguierte linke Intellektuelle eingesperrt, deren humanistisches Geschwafel, deren Blabla über die Menschenrechte und die Demokratie mehr und mehr die Luft verpestete. Man würde sie dem Urteil eines Volksgerichtshofs unterwerfen, notgedrungen unter Ausschluß der Öffentlichkeit. Aber zu gegebener Zeit könnte man den auf Tonband aufgenommenen Prozeßbericht verbreiten, zur Erbauung der Massen.
Das wäre noch wirkungsvoller als ein Lehrstück von Brecht.

Plötzlich wurde ihm bewußt, daß er faselte. Daß er völlig schizophren war.
Auf der einen Seite bereitete er sich vor, die praktischen Konsequenzen aus seiner politischen Entwicklung der letzten Monate zu ziehen: er würde die Organisation des bewaffneten Kampfs verlassen, vielleicht auf die Gefahr hin, sein Leben zu verlieren. Jedenfalls war es besser zu desertieren, als noch länger in der Wüste der revolutionären Gewalt, ihrer Verwüstung des Lebens zu bleiben. Es war besser, desertierend zu sterben als in dieser Söldnerwüste zu leben.
Auf der anderen Seite empörte sich sein Geist noch immer über die Worte derer, die diesen Weg schon lange vor ihm gegangen waren. In gewisser Weise war July ein Vorbild. Er hatte den Bürgerkrieg für die bürgerliche Gesellschaft aufgegeben. Man konnte ihn dazu nur beglückwünschen. Was konnte er July vorwerfen? Dieser hatte die Wüste der revolutionären Gewalt verlassen, statt sich in den Strudel des Terrorismus zu stürzen. Er war einer der Urheber der Selbstauflösung der Gauche prolétarienne gewesen, von der ihre eigene Organisation nur eine Abspaltung gewesen war, die sich direkt auf den Leninismus berief. Der einzige Vorwurf, den er Serge July machen konnte, war, daß er zehn Jahre vor ihm durchgeblickt hatte.
Und trotzdem: gab es denn keinen anderen Weg? Konnte man den tödlichen Wahnsinn der leninistischen Avantgarden nicht verlassen, ohne sich gleich schamlos zusammen mit Tapie in Fernseh-Shows zu zeigen? Konnte man nicht die Demokratie als permanente Erfindung und Revolution wählen, ohne deshalb aufzuhören, die Ungerechtigkeit und Ungleichheit anzuprangern, die jede Demokratie ihrem Wesen nach enthält?
Bei der weiteren Lektüre von *Libération* stieß er auf die Seite der Filmkritiken und abermals auf einen Anlaß zur Empörung. Es war die Rede von einem Film über Rosa Luxemburg, der anscheinend kürzlich in Paris gezeigt worden war. Er las ein paar Zeilen des Artikels und verschluckte sich. Er spuckte den Whisky aus, der ihm im Hals steckengeblieben war. Der widerwärtige Trottel, der diesen Text verbrochen hatte,

schrieb, ohne mit der Wimper zu zucken: »Heute, da die ganze Geschichte der Arbeiterbewegung in Gleichgültigkeit versunken ist, ist die arme Rosa zu einer Anekdote, ja einem historischen Filmfeature geworden!«
Er kam wieder zu Atem, notierte sich in Gedanken den Namen dieses dreckigen Schweins, für alle Fälle, ermaß den Weg, den ein gewisses, sogenanntes linkes Denken in geistiger Umnachtung durchlaufen hatte.
Am Tag nach seiner Ankunft in Paris war er gleich ins Kino gerannt.
Der Film über Rosa war gewiß nicht genial. Aber aus Gründen, die denen, die der Schwachkopf von *Libération* vorbrachte, diametral entgegenstanden. Denn der Film war im Gegenteil nicht politisch genug. Der Atem der Geschichte, der Phantasie der Massen fehlte. (Ein Film über Rosa, in dem sich die Massen außerhalb des Gesichts- und Aktionsfeldes befinden: ein Unding!) Alles spielte sich in bisweilen amüsanten und instruktiven Diskussionen zwischen Mandarins der Sozialdemokratie ab. Und vor allem nahm das Privatleben zuviel Platz ein, so als hätten Rosas Liebeleien, kleine Anwandlungen von Leidenschaft oder Lust irgendeinen Einfluß auf die Geschichte der Arbeiterklasse gehabt!

Aber der Flug der SAS Stockholm-Paris ging dem Ende entgegen.
Eine reizende Stimme verkündete die baldige Landung auf Roissy-Charles-de-Gaulle.
Zwei Monate später, heute, im Atelier von Belleville, steht ebenfalls die Landung bevor. Die nackte Frau mit den schwarzen Strümpfen hat geschickt dafür gesorgt, daß es so lange dauert, wie der Künstler für einen kompletten Satz von Ausweispapieren braucht. Ein Gleitflug, der ihnen kurz vorgekommen ist. Liliental hatte recht: gar nicht so übel zum Nachdenken, diese Erfindung, die die meisten kultivierten Sprachen den Franzosen zuschreiben!
Dem Künstler dagegen war die Zeit endlos vorgekommen.

# 2

Um elf Uhr schaltete Sonsoles Zapata, als sie sich nicht mehr konzentrieren konnte, das Radio ein.

Nachdem ihr Vater gegangen war, hatte sie zu arbeiten versucht wie an jedem anderen Tag. Sie war ein strebsames junges Mädchen, das in der Lage war, ihre privaten Sorgen und Wünsche während der Zeit auszuklammern, die sie für ein bestimmtes Arbeitspensum vorgesehen hatte.

Doch an diesem Morgen gelang es ihr nicht.

Das ungelegene Erscheinen ihres Vaters, seine geheimnisvollen Worte hatten sie irritiert. Besonders die Bemerkung über die jeweiligen Reize der Friedhöfe Fromont-du-Gâtinais und Montparnasse. Was spielte er für ein Spiel? Warum hatte er sie beeindrucken wollen? Dabei war das gar nicht seine Art, Luis Zapata war eher kühl, zurückhaltend, karg mit dramatischen Wörtern. Sehr wenig südländisch also.

Und dann hatte sie, hinter dieser Irritation, eine dumpfe Unruhe beschlichen. Die Botschaft ihres Vaters war präzis, trotz ihrer skurrilen, fast fernsehgerechten Aspekte: ein zu benachrichtigender Bulle, ein hinter einer *Ansicht von Konstantinopel* verborgener Safe, ein Schatz in Schweizer Franken, ein zu übergebender Umschlag. Und ihre Präzision lag in der Anspielung auf Netschajew.

»Sag ihm, es betrifft Netschajew, er wird verstehen.«

Der Satz ihres Vaters rotierte in Sonsoles' Gedächtnis. Sie konnte an nichts anderes mehr denken.

Nach einer Stunde vergeblicher Bemühung wurde ihr klar, daß es ihr heute nicht mehr gelingen würde, sich für die Abenteuer von »Facerías« zu interessieren, einem anarchistischen Guerillero der fünfziger Jahre, umgebracht von der Guardia civil im franquistischen Spanien. Sie räumte ihre Bücher und Zettel weg, schaltete ihren Computer ab und machte sich einen zweiten Kaffee, genauso stark wie den ersten, den sie um sieben Uhr morgens getrunken hatte.

Sie trug die Tasse zu der breiten Fensterfront, setzte sich in den alten Clubsessel, den sie sehr liebte.
»Es betrifft Netschajew« hieß natürlich nicht, daß es Netschajew betraf. Sergei Gennadijewitsch Netschajew war 1882 umgekommen, in einem Verlies der Peter-und-Paul-Festung in Petersburg. Einen im vorigen Jahrhundert verschollenen Menschen konnte nichts mehr wirklich betreffen.
Demnach war es eine verschlüsselte Botschaft, die derjenige, für den sie bestimmt war, Kommissar Marroux, zweifellos sofort zu entziffern vermochte. Jedenfalls gab es, welchen genauen Sinn sie auch haben mochte, nicht viele Möglichkeiten. Entweder war der Name des jungen russischen Revolutionärs aus dem vorigen Jahrhundert das Pseudonym von jemandem, der heute lebte. Oder es war der Deckname irgendeiner Operation.
Aber ob Pseudonym oder Deckname, »Netschajew« konnte nur eine fragwürdige, beunruhigende Realität betreffen. Denn es war schwer vorstellbar, daß das Rote Kreuz oder Medico International einer ihrer Unternehmungen den Namen Netschajew geben!
Und außerdem war da noch der Adressat der Botschaft: ein Polizist. »Ich habe früher einmal mit ihm eine Reise nach Spanien gemacht ... Wir haben uns prächtig amüsiert ...« Als er das sagte, hatte Luis Zapata gelächelt. Aber für Sonsoles war dieser Satz noch rätselhafter als die Anspielung auf Netschajew. Warum hatte ihr Vater mit einem Bullen eine Reise gemacht? Warum nach Spanien? Und vor allem, wie hatte er sich mit ihm amüsieren können?
In einer plötzlichen Eingebung wählte sie die Nummer, die Luis zusammen mit der Kombination des Safes auf einen Notizzettel geschrieben hatte. Ja, es war tatsächlich die Kripo. Ja, man könne sie mit dem Büro von Kommissar Roger Marroux verbinden. Es klickte ein paarmal, man schaltete die unvermeidliche Wartemusik ein. Es war ein alter Blues der Westküste: der Diskjockey der Kripo war bestimmt ein Leser von Manchette!

Zwei Minuten später kam die Stimme eines jungen Mannes in die Leitung. Nein, der Kommissar sei im Augenblick nicht in seinem Büro. Wollte sie eine Nachricht hinterlassen?
Sonsoles Zapata legte wortlos auf.
Wenn Netschajew tot war, so war der Polizist jedenfalls am Leben.
Je länger Sonsoles, ihren Kaffee trinkend, die Kette ihrer Schlußfolgerungen durchging, desto ratloser wurde sie. Sie war nicht unzufrieden mit ihrer Logik, aber deren Resultate bereiteten ihr Kopfschmerzen. Bei einem solchen Decknamen und einem solchen Adressaten mußte die Botschaft ihres Vaters eine terroristische Affäre betreffen: genau das war beunruhigend.
Sie trank einen letzten Schluck Kaffee, stand auf, preßte die Stirn an die Fensterscheibe.

Auf den Tag genau vor einem Monat, am 17. November, war Georges Besse ermordet worden, als er am Abend nach Hause ging. Fast unter den Fenstern von Sonsoles, die im Haus neben dem des Generaldirektors von Renault wohnte. An jenem Abend, kurz vor zwanzig Uhr, kam das junge Mädchen aus der Metrostation Raspail. Sie überquerte den Boulevard Edgar-Quinet, um zum Bürgersteig mit den geraden Hausnummern zu gelangen. In Gedanken vertieft, achtete sie nicht gleich auf einen etwas weiter entfernten Menschenauflauf. Und mit einemmal war sie mittendrin.
Eine dreiviertel Stunde später, als sie in ihre Wohnung hinaufging, machte Sonsoles kein Licht an. Sie blieb in der diffusen Helligkeit des nächtlichen Himmels, die durch die breite Fensterfront hereinfiel. Sie legte sich auf den Teppich. Grauenvolle Bilder trieben noch in ihrem Gedächtnis. Doch nach und nach gewann der Zorn die Oberhand: eine kalte Wut, eine Art rationaler Haß. Soviel Arroganz, soviel archaische Dummheit, soviel erbärmliche Feigheit bei diesen armen Typen der Action directe! Vielleicht Typinnen. Denn Sonsoles hatte auf der Straße Augenzeugen in die Mikrophone der Rundfunkjourna-

listen schreien hören, die sofort herbeigeeilt waren: es hatte wirklich den Anschein, als seien es Frauen gewesen, zwei junge Frauen, die man auf Georges Besse hatte schießen sehen. Kaltblütig, mit professioneller Präzision.

»Die Frau ist die Zukunft des Mannes«, murmelte Sonsoles plötzlich. Völlig unpassend, es gehörte nicht hierher. Sie wurde von einer Art nervösem Gelächter gepackt, das sie erleichterte und sich in Tränen auflöste.

Dann machte sie sich einen Grog, schluckte zwei Aspirin und versuchte zu schlafen.

Am nächsten Tag, in der Bibliothek von Nanterre, hatte Sonsoles einen kommunistischen Studenten, der an einem Nebentisch arbeitete, gefragt, was er von der Ermordung des Generaldirektors von Renault halte.

– Wir sind eher dagegen, weißt du! hatte der fragliche Philippe geantwortet, der die Ironie handhabte wie einen Vorschlaghammer.

Mit wenigen Worten war es ihm gelungen, Sonsoles aufzubringen. Denn sie fragte ihn nach seiner persönlichen Meinung: mit diesem herrischen und parteiischen »wir« konnte sie nichts anfangen.

Aber der andere hatte die *Humanité* aus seiner Aktentasche geholt.

– »Das Blut eines Generaldirektors in einem Rinnstein löst nicht das Problem des Klassenkampfs, und der Tod von Monsieur Besse wird hinter den Mauern von Billancourt keinen einzigen Arbeitsplatz schaffen …«, las besagter Philippe.

Sonsoles Zapata war weiß geworden. Ihre Stimme grollte vor verhaltener Wut.

– Was heißt das? rief sie.

– Es heißt, was es heißt: wörtlich und in allen Bedeutungen! antwortete der andere.

Sonsoles sah ihn an. Die Überheblichkeit dieses Typs verschlug ihr den Atem. In den Kreisen der Universität interessierte sich fast niemand mehr für die PC, aber dieser Hundsfott redete noch immer so, als ob die Geschichte für sie arbeitete!

– Jedenfalls heißt es, erwiderte sie, daß alle moralischen Fragen der revolutionären Strategie untergeordnet sind! Oder die sich als solche ausgibt ... Der Klassenkampf bestimmt die Hierarchie der Werte ...

Der andere zog die Brauen zusammen.

– Wie, was? rief er.

Er war nicht schnell von Begriff, gewiß nicht.

– Aber der Klassenkampf bestimmt gar nichts mehr! Keine Hierarchie der Werte, nicht einmal irgendeinen Wert! Er ist lediglich einer der objektiven Aspekte des Konflikts, der jeder demokratischen Gesellschaft innewohnt ... Er begründet nichts mehr: keine Moral, vor allem keine Strategie ... Wörtlich und in allen Bedeutungen: der Schwachsinn Ihrer Zeitung ist nicht zu überbieten!

Es folgte eine verworrene Diskussion über das Verhältnis zwischen Moral und Strategie. In die Enge getrieben, verkündete der Kommunist schließlich, daß es im Absoluten keine Moral gebe, daß das Kriterium der Moral ein strategisches sei: alles sei sittlich, was die Revolution voranbringe, voilà!

– Also gibt es doch etwas Absolutes: die Revolution! sagte Sonsoles. Und wenn man sieht, was sie im 20. Jahrhundert gebracht hat ...

Der andere brach hier ab, flüchtete an einen Tisch ein paar Reihen weiter.

Die Frage des Terrorismus hatte sich Sonsoles Zapata zuerst als eine historische Frage gestellt, in ihrer Arbeit über den antifranquistischen Widerstand in Spanien. Zu einem bestimmten Zeitpunkt, in den sechziger Jahren, war nämlich die baskische Organisation ETA in Erscheinung getreten. Und später, trotz den Spaltungen, den internen Abrechnungen, den Ermordungen der »Tauben« durch die »Falken«, der »Verhandlungswilligen« durch die »Radikalen« – wie der Mord an »Petur«, dem historischen Führer der ETA, der von den Seinen heimtükkisch liquidiert worden war –, hatte die Organisation unter der wiedergekehrten Demokratie weiter existiert. Und sie hatte weiter gemordet, da die Praxis des Mords für sie das beste Mittel war, ihre Existenz zu beweisen, da das von ihr gewählte Mittel, an ihrem Wesen festzuhalten, die Befürwortung des Todes war. Und die ETA-Killer hatten auch unter der wiedergekehrten Freiheit ihr verderbliches Talent entfaltet, um so schwungvoller und effizienter, als es in einer Demokratie, einem Rechtsstaat sehr viel einfacher und ungefährlicher ist, Terror auszuüben, als unter einer Diktatur.

Als Sonsoles das baskische Beispiel der ETA für ihr Geschichtsdiplom analysierte, war sie zu dezidierten Ansichten über die fundamentale Schädlichkeit der Bewegungen gekommen, die den bewaffneten Kampf predigten, eine Bezeichnung, hinter der sich im allgemeinen die Praxis des Terrorismus verbarg. In demokratischen Staaten lag diese Schädlichkeit auf der Hand, aber man konnte sie auch in den meisten historischen und gesellschaftlichen Situationen des 20. Jahrhunderts erkennen. »Die Macht kommt aus den Gewehrläufen«: dieser Satz von Mao, der eine ganze Generation von Achtundsechzigern verzaubert – im Sinne von *verhext* – hatte, schien Sonsoles, die gerade zweiundzwanzig geworden war, entweder ein Gemeinplatz oder ein Greuel zu sein.

Ein Gemeinplatz, wenn sich besagte Formulierung auf die Feststellung beschränkt, daß die Gewalt ein grundlegender und oft auch begründender Bestandteil der aufeinanderfolgenden historischen Legitimitäten ist. Um das zu wissen, braucht es das kleine rote Buch nicht: es steht schon in der Bibel und bei Bodin! Ein Greuel, wenn man an die Art von Macht denkt, die das Gewehr in den letzten Jahrzehnten des 20. Jahrhunderts unvermeidlich hervorgebracht hat. Von den Gewehren Castros bis zu denen der Sandinisten, nicht zu vergessen die von Pinochet, Mengistu oder Pol Pot, haben die Waffen nie etwas anderes hervorgebracht als Diktaturen. Alle Erfahrungen der Wiederherstellung eines Rechtsstaats dagegen, der Erweiterung der Demokratie, des Wiederaufbaus einer bürgerlichen Gesellschaft, in Spanien wie auf den Philippinen, in Argentinien wie in Brasilien, beruhen auf friedlichen Massenkämpfen, deren notwendige Gewalt sich darin äußert und

transzendiert, daß die Gesamtheit der Bürger das Wort ergreift, und nicht darin, daß militaristische und totalitäre Avantgarden zu den Waffen greifen.
Aber der Widerwille, den die politischen Terrorakte in Sonsoles hervorriefen, wuchs noch, als ihr kurz darauf das lange Kommuniqué der Action directe zur Kenntnis gelangte, in dem die Ermordung von Georges Besse gerechtfertigt wurde. »mit der liquidation der ›bestie‹ besse am 17.11.86«, so hieß es in diesem Text, in dem schon in den ersten Zeilen die Schändlichkeit mit dem schwachsinnigsten Irrealismus wetteiferte, »hat das kommando Pierre Overney direkt ins herz des stärksten widerspruchs innerhalb des hauptkonsens zur befriedigung und ausbeutung getroffen. besse genau in diesem moment, innerhalb der bestimmung der von der guerilla und der revolutionären bewegung eröffneten offensive in westeuropa, anzugreifen, hat die zuspitzung des antagonismus zwischen den klassen konkretisiert und zusammengefaßt ...«
Die vervielfältigten Blätter fielen Sonsoles aus der Hand.
Wieder einmal mußte der Klassenkampf herhalten, um alles zu erklären, zu rechtfertigen: der *deus ex machina* der Geschichte!
Es kostete das junge Mädchen große Selbstüberwindung, in der Lektüre fortzufahren, einen endlosen, redundanten, hohlen, schauerlichen Text zu Ende zu lesen. Aber so sehr es sie schokkiert hatte, daß die Zeitungen und das Fernsehen die grauenvollen Bilder der Leiche von Georges Besse ausschlachteten, so sehr erschütterte es sie, mit welchem Schweigen dieser hirnverbrannte, mörderische Text der Action directe übergangen wurde, von wenigen Kommentaren abgesehen. Während doch, so hatte sie gemeint, eine eingehende Analyse dieses Irrsinns von großem pädagogischen Wert hätte sein können.
So hatte sie den Vormittag verbracht, sich erinnert, herumgelesen, zu verstehen versucht, warum ihr Vater den Namen von Netschajew erwähnt hatte. Vor allem auf den Anruf gewartet, den Luis für zwölf, viertel nach zwölf angekündigt hatte.
Und dann, um elf Uhr, schaltete sie fast mechanisch, in der Untätigkeit des Wartens, das Radio an.

Luis Zapata war gegen acht Uhr morgens ermordet worden, in der Nähe von Denfert-Rochereau: eine trockene Mitteilung in den Nachrichten.
Sonsoles erstarrte, kalt, blutleer wiederholte sie sich die Worte, nahm sie in sich auf, begriff ihre Bedeutung. Dann packte sie in einer Art Schluchzen ihren Mantel, ihre Handtasche, ihre Schlüssel und rannte auf die Straße, wie von Sinnen.

Die Smith and Wesson mit dem langen, mennigeroten Lauf lag vor ihnen auf dem niedrigen Tisch.
Roger Marroux nahm sie in die Hand, untersuchte die Trommel.
– Schöne Waffe, gut gepflegt, sagte er.
Elie Silberberg sah ihn an.
– Weshalb der rote Lauf? fragte er.
– Das ist einfach ein Schutz gegen den Rost! Die Waffen liegen manchmal in feuchten Verstecken. So wurden sie mit dem Fallschirm abgeworfen, mit einer Schicht Schutzfarbe.
Er brach in Lachen aus.
– Aber ich kann Ihnen versichern, Silberberg, daß das nicht die ursprüngliche Farbe ist, die der Fallschirmabwürfe von 1943! Ihr Vater hat den Lauf seitdem sorgfältig neu angestrichen ...
Elie machte eine müde Handbewegung.
– Mein Vater hätte gern alles rot angestrichen, murmelte er. Die Waffen, das Leben, die Welt!
Roger Marroux legte die Smith and Wesson auf den Tisch zurück.
– Offiziell habe ich diesen Revolver nie gesehen, sagte er. Behalten Sie ihn ... Mir ist es lieber, daß Sie notfalls in der Lage sind, sich zu verteidigen ... Die Automatik dagegen nehme ich mit ...
Die Waffe des Motorradkillers befand sich in einem Plastikbeutel, ebenfalls auf dem niedrigen Tisch.
Elie Silberberg betrachtete das Gesicht des Kommissars.
– Sie glauben, daß Daniel etwas damit zu tun hat? fragte er.

– Zu tun? Zweifellos ..., antwortete Marroux. Aber wie, in welcher Hinsicht? Das weiß ich noch nicht ... Zwei Dinge stehen fest: Erstens, er hat Zapata nicht getötet. Ihre Zeugenaussage bestätigt, was wir bereits wußten ... Zweitens, er hat ihn nicht nur nicht getötet, sondern hat sich mit ihm getroffen, wahrscheinlich gestern ... Und für dieses Treffen hat er einen Wagen gemietet. Jetzt, da wir wissen, daß Daniel lebt, wird Zapatas Nachricht ganz einfach. »Es betrifft Netschajew« ... Ja, es betraf wirklich »Netschajew«, es war keine Metapher, keine verschlüsselte Botschaft ... Was aber will »Netschajew« von uns?

Es folgte ein längeres Schweigen. Jeder war allein mit seinen Erinnerungen. Allein mit der Beschwörung einer Vergangenheit, die ihnen jedoch gemeinsam war, wegen Daniel Laurençon.

Kurz zuvor war Fabienne weggegangen.

Sie hatte eine dringende Arbeit in der Zeitung vorgeschützt: es war Mittwoch, Redaktionsschluß. In Wahrheit wollte sie versuchen, Julien Serguet in Genf zu erreichen.

Roger Marroux hatte sie gehen lassen. Aber er hatte einen Satz der Fotos behalten, die Quesnoy am Vortag in der Halle eines Pariser Hotels aufgenommen hatte. Und er hatte mit beiden, Pierre und ihr, für den Nachmittag ein Treffen vereinbart. Fabienne war aufgefallen, daß der Kommissar sie nicht zur Kripo bestellte, sondern sie bat, zu einer bestimmten Zeit in den Büros der *Action* auf ihn zu warten: er würde sie anrufen, um den Treffpunkt zu bestimmen.

– Sie arbeiten an einem Buch über den Terrorismus? fragte Roger Marroux plötzlich.

Er blickte auf die hintere Wand des Zimmers mit der Korkverkleidung, an der Dokumente und Zitate hingen.

– Was ist es, ein Roman?

– Wenn ich das wüßte! rief Elie. Ich kann einfach nicht sagen, ob es ein Roman oder ein Essay sein soll. Seit Monaten schreibe ich und suche nach einer Erzählform ... und kann mich nicht entscheiden ... und sie ergibt sich auch nicht von selbst ...

Aber er unterbrach sich, wirkte verwundert.

– Woher wissen Sie, daß ich Romane schreibe?
Marroux sah ihn an, zuckte die Achseln.
– Elias Berg! Ihr Pseudonym ist doch durchsichtig, oder nicht? Außerdem war ich Ihnen seit Laurençons Verschwinden auf den Fersen, vergessen Sie das nicht!
– Mir? Besonders mir?
– Ihnen allen, präzisierte Marroux. Im übrigen waren die anderen leichter im Auge zu behalten als Sie, ihr Erfolg machte Sie auffällig. Aber Ihre Romane, Monsieur Silberberg, interessierten mich mehr als der Erfolg der anderen.
Und er fuhr sogleich fort:
– Am meisten beeindruckt mich an Ihren Büchern, daß sie alle das gleiche Erzählmuster haben ... Wie eine Obsession. Immer handelt es sich, unabhängig von den Ereignissen, den Umständen, die variieren können, um die Geschichte einer Gruppe und eines Verräters. Eines vermeintlichen Verräters zumindest. Also immer das Schema von *Die Verschwörung*. Aber Ihr Pluvinage ist unentschlossener, zweideutiger als bei Nizan. Man weiß nie, ob er wirklich ein Verräter ist.
Er fixierte Silberbergs Blick mit einer Mischung aus Trauer und Strenge.
– War Daniel ein Verräter? Sie scheinen davon nicht überzeugt zu sein.
Elie zuckte zusammen. Er bekam einen trockenen Mund.
– Jedenfalls verstehe ich, daß Sie sich so stark für Netschajew interessieren, abgesehen von persönlichen Gründen, fuhr Marroux unbeirrt fort. »Alles ist sittlich, was den Triumph der Revolution begünstigt ...« Man könnte aus dem *Katechismus* noch weitere, ebenso aktuelle Sätze zitieren ... Ich meine ebenso falsche, die aber in manchen Köpfen noch immer wirksam sind. Es ist so etwas wie die Urszene des revolutionären Terrorismus. Gewiß, es kommt von weiter her, von weiter oben: die Geschichte hat immer ein Oben. Und Netschajew hat sich für Babeuf und für Robespierre begeistert, das wissen Sie besser als ich. Auch für Blanqui. Aber sein Tun, seine Redeweise, sein pragmatischer Zynismus, seine unbändige Ent-

schlossenheit sind in gewisser Weise begründend. Zumindest kodifizieren sie bestimmte Zeichen der revolutionären Moderne, die später der Leninismus verkörpern sollte. Mit ihnen erreicht auch die Dramaturgie der Revolution ihren Höhepunkt: der Prozeß gegen den Verräter – den mutmaßlichen jedenfalls – als höchste Zeremonie der blutigen Identifikation der staunenden Massen mit dem scharfsichtigen Führer ...

Er unterbrach sich jäh, rieb sich mit der rechten Hand die Augen.

– Zögern Sie nicht, Silberberg! Schreiben Sie einen Roman. Für ein Essay ist der marxistisch-leninistische Terrorismus ein unergiebiges Thema. Es ist rasch ausgeschöpft. In einem Vorwort von dreißig Seiten ist es François Furet gelungen, das Wesentliche darüber zu sagen. Zweifellos kann man neue historische Beispiele finden und entwickeln, einen anderen Gesichtspunkt der bestehenden Erfahrung untersuchen, die unaufhaltsam wachsende Bibliographie ... Aber das Wesentliche ist schnell gesagt. Für einen Roman dagegen ist es ein riesiges Thema, er erlaubt die Variationen des Imaginären, die Spiele der Fiktion, die die Realität beleuchten. Er gestattet auch persönliche Investitionen. Besonders in Ihrem Fall, nicht wahr? Und außerdem, vergessen Sie nicht die Bemerkung von Hannah Arendt: nie wird eine theoretische Reflexion denselben Reichtum an Bedeutung haben, wie eine gut erzählte Geschichte!

Elie Silberberg hatte plötzlich genug.

Er würde sich doch nicht von einem Bullen belehren lassen, dazu noch mit Zitaten von Hannah Arendt! Das war der Gipfel!

Aber Roger Marroux hielt das rote Heft von Daniel Laurençon in der Hand.

– In Guatemala hat Daniel ...

Ein silbriges Piepen, wie das eines Reiseweckers, unterbrach ihn. Er zog ein schmales schwarzes Plastikgehäuse aus einer seiner Taschen und stellte das Piepen ab.

– Entschuldigen Sie mich, sagte er. Ich muß telefonieren. Es ist wohl dringend!

Er ging zur Diele, wo der Telefonapparat stand.
– Fühlen Sie sich wie zu Hause! rief Silberberg in säuerlichem Ton.
In seiner Eile hatte der Kommissar Daniels Heft auf dem Tisch liegenlassen. Elie hütete sich, ihn darauf aufmerksam zu machen. Er steckte es sogar ein.

# 3

Roger Marroux erkannte sie sofort: sie sah Nieves ähnlich, der jungen Schwester von Luis Zapata. Weniger bäurisch, ohne Zweifel. Schlanker, zierlicher. Aber dasselbe düstere Ungestüm, dasselbe Feuer im Blick, in der Kopfhaltung.
Er ging auf Sonsoles' Tisch zu, am Ende der Bar. Er sah auf seine Uhr. Er hatte nicht einmal zehn Minuten von Silberberg bis hierher gebraucht. Gar nicht übel.

Sie war aufs Geratewohl losgegangen, hatte sich vom natürlichen Gefälle des Boulevard Raspail tragen lassen.
Wie eine Schlafwandlerin sah sie nichts um sich herum, hörte nur die Worte ihres Vaters von heute morgen. Wiederholte die Worte des Radios, die vorhin den Mord gemeldet hatten.
Plötzlich erinnerte sich Sonsoles, daß sie eine Nachricht zu überbringen, einen Willen zu vollstrecken hatte. Einen letzten Willen sogar. Sie zitterte am ganzen Leib, blickte sich um.
Sie befand sich am Anfang des Boulevard Raspail, an der Ecke Bac-Saint-Germain. Sie suchte mit den Augen nach einer Telefonzelle, fand eine. Etwas weiter entfernt, vor einer Bank.
Bei der Kripo verhehlte Inspektor Dupré nicht seine Aufregung. Man habe sie überall gesucht, sagte er. Keiner kannte ihre Adresse, weder die Hausangestellten ihres Vaters noch sein Sekretär. Niemand! Sie sagte schroff, daß sie absichtlich unter anderem Namen lebe. Um ihre Ruhe zu haben. Sie habe die Neuigkeit soeben gehört, sie habe eine Nachricht für Hauptkommissar Roger Marroux. Inspektor Dupré fragte sie nach ihrer Adresse. Aber nein, sie sei ausgegangen, aufs Geratewohl herumgelaufen. Wo man sie denn erreichen könne? Sie sah durch die Scheiben der Telefonzelle, erinnerte sich an die Bar des Pont-Royal ganz in der Nähe, sagte, sie würde dort auf den Kommissar warten.
Und da war er nun.
Er glich überhaupt nicht dem Bild, das sie sich von den franzö-

sischen Polizisten machte. Überhaupt nicht. Sie sah zu, wie er sich setzte, einen Whisky mit Eis bestellte – kein Grund mehr, jetzt aufzuhören, wo er schon bei Silberberg zu trinken angefangen hatte! –, während sie ihren Orangensaft schlürfte.
– Also, sagte Sonsoles, nachdem sie ihn eine Weile beobachtet hatte, mit äußerlich tonloser Stimme, in deren Tiefe jedoch Wildheit mitschwang, Sie sind also mit meinem Vater nach Spanien gereist?
Er sah sie an.
– Wann hat er Ihnen das gesagt?
– Heute morgen. Er kam um halb acht bei mir vorbei. Ich glaube, ich habe es einem Ihrer Inspektoren bereits gesagt.
Hätte sie »Schergen« gesagt, es hätte nicht verächtlicher klingen können.
– Er hat mir eine Nachricht für Sie hinterlassen ...
Marroux trank einen Schluck Alkohol, betrachtete die Hände des jungen Mädchens, die schmalen Handgelenke. Sein Herz klopfte sehr stark: vielleicht würde sich alles aufklären.
– Er hat mir sogar gesagt, Sie hätten sich prächtig amüsiert ...
Er bemerkte das zweifelnde Gesicht des jungen Mädchens.
– Das scheint Sie zu überraschen, sagte er.
Sie zuckte leicht die Achseln.
– Erzählen Sie mir diese Reise mit meinem Vater?
Er verkniff es sich, sie zurechtzuweisen, zwang sich zur Geduld. Sie ließ ihn Eintrittsgeld zahlen, das war alles.
– Er war nicht Ihr Vater, noch nicht, sagte er. Sie befanden sich noch im Nichts. Noch zwei oder drei Jahre wolkige Flocken von Nichts lagen damals vor Ihnen! Luis war noch nicht einmal dem jungen Mädchen begegnet, das Ihre Mutter werden sollte.
Sie riß die Augen auf.
Das war ein merkwürdiger Ton für einen Bullen. Er entsprach nicht der Vorstellung, die sie von der Sprache der Polizei hatte.
– Er hat Ihnen also sein Leben erzählt auf dieser berühmten Reise?
Sie versuchte es mit Ironie, es ging daneben.

Er trank weiter. Heute tat ihm das gut: der Vormittag war hektisch gewesen. Aber jetzt fühlte er sich in Form; das Leben machte ihm fast Spaß. In dieser vorübergehenden Euphorie erinnerte er sich natürlich an Véronique, an ihren jungen Körper. Nachdrücklich strich er über ihre Beine, die Biegung ihres Rückens. Er hatte fast vergessen, wie angenehm ein weiblicher Körper sein konnte. Wie erregend ein weibliches Gesicht, ein Blick der Anerkennung: bei dem er sich leben spürte, weil erkannt.
Er lächelte Sonsoles zu. Eine ungebührliche Frage schoß ihm durch den Kopf: trug sie eine Strumpfhose oder Strümpfe?
– Man erzählt immer ein wenig von seinem Leben, wenn man riskiert, es zu verlieren! rief er.
Aber er fürchtete, zu pathetisch zu wirken.
– Sie sehen Nieves ähnlich, fügte er hinzu.
Sie runzelte die Stirn.
– Wer ist das?
– Die junge Schwester von Luis, antwortete er.
Sie schüttelte den Kopf, als wolle sie die Vorstellung einer solchen Ähnlichkeit von sich weisen, jeder möglichen Ähnlichkeit mit den Frauen der Familie ihres Vaters.
– Ich kenne sie nicht, sagte sie schneidend. Ich kenne niemand aus dieser Familie. Und ich lege auch keinen Wert darauf!
Er lächelte abermals.
– Zu meiner Zeit waren es sehr nette Leute, sagte er. Kleine Halunken, aber wirklich sympathisch!
Sie sah ihn an, sichtlich höchst überrascht.
– Sie sind ein komischer Bulle! sagte sie.
Er lachte gutmütig.
Wie alt war sie wohl? Etwa zweiundzwanzig. Sie hatte ein glänzendes Studium hinter sich, wie es schien. Immer allen voraus, immer die Klassenbeste. Und sie sah von der Höhe ihrer zwanzig Jahre auf ihn herab, von der Höhe ihres Wissens, ihrer dämlichen Unschuld, ihrer moralischen Kriterien, die an der Börse der sicheren, beruhigenden Werte gehandelt werden. Sie kotzte ihn ganz einfach an.

– Ich bin ein komischer Bulle, sagte er. Und Sie sind eine komische Spießbürgerin!

Ihre Reaktion war unerwartet, sie lachte schallend.

Dann wischte sie sich die Augen. Aber sie weinte nicht vor Freude. Sie weinte, weiter nichts.

– Entschuldigen Sie mich! sagte sie nach einer Pause. Ich bin nervös, am Ende. Ich verstehe nicht, warum ich so um diesen Vater traure, den ich vergessen wollte, solange er noch lebte!

Er sagte nichts, wartete, daß sie sich wieder fing. Es dauerte nicht lange.

– Erzählen Sie mir von dieser Reise, bitte! Aber fangen Sie nicht mit Tante Nieves an, fangen Sie mit dem Anfang an!

– Wenn Sie glauben, daß das leicht ist! murmelte er.

– Versuchen Sie es trotzdem!

Er versuchte es.

Man hatte ihn eines Tages vorgeladen. Es war nicht bei der Kripo, sondern in einem Privathotel des sechzehnten Arrondissements, einer diskreten Zweigstelle der Spionageabwehr – 1962, auf dem Höhepunkt der Attentate der OAS. Hatte sie schon einmal von der OAS gehört? Sie protestierte: für wen halten Sie mich? Außerdem arbeite ich über die zeitgenössische Geschichte Spaniens. Also, die OAS, was denken Sie denn! Schon gut, ich wollte bloß die Epoche umreißen, sagte er. Man hatte ihm eine Mission just in Spanien angetragen. Er ging nicht ins Detail, erzählte ihr nur das Wesentliche. Von dem treubrüchigen Offizier, der Gefahr, die er darstellte. Man hatte ihm einen Mann vorgestellt, der ihn begleiten sollte, Luis Zapata. Er wußte, wer Luis war, in welchem Ruf er stand. Er wußte auch, daß Zapata, dreißig Jahre alt, eine ziemlich lange Gefängnisstrafe verbüßte. Aber er war Spanier und kannte die Gegend bestens, in der sich der Typ der OAS, der umgelegt werden sollte, versteckt hielt.

Sie hatten zusammengearbeitet. Man hatte ihnen echte falsche Pässe gegeben, Geld, Waffen und Sprengstoff, ein gut präpariertes Auto mit Verstecken, um alles unterzubringen. Aber sie müßten allein handeln. Wenn sie Ärger mit der französischen

Polizei bekämen, würde man sie nicht decken. Man würde nicht den kleinsten Finger rühren, um ihnen zu Hilfe zu kommen, wenigstens nicht sofort.
Luis fand das eher komisch. Für ihn war es eine Abwechslung der Knastroutine. Und außerdem hatte man ihm einen Straferlaß wegen guter Führung versprochen, bei der Rückkehr. Falls er zurückkehren sollte, das war nicht ausgemacht. Jedenfalls war es das erstemal, kommentierte Luis fröhlich, zynisch, daß ein Mord nicht bestraft würde, sondern ihm sogar eine Belohnung eintrüge. Freilich war es auch das erstemal, daß er an einem Mord beteiligt sein würde.
Die Reise war herrlich, ein wahres Vergnügen. Sie gingen zusammen durch dick und dünn, das kann man wohl sagen.
– Dann sagen Sie es! sagte Sonsoles.
Er sah Luis Zapatas Tochter an, ein Vierteljahrhundert später, in der Bar des Pont-Royal. Wie sollte er ihr jenes alte Glück erklären? Luis war ein richtiges Original. Von unerbittlicher, aber offener Gier, naiv offen für die Dinge der Welt. Von manchmal grausamer, manchmal großherziger Vitalität.
Vom ersten Abend an, in San Sebastián, hatte es mit ihnen geklappt. Luis kannte die Stadt, er hatte ihn in das alte Hafenviertel geschleppt, von Kneipe zu Kneipe, um Landwein zu trinken mit rohem Schinken, Käse, Gambas, gegrillt, mariniert oder in scharfer Sauce, *al ajillo*, mit Tintenfischen, Tortillas, Sardinen, Kokochas, Paprika- und Kichererbsensalat. Und so weiter. Sie hatten gegessen und getrunken und dabei geredet. Miteinander und mit Unbekannten. Im übrigen war es eher Luis, der sprach. Durch diese plötzliche Freiheit, diese Rückkehr in die Heimat zweifellos aufgekratzt, erzählte er von seiner Kindheit, seiner Mutter und seinen Schwestern, dem harten Leben in Spanien nach dem Bürgerkrieg.
Marroux erzählte Sonsoles die Einzelheiten, an die er sich erinnerte, alle Einzelheiten.
Der Frühlingshimmel über der kastilischen Hochebene. Luis' Blick auf *Las Meninas* im Prado. Die Schönheit von Luis' junger Schwester Nieves, die ihnen geholfen hatte. (Aber er sagte

ihr nichts von der Nacht mit Nieves zuletzt.) Die Suche nach dem Typ der OAS, der sein Versteck gewechselt hatte. Er verkroch sich jetzt in einem schwer zugänglichen Anwesen im Norden von Madrid, in der Nähe des Escorial.
Lauter Details.
Aber er erzählte auch nichts von der Aktion selbst, wie sie vorgegangen waren, um in den Park des Hauses einzudringen und den treubrüchigen Offizier umzulegen.
– Und dann? fragte sie.
Sie sah Nieves ähnlich. Ihre Vornamen paßten gut zusammen. Schnee und Sonnen, dachte er, ein wenig vom Alkohol benebelt. Mitternachtssonnen, Schneeschatten. Das verband sich recht gut, um ein Bild von ihnen zu geben. Auch von der Frau, dem Ewigweiblichen.
Nieves mit dem schneeigen Vornamen hatte eine gebräunte, durchsonnte Haut. Sonsoles mit dem durchsonnten Vornamen hatte eine schneeige Haut. Er träumte vom Kontrast rauchgrauer Strümpfe auf ihren schneeigen Schenkeln.
Gut, er phantasierte.
Marroux schüttelte den Kopf, lächelte albern.
– Und das Ende erzählen Sie mir nicht? insistierte sie.
Steile rote Sonnen der Hochebenen, blaue Sonnen des Guadarramegebirges, grauschillernde Sonnensplitter auf den Gewändern der Infantinnen von Velasquez, tote Sonnen in den Stimmen der Blinden, die auf den Straßen Madrids die Lotterienummern sangen, Sonnen aus Nebel und Gischt im Baskenland!
– Das Ende?
Er lachte kurz auf, etwas brutal. Er erzählte.
– Wir hatten beschlossen, ein paar Tage in Madrid zu bleiben, nach dem Coup vom Escorial. Logischerweise würde die franquistische Polizei die Grenze oder die Straßen nach Frankreich überwachen. Also haben wir uns nicht gerührt. Nur das Hotel gewechselt, das Leben braver französischer Touristen geführt. Luis war im siebten Himmel. Doch am Ende des zweiten Tages hatte die spanische Polizei uns gefunden. Ich habe immer gedacht – mehr als das, es ist fast eine Gewißheit –, daß man uns

denunziert hatte. Denn die Spanier wußten, unter welchem Namen wir reisten, Luis und ich, als sie ins Hotel kamen. Wie durch ein Wunder konnten wir entkommen. Nein, nicht wie durch ein Wunder: gemeinsam waren wir wirklich stark. Gut, irgendjemand in Paris hatte wohl zu viele Krimis gelesen. Er hat uns bestimmt an die Spanier verpfiffen, als er erfuhr, daß der Auftrag ausgeführt war. Auf diese Weise würde niemand von dieser Geschichte reden können ... Sie hätten saubere Hände ...

Er lachte erneut, trank seinen zweiten Whisky.

– Unser Auto war erkannt worden, unsere Pässe taugten nichts mehr, im Prinzip waren wir erledigt. Aber da hat Luis die Sache in die Hand genommen. Er hat eine irrsinnige Flucht organisiert, mit Hilfe seiner Freunde, seines Familienclans ...

Er deutete auf Sonsoles.

– Es stimmt, daß Sie Nieves ähneln ... Weniger bäurisch, wenn Sie verstehen, was ich meine! Sie hat uns sehr geholfen ... Noch heute bricht mir deswegen manchmal der kalte Schweiß aus, nachts im Traum. Oder ich kriege einen Lachanfall. Jedenfalls waren wir zehn Tage später in Paris, lebendig. Wir haben uns sogar eine Bank unter den Nagel gerissen, in Gerona, denn wir waren pleite.

Sonsoles brach in Lachen aus.

Sie war jetzt entspannt. Sie trieb sich fröhlich mit jenem jungen Verrückten herum, der ihr Vater werden sollte, Luis Zapata.

– In Paris konnten sie es gar nicht fassen, fuhr er fort. Bestimmt glaubten sie, daß wir draufgehen würden, daß die Guardia civil uns irgendwo über den Haufen geschossen hätte, an einem Straßenrand. Aber wir waren wieder da, vertrauensselig. Einmütig haben wir unsere Schwierigkeiten heruntergespielt. Wir haben nichts von unserem Verdacht verlauten lassen, wir taten so, als hätten wir eine im Grunde einfache Sache erledigt. Und Luis hat seinen Straferlaß bekommen ...

Sie sah ihn an.

– Sie sollten diese Geschichte aufschreiben, Monsieur Marroux. Es könnte ein genialer Film daraus werden!

– Daran habe ich schon gedacht, sagte er. Aber ich erzähle nicht gut!
Sie schüttelte den Kopf.
– San Sebastián, am ersten Abend. Mein Vater vor den Bildern von Velasquez ... Sie haben das sehr gut erzählt!
Plötzlich nahm sie die Brille ab, die ihr ein braves, strebsames Aussehen gab. Sie auch maskierte. Ihre Augen glänzten.

Hat er wirklich gut erzählt? Er ist sich nicht sicher. Um eine Geschichte wirklich gut, in ihrer ganzen Wahrheit erzählen zu können, so denkt er, sollte man sie lieber von Anfang bis Ende erfunden haben. Aus diesem Grunde können die Personen, die in eine Geschichte geworfen werden, zuweilen gegen ihren Willen, sie weniger gut erzählen als der Erzähler. Zweifellos eine Binsenweisheit, wenn man an die Romanerzählungen denkt: jeder kann verstehen, daß eine Romanfigur weniger über ihr Schicksal weiß als der Romancier. Elementar, mein lieber Gustave! Er hatte diese Evidenz mit einem Anflug von fast frauenfeindlicher Grobheit betont: die Bovary, das bin ich! Aber eine solche Behauptung ist ebenso wahr, wenn man an die Geschichten der Geschichte denkt. Mit dem Unterschied, daß es in letzterem Fall keinen anderen möglichen Romancier gibt als Gott selbst. Jedenfalls so etwas wie einen Höchsten Erzähler.
Diese Gattung indes hat sich seit Bossuet verflüchtigt. Nun, seien wir gerecht: seit Hegel das Ende der Geschichte verfügt hat. Die letzten, grandiosen Versuche haben die Deutschen nach der Romantik unternommen, aber sie betreffen lediglich die Welt der Antike. Und das ist begreiflich: in der Antike steht ideologisch weniger auf dem Spiel. Außer in der Sorbonne wird sich niemand über eine Deutung des Untergangs des Römischen Reichs streiten. Während die Vendée, Robespierre noch aufregend sind. Die Leichen der Französischen Revolution rühren sich noch immer.
Jedenfalls erzählen einem die Anhänger der neuen Schule, die jeden Höchsten Erzähler abgeschafft hat, vortrefflich und aus-

führlich die Geschichte des Mittelmeers, des Klimas, der Wege des Salzes, des Reis oder des Weizens, des Goldes aus Amerika, des Gebrauchs der Gabel, der ehelichen und außerehelichen Sitten, der Abtrittsgruben, hüten sich jedoch wohlweislich, sich die Universalität der Weltgeschichte vorzunehmen. Kein Historiker hält sich mehr für Gott, schielt nach seinem Platz oder parodiert seine Rede. Was uns in der alles in allem unterhaltsamen Ansicht bestätigt, daß heutzutage niemand so sehr einem hypothetischen Gott ähnelt wie ein realer Romancier!
Tatsächlich sind es die beiden einzigen Figuren der menschlichen Komödie, die die Aporien des *cogito* zu überschreiten vermögen, die einzigen, die sich nicht mit der tautologischen Formel des »ich denke, also bin ich« zufriedengeben dürfen, einer von echtem Narzißmus geprägten, aber doch relativ infantilen und wirkungslosen Formel; die einzigen, die in aller Heiterkeit behaupten können, so kühn es klingen mag: »Ich denke, also sind sie (die Dinge, die Lebewesen): Es ist!« Es gibt also die Welt und häufig die große Welt nach dem *ergo* des hypothetischen Gottes und des realen Romanciers. Welt im doppelten Wortsinn: Leute und ein Universum. Ich denke, also ist Es!
Aber er zuckt zusammen, in seinen meditativen Hirngespinsten unterbrochen.
– Hauptkommissar Marroux?
Er hebt den Kopf. Es ist der Barmann, der ihn anspricht.
– Sie werden am Telefon verlangt!
Sonsoles sieht zu, wie er in die Kabine geht. Der Barmann auch. Letzterer ist zufrieden. Er fragt sich bereits seit einer halben Stunde, wer diese beiden sind. Er möchte immer gern wissen, wer wer ist. Das junge Mädchen hat er schon zwei- oder dreimal gesehen. Den Typ nicht. Gut, ein Hauptkommissar, bestimmt wird er seine Memoiren oder einen Roman schreiben. Schreibende Polizisten kommen in letzter Zeit häufig vor. Und sie arbeitet bestimmt in einem Verlag in der Nähe. Sie sind alle in der Nähe. Wenigstens alle wichtigen. Marroux, den Namen würde er sich merken. Höchst verwunderlich, wenn er

mit einer solchen Visage keinen Bestseller schriebe! Seit 1945 wird er, der Barmann des Pont-Royal, die Blüte und Crème der französischen Intelligenzija hier gesehen haben, er kennt sich aus. Alle möglichen Reputationen, nicht nur literarische, wird er aufblühen und verwelken gesehen haben. Er wird Beleidigungen gehört haben, Liebesgeflüster, Obszönitäten, endgültige Sätze über nichtige Themen und vice versa. Er wird gesehen haben, wie man unverhohlen Hoffnungen hegte und verstohlen Knie streichelte. Er wird gesehen haben, wie man mit Schmeicheleien, Drohungen, Verführungen, Erpressungen arbeitete, um Frauen, Posten, Pfründe oder Preise zu ergattern. Er wird im Dämmerlicht und im Geflüster, im Hörensagen und Ungesagten gelebt haben.

Der Barmann kehrt an seinen Platz hinter der Theke zurück, befriedigt. Er weiß gern, mit wem er es zu tun hat.

Roger Marroux kommt von der Telefonkabine zurück, sichtlich in Sorge.

– Man hat versucht, Ihre Wohnungstür aufzubrechen, sagt er. Der Typ konnte entkommen. Er hat bedenkenlos geschossen! Inspektor Dupré ist am Ort.

Er sieht sie an.

– Hat Ihnen Ihr Vater vorhin Papiere für mich gegeben?

Sonsoles sagt »Scheiße« zwischen den Zähnen. Mehrmals hintereinander. Scheiße, Scheiße, Scheiße, Scheiße: etwas in dieser Richtung. Bewahrt jedoch Ruhe.

– Nein! sagt sie. Nur eine mündliche Nachricht. »Es betrifft Netschajew, er wird verstehen.« Aber die Papiere sind nicht im Boulevard Edgar-Quinet. Mein Einbrecher hat sich umsonst bemüht.

– Weil es immerhin Papiere gibt? ruft Marroux fiebrig.

Sonsoles erbleicht.

– Vielleicht kennen sie das Haus in Fromont!

Er packt sie am Arm.

– Fromont? Wo ist das?

– Hinter einer *Ansicht von Konstantinopel*, ein Umschlag für Sie. Wir müssen sofort hin.

– Wo ist das, Fromont?
– Fromont-du-Gâtinais, sagt sie. In der Nähe von Malesherbes. Eine Stunde von hier. Fahren wir hin?
Sie fahren hin.

# 4

*Kindergeschichten.*
Eigentlich sind es zwei Geschichten. Die eine ist auf deutsch geschrieben worden: die Geschichte von Hans-Joachim Klein und seinem Kind. Geschrieben, aber nicht erzählt worden. Denn diese Geschichte kann auf deutsch nicht erzählt werden, da niemand wissen darf, daß Hans-Joachim Klein Deutscher ist. In der kleinen Stadt, in der er unter anderem Namen lebt, irgendwo in Europa, darf niemand ahnen, wer er ist. Aber Hans-Joachim K. ist Deutscher. 1947 in Frankfurt geboren (also ein Jahr vor Daniel Laurençon). Schon in jungen Jahren hat er die Gewalt dieser Gesellschaft kennengelernt. In seiner Familie, in den Heimen, bei der Arbeit hat er die Gewalt dieser Gesellschaft kennengelernt. Und die Einsamkeit, die Kehrseite davon. Oder die Außenseite. Er glaubte, man könne der Gesellschaft diese Gewalt zurückgeben, sie ihr in die Fresse schleudern. Er glaubte, es gäbe keine andere Antwort auf die Gewalt des Gesetzes als das Gesetz der Gewalt. Von der Demonstration zur direkten Aktion ist er, im Deutschland der siebziger Jahre, in einer terroristischen Organisation gelandet. Er hat im Untergrund gelebt und ist zurückgekehrt: *Rückkehr in die Menschlichkeit*, so lautet der Titel seines Buchs, das er 1979 geschrieben hat, um Zeugnis abzulegen. Um den anderen und sich selbst verständlich zu machen, warum er diesen Weg gegangen ist, um zu erklären, warum er mit dem Terrorismus gebrochen hat.
Eine Kindergeschichte, auch wenn er sie nicht auf deutsch erzählen kann.
Und in doppelter Hinsicht eine Kindergeschichte. Zunächst er, Hans-Joachim Klein, als Kind. Die Geschichte seiner eigenen Kindheit. Sohn einer jüdischen Mutter, die die Nazilager überlebt hat. Und eines Nazi-Vaters, der außerdem ein kleiner Bulle war. Wie konnten dieser Mann und diese Frau 1947 ein Kind zeugen? Wie war zwischen ihnen Liebe möglich, ja nur

Begehren? Das menschliche Wesen – auch das unmenschliche: das unmenschliche Wesen des Menschen – ist zweifellos ein Rätsel. Das Gute, das Böse, die Neigung des einen oder des anderen, die Anziehung, die sie ausüben, sind Rätsel. Und die Lust am Leiden, an der Knechtschaft: lauter Rätsel. Gäbe es diese schäbigen oder niederträchtigen oder lachhaften Rätsel nicht, dann gäbe es das flammende Rätsel der menschlichen Freiheit nicht. (Sagen wir zumindest dies, um uns zu trösten. Es erklärt nichts; es tröstet diejenigen, die in der strahlenden Undurchdringlichkeit des Rätsels nicht leben können.)

Zuerst die Geschichte einer Kindheit.

Hans-Joachim Klein, zurückgelassener Sohn einer jüdischen Mutter, die 1947 an den Folgen ihrer Deportation starb. Vermutlich auch an den Folgen dieser Geburt. Ein Sohn, den sein Vater sofort verstieß, zu Pflegeeltern gab, in Kinderheime steckte. Ein Sohn, der eine harte Schule durchlief, in der Sehnsucht nach einer wirklichen Bindung.

Auch in anderer Hinsicht eine Kindergeschichte.

Denn es ist nicht nur die Geschichte der Kindheit von Hans-Joachim Klein, der in der Stille, versteckt, die elende Wirklichkeit seines heutigen Lebens aufarbeitet, sondern auch die Geschichte seines Kindes. Geschichte auch der Geschichten, die K. seinem Kind erzählt und die dieses zweifellos in den Parkanlagen der kleinen Stadt erzählt. Denn er widmet sich seinem Kind, das hat er Dany Cohn-Bendit gesagt. Der Kindheit seines Kindes, da niemand sich der seinen gewidmet hat. Er lebt nach dem Rhythmus seines Kindes, hat er gesagt. Er geht mit seinem Kind in dem Park spazieren, wo die Schaukeln und die Rutschbahnen sind. Es geht gut, es ist ruhig. Die Leute in der kleinen Stadt sind an den Anblick des Vaters mit seinem Kind gewöhnt. Sie lächeln ihnen zu, sagen ein paar Worte: über das Wetter, die harten Zeiten. Sie glauben, der Vater sei arbeitslos, was in gewisser Weise auch stimmt.

K.s einzige Sorge, zumindest was die Kindheit seines Kindes betrifft, ist die Zeit, die vergeht. Es ist keine metaphysische Sorge: die Zeit, die wie Wasser oder Sand durch die Finger rinnt. Nein, es ist eine sehr konkrete, materiell bestimmbare Sorge. Denn ein Kind, von dem man sich wünscht, daß es so lebe wie alle anderen Kinder, muß ab einem bestimmten Alter in die Schule gehen. Was wird aus K. an dem Tag, an dem sein Kind die Schule besuchen muß, damit es eine Kindheit hat wie alle anderen Kinder? Wie wird er dann sein Leben organisieren, die Leere seines Lebens?

Dany Cohn-Bendit bringt K.s Worte zur Kenntnis.

Er hat ihn in der kleinen Stadt aufgefunden, irgendwo, nicht ohne Schwierigkeiten. Er hat das Gespräch auf Tonband aufgenommen, hat ihn gefilmt. Hans-Joachim K. hat sich verkleidet, um nicht erkannt zu werden. Er hat sich als Don Giovanni verkleidet. »Weil ich verrückt auf klassische Musik und Opern bin«, hat er gesagt. »Diese Figur fasziniert mich.«

Der ehemalige Terrorist, der ehemalige Militante der Kampfgruppen des Marxismus-Leninismus verkleidet sich als Don Juan, um Dany Cohn-Bendit zu treffen. Vermutlich wiederum eine Kindergeschichte, dieser infantile Traum der Verführung, dieses Bedürfnis, geliebt zu werden. Irgend etwas spielt sich ab hinter dieser munteren Maske, sicherlich.

Dany Cohn-Bendit hat es wohl bemerkt, auch wenn er nichts dazu sagt. Er gibt K.s Worte kommentarlos wieder in seinem Buch *Wir haben sie so geliebt, die Revolution!*, in dem er Gespräche mit ehemaligen Kämpfern der 68-Bewegungen versammelt. Man findet darin die Worte von Julien Serguet und Elie Silberberg neben denen von Serge July, Fernando Gabeira, Valerio Morucci, Adriana Farranda und eben auch Hans-Joachim Klein. Cohn-Bendit sagt nichts zu der Don Juan-Verkleidung, die K. gewählt hat. Er nimmt die Worte des ehemaligen Autoschlossers auf: ein kleines Rad im großen Getriebe der revolutionären Gewalt.

Er hört zu, wie er von seiner Kindheit spricht.

Hat sich Dany Cohn-Bendit an seine eigene erinnert? Hat er an jenem Tag in der kleinen Stadt (angesichts dieses Don Giovanni, der hinter der Maske des ewigen Verführers – des ewig Verführten – seine Verzweiflung verbirgt) an die Vorge-

schichte ihrer Kindheiten gedacht, die für das spätere Leben oft entscheidend ist?
Die Vorgeschichte von K.s Kindheit ist eine jüdische Mutter, den Lagern entkommen, die von einem ehemaligen Nazipolizisten verführt wurde oder ihn verführt hat, im vernichteten Deutschland, *bleiche Mutter*. Und bleich ist es in der Tat, dieses Deutschland, diese jüdische Mutter, dieser Tod. Die Vorgeschichte der Kindheit von Cohn-Bendit sind deutsche jüdische Eltern, nach Montauban emigriert, wo der sozialistische Bürgermeister des Orts nach der Katastrophe von 1940 die antifaschistischen Flüchtlinge aufnahm und schützte. Es ist das abenteuerliche und bedeutungsreiche Leben einer Gruppe von jüdischen Intellektuellen, die in einer Atmosphäre fröhlicher Hellsicht zu überleben versuchten. Hannah Arendt gehörte zu dieser Gruppe von Cohn-Bendits Vertrauten in Montauban. Walter Benjamin, ein anderer ihrer Freunde, hatte an der spanischen Grenze Selbstmord begangen, als er entdeckte, daß sein Visum ihm nicht erlaubte, sie ohne weitere Formalität zu überschreiten.
In Montauban, der Stadt, in der Dany 1945 zur Welt kommen sollte, in der wiedergefundenen Freiheit, als die Vorgeschichte seiner Kindheit zu Ende ging, las Hannah Arendt in jenen Tagen der französischen Katastrophe *Auf der Suche nach der verlorenen Zeit* von Marcel Proust, *Über den Krieg* von Clausewitz und die Romane von Simenon: ausgezeichnete Lektüre. Und zweifellos dachte sie, während sie auf das Visum wartete, das es ihr ermöglichen würde, mit ihrem Mann in die Vereinigten Staaten zu reisen, über die Probleme der Gewalt nach, die sie ständig beschäftigt haben. Bis zu welchem Punkt und nach welchen Kriterien ist die Gewalt nicht nur annehmbar, sondern sogar Grundlage für Legitimität, wenn es darum geht, das Gesetz, den Rechtsstaat wiederherzustellen? Bis zu welchem Punkt und nach welchen Kriterien kann das Gesetz die Gewalt verkraften, sich von ihr nähren, um seine Legitimität, seine menschliche Allgemeinheit aufrechtzuerhalten oder wiederherzustellen?
Die Kindergeschichte von K. und seinem Kind, die auf deutsch

nicht erzählt werden kann, die in der Sprache jener kleinen Stadt irgendwo in Europa erzählt wird, ist die Geschichte eines Exils. Hans-Joachim K. ist aus seiner Kindheit und auch aus seinem Land exiliert. Aus seinem eigenen Leben, aus dessen Sinn. Und er spricht die Sprache des Exils, um seinem Kind Geschichten zu erzählen, die sie doch beide im Gebiet der Kindheit, in der Muttersprache verwurzeln müßte.
*Die Muttersprache der Kindergeschichten.*

Zwei Kindergeschichten, wurde gesagt. Die von Hans-Joachim Klein und eine zweite.
In dieser anderen holte eine junge Frau ihr Kind von der Schule ab. Die Sonne schien, es war Ende des Sommers.
Das Kind erzählte, was es am Tag erlebt hatte, die junge Mutter hörte ihm zu.
Und das Wetter war schön, im zarten Septemberdunst am Meer. Vielleicht hörte man Schiffssirenen, Fabriklärm. In diesem Land gibt es immer Schiffe, Sirenen, Fabriklärm.
Die junge Mutter hieß María Dolores.
»Schmerzen«, wie gut das paßt. Wie richtig, dieser schmerzvolle Vorname, der an die heilige Jungfrau aller mütterlichen Ängste gemahnt. Die junge Mutter hieß María Dolores, aber man nannte sie »Yoyes«. Sie stammte aus einem Land, wo man zärtliche Kosenamen schon immer gemocht hat. »Yoyes«, das ist zärtlich.
Haben sie sie gerufen, damit sie den Kopf wendet, damit sie sie sieht? Haben sie »Yoyes« gesagt, mit verhaltener, aber herrischer Stimme, damit sie sich umdreht, damit sie weiß, wer sie ermorden wird? Hat sie den Kopf gedreht, hatte sie Zeit zu sehen, wer sie ermordet? Kannte sie ihre Mörder, hat sie sie wiedererkannt? Kreuzte ihr Blick den der Killer?
»Yoyes« jedenfalls, ihr Kind an der Hand haltend, seinen Erzählungen über die Erlebnisse des Tages lauschend, auf dem Heimweg von der Schule: zwei Kugeln im Kopf. Das Kind betrachtete die Leiche seiner Mutter. Es war September, Ende des Sommers. Die Sonne schien, vielleicht gab es Schiffssire-

nen; bestimmt Fabrikgeräusche. Es ist eine Gegend mit Matrosen, Metallarbeitern. Im Hinterland gibt es Apfelbäume, Mais, Vieh.

Euskadi: das ist der Name des Landes von »Yoyes«.

Einige Tage später veröffentlichte eine Gruppe von Gefangenen der ETA militar, ihre ehemaligen Genossen, ein Kommuniqué, um diesen Mord zu rechtfertigen. »Ihre Anwesenheit auf der Straße«, hieß es dort über »Yoyes«, »konnte zu dem Glauben verleiten, daß der bewaffnete Kampf nicht mehr notwendig ist.« Anders gesagt: die Tatsache, daß sie lebte, konnte zu dem Glauben verleiten, daß der Mord nicht mehr notwendig war. So einfach. Aber »Yoyes« hatte sie im voraus bezeichnet, in ihrem Tagebuch. »Faschisten« hatte sie sie genannt.

»Yoyes« hatte in den Reihen der ETA eine führende Rolle gespielt. Sie hatte am Kampf teilgenommen. Dann, nach der Konsolidierung der Demokratie in Spanien, hatte sie gemeint, daß die Organisation ihre Strategie ändern, sich wieder ins öffentliche Leben eingliedern müsse. In die bürgerliche Gesellschaft – nie sei das Wort angemessener gewesen: den Militarismus für das bürgerliche Leben aufgeben. Für die zivile Demokratie, für die staatsbürgerliche Gesinnung im Umgang mit den Konflikten. Als es ihr nicht gelang, ihren Standpunkt durchzusetzen, hatte sich »Yoyes« von der ETA getrennt. Sie war weit weg gegangen, nach Mexiko. Sie hatte Zeit, Raum, den Abstand des Nachdenkens und der Einsamkeit zwischen sich und ihre ehemaligen Genossen gelegt. Sie hatte wieder zu leben begonnen, hatte geheiratet, ein Kind bekommen, Jahre später war »Yoyes«, ein Gesetz nutzend, das die gesellschaftliche Wiedereingliederung aller ehemaligen Partisanen vorsah, die sich keiner Bluttat schuldig gemacht hätten, in ihre Heimat, ins Baskenland, nach Euskadi zurückgekehrt.

Niemand hatte von ihr verlangt, die Vergangenheit zu widerrufen, Informationen zu geben, die Namen der Untergrundkämpfer zu nennen, die sie womöglich noch kannte. Die sie sicherlich kannte.

Sie lebte, weiter nichts. In ihrem Land, in ihrer Familie.

Aber ihre Anwesenheit auf der Straße, in der Gesellschaft – ihre lebendige Anwesenheit: ihre Gedanken, ihre Worte, ihre Gesten, ihr Lachen, ihre Begeisterung, ihr Widerwille, ihr Zorn, das heißt ihr Leben war ihren ehemaligen Genossen, den kleinen Chefs ihrer ehemaligen Organisation, unerträglich. Sie war schlechthin unerträglich, da sie bewies, daß der Krieg nicht mehr notwendig war, um die Würde, die Freiheit, die Selbstbestimmung des baskischen Volks zu behaupten. Folglich haben sie sie ermordet, um zu beweisen, daß sie das Leben, seine Risiken, seine Schwächen und seine Größe nicht akzeptierten. Daß sie hier, auf dieser Erde sind, um durch die Ausübung des Todes die Unmöglichkeit des Lebens aufzuzeigen. Daß sie keinen anderen Grund zum Leben mehr haben, als zu töten. Aus dem Tod das ausschließliche Instrument einer politischen Pädagogik zu machen, die sich darauf beschränkt, die alte Leier, das monströse Ritual des Söldnertods zu wiederholen.
María Dolores Gonzáles Cataráin: »Yoyes«.
Ihre Leiche lag auf der Straße. Die Augen des Kindes auf der Leiche. Die Septembersonne auf der Leiche von »Yoyes« und dem ratlosen Kind.
Zwei Kindergeschichten, folgenschwer.

Er hatte an diesem Morgen an sie gedacht. An die Kinder dieser beiden Geschichten. Auch an die Eltern.
In Belleville, als er das Atelier des Künstlers verließ, hatte er zunächst Freude empfunden, so etwas wie körperlichen Jubel, Wärme in den Nerven: das Glück, dazusein. Da war die Wintersonne, Paris zu seinen Füßen. Und er war wieder Daniel Laurençon. Seine brandneuen falschen Papiere gaben ihm seine Identität zurück.
Er lachte allein in Belleville, in der Sonne, Daniel Laurençon.
Dann erinnerte er sich an »Yoyes«, an Hans-Joachim Klein. Ihrem Schicksal wollte er entgehen. Versuchte es zumindest. Sich nicht wie »Yoyes« abknallen zu lassen. Nicht gezwungen zu sein, unter falschem Namen für immer in einer sinnlosen Klandestinität dahinzuvegetieren wie Hans-Joachim Klein.

Im September war er in Athen. Es gab Versammlungen. Er hatte in der französischen Presse die Nachricht von »Yoyes« Ermordung gelesen. Daniel wußte nichts von ihr, aber er konnte sich alles vorstellen. Er lebte inmitten eines Strudels, indem es nicht unmöglich war, sich alles vorzustellen. Besonders, weil er manchmal auf Ausbildungslehrgängen oder Versammlungen der verschiedenen Bewegungen Typen der ETA begegnet war. Es waren die borniertesten, primitivsten, rasendsten von allen. Die Tünche des Marxismus-Leninismus auf dem archaischen Untergrund eines fast rassistischen, mystischen Nationalismus zeitigte verhängnisvolle Wirkungen.
Und als er mit den islamischen Fundamentalisten Bekanntschaft machte, hatte Daniel schließlich begriffen, daß nichts so grausig, so mörderisch war wie der Wille, eine Transzendenz ins Herz der Stadt zu pflanzen, aus dieser Welt ein Reich Gottes zu machen.
In Athen, im September, befand sich Daniel Laurençon im Salon eines Hotels auf dem Lykabettos. Er hob die Augen von der französischen Zeitung, die über den Mord an »Yoyes« berichtete. Er betrachtete die Akropolis in der Ferne.
An dem Ekel, den er empfand – er stellte sich die erschossene »Yoyes« vor, den Blick des Kindes auf der Leiche seiner Mutter –, ermaß er den Weg, den er in den letzten Monaten zurückgelegt hatte. Er ermaß auch die Gefahren desjenigen, der ihm noch zurückzulegen blieb. Er fragte sich, wie es möglich war, daß er so viele Jahre gebraucht hatte, um die Realität zu erkennen.
Er lächelte traurig, erinnerte sich an Elie Silberberg.
In der Rue d'Ulm, früher, im grünen Paradies der Studentenbuden, wo die Lampen über den heiligen Texten brannten, hatte Elie ihm eine verblüffend intelligente Rede über Aristoteles gehalten. Genauer gesagt über Aristoteles' Fledermäuse. Es war nämlich der Kommentar zu einem Satz der *Metaphysik*, in dem es heißt, die Menschen seien von den offenkundigsten Dingen ebenso geblendet wie die Fledermäuse vom Tageslicht. Wenn so die Wahrheit ist, hatte ihm Silberberg bei diesem

Zwiegespräch gesagt, und ohne Zweifel ist sie so, dann sind die Revolutionäre die menschlichsten Menschen. Gewiß nicht wegen ihres Humanismus, einer zur Zeit dieses Gesprächs bei ihnen stark entwerteten Ideologie, sondern wegen ihrer Blindheit. Die modernen Revolutionäre sind die Fledermäuse des 20. Jahrhunderts: geblendet von den offenkundigsten Dingen! Elie war in Lachen ausgebrochen. Behalte das für dich, Daniel! Ich will keinen Prozeß wegen aristotelischen Revisionismus bekommen!

In Athen, an jenem Septembertag, als er vom Lykabettos aus die Akropolis betrachtete, sagte sich Daniel, daß Gustave Flaubert heute aus Bouvard und Pécuchet zwei ehemalige Kämpfer einer der marxistisch-leninistischen Bewegungen machen würde, wie sie zur Zeit im Schwange sind. Sie hätten sich in irgendeine Einöde zurückgezogen, um sich den blutigen Torheiten der revolutionären Linken des 20. Jahrhunderts zu widmen.

Ein paar Wochen später, in Paris, am Tag nach seiner Ankunft – eben jenem Tag, an dem er sich den Film über Rosa Luxemburg angesehen hatte –, entdeckte Laurençon das Buch von Dany Cohn-Bendit, *Wir haben sie so geliebt, die Revolution*. Er las es in einem Zug, abends im Hotel. Natürlich begann er mit den Interviews seiner ehemaligen Genossen von der Proletarischen Avantgarde, Silberberg und Serguet. Und beim Lesen des Texts von Silberberg erfuhr er, daß Elie einige Bücher veröffentlicht hatte, unter dem Pseudonym Elias Berg. Kriminalromane, die Cohn-Bendit gefallen zu haben schienen.

Als Daniel das Buch von Cohn-Bendit ausgelesen hatte, war er durch die Straßen von Paris gegangen. Das Wetter war mild. Kurz kam ihm der Gedanke, sofort nach Frankfurt zu reisen, Cohn-Bendit aufzusuchen und sich ihm anzuvertrauen. Von allen Überlebenden von ’68 war er der intelligenteste, derjenige, dem es am besten gelungen war, sich von dem einstigen Wahn zu distanzieren und dennoch dem rationalen Kern dieses Wahns treu zu bleiben. Oder sollte man das Gegenteil sagen: dem utopischen Kern der Vernunft von einst? Wie auch immer, er würde Rat wissen.

Aber Daniel Laurençon verwarf diesen Gedanken. In Frankreich hatte er die besten Chancen, sich einen Ausweg zu bahnen.

Er war herumgelaufen, nachdem er das Atelier des Künstlers verlassen hatte, um sich zu vergewissern, daß niemand ihm folgte.
Plötzlich, in der Rue du Télégraphe, war etwas weiter entfernt, ihm gegenüber, ein Auto ausgeschert. Rasanter Start, quietschende Reifen. Daniel hatte sich augenblicklich hinter ein halb auf dem Bürgersteig parkendes Auto geduckt. Er hielt sofort seine Waffe in der Hand. Das Auto schien auf ihn zuzurasen.
Aber es war ein Streit unter Liebenden, weiter nichts. Ein heftiger, verzweifelter Streit unter Liebenden, banal in seiner Maßlosigkeit. Eine Frau war auf der Straße hinter dem Auto hergerannt. »Gérard!« schrie sie. »Gérard, Liebster, ich liebe nur dich!« Gérard hatte gebremst, den Kopf herausgestreckt, unsinnige Worte gesagt. Das Unglück zu leben, die Schrecken der Liebe: er schleuderte der herbeirennenden Frau seine Verzweiflung ins Gesicht. Sie beugte sich zu ihm, sie sprachen mit leiser Stimme. Kurz darauf streichelte die Hand des Mannes den Nacken der Frau. Das Leben würde weitergehen, ohne Zweifel. Die Hölle des Lebens, seine winzigen Freuden, seine täglichen Ausbrüche des Unglücks: die lachhafte Illusion zu existieren.
Ein fünfjähriges Mädchen stand neben Daniel und betrachtete mit gierigen Augen die Magnum 357.
Er schwenkte die Waffe, sprach mit ruhiger Stimme.
– Sieht aus wie eine echte, nicht wahr?
Das kleine Mädchen nickte entzückt.
– Gib sie mir, sagte es.
Er zuckte die Achseln, steckte die Waffe in das Spezialhalfter zurück.
– Ein kleines Mädchen spielt nicht mit so was! verkündete er schulmeisterlich.
– Es ist für meinen Bruder, sagte das kleine Mädchen.

Er richtete sich auf.
– Was würde er damit tun? fragte er.
Die Antwort erscholl in einem Freudenschrei.
– Er wäre der Anführer! Er würde allen Angst machen! schrie die Göre.
Er ging eilig davon und suchte ein Taxi.
In den wenigen Augenblicken, die dieser Vorfall gedauert hatte, hatte er seinen Entschluß gefaßt. Wenn er wissen wollte, was die anderen gegen ihn im Schilde führten, jetzt, da sie Zapata umgelegt hatten, dann war es das beste, Fühlung aufzunehmen. Ein altes Gesetz der Kriegskunst: den Kontakt mit dem Feind suchen, dessen Dispositionen an der empfindlichsten Stelle sondieren. Oder deutlicher gesagt: an der Stelle, wo der Gegner im Prinzip der Stärkere ist und man selbst am gefährdetsten. Diese Situation durch den Überraschungseffekt umkehren!
Er mußte also zu Christine gehen.
Er fand ein Taxi, ließ sich zum Montparnasse fahren.
Er tastete seine Taschen ab. Er hatte Geld, tadellose falsche Papiere. Waren es überhaupt falsche Papiere? Alles war richtig; alle persönlichen Angaben stimmten: Alter, Geburtsort, Größe, besondere Merkmale: keine. Das amüsierte ihn, daß das gewöhnlichste besondere Erkennungsmerkmal der menschlichen Gattung das Nichts war.
Er lachte vor sich hin, der Taxifahrer erkundigte sich sofort, was er wolle. Aber nein, er wollte nichts, er hatte einfach bloß gelacht, ganz allein, laut. Er hätte heute Glück, deshalb! Der Fahrer kommentierte treffend die Unvorhersehbarkeit der täglichen Glücksfälle. Es gibt Tage mit und ohne. Woran das wohl liegt? Oft an einem Nichts.
Ein wenig später, als er überlegte, was ihm noch zu tun blieb, lachte er wieder. Aber der Fahrer fragte ihn nicht mehr: er hatte sich daran gewöhnt.

Als Christine die Wohnungstür öffnete, Rue Campagne-Première, begriff er sofort, daß sie bereits im Bilde war.

Im Blick der jungen Frau konnte man lesen, er drückte sowohl Bestürzung wie Mitleid aus. Auch gehässiges Entsetzen. Und die Falte um ihren Mund war unversöhnlich. Sie versuchte sie mit einem gezwungenen Lächeln zu verbergen.
Er hätte auf dem Absatz kehrtmachen, sofort wieder gehen sollen.
Aber er wollte es genau wissen. Die Neugier ist ein häßlicher Fehler, wie man weiß. Doch ohne sie hätte das Leben keinen Reiz. Weder Salz noch Sinn. Und außerdem befand er sich in einem Zustand der Kälte, von sich selbst getrennt, gleichsam verdoppelt. Sah sich eine sinnlose Handlung vollziehen, wie ein Kinozuschauer, der den Film schon einmal gesehen hat und weiß, in welche Falle der arme Held stolpern wird.
– Grüß dich! sagte er heiter.
Wie ein Kinoheld, der der Femme fatale in die Falle geht, genau so.
Und er betrat die Wohnung.
Die ganz bestimmt eine Falle war. Und Christine wußte es. Hätte sie es nicht gewußt, hätte sie nicht mit zu dem Hinterhalt gehört, dann hätte sie ihrem Zorn Luft gemacht. Sie hätte ihn beschimpft, hätte Rechenschaft und Erklärungen von ihm verlangt. Sie hätte geheult, ihre Enttäuschung hinausgebrüllt. Aber sie war kalt, auch sie. Auch sie spielte das Spiel.
Es versprach, heiter zu werden. Gefährlich, aber heiter. Christine und er hatten mehr oder weniger zusammengelebt, vor zwölf Jahren, zur Zeit der Avantgarde-Affäre. Indem er Christine beschattete, hatte Pierre Quesnoy seine Spur wiedergefunden. Sie hatten ihn eines Abends an der Ecke Rue Campagne-Première/Boulevard Raspail gestellt, als er von ihr kam. Und Christine war die einzige Person, die die Wahrheit über sein Todesurteil kannte, über die Art und Weise, wie er dank Luis Zapata entkommen war.
In all den Jahren hatte Daniel nicht aufgehört, sie zu sehen. Christine hatte ihn in Italien besucht, in Deutschland, an allen möglichen Orten Europas. Einmal war sie sogar bis nach Kolumbien gereist, während der südamerikanischen Periode.

Sie hatten zusammen Museen besucht. Sie hatten sich in Venedig und in Wien geliebt. In Prag, nach dem berühmten Treffen von '81, hatten sie eine unvergeßliche Ferienwoche verbracht.

All diese Jahre, diese lange amouröse Komplizenschaft, jener Wunsch, den Schein eines Lebens zu zweit zu wahren, in der Wüste der Gewalt und des Todes – das alles wäre umsonst gewesen. Das Wort der Militanz hatte sich Christine aufgedrängt, hatte bei ihr jeden analytischen Verstand, jedes innere Gefühl für Wahrhaftigkeit umnebelt.

Wenn man ihm den Prozeß machen würde, würde Christine gegen ihn aussagen, eine strahlende Witwe.

Er ging durch das große Zimmer, an der Seite von Christine. Er hielt sie an der Schulter, aber er hatte dafür gesorgt, daß sie sich zu seiner Linken befand. So war seine rechte Hand frei. Er hatte sie unter die Achsel geschoben und streichelte den Knauf seiner Waffe.

Überrascht und traurig stellte er fest, daß er sich über Christines Verhalten nicht wirklich wunderte.

Die junge Frau lehrte Geschichte an einem Pariser Gymnasium. Sie hatte nie in der ersten Reihe der Kampforganisationen gestanden. Aber sie war von Nutzen, da die Polizei sie nicht registriert hatte. Verstecke, Botengänge, Informationsaufgaben: sie hatte weiterhin in der Raserei des marxistisch-leninistischen Aktivismus gelebt.

Freilich hatte sie viel abzubitten. Sich selbst abzubitten, wie sie glaubte. Sie war mit der Zwangsvorstellung einer Erbsünde aufgewachsen: unter der Besatzung war ihr Vater einer der aktivsten Kollaborateure gewesen. Verantwortlicher der Miliz in einer Maquis-Region, irgend sowas. Zum Tode verurteilt und begnadigt, denn sein Prozeß hatte mehrere Jahre nach der Befreiung stattgefunden. Man mußte den Preis für diese Schuld bezahlen, hatte sie seither gedacht, schon in frühester Jugend. Man mußte sie tilgen. Nur Blut konnte diesen Blutfleck tilgen. Nur mit Gewalt konnte die einstige Gewalt vergolten werden. Auf diese Weise würde der »neue Widerstand«, wie sie und alle

Fanatiker ihrer Umgebung es nannten, die Erbsünde der französischen Bourgeoisie tilgen.
Aber Daniel brach diese psychologischen Überlegungen ab. Zum einen war es nicht der richtige Moment. Und außerdem betraf es ihn zu direkt. Es stellte ihn zu sehr in Frage oder in den Vordergrund – die Psychologie, das Schlangennest der Familienbeziehungen.
Seine linke Hand war an Christines Körper hinabgeglitten.
Er streichelte ihre Brust, die Hüfte, die Taille, das Gesäß, kehrte zum Schenkel zurück. Seine Finger stießen auf den leichten Wulst eines Strumpfhalters unter dem engen Rock, berührten den Knopf der Spange, die den Strumpf hielt.
Christine hatte sich also darauf vorbereitet, ihn zu empfangen. Sie hatte sich für die Liebe gerüstet, nach den alten Riten ihrer Intimität.
Er wandte ihr das Gesicht zu, küßte sie auf den Mund, spürte ihr Zurückweichen, das sie bezwang, indem sie sich ihm überließ. Sie schmiegte sich an ihn, schloß die Augen. Ihr Kuß schmeckte nach Asche. Aber er nutzte die Gelegenheit, sich umzuschauen, die Türen, die möglichen Verstecke aufs Korn zu nehmen.
Er drückte sie von sich weg, betrachtete sie. Christine, die Augen noch geschlossen, sah aus wie eine Ertrunkene.
– Es scheint, du bist bereit, murmelte er und streichelte abermals ihren Schenkel.
Sie öffnete die Augen, lächelte.
– Ich habe dich erwartet, sagte sie.
Sie wurde plötzlich steif, begriff, daß sie zu geschwätzig gewesen war. Warum sollte sie ihn erwartet haben? Es war überhaupt nicht die Rede davon, daß er heute käme. Sie hatten sich für zwei Tage später verabredet, anderswo. Man hatte also mit ihr gesprochen, sie in Kenntnis gesetzt.
– Was haben sie dir gesagt? fragte er leise.
Sie versuchte, ihm zu entschlüpfen. Er hielt sie schonungslos fest. Also bot sie ihm die Stirn.
– Die Wahrheit, Daniel! rief sie.

Die Wahrheit? Er hatte Lust zu lachen. Also ob die Wahrheit leicht zu sagen wäre! Als ob das einfach wäre!

– Was für eine Wahrheit, Christine?

Natürlich kannte er die Antwort. Er wußte, welche Version der Fakten man ihr aufgetischt hatte.

– Du warst vor ein paar Monaten in Israel, Daniel, mit einem Auftrag. Der Mossad hat dich in die Mangel genommen und dich schließlich umgedreht!

Er lachte kurz auf, eher bitter.

– Na, hör mal! sagte er.

1974 hatten ihn seine Genossen von der Proletarischen Avantgarde beschuldigt, vom französischen Nachrichtendienst manipuliert zu werden. Heute beschuldigte man ihn, im Dienst des israelischen Mossad zu stehen. Im ersten Fall wollte er den bewaffneten Kampf fortsetzen. Im zweiten dagegen war er für den Abschied von den Waffen. Aber das war nicht das Wesentliche. Das Wesentliche war, daß man seine Ansichten dem Einfluß eines äußeren Mittlers, einer dämonischen Macht zuschrieb: den Polizeidiensten des Imperialismus. Gewiß, das vereinfachte alles.

Daniel versuchte, sich zu konzentrieren, so schnell wie möglich über den nächsten Zug des Gegners auf dem Schachbrett dieser Partie nachzudenken. Sie hatten angenommen, daß er zu Christine gehen würde, wenn er die Nachricht von Zapatas Tod erführe. Christine, seine Geliebte, seine treue Gefährtin in all den Jahren. Daß er zu ihr gehen würde, um Trost zu finden, vielleicht sie um Rat zu bitten.

Und Christine, von seiner Schuld überzeugt, sollte ihn hier festhalten. Auf die herkömmlichste Weise, indem sie sich lieben ließ. Ein nackter Mann, der Liebe macht, ist wehrlos. Aber wie würden sie von seiner Ankunft benachrichtigt werden, damit sie eingreifen konnten? Da gab es keine tausend Möglichkeiten. Entweder hatten sie vorgesehen, daß sie ihn lange genug zurückhielt, um kurz telefonieren zu können, wenn er den Rücken kehrte, im Badezimmer zum Beispiel. Oder aber ...

Oder es war bereits jemand da, versteckt. Sie hatten die Mittel, jemanden bei Christine zu verstecken, so lange es dauern würde. Im übrigen hatte es nicht lange gedauert. Er war sofort gekommen.
Er lächelte der jungen Frau zu.
– Es stimmt, daß ich umgedreht worden bin, Christine! Aber nicht vom Mossad, sondern vom Realitätsprinzip!
Sie schien nicht zu hören, was er sagte. Aber das war normal. Sie ärgerte sich, daß sie sich verraten hatte, als sie sich dazu hinreißen ließ, vom Mossad zu sprechen, statt schönzutun und ihn ins Schlafzimmer zu locken. Sie fragte sich wohl, wie sie diesen Schnitzer wieder gut machen konnte.
Schlafzimmer?
Der Typ hatte sich in dem großen Wandschrank versteckt, als er an der Wohnungstür klingelte!
Er lächelte Christine freundlich zu.
– Warum verrätst du alle Welt, meine Große?
Sie zuckte zusammen, ihr Blick wurde unruhig.
– Verraten? Warum verraten?
– Ja, eben … Warum?
Er zog die Waffe hervor, richtete sie auf sie, sprach mit leiser Stimme.
– Suchen wir unseren kleinen Genossen, Christine!
Sie sprang zur Seite, versuchte zur Schlafzimmertür zu flüchten. Er fing sie sofort ein, verdrehte ihr den Arm, stieß ihr den Lauf der Waffe in die Rippen, warf sie auf das Sofa, drückte sie mit seinem ganzen Gewicht nieder. Drehte sie um, steckte ihr ein Taschentuch in den Mund, um sie am Schreien zu hindern. Bei der Rauferei war Christines Rock hochgerutscht, er sah ihre Beine, ihre Gala-Unterwäsche. Mit einer schroffen Bewegung des Revolverlaufs zog er ihre Röcke herunter. Er zerriß einen großen Kaschmirschal, der die Rückenlehne des Sofas zierte, machte daraus Fesseln für Christines Hände und Knöchel, vervollkommnete ihren Knebel.
Er entfernte sich von ihr, abermals die Waffe im Anschlag.
Er ging zur Schlafzimmertür, wobei er mit gedämpfter Stimme

in die Luft sprach, so wie man vielleicht zu einer Frau spricht, die man zu einem Liebeslager führt. Er betrat das Zimmer, »wenn du wüßtest, wie sehr ich dich begehre, Christine, du wirst mich lange beglücken, ich weiß es, nimm mich zuerst in deinen Mund«, und er öffnete mit einer abrupten Geste die Tür des Wandschranks, schreiend, und er gewahrte die Beine des Killers, der sich darin versteckt hatte; er sah ihn zappeln, inmitten der weiblichen Gewänder, die ihn behinderten und blind machten, und er schoß dreimal, und der Körper des anderen zuckte nach hinten, fiel gegen die Rückwand und sackte zusammen, und das Blut spritzte auf das weiße Seidenkleid, das von seinem Bügel gerissen worden war und das den Körper umhüllte wie ein lächerliches Leichentuch, und er kannte den Typ, den er gerade umgelegt hatte, und er bekam plötzlich einen Brechreiz, und er rannte durch das große Zimmer, in dem Christine lag, regungslos in ihren Fesseln, und das Leben war nur noch eine Wüste voller Luftspiegelungen, Fallen und unermeßlicher Einsamkeit.

# 5

Als er Christines Wohnung in der Rue Campagne-Première verlassen hatte, war Daniel Laurençon mit ausholenden Schritten über den Boulevard Edgar-Quinet zum Bahnhof Montparnasse geeilt. Als er an der Mauer des Friedhofs entlangkam, waren Erinnerungen aufgeplatzt wie Seifenblasen, ephemer, schillernd.

Bilder der Beerdigung von Jean-Paul Sartre.

Dabei war er zu jener Zeit gar nicht in Paris gewesen. Es waren Fernsehbilder, die er in Mailand gesehen hatte. Einer der magischen Aspekte des Fernsehens: die Direktübertragungen, die einen das Ereignis miterleben, an ihm teilnehmen lassen, als wäre man dabei, graben ihre Bilder ins eigene Gedächtnis ein, als ob sie einem gehörten.

Daniel erinnerte sich an Zusammenkünfte mit Sartre.

Sie bereiteten den Volksprozeß gegen die Zechen des Nordens vor, im Dezember 1970. Einige Monate zuvor waren in Fouquières-les-Lens sechzehn Bergleute durch ein Schlagwetter umgekommen. Eine Kampfgruppe des Neuen Volkswiderstands hatte den Sitz der Zechen in Hénin-Lietard nach diesem tödlichen Unfall in Brand gesteckt. Es kam zu Verhaftungen und zum Prozeß gegen die angeklagten Militanten vor dem Staatsgerichtshof und zu einem Gegenprozeß unter Sartres Vorsitz.

Mit diesem hatten sie sich in seiner Wohnung getroffen. Man betrat das Gebäude durch den Boulevard Raspail, neben dem *Hôtel de l'Aiglon*. Aber die Fenster der kleinen Wohnung gingen auf die andere Seite, auf den Boulevard Edgar-Quinet und den Friedhof. Sartre hatte das Flugblatt redigiert und unterzeichnet, das zu Demonstrationen aufrief, um den Gegenprozeß zu unterstützen.

»Die Tatsachen sind klar: sechzehn Menschen werden getötet, das ist Schicksal, die bürgerliche Justiz schaltet sich nicht ein: sie äußert sich nur, um diejenigen zu verurteilen, die sie rächen

wollten. Wenn die Zechen töten, ist das normal: NIEMAND ist schuldig. Diejenigen dagegen, die den Zechen Schaden zufügen, sind Kriminelle: man wird es ihnen schon zeigen.«
Irgendwann gegen Ende des Treffens, während Sartre in einem Zug, ohne Streichungen, den Text der Proklamation redigierte, hatte sich Daniel Laurençon einem Fenster genähert. Und da hatte er die Aussicht entdeckt, die man von oben auf den Friedhof Montparnasse hatte.
Plötzlich hatte er sich an eine Szene erinnert, die ihm vier oder fünf Jahre vorher in einem Film von Alain Resnais aufgefallen war, *Der Krieg ist aus*. Sie spielte in einer kleinen Wohnung, die die gleiche Aussicht hatte wie die von Jean-Paul Sartre. Ein spanischer kommunistischer Kämpfer, von Yves Montand verkörpert, besprach dort die antifranquistische Strategie mit jungen Leuten einer Gruppe leninistischer Revolutionäre, Befürwortern des bewaffneten Kampfs in Spanien. Es war zwei Jahre vor dem Mai '68. Daniel hatte oft an diese Filmszene gedacht, in der die Fiktion die Realität vorwegnahm. Denn es war das erstemal, daß man in einem Film, der für den kommerziellen Vertrieb bestimmt war, junge Militante sah, deren Redeweise ein paar Jahre später die reale Welt betäuben sollte.
Auf dem Bahnhof Montparnasse, in der Halle mit den Schließfächern, holte Daniel eine Reisetasche ab, die er bei seiner Ankunft in Paris hier deponiert hatte. Dasselbe hatte er noch in zwei anderen Bahnhöfen getan. Also drei Reisetaschen in Reserve mit Kleidern zum Wechseln, Geld und Faustwaffen, einschließlich einer tschechischen Maschinenpistole Marke Skorpio, die man zu dieser Kategorie zählen kann.
Dann nahm er ein Taxi und ließ sich zu einem Hotel in der Nähe der Porte Maillot fahren, einer Art Luxuskarawanserei, in der ein ständiges Kommen und Gehen herrschte, mit gut besuchten Ladengalerien, wo man warten konnte, daß die Zeit verging, sowie zahlreichen Eingängen, durch die man leicht entwischen konnte.
Sobald er auf seinem Zimmer war, bestellte er Kaviar, geräu-

cherten Lachs und Wodka. Nachdem man ihn bedient hatte – schade, daß der Etagendienst von Knaben versehen wurde, mit einem Mädchen hätte er etwas probiert! –, nahm er eine zuerst heiße, dann eiskalte Dusche, die seine Lebensgeister wieder weckte.

Jedenfalls seine Lust zu kämpfen.

Bis jetzt, seit er Gómez-Cobos im Wandschrank mit Kugeln durchlöchert hatte, war er bemüht gewesen, nicht daran zu denken. Er hatte auf einen Schatten geschossen, auf einen Feind ohne Gesicht, dessen Anwesenheit eine tödliche Bedrohung war. Aber als das Blut auf die Frauenkleider gesprudelt war – ein roter Fleck, der wie eine düstere Rose auf der weißen Seide eines Kleides aufbrach –, als der Körper zusammensackte, nachdem er gegen die Rückwand des Kleiderschranks geprallt war, hatte Daniel das Gesicht von Gómez-Cobos auftauchen sehen, das grenzenloses Erstaunen ausdrückte. Er hatte nichts verstanden von dem, was ihm widerfuhr. Pablo war auf dieses Bleigewitter nicht gefaßt gewesen. Sein Gesicht war zu einem Grinsen totaler Verstörtheit verzerrt.

Gómez-Cobos war ein ehemaliger Militanter der GARI, Daniel kannte ihn seit langem, mehr oder weniger gut. Auch Julien Serguet hatte ihn gekannt: sie hatten sogar für kurze Zeit zusammengearbeitet, in einem antifranquistischen Netz während des Prozesses gegen die ETA in Burgos.

Bis jetzt hatte Daniel nicht daran gedacht, hatte seine Gefühle unterdrückt, aber nun, als er vor dem für die Dreizehnuhrnachrichten eingeschalteten Fernseher sein erstes Glas Wodka trank, begann er zu zittern wie Espenlaub.

Es war das erstemal, daß er vorsätzlich, kaltblütig einen Menschen tötete. Noch dazu einen Menschen, dessen Gesicht ihm vertraut war, mit dem er gelegentlich Worte, Witze und Zigaretten getauscht hatte. Gewiß hatte er schon öfter getötet. Zumindest hatte er auf menschliche Zielscheiben geschossen. Aber das war im Verlauf wirklicher Kämpfe gewesen, mit gleichen Chancen für beide Gegner, gewissermaßen. Zusammen mit der Guerilla gegen Somoza in Nicaragua. Mit den Palästinensern zu Beginn des Bürgerkriegs im Libanon. Auch in Europa war er zwei- oder dreimal in bewaffnete Auseinandersetzungen verwickelt gewesen. Damals hatte er geschossen, um sich aus einem Hinterhalt zu befreien, um sich einen Weg zu bahnen: das war nicht dasselbe.

Heute hatte er kaltblütig getötet, mit Vorsatz.

Er hätte sofort wieder gehen können, Rue Campagne-Première, sobald er Christines Gesicht gesehen hatte, sobald er erraten hatte, daß man sie über ihn aufgeklärt hatte. Er hätte auch überhaupt nicht hinzugehen brauchen, da er im voraus, durch bloßes Nachdenken, zu dem Schluß gekommen war, daß Christines Wohnung der geeignetste Ort war, ihm eine Falle zu stellen. Aber er hatte sich für die Konfrontation entschieden. Kalt hatte er die Risiken und die Vorteile einer solchen Taktik erwogen: er wußte, daß er würde töten müssen, um nicht getötet zu werden.

Er trank ein erstes Glas Wodka in einem Zug. Er zitterte wie Espenlaub.

Zweifellos begriff Daniel Laurençon genau in diesem Augenblick, daß es keinen Ausweg für ihn gab. Er hatte seine Seele verloren, und es gab keinen anderen Ausweg als den Tod: dann sollte er wenigstens teuer bezahlt werden. Erinnerungen strömten herbei, Ideen nahmen Gestalt an, ehemalige Gewißheiten lösten sich auf, zermalmt vom Gewicht des Realen. Aber er hatte keine Zeit gehabt, alle diese Eindrücke zu ordnen, Ordnung zu schaffen in diesem Strudel von Gefühlen, moralischen Entscheidungen.

Elie Silberberg war soeben auf dem Bildschirm erschienen.

Daniel verfolgte zerstreut die Dreizehnuhrnachrichten, denn er war gespannt, ob der Mord an Zapata erwähnt werden würde. Er hatte vage dem Kommentar zugehört, der die Bilder von der Beerdigung eines gewissen Max Reutmann begleitete, mit dem er nichts anzufangen wußte.

Plötzlich war Elie Silberberg erschienen.

Aufgeregt beugte sich Daniel vor. Elie hatte noch immer dasselbe Aussehen, dieselbe schmale Gestalt, dieselbe Kopfbewe-

gung, mit der er eine lange fahlblonde Haarsträhne zurückwarf.
Daniel fragte sich nicht, was Elie auf dieser Beerdigung tat, das interessierte ihn nicht. Er war gerührt, seinen besten Freund aus alten Zeiten wiederzusehen, weiter nichts.
Aber er schreckte auf, fluchte leise.
Die Fernsehkamera hatte einen langen Schwenk gemacht, in Gegenrichtung des Trauerzugs, um ihn im Ganzen zu zeigen. Am Ende des Schwenks erschien ein Motorradfahrer, in schwarzes Leder gekleidet, reglos, am Friedhofstor. Genau in dem Augenblick vom Auge der Kamera erfaßt, wo er das Visier seines Helms hochklappte, tauchte flüchtig das Gesicht von Lucio Carpani auf.
Carpani, der Killer, Überlebender der römischen Kolonne der Roten Brigaden.
Warum folgte er Silberberg? Denn diesen beschattete der Italiener fraglos. Ganz bestimmt interessierte er sich nicht für die Beerdigung eines ehemaligen Mitglieds der MOI!
Welchen Grund es dafür auch geben mochte, Carpanis Anwesenheit in den Fußstapfen von Elie war beunruhigend. Der Italiener war ein tollwütiger Hund, der sich nur für Fußball und Knarren begeisterte. Einmal war Daniel Laurençon drei Tage lang mit Carpani und anderen Brigadisten eingeschlossen gewesen. Es war im Norden von Mailand in einem Haus am Ufer des Orta-Sees. Sie waren dort versteckt und warteten auf grünes Licht für eine Operation. Es ging darum, das Auto eines Schmugglers der Mafia abzufangen, der eine beträchtliche Geldsumme zum Waschen in die Schweiz brachte, mehrere hundert Millionen Lire, glaubte man zu wissen. Zum Schluß war die Operation abgeblasen worden, aber er hatte einige Zeit mit diesen Widerlingen verbringen müssen.
Am ersten Abend hatten sich die Typen der Roten Brigaden, Nudeln fressend, die Übertragung eines Europapokalspiels angesehen, bei dem der Lieblingsverein von Carpani spielte, Inter Mailand. Dann hatten sie sich abends die zahllosen zusammenfassenden Berichte angeschaut, denn Inter hatte sich

für die nächsten Spiele qualifiziert. Tore in Zeitlupe, individuelle Glanzleistungen, Interviews mit den Spielern und dem Trainer – Carpani und seine Leute hatten sich alles reingezogen, gaben jedesmal dieselben Kommentare dazu ab, stießen immer dieselben Rufe aus, dieselben Flüche gegen den britischen Schiedsrichter. Und am nächsten Tag hatte sich Carpani die gesamte verfügbare Presse besorgen lassen, um immer wieder mit lauter Stimme die lyrischen oder technischen Berichte über das Spiel zu lesen.

Drei Tage lang aßen sie Nudeln, kommentierten den Sieg von Inter und verglichen die Schlagkraft der Waffen, mit denen sie arbeiteten: Daniel hatte geglaubt, verrückt zu werden.

Aber so waren sie, die Roten Brigaden. Auf der einen Seite eine strategische Führung, zum größten Teil aus Intellektuellen bestehend, die ein besonderes Idiom pflegten, eine Art Kauderwelsch, in dem sich die geschliffene Affektiertheit der italienischen politischen Sprache mit der theoretischen Arroganz eines schneidenden, im Irrealen schwebenden Marxismus-Leninismus verband. Auf der anderen Seite ein Trupp verlorener Gestalten, im allgemeinen Lumpenproletarier, Roboter und Auswurf des Fließbands, des archaischen Despotismus der kapitalistischen Fabrik, zu Stachanows des Mords, des Terrors geworden: Objekte einer vergleichbaren, umgekehrt symmetrischen Entfremdung.

Daniel Laurençon leerte ein letztes Glas Wodka, aß den Kaviar mit dem Teelöffel auf und schickte sich an, wieder auf die Jagd zu gehen.

– Du warst dort? brüllte David Silberberg, Elies Vater. Du warst auf der Beerdigung dieses Verräters? Du stellst dich mit diesem Renegaten zur Schau? In was mischst du dich eigentlich ein? Die Geschichten der Résistance und der Partei gehen dich nichts an!

David Silberberg war außer sich, er blitzte seinen Sohn an.

Elie ärgerte sich. Auch er begann zu schreien.

– Renegat? Was du nicht sagst! Wovon haben sie sich denn los-

gesagt, Max und Maurice? Von eurem Scheißdreck, von euren Verbrechen! Dein Stalin war der Gott des Todes und weiter nichts! Sie haben lediglich dem Tod abgeschworen!
Kurz, ihr Streit war gnadenlos. Sie sagten sich kränkende Dinge. Dann herrschte wieder Schweigen zwischen ihnen. Ein Schweigen der Erschöpfung und der verzweifelten Distanz. Wortlos beendeten sie ihre Mahlzeit vor dem Fernsehapparat, der die Dreizehnuhrnachrichten ausstrahlte.
Eine Stunde zuvor, als der Kommissar nach einem Telefongespräch weggegangen war (»Wir haben Zapatas Tochter gefunden«, hatte er gesagt, als er Silberbergs Haus verließ. »Sie hat eine Nachricht für mich. Sie hat heute morgen ihren Vater gesehen!«) war Elie abermals zur Place des Victoires in die Büros der *Action* geeilt.
Aber Fabienne Dubreuil war nicht mehr in der Zeitung. Sie hatte kurz hereingeschaut, so sagte man ihm, hatte mehrmals telefoniert, war wieder gegangen. Nein, sie hatte keine Nachricht für ihn hinterlassen.
Silberberg war durch die Redaktionsräume geschlendert, hatte mit diesem und jenem geplaudert. Dann war er, des Wartens müde, wieder gegangen.
Als er sich von der Place des Victoires entfernte, hatte Elie eine Zeitlang einen phantasiereichen Weg genommen. Er kehrte um, bog plötzlich in irgendeine Querstraße ein, blieb ein paar Minuten vor einem Schaufenster stehen.
Der übliche Zirkus also, um sich zu vergewissern, daß niemand ihm folgte.
Als er sich dessen sicher war, setzte er sich wieder in Bewegung, in der Absicht, beim Pont au Change die Seine zu überqueren und zur Place du Panthéon hinaufzugehen, wo Marc Liliental wohnte (»Na schön: Laloy, wenn dir das lieber ist!«, dachte er, im Geist seinen Freund ansprechend.) Er wollte wissen, wann genau dieser zurückkäme. Einen Moment mit Béatrice plaudern. Es war immer ein Vergnügen, mit der Kleinen zu plaudern.
Und plötzlich, als er durch den Bauch von Paris ging, dieses

Viertel, dessen Topographie durch die Zerstörung der Hallen umgewälzt worden war, befand er sich an der Ecke der Rue des Prouvaires. Hier lebte sein Vater, David Silberberg, in einer winzigen Zweizimmerwohnung unter dem Dach, seit er Elies Mutter, Carola Blumstein, verlassen hatte.
Elie blieb plötzlich stehen, sah auf die Uhr, es war fast Essenszeit. Bestimmt war sein Vater zu Hause, aß seinen Fraß, Nachrichten hörend. Heute morgen hatte er oft an seinen Vater gedacht. Wegen Reutmann, den man beerdigte. Wegen der Smith and Wesson mit dem mennigeroten Lauf. Er bog schnellen Schritts in die Rue des Prouvaires ein, stieg die sechs Stockwerke hinauf, läutete.
– Ist Carola etwas zugestoßen?
David Silberberg hatte die Tür aufgemacht, war blaß geworden, als er seinen Sohn erblickte. Seine Stimme zitterte ein wenig, als er diese Frage stellte.
Elie Silberberg schüttelte den Kopf.
– Überhaupt nicht, antwortete er. Es geht ihr wie immer: weder besser noch schlechter!
– Weswegen kommst du dann? wunderte sich sein Vater.
Gute Frage, in der Tat. Warum war er gekommen? Er hatte sich jedenfalls nichts überlegt, es war eine Art Impuls gewesen.
– Wegen nichts, sagte Elie. Ich kam zufällig hier vorbei, habe ganz automatisch auf das Straßenschild geschaut, es war deine Straße ...
Sein Vater stand noch immer an der Türschwelle, dachte nicht daran, ihn hereinzubitten.
– Und da hast du dir gesagt: mal sehen, was er so macht, der alte Schmock!
– Nicht genau! sagte Elie.
Der große Lust bekam, auf dem Absatz kehrtzumachen.
– Dieses Fossil, dieser alte Stalinist, dieses Kominternwrack, dieses alte Arschloch, ja!
David Silberberg brach in dröhnendes Gelächter aus.
– Komm rein, sagte er, komm rein! Ich bin in Hochform, keine Sorge. Und wir haben die Nase vorn!

Elie brauchte eine Sekunde, bis er verstand, wovon er sprach, von wem.

Aber es war das übliche »wir«, natürlich. »Wir«: die Massen, das Volk, die Bolschewiki, die Revolution, die voranschreitende Geschichte, die UdSSR, die strahlende Zukunft!

Hatten »sie« wirklich die Nase vorn?

Er bekam Lust, seinem Vater zu widersprechen.

– Vorn oder am Arsch? fragte er. Nach dem zu urteilen, was sich in der PCF abspielt!

Sie befanden sich in einem der beiden Räume der kleinen Wohnung: Küche und Wohnzimmer zugleich. Ein Fernsehapparat war eingeschaltet, ohne Ton, in Erwartung der Dreizehnuhrnachrichten. Das Radio dagegen war mit voller Lautstärke auf einen nahen Sender eingestellt. An einer Ecke des Tisches war ein kümmerliches Gedeck aufgelegt. Dazu hatte man wohl die Stapel von Zeitungen, Zeitschriften, Büchern, schmutzigem Geschirr und ebenso schmutzigen Aschenbechern beiseite schieben müssen.

– Und was spielt sich in der PCF ab? fragte David Silberberg.

Er fummelte an dem Radioapparat, um den Ton leiser zu stellen, drehte sich wieder zu seinem Sohn um.

– Man ruft ein paar Liquidatoren zur Ordnung, ein paar arme Typen, die am bürgerlichen Komfort der Ministersessel Geschmack gefunden hatten! Na und?

Elie war nicht gekommen, um über die Politik der PCF zu diskutieren. Er war in einem Augenblick der Bestürzung gekommen, aus einer Regung des Geistes – oder des Herzens – heraus, um seinen Vater wiederzusehen. Weiter nichts, ein Lebenszeichen. Aber David Silberberg war genauso starrköpfig, genauso borniert wie immer.

Elie konnte nicht an sich halten.

– Davon spreche ich nicht! rief er. Das ist euer interner Pamp, unappetitlich wie immer. Ich spreche von eurem Wahlergebnis! Wollt ihr etwa mit neun Prozent der Bürger die Revolution machen?

Aber David Silberberg frohlockte. Er liebte die Diskussion, die

Argumentation: die Dialektik, wie er sagte. Er war im siebten Himmel.

– Haben wir die Revolution gemacht, als wir fünfundzwanzig Prozent hatten? Mein armer Elie, du bist und bleibst ein kleinbürgerlicher Intellektueller!

Elie mochte sich noch so sehr vorgenommen haben, sich nicht provozieren zu lassen, er stürmte kopfüber los.

– Intellektuell, meinetwegen! Das gereicht mir zur Ehre oder zur Schande. Aber das bin ich, ich ganz allein. Was jedoch den Kleinbürger angeht, so bist du daran schuld. Du, der kleine jüdische Kürschner, der immer hin und her schwankte zwischen dem Traum, Proletarier zu sein, und dem Traum, Chef zu sein!

Ein harter Schlag, denn es war etwas Wahres daran. David Silberberg mußte ihn einstecken. Er atmete tief, erholte sich wieder und lief erneut zum Sturm auf den Winterpalast.

– Versuche nicht, mich von meinen Gedanken abzulenken! Die Revolution besteht gerade darin, die parlamentarische Demokratie zu zerschlagen. Für dieses Ziel ist nicht die Prozentzahl entscheidend, sondern die gesellschaftliche, also strategische Verankerung der Kämpfer. Sieh dir demnächst die Streiks der Eisenbahner und der EDF an! Sogar mit neun Prozent sind wir noch in der Lage, das Land lahmzulegen!

Jede Diskussion war sinnlos, aber Elie schoß noch einen letzten Pfeil ab, in der Hoffnung, seinen Vater zu kränken.

– Wenn du gestattest, Genosse, sieht man bei solchen Streiks vor allem die Trotzkisten an der vordersten Front!

David Silberberg brach abermals in homerisches Gelächter aus.

– Solche Trotzkisten scheiße ich jeden Morgen! Oder wenn dir eine bukolischere Metapher lieber ist: sie werden uns im gegebenen Moment aus der Hand fressen, diese Trotzkisten!

– Erkläre mir das mal!

Er freute sich, daß sein Sohn ihm zuhörte. Er warf sich in die Brust, streckte den didaktischen Zeigefinger aus, wie er es immer tat.

– Du solltest nochmal von vorn studieren, alter Freund! Du

kennst ja nicht mal das Einmaleins der Dialektik. Die Trotzkisten mußte man neutralisieren – oh, zieh nicht so ein Gesicht! Willst du ein präziseres Wort? Liquidieren, paßt dir das? –, man mußte sie in den dreißiger Jahren unbarmherzig liquidieren. Heute kann man sich ihrer bedienen. Denn im Kern haben sie sich nie geändert. Im großen und ganzen sind sie den leninistischen Thesen treu geblieben, sie haben die UdSSR von Stalin und seinen Nachfolgern immer als einen Arbeiterstaat mit einigen bürokratischen Entartungserscheinungen betrachtet! Und eben diesen Entartungserscheinungen rückt der Genosse Gorbatschow zu Leibe!

Elie sperrte Mund und Nase auf.

– Du überraschst mich, sagte er. Ich war überzeugt, daß du Gorbatschow als gefährlichen Neuerer bezeichnen würdest.

David Silberberg sah seinen Sohn mit ungeheucheltem Mitleid an.

– Wirklich, Elie, du enttäuschst mich! Gorbatschow ist ein Leninist. Der leninistischste sowjetische Führer seit langem. Die UdSSR braucht eine Verschnaufpause, das liegt auf der Hand. Die ständige Aggression des Imperialismus zwingt sie dazu. Unter anderem braucht sie sie deshalb, um die Entartungserscheinungen zu beseitigen, die sich seit Chruschtschows Possen und der Wurstigkeit der betuchten Bürokraten unter Breschnew häuften. Aber hast du gesehen, wie Gorbatschow diese Verschnaufpause organisiert? Wie eine Offensive auf der ganzen Linie, statt einen Rückzug daraus zu machen. Er haut die Westmächte übers Ohr! Sie streiten sich, wer von ihnen zehn Minuten länger mit ihm sprechen darf als der Kollege, um sich bei den eigenen Wählern herauszustreichen! Also pfeife ich auf deine neun Prozent, denn bei den nächsten Präsidentschaftswahlen sind wir das Zünglein an der Waage, mit Hilfe von Gorbatschow. Hast du kapiert, armer Junge? Später wird man diese Zeit in den Politakademien studieren: als Modell eines strategischen Manövers. Es ist kraftvoller als die NEP, kraftvoller als die Volksfront, kraftvoller als der Pakt von '39, sogar kraftvoller als Jalta.

David Silberberg war in Fahrt. Sinnlos, ihn beschwichtigen, die Flut seiner Worte eindämmen zu wollen.
Während er weitersprach und um einen aufmerksamen Zuhörer nicht zu verlieren, einen Menschenschlag, der in seinem eher einsamen Leben selten geworden war, lud sein Vater ihn ein, sein frugales Mahl mit ihm zu teilen. Sie aßen Hering, Schwarzbrot, Kohlsalat: der Nachmittag würde mit Sodbrennen und Aufstoßen enden.
Der Monolog wurde durch die Dreizehnuhrnachrichten im Fernsehen unterbrochen.
Es erschienen Bilder der Beerdigung von Max Reutmann. Die Stimme des Kommentators faßte dessen bewegtes Leben zusammen. David Silberberg brummte wütend vor sich hin, machte unfreundliche Bemerkungen, sowohl über den Journalisten wie über Reutmann, seinen ehemaligen Genossen. Er schimpfte ihn einen Schurken, einen Verräter, bedachte ihn mit inhaltlich dunklen, formal jedoch unumstößlichen Beschuldigungen.
Und dann sah man Elies Gestalt auftauchen. Seine hübsche grellgrüne Jacke nahm eine ganze Ecke des Bildschirms ein.
Sein Vater schrie auf, sie hatten eine heftige Auseinandersetzung, dann legte sich wieder Schweigen auf sie, wie ein Stein.
Später standen sie erneut an der Türschwelle.
– Deiner Mutter geht es also gut? sagte David Silberberg zum Abschied.
Elie sah seinen Vater fest an.
– Du weißt doch genau, wie es ihr geht!
Bis Anfang der fünfziger Jahre waren Carola und David glücklich gewesen. Zwar hatte es in ihrem Leben unerträgliche Momente gegeben, wegen der Erinnerungen, die manchmal an die Oberfläche stiegen. Aber nicht aufgrund ihrer Liebe, ihr Leben war einfach so, bisweilen unerträglich im Schrecken des Gedächtnisses. Doch die Tatsache, daß sie sich so lange in den Gegenden des Todes aufgehalten hatten – er in den Kampfgruppen der MOI; sie in den Baracken von Birkenau – und

beide so jung waren, verlieh ihrem Glück, ihrer Lebenslust auch eine fast unerträgliche Dichte. Jede Minute ihres gemeinsamen Lebens quoll über vor allen möglichen Freuden. Auch die Zukunft schien sich in einen Regenbogen strahlenden Fortschritts einzuschreiben. Und dann plötzlich trübte sich alles, wurde schwer zu entziffern. Da gab es zuerst die Prager Prozesse mit ihrem Ausbruch kaum verhohlenen Antisemitismus. Dann die Affäre der »Weißkittelmörder«, der Kremlärzte, alles Juden, die Stalin der schlimmsten Verbrechen bezichtigte. Carola und David reagierten diametral entgegengesetzt.

David versteifte sich auf seinen kommunistischen Glauben, versah sein Judentum mit dem Brandmal einer radikalen und, wie er glaubte, revolutionären Verleugnung. Er rief Carola Lenins Kämpfe gegen den Bund in Erinnerung, er studierte von neuem *Zur Judenfrage* von Marx. Der Jude in mir, verkündete David, das ist die alte Haut, die ich abstreifen muß.

Aber Carola wollte nichts davon hören. Sie hatte die Gaskammern von Birkenau nicht überlebt, um jetzt ihr Judentum zu verleugnen, um die antisemitische Tollheit der Ihren hinzunehmen. Ihre Ehe wurde von endlosen Diskussionen aufgerieben und zerbrach 1956, als Stalins Verbrechen ans Licht kamen und David sich weigerte, die Konsequenzen aus dieser neuen Realität zu ziehen.

»Meine ganze Kindheit ist von diesem Gezänk verpfuscht worden«, dachte Elie.

Sein Vater hatte den Kopf abgewandt.

– Aber nein, sagte er gequält. Was sollte ich denn wissen?

– Du weißt genau, daß sie verrückt ist, murmelte Elie.

Wieder trafen sich ihre Blicke.

– Aber es ist eine stille, harmlose Verrücktheit, während deine mörderisch ist ...

David Silberberg zuckte zusammen.

Er starrte seinen Sohn an, erbleichte. Dann sprach er mit tonloser, eisiger, verzweifelter Stimme.

– Komm nicht wieder, Elie! Komm nie mehr wieder!

Die Tür stand offen, er ging hinaus. Für immer, in der Tat.

Elie hörte den kurzen Atem seines Vaters hinter sich. Fast das Röcheln eines Sterbenden.

Roger Marroux war nach der Ausfahrt aus Paris sehr schnell gefahren.
Sonsoles' Hinweisen folgend, hatte er die Südautobahn bei der Mautstation von Ury verlassen. Dann, bei La Chapelle-la-Reine, geradeaus, über Amponville. In Fromont, auf der Hauptstraße, hatte der Kommissar zwei Autos mit polnischen Nummernschildern vor einem niedrigen Haus mit grünen Fensterläden bemerkt. Das hatte ihn stutzig gemacht, er hatte das Detail ganz mechanisch registriert.
Luis Zapatas Haus befand sich am Ende des Dorfs, am Rand der Anhöhe von Fromont. Von hier aus senkte sich die Landschaft hinab zu der Ebene des Gâtinais und den Weizen- und Rübenfeldern, vor der nach Südwesten ausgerichteten Vorderfront. Es war ein ehemaliger Bauernhof, neu ausgebaut, umgeben von einer weiten Rasenfläche mit Büschen und Blumenbeeten, von Mauern umzäunt.
Aber man mußte zuerst bei einer Nachbarin die Schlüssel holen, einer Frau aus dem Dorf, die sich um die Instandhaltung des Hauses kümmerte. Ansonsten war die Heizung automatisch, von einem Thermostat reguliert.
Bei der Nachbarin, der Schlüsselbewahrerin, sah sich Roger Marroux zerstreut die Dreizehnuhrnachrichten im Fernsehen an. Sie befanden sich in einer großen Küche, Sonsoles war zu einem kleinen Plausch genötigt gewesen. Die Hausmeisterin und ihr Mann vergingen vor Neugier. Die Nachricht von Zapatas Tod hatte sie erschüttert. Nicht nur, weil es ein Mord war, sondern auch weil mit einemmal die Vergangenheit ihres Dienstherrn ans Licht kam. Diese Entdeckung rief bei ihnen übrigens eher ein bewunderndes Interesse hervor.
Das Farbfernsehen hat gegenüber dem in Schwarzweiß einen großen Vorteil. Denn Roger Marroux' Blick wurde von der grellgrünen Farbe einer Jacke angezogen. Er erkannte die Jacke von Silberberg wieder, und gleich darauf auch Elie selbst, noch

bevor er verstand, worum es ging. Dann hatte er einen merkwürdigen Eindruck gehabt, als er die zeitlich verschobenen Bilder zu dem Bericht sah, den Silberberg ihm kurz zuvor von seinen Abenteuern auf dem Friedhof Montparnasse gegeben hatte.
Die Fernsehreportage präzisierte jedoch Silberbergs Worte in einem entscheidenden Punkt. Dieser hatte dem Kommissar nämlich gesagt, daß genau in dem Augenblick, als er sich zu seinem Verfolger umgedreht habe, sobald er sich im Schutz der kleinen Menschenmenge des Trauerzugs befand, der Motorradfahrer das Visier seines Helms hochklappte. Aber Elie war zu weit entfernt, um seine Gesichtszüge richtig sehen zu können. Die Fernsehkamera dagegen war sehr viel näher. Auf diese Weise konnte Roger Marroux, auch wenn die Erscheinung auf dem Bildschirm flüchtig war, das Gesicht des Motorradkillers erkennen.
Er identifizierte ihn nicht so eindeutig wie Daniel Laurençon im selben Augenblick in seinem Hotelzimmer an der Porte Maillot. Er wußte nicht, daß es Carpani war, einer der Überlebenden der römischen Kolonne der Roten Brigaden, einer von denen, die wahrscheinlich an dem Hinterhalt und dem Massaker in der Via Fani teilgenommen hatten, an dem Tag, an dem Aldo Moro entführt worden war. Er wußte lediglich, daß er dieses Gesicht kannte. Und daß es das Gesicht eines Verdächtigen war. Marroux hatte ein phänomenales Gedächtnis: er erinnerte sich genau, dieses Gesicht schon einmal gesehen zu haben, unter den italienischen Terroristen, die im Verdacht standen, nach Frankreich geflohen zu sein, und deren Fotos er mehrfach unter die Lupe genommen hatte. Gleich nach seiner Rückkehr nach Paris würde er sich darum kümmern.
Vorhin, als sie zur Porte de Gentilly fuhren, um auf die Südautobahn zu gelangen, waren sie in einen Stau geraten. Die Straße, auf der sie festsaßen, führte am Park Montsouris entlang.
Marroux hatte den Kopf gedreht und das Profil von Sonsoles Zapata betrachtet. Das schöne und ernste junge Gesicht, das

wieder von der gelehrsamen Brille maskiert war; den geschmeidigen, schlanken Körper, der sich entspannt zurücklehnte; die langen, sehr hübschen, bis zum Schenkel entblößten Beine. Er überraschte sich dabei, alle diese Köder mit träge begehrlichem Blick anzuschauen. Die Begegnung mit Véronique am frühen Morgen, völlig unerwartet – sogar unvorhersehbar: nie war er auf den Gedanken gekommen, der jungen Frau auch nur die geringsten Avancen zu machen –, hatte genügt, ein seit langem eingeschlummertes Interesse für das schöne Geschlecht in ihm zu wecken. Vielleicht der Mittagsdämon, der sich ankündigte, sagte er sich lächelnd.

– Dieser Netschajew, der zurückgekehrt ist, laut der Nachricht meines Vaters, sagte Sonsoles, wissen Sie, wer das ist?

Er nickte.

Plötzlich wurde ihm bewußt, an welchem Ort sie sich befanden. Bisher hatte er instinktiv die Strecke genommen, von der er hoffte, sie sei am wenigsten befahren. Hinter Sonsoles' reinem Profil erstreckte sich der Park Montsouris in der Wintersonne. Auch im Februar 1944 hatte die Sonne geschienen. Michel Laurençon war auf ihn zugekommen, auf einer Allee, am Nachmittag, wenige Stunden bevor sie sich gemeinsam Anouilhs *Antigone* ansahen. Am Tag vor Michels Verhaftung durch die Gestapo.

– Natürlich ist das ein Pseudonym! sagte Sonsoles.

Wieder nickte er.

Und Sonsoles Zapata skandierte mit klangvoller Stimme den vierten Artikel des *Katechismus* von Netschajew.

– »Der Revolutionär verachtet die öffentliche Meinung. Er verachtet und haßt die gegenwärtige gesellschaftliche Moral in allen ihren Antrieben und allen ihren Kundgebungen. Für ihn ist alles sittlich, was den Triumph der Revolution begünstigt, alles unsittlich und verbrecherisch, was ihn hemmt ...«

– Schon wieder! rief Roger Marroux entnervt.

Er verbesserte sich, als er einen Ausdruck des Unwillens in den Augen des jungen Mädchens sah.

– Verzeihen Sie, daß ich ungeduldig wirke. Aber diesen Apho-

rismus setzt man mir nun schon zum zweitenmal an diesem Morgen vor!
– Damit muß man rechnen, wenn man sich mit einer Affäre Netschajew befaßt! rief sie. Und außerdem steht der betreffende Satz im Mittelpunkt jeder politischen Reflexion. Nicht nur derjenigen, die vorgibt, der Revolution zu dienen. Jede Aktion, die behauptet, dem Guten, einer gerechten Sache zu dienen, neigt dazu, diese Art von ideologischer Legitimation zu liefern. Im übrigen gibt es keine politische Aktion, die so stark und mit solcher Arroganz glaubt, dem Guten zu dienen, wie die revolutionäre Aktion!
»Weniger bäurisch als Nieves«, dachte er wieder, »das steht fest, aber genauso hitzig!«
Er lächelte ihr zu.
– Warum interessieren Sie sich für Netschajew? fragte er. Das kommt nicht oft vor ...
Sie gab ihm die gleiche Antwort wie heute morgen ihrem Vater. Ihr Interesse für die anarchistische Bewegung Spaniens, deshalb Bakunin, deshalb Netschajew: einfach und logisch, *quod erat demonstrandum*. Und dann erzählte sie ihm, worüber sie zur Zeit arbeitete: über den Übergang zur Demokratie in Spanien, das Krebsgeschwür des Terrorismus der ETA.
Er hörte ihr zu, während er hinter ihr die Landschaft des Montsouris-Parks betrachtete.
Sie hatten auch im Februar 1944 darüber gesprochen, Michel Laurençon und er. Natürlich ohne sich auf Netschajew zu beziehen: sie wußten nicht einmal von seiner Existenz. Aber an jenem Tag hatten sie übereinstimmend, nach reiflicher Überlegung beschlossen, nicht in die Kommunistische Partei einzutreten. Niemals in sie einzutreten. Eben weil sie sich weigerten, die Gebote ihrer Moral einem Wahrheits- oder Gerechtigkeitskriterium zu unterstellen, das der Moral selbst äußerlich war: ungreifbar, so veränderlich wie unabweisbar, weil es von anderswo kam. Mochte dieses Anderswo nun die Sowjetunion sein, das Vaterland der Werktätigen, oder der Parteigeist oder das Dogma der Theorie oder die Transzendenz der Revolu-

tion, die mit dem Sinn der Geschichte verschmolz, gleichviel. Die Prinzipien einer Moral des Widerstands dürfen sich in keinem Fall auf die Zwecke eines historischen Unternehmens beziehen, und sei dieses Unternehmen noch so beachtlich – oder lärmend – wie eine Revolution. Sie beziehen sich nur auf sich selbst, auf die Werte, die ihnen innewohnen. Sittlich ist alles, was den Triumph der Moral begünstigt, unsittlich alles, was ihn hemmt!

Ein anderer Grund, der sie davon abhielt, in die PC einzutreten, der ebenso wichtig war – in Wahrheit aus dem ersten folgte –, betraf Paul Nizan, den Autor von *Die Verschwörung*, ihrem Fetischbuch.

Im September 1939, als Nizan nach dem deutsch-sowjetischen Pakt aus der Partei ausgetreten war, hatten ihn seine ehemaligen Genossen des Verrats beschuldigt. Und gewagt zu behaupten, daß der Romancier ein Polizeispitzel sei, das übliche Verfahren, jemanden zu diskreditieren, ohne den Schatten eines Beweises vorlegen zu können. Doch die klandestinen intellektuellen Kader der PCF, mit denen Michel und er damals Kontakt hatten, weigerten sich, diese schändliche Unterstellung zurückzuweisen. Die Sache ist komplizierter, als es scheint, murmelten sie. Kein Rauch ohne Feuer. Man wird später sehen. Objektiv – so lautete das niederträchtige Adverb, das es ihnen ersparte, eine objektive Analyse liefern zu müssen –, objektiv war Nizans Haltung die eines Verräters. Und so fort. Und es war klar, daß man nicht einer Organisation angehören konnte, die sich für kommunistisch ausgab und derartige Praktiken beibehielt.

Aber Sonsoles Zapata war auf Netschajew zurückgekommen.

– Erinnern Sie sich, was er in seinem *Katechismus* über die Frauen sagt?

Nein, Marroux hatte es vergessen. Er hatte diesen Text schon lange nicht mehr gelesen. Sie dagegen erst heute morgen. Nach dem ungelegenen Erscheinen ihres Vaters hatte sie nicht normal weiterarbeiten können. »Es betrifft Netschajew, er wird verstehen!« Also hatte sie sich in die Bücher und Dokumente vertieft, die sie über den jungen russischen Nihilisten des vorigen Jahrhunderts besaß.

– Netschajew teilt die Frauen in drei Kategorien ein, nach den Interessen der Revolution, sagte Sonsoles. Zur ersten gehören die oberflächlichen Frauen ohne Geist und Herz, aus denen die große Mehrheit des schwachen Geschlechts besteht und die man beherrschen, ausbeuten, mit dem Stock regieren, wenn nötig erbarmungslos eliminieren muß. Zur zweiten Kategorie gehören die leidenschaftlichen, hingebenden Frauen, die indes nicht zum Kern der Revolution gehören. Diese muß man auf die Probe stellen: die Überlebenden wird man für die Sache heranziehen können! Und endlich die dritte Kategorie von Frauen, die vollständig eingeweiht sind und das gesamte revolutionäre Programm angenommen haben. »Sie müssen wir«, so heißt es wörtlich, »als den kostbarsten unserer Schätze betrachten, ohne dessen Beistand wir nichts auszurichten vermögen ...«

Roger Marroux erschauerte. Warum erzählte sie ihm das? Er hatte ihr doch gar nicht gesagt, daß wahrscheinlich zwei junge Frauen ihren Vater ermordet hatten. Er konnte nicht wissen, daß sie an die Ermordung von George Besse dachte.

– Netschajew war verrückt, arglistig, sagte Sonsoles, völlig skrupellos, mörderisch ... Sein *Katechismus* ist quasi ein Selbstporträt. Und trotzdem! Verglichen mit den Killern der Action directe war er so etwas wie ein Genie!

Er sah Sonsoles an, überrascht von der Leidenschaft, die sie beseelte. Von dem wütenden Schmerz, den ihr Gesicht verriet.

– Glauben Sie? Liegt das nicht eher an der historischen Entfernung? erwiderte er. Auch an der Tatsache, daß Netschajew den zaristischen Despotismus bekämpfte, den niemand von uns verteidigen will?

Sonsoles nickte.

– Sicherlich! rief sie. Sie haben recht! Aber es ist nicht nur das. Seine Texte sind irre, wenn man so will. Aber imponierend. Man kann sie schreien, deklamieren. Und auch wenn sie falsch sind, so sind sie doch klar. Während unsere heutigen Terrori-

sten nur Kauderwelsch schreiben. Die Kommuniqués der ETA militar oder der Action directe jedenfalls sind reiner Schwachsinn!
Sie hat recht, dachte er.
Von Marx' schriftstellerischer Arbeit, der sich seinen Text immer wieder von neuem vornahm, mit seiner Besessenheit für das richtige Wort, die präzise und künstlerisch gelungene Formulierung, manchmal überfrachtet durch die fortwährende Jagd nach der Nuance (*Schattierung*: was für ein herrliches deutsches Wort! Michel Laurençon hatte ihn darauf aufmerksam gemacht), zu den Texten der Action directe (»den angriff auf der demarkations- und konfrontationslinie internationales proletariat/imperialistische bourgeoisie führen, die als solche – in ihrer stellung zwischen massenantagonismus und konterrevolution – und so, von der gesamtheit der proletarier konkret wahrgenommen und analysiert ist. Von dieser linie des bruchs aus die gesamtheit der kämpfe in der umfassenden revolutionären strategie konkretisieren, die die allgemeine rekonstruktion des proletariats in westeuropa initiieren und ihre offensivkraft im kampf für die proletarische befreiung führen kann ...«, und so weiter und so fort), ließ sich die Niederlage des revolutionären Denkens ermessen, das Auftauchen einer hölzernen Rede, die man noch so oft im Mund drehen und wenden kann wie eine Gebetsmühle, die jedoch keinerlei Einfluß mehr – es sei denn einen blutigen, tödlichen und zudem sterilen – auf das Reale hat.
– Bestimmt haben Sie das Kommuniqué der Action directe nach der Ermordung von Georges Besse gelesen? fragte sie.
Er nickte.
– Haben Sie die Hispanismen bemerkt?
Er sah sie verblüfft an. Nein, er hatte nichts bemerkt.
– Das war mir aufgefallen, sagte Sonsoles, erstens weil ich zweisprachig bin. Und weil ich ständig mit politischen Dokumenten aus Spanien zu tun habe.
Aber der Verkehr floß wieder. Roger Marroux war zum Boulevard Jourdan und zum Peripherique gefahren, um an der Porte de Gentilly die Autobahn zu nehmen.

Eine Dreiviertelstunde später, in Fromont-du-Gâtinais, als im Fernsehen die Dreizehnuhrnachrichten zu Ende gehen, ist Luis Zapatas Nachbarin mit den Hausschlüsseln zurückgekehrt. Sie können den Umschlag holen, der in einem Safe liegt, hinter einer *Ansicht von Konstantinopel.*

Adriana Sponti begriff genau in diesem Augenblick, daß sie Marc für immer verloren hatte.
Gewiß, sie selbst war es, die vor acht Jahren die Initiative zur Trennung ergriffen hatte, die geflohen war. Die sich gerettet hatte. Geflohen, um sich zu retten, wohl auch um ihn zu retten. Gemeinsam konnten sie nichts mehr tun, als alle Höllenkreise zu durchlaufen.
Aber die Verbindung zwischen ihnen war nicht abgebrochen worden. Nicht nur wegen Béatrice, überhaupt nicht. Eine unmittelbare Verbindung, eine unsichtbare Kette, Abhängigkeit und Anhänglichkeit: ein gleichsam inzestuöses Band des Blutes. Du und ich, vom selben Blut. Die Jahre vergingen, sie trafen sich gelegentlich bei Vernissagen, Konzerten, Empfängen. Wechselten ein paar Worte oder grüßten sich von fern mit einer verschwörerischen Geste. Und dann plötzlich schliefen sie wieder miteinander, zwei- oder dreimal im Jahr. Adriana suchte Marc nicht in seiner Wohnung auf und er sie nicht in der ihren. Dabei hatten sie jeder eine herrliche Wohnung mit Kunstgegenständen, Büchern, Blumen, duftenden Betten. Aber bei diesen Begegnungen sollte nichts sie an den Ehestand, das gemeinsame Leben, die Ordnung der Dinge, das süße Leben erinnern. Sie gingen in Stundenhotels, manchmal extrem luxuriöse und raffinierte, manchmal bescheidene Maisons de Rendezvous, je nach ihrer Laune, dem Ort, wo sie sich wiedergefunden hatten, dem Geschmack des Tages, düster oder munter.
Jedes Mal war es vollkommen. Weil sie in jenen Augenblicken nichts anderes verlangten als das Glück der Lust, die gegenseitige Hingabe: Opfer an einen argwöhnischen Gott des Schattens, ohne jedes sentimentale Beiwerk. Und sie erreichten

einen Zustand der Seligkeit, wie ihn vielleicht ein Drogensüchtiger erlebt, der die schädlichen Wirkungen der Gewöhnung überwunden hat, zum Beispiel den Gebrauch des Kokains so unter Kontrolle hat, daß er es nur gelegentlich nimmt, um in ein vorübergehendes Paradies zu gelangen, ohne dadurch in die Fesseln der Droge zurückzufallen. Nicht die Angst des Mangels trieb Adriana und Marc manchmal zueinander, sondern ganz im Gegenteil die Freude der Fülle. Die Gewißheit einer unbeschädigten, unverwüstlichen Lust, die sich weder durch die Banalität des Gebrauchs noch durch die Klagen oder die Großspurigkeit abnutzte, wie sie das Leben der Paare meist begleiten.

Aber in dem Augenblick, als sie Fabiennes Gang sah, mit dem sie durch das als Wintergarten eingerichtete große Zimmer im Erdgeschoß schritt, begriff Adriana Sponti, daß sie Marc für immer verloren hatte. Daß es zwischen ihnen – oder vielmehr im Mittelpunkt ihres Gedächtnisses, wenn sie sich wiedersähen – von nun an den Körper und den Blick, die Gesten, den Gang, die Flamme, den fleischlichen Übermut, den bitteren Geschmack der Zukunft geben würde, die Fabienne in sich trug.

Adriana hatte immer gedacht, daß dieser Augenblick einmal kommen würde. Nun war er da.

Um viertel nach zwölf, als Fabienne Dubreuil sie angerufen hatte, hatte Adriana sofort eingewilligt, sie zu empfangen.

Mindestens aus zwei Gründen. Weil das Erscheinen eines Inspektors der Kripo, am frühen Vormittag, der gekommen war, um ihr Fragen über die Ermordung von Luis Zapata zu stellen, sie verwirrt hatte, gezwungenermaßen. Sie hatte ihre Verabredungen abgesagt, war zu Hause geblieben. Béatrice, ihre Tochter, hatte ihr bestätigt, daß Marc am nächsten Tag aus den Vereinigten Staaten zurückkäme. Julien war in Genf, so hatte man ihr bei der *Action* gesagt. Elie Silberberg war sehr früh aus dem Haus gegangen, man wußte nicht, wohin, hatte ihr die Krankenschwester oder Gesellschafterin von Carola erklärt. Was Elie anging, so war das nicht so schlimm: sie hatten am späten Nachmittag ohnehin eine Verabredung. Sie wollten zusammen ins Theater gehen.

Daher hatte Adriana Sponti, als Fabienne anrief und zu verstehen gab, daß sie ihr etwas Wichtiges über die Affäre Zapata mitzuteilen habe, ihr augenblicklich vorgeschlagen, in die Rue de Lille zu kommen. »Wenn Sie Zeit haben«, hatte sie hinzugefügt, »können wir bei mir eine Kleinigkeit essen!« Einverstanden, okay, bis gleich.

Zwei Fliegen mit einer Klappe.

Indem sie Fabienne zu sich einlud, konnte Adriana Sponti den jungen Liebhaber vor die Tür setzen, der gerade in ihrem Wintergarten-Salon paradierte. Der künftige junge Liebhaber, besser gesagt. Ein plötzlich unwahrscheinlich gewordener Liebhaber, schade, um so besser.

Seit sie vor acht Jahren Marc verlassen hatte, blieb das Alter von Adrianas Partnern gleich. Die Jahre vergingen, sie war jetzt achtunddreißig, aber ihre Liebhaber waren immer um die dreißig. In einer Art Selbsterhaltungstrieb suchte sie sich junge Männer aus, die so alt waren, wie sie gewesen war, als sie Marc verlassen hatte. Als wollte sie diesen Augenblick des Bruchs andauern lassen, das harte strahlende Leid ihres Lebens mit Marc verewigen. Die grauenhafte, unvergeßliche, einzigartige Erfahrung dieses Lebens. Als hätten alle diese jungen Männer, die gelegentlich in ihr Bett kamen, keine andere Rolle zu spielen, als sie an den Augenblick des Bruchs zu erinnern: an ihren Schmerz, ihre Freude in dem Moment, da es ihr gelungen war, sich von der Abhängigkeit zu lösen, in der Marc sie hielt. Die sie vielmehr beide hielt. Die Abhängigkeit des einen gegenüber dem anderen: von ihrer beider Abhängigkeit gegenüber der verzweifelten Suche nach einem Jenseits der Liebe.

Gewiß hatte Adriana nicht erst heute begriffen, daß alle diese jungen Männer sie zu langweilen begannen. Es war ein Gefühl, das in letzter Zeit heranreifte, das sie allmählich durchdrang. Das sie zu verdrängen suchte, um die Fünfuhrtees, die Wochenenden in Jersey oder auf den Seychellen, die zum Gleichgewicht eines Lebens gehörten, nicht ganz zu verpfuschen.

Nichts von alledem ließ sich mit dem Leben mit Marc vergleichen, der Agonie des Glücks mit Marc. Aber Adriana hatte nie die Absicht gehabt zu vergleichen. Auch nicht wiederzufinden, was sie mit Marc erlebt hatte. Ganz im Gegenteil: genau das hatte sie aus ihrem Leben herausreißen wollen, diese Verwüstung. Diese Hölle der Freuden, dieses Paradies der Verrätereien, ersehnter Gemeinheiten.

Adriana hatte seit kurzem begriffen – und diese Perspektive ängstigte sie, da sie kein Mittel dagegen wußte –, daß sie bald weder Kraft noch Lust mehr haben würde, weiter zu mogeln. Sich etwas vorzumachen. Alle diese jungen Männer waren Kälber. Sie wollte ihre Zeit nicht mit Kälbern vergeuden, und seien es goldene!

Der von heute war noch jünger als gewöhnlich. Infolgedessen auch eingebildeter. Er paradierte, ein düsterer Beau, ein Erzengel der Boudoirs, überzeugt, diese hinreißende Frau bald zu besitzen. Reich war sie außerdem, das konnte nicht schaden. Jedenfalls würde er deswegen nicht abschlaffen. Bestimmt hatte sie ihn nicht nur deshalb zu einem Brunch eingeladen, um über ein beknacktes Drehbuch zu sprechen, der Plausch konnte lediglich eine Vorspeise sein. Also salbaderte er, ein Glas in der Hand, über einen Pornofilm, *Julie la douce*, den er im Canal Plus gesehen hatte und den er detailliert und witzig zerpflückte, sowohl um in Adrianas Augen zu glänzen als auch um auf präzise und, wie er hoffte, animierende Weise die schlüpfrigen Situationen zu beschreiben, mit denen der Film gespickt war.

Adriana Sponti hörte ihm gelangweilt zu, fragte sich, ob sie ihn vor die Tür setzen oder ihm die Hand irgendwo hinlegen sollte, um die Situation zu klären, sie zumindest zu beschleunigen, als das Telefon geklingelt hatte.

Es war Fabienne Dubreuil, ein echter Glücksfall.

Aber soeben hatte sie begriffen, daß sie Marc verloren hatte, ganz ohne Zweifel.

Fabienne war durch den großen Raum voller Grünpflanzen, exotischer Blumen geschritten, um einen Fernsehapparat ein-

zuschalten. Sie hatte Adriana vorgeschlagen, die Dreizehnuhrnachrichten anzuschauen, um zu sehen, ob der Mord an Luis Zapata erwähnt würde.
Adriana hatte ihren Gang, die Anmut ihres Körpers, ihre Ausstrahlung bemerkt. Ihr Herz krampfte sich zusammen. Marc! Die Bilder der Vergangenheit begannen in ihrem Gedächtnis aufzubranden. Erneut wandte sie sich den Fotografien zu, die Fabienne mitgebracht hatte.
An die Theke einer Hotelrezeption gelehnt, noch immer so blond, so verführerisch, schien Daniel Laurençon ihr zuzulächeln. Noch immer so lebendig. Sie hatte die seltsame Gewißheit, Daniel ins Leben zurückgerufen zu haben, sie persönlich. Neulich, als sie in einer alten Mappe das vergessene Foto von Fouesnant, auf dem sie alle fünf beisammen waren, wiedergefunden und es Marc zum Geburtstag geschenkt hatte, da hatte sie, ohne es zu wissen, Daniels Phantom wieder zum Leben erweckt. Oder das von Netschajew?
In diesem Augenblick hörte sie Fabienne aufschreien.
– Elie!
Auf dem Bildschirm des Fernsehapparats war soeben Elie Silberberg erschienen.

# 6

– Elie, du kommst wie gerufen! sagt Béatrice. Da ist nämlich ein lateinisches Wort, das ich nicht verstehe!
Marcs Tochter selbst hat ihm aufgemacht.
– Du bist allein? Maïté ist nicht da?
Elie Silberberg scheint der Gedanke zu beunruhigen, daß sie allein ist.
– Doch, sie ist da. Aber mittwochs gibt es um diese Zeit eine supergeniale Serie im Fernsehen, man darf sie nicht stören …
Sie zuckte die Achseln.
– Außerdem habe ich Krach mit ihr gehabt!
Er geht hinter Béatrice durch das Vorzimmer. Wundervolle Negermasken sehen ihnen dabei zu.
– Hast du Neuigkeiten von deinem Vater?
Béa hat welche. Er ruft jeden Tag an, aber später, abends.
– Er ist in Maine, sagt Béa. Nicht die Maine von Mayenne, im Departement Maine-et-Loire, sondern Maine-USA. Kennst du es?
Er schüttelt den Kopf, er kennt es nicht. Er war noch nie in den Vereinigten Staaten.
Aber da er in den Büchern reist und sich schon immer für die Dichter interessiert hat, weiß er, daß sich Saint-John Perse während seines langen Exils in Amerika häufig auf Seven Hundred Acre Island aufgehalten hat, einer kleinen Insel in der Bucht von Penobscot. Er erinnert sich sogar an das genaue Datum der meisten dieser Aufenthalte. Aber er ist sich nicht sicher, ob dieses Detail Béatrice Liliental begeistern würde. Er behält es für sich und mit ihm den Rest seiner zwar gründlichen, aber nur aus Büchern erworbenen Kenntnisse von Maine-USA.
– Ich war dort, im August, mit Marc, sagte Béatrice. Es ist phantastisch!
Sie wird lebhaft, sie erzählt, ihre Augen leuchten. Große Seevögel schwirren durch ihren Bericht, Seehunde und Delphine

tauchen vor den Fenstern ihres Hauses, des Hauses der Leidson in Little Deer Isle: sie hat das irdische Paradies gesehen. Silberberg ist davon ganz aufgewühlt. Heranwachsend erinnert Béa ihn täglich mehr an Adriana Sponti, ihre Mutter, die Elie vom ersten Tag an geliebt hat, seit der ersten Minute ihrer ersten Begegnung.

– Marc bereitet in den Vereinigten Staaten ein Riesending vor ... Aber ich darf dir nichts sagen, es ist ein Geheimnis!

In dem geräumigen Wohnzimmer an der Place du Panthéon bleibt Elie, wie jedesmal wenn er hierherkommt, vor einem großen Gemälde von Adami stehen. *Et in Arcadia ego*. Seit es Liliental gelungen war, es vor zwei Jahren zu kaufen, ist Silberberg von diesem Bild fasziniert.

Trotz der Anspannung und Unruhe des heutigen Tages kann er nicht umhin, vor dem Bild stehenzubleiben, es zu betrachten, er läßt sich von der stillen Melancholie, der lichten Traurigkeit ergreifen, die sein Anblick in ihm hervorruft.

– Erklärst du es mir? sagt Béatrice ungeduldig.

Richtig, sie wollte ihn nach einem lateinischen Wort fragen.

– Apropos Latein. Kannst du mir *Et in Arcadia ego* übersetzen?

Béatrice zuckt die Achseln und bricht in Lachen aus.

– Gib dir keine Mühe, Elie! Marc ist dir zuvorgekommen, er hat mir alles erklärt. Du weißt ja, wie pädagogisch er ist, wenn er's drauf anlegt! Nicolas Poussin und *Die Hirten von Arkadien*, die Arbeiten von Panofsky, die Geschichte dieses Typs, ein Poussin-Spezialist, der Konservator der Kunstsammlung der Königin von England und sowjetischer Spion war, und Flaubert, der ein so schlechter Lateiner war, daß er einmal einen Grabstein mit der Inschrift *In Arcadia ego* Unsinn nannte, weil er sie nicht verstand! Du siehst, ich bin unschlagbar, Alter!

Er sieht es, in der Tat. Er lacht.

– Ich sehe es, sagt er. Ich komme zu spät, um vor dir zu glänzen. Und was ist dein Übersetzungsproblem?

– Es ist bloß ein Wort, sagt sie. Aber ich finde es nicht im Wör-

terbuch. Ich habe eine vage Idee, vor allem, weil es in *Libération* eine Zeichnung gibt!
Elie fragt sich, welchen Zusammenhang es zwischen einem lateinischen Wort und einer Zeichnung in *Libération* geben mag.
Aber Béa setzt eine ernste Miene auf.
– Sprich nicht mit Papa darüber, versprichst du's mir? Es beunruhigt ihn, wenn ich mich für solche Dinge interessiere!
Elie ist neugierig auf dieses lateinische Wort, das so viele Geheimnisse hervorruft. Er beginnt zu ahnen, daß es etwas mit der Erotik zu tun haben muß. Es stimmt, Marc Liliental ist immer ganz ratlos, wenn er das normale Interesse seiner Tochter für geschlechtliche Dinge feststellt.
– Apropos Papa ...
Béatrice führt Elie in den Teil der Wohnung, der ihr vorbehalten ist.
Sie schließt sorgsam die Tür ihres Büros hinter sich. Außerdem spricht sie jetzt mit leiser Stimme, plötzlich den Ton ändernd.
– Hast du Angst, daß man uns hört oder was? fragt Silberberg überrascht.
– Das ist es ja, sagt sie. Du wirst sehen!
Sie hat Marc gestern am Telefon nichts davon erzählt, als er sie wie jeden Tag anrief, um ihn nicht zu erschrecken. Im übrigen war sie selbst noch nicht besorgt. Erst seit vorhin, im Fernsehen. Jedenfalls ist der Kerl gestern zum zweitenmal um sie herumgestrichen.
Was für ein Kerl. Wovon redet sie?
Silberberg ist sofort auf der Hut.
So laß mich doch erzählen!
Vorgestern strich der Kerl am Ausgang des Gymnasiums herum, genau dort, auf dem Platz. Er ist ihrer Gruppe gefolgt, von fern. Aber sie war es, für die er sich interessierte, ihre Freunde haben es auch bemerkt. Denn er ist dem Teil der Gruppe weitergefolgt, in der sie war, während jeder in seine Richtung ging.
Ich habe gedacht, daß dieser Typ ein Aufreißer ist. Man kann

mich doch schon aufreißen, oder? Ich meine, Elie, ich verdiene, daß man mich aufreißt, nicht wahr? Schon gut, werde nicht sauer! Du bist wie Marc, man kann mit dir nicht ernsthaft über Ärsche reden! Andere Freunde meinen, man will mich entführen, um von meinem Vater ein Lösegeld zu verlangen. Sie schlagen vor, mich zu beschützen. Aber ich will nicht, sie verlangen zuviel dafür!

Wie? Sie verlangen Geld, um dich zu beschützen?

Ja doch, das ist normal! Für nichts kriegt man nichts! Aber sie verlangen meine Compact Disc-Sammlung, und das will ich nicht!

Elie unterbricht sie. Wie sieht der Typ aus? Hat sie ihn aus der Nähe gesehen? Kann sie ihn beschreiben?

Sie hat ihn heute früh aus der Nähe gesehen. Ja, sie würde ihn leicht wiedererkennen.

Aus der Nähe, heute früh, wo denn?

Sie war in einem Schallplattengeschäft gewesen und kam gegen Mittag nach Hause. Der Typ verließ gerade den Aufzug des Gebäudes. Sie sind fast zusammengestoßen. Er war überrascht, das habe ich ausgenutzt, sagt Béatrice. Ich habe meine hoheitsvollste Miene aufgesetzt, ich habe ihn rundheraus aufgefordert, mich nicht länger zu belästigen. Er tat so, als verstehe er nicht, er hat drei Wörter gebrabbelt, mit einem italienischen Akzent zum Totlachen. Aber er hat sich wie ein Waschlappen verkrümelt!

Da holt Elie Silberberg aus der Innentasche seiner Jacke eines der Fotos von Daniel Laurençon, die am Vortag in einem Pariser Palast aufgenommen worden sind.

Er zeigt sie Béatrice, fragt, ob das ihr Aufreißer ist.

Sie zuckt die Achseln, verneint kategorisch.

Mein Typ ist jünger, fügt sie hinzu. Aber weniger schön, leider! Und er trägt keinen Schnurrbart. Der, den du mir da zeigst, ist ein Freund von Marc. Übrigens auch ein Freund von dir! ruft sie. Was spielst du, Elie? Du weißt genau, wer dieser Kerl ist!

Elie ist erstaunt. Woher kennt sie Daniel Laurençon?

So heißt er? Na ja, auf dem Foto von Marc ist er jünger und magerer. Und er hat keinen Schnurrbart. Aber er ist euer Freund, hältst du mich für blöd?
Was für ein Foto von Marc? fragt Elie, der ein wenig die Orientierung verliert.
Da zieht Béatrice ihn zum Zimmer ihres Vaters am andern Ende der Wohnung. Im Flur dreht sie sich zu Elie um. Hast du gesehen? Maïté hat sich nicht gerührt. Man könnte mich entführen, in die Wohnung einbrechen, sie würde nichts hören. Aber ich frage mich, ob es ihre Serie ist oder der Krach von vorhin, der sie fernhält.
Elie Silberberg interessiert sich nicht für Maïtés Stimmungen. Ihn frappiert die nahezu klösterliche Kahlheit von Marcs Schlafzimmer, in das Béatrice ihn geführt hat. Das Bett ist schmal, die Möblierung karg. Das geräumige Zimmer verbreitet einen Eindruck heiterer Strenge. Wahrscheinlich deshalb, weil es nur wenige kostbare Gegenstände enthält, vor allem Kunstbücher und insbesondere eine afrikanische Totenmaske auf einem schlichten Holzsockel, einen doppelgesichtigen Ba-Kota, wundervoll.
Wenn Marc aufwacht, fällt sein erster Blick bestimmt auf dieses leuchtende Bild des Todes, des brüderlichen Ernstes des Jenseits. Silberberg ist verstört, daß Marc diese ergreifend schöne Totenmaske aus Gabun neben sein einsames Lager gestellt hat.
– Schau! sagt Béatrice.
Vom Nachttisch ihres Vaters hat sie eine Schwarzweißfotografie in einem alten Holzrahmen genommen.
– Siehst du? Das da ist er!
Er ist es, in der Tat.
Elie Silberberg erinnert sich sehr gut an diese Reise nach Fouesnant. Adriana war schön wie der Tag in jenem Sommer. Schön wie die Nacht, wie der Dunst und die Sonne, wie der Regen und das gute Wetter, wie der flüssige und dichte Smaragd des Meeres, strahlend wie die strahlende Zukunft, die ihnen verheißen war. Der sie verheißen waren. Elie hatte alles darange-

setzt, sie zu verführen, zu erweichen, herumzukriegen in jenem Sommer. Alles hatte er aufgeboten, alle Ressourcen seiner Bildung, seiner Phantasie. Ein Satz von Musil, um die Verwirrung auszudrücken, in die eine ihrer Gesten ihn gestürzt hatte, und diese Verwirrung in die Erinnerung eingehen zu lassen. Das Fragment eines altgriechischen Gedichts, um das Begehren auszusprechen, es in die Ewigkeit des Worts einzuschreiben. Eine Strophe aus den Elegien von Vergil, um das Glück eines Spaziergangs mit ihr in der ginstergelben Heide auszusprechen. Ein Vers von Baudelaire, um das Ende des Sommers zu verkünden, die schreckliche Süße des Herbsts und der versagten Liebe.
Denn Adriana hörte ihm mit Vergnügen zu, lächelte zu seinen Funden, gab ihm die Hand, um an der Gischt der Brandung entlangzulaufen, und zweimal leicht ihre Lippen, wie ein Salzopfer, behielt jedoch einen kühlen Kopf. Dagegen war es bestimmt in Fouesnant gewesen, in jenem Sommer, daß Marc Liliental sie zu der Seinen gemacht hatte.
Béatrice beobachtete Elies Gesicht, sieht die Schatten und Lichter, die darüber hinweghuschen. Sie fragt sich, welches Geheimnis diese Fotografie birgt, die so starke, wenn auch unterschiedliche Gefühle bei Elie und ihrem Vater hervorruft.
Seit diese Fotografie vor einer Woche aufgetaucht ist, hat Béatrice sie jeden Tag betrachtet. Sie geht gern ins Zimmer ihres Vaters, um sich mit einem Buch hier auszuruhen. Sie legt sich auf das schmale Bett, vage glücklich bei dem Gedanken, daß noch nie eine Frau hierhergekommen ist, um sich hinzulegen, um zu schlafen. Nicht, weil es verschwommen, undefinierbar ist, ist es ein vages Glück, sondern eher deshalb, weil sie nicht versucht, es zu ergründen. Vielleicht hat sie Angst davor, daß ein zu grelles Licht auf ihre Gefühle in dieser Hinsicht fällt. Ein diffuses Behagen genügt ihr.
Sie ist die einzige Frau, die sich auf dieses Bett gelegt hat, das ist alles.
Béatrice stellt die Fotografie auf den Nachttisch zurück.
– Du siehst, sagt sie, es ist derselbe Typ! Nein, derjenige, der

mir gefolgt ist, ob Aufreißer oder nicht, ist der, den ich im Fernsehen gesehen habe, zur selben Zeit wie dich!
Elie versteht kein Wort, sie erklärt es ihm, er versteht noch weniger, Béatrice wird böse. Schließlich klärt sich alles auf. Der Motorradfahrer, dessen Gesicht am Eingang des Friedhofs Montparnasse aufgetaucht war, während jener Beerdigung, an der er, Elie, teilgenommen hat und die das Fernsehen in den Dreizehnuhrnachrichten übertragen hat, ist der Typ, der ihr gestern gefolgt ist. Mit dem sie am Ende des Vormittags fast zusammengestoßen ist, in der Eingangshalle des Gebäudes.
Aber Silberberg hat dieses Gesicht nicht gesehen. Das augenblicklich einsetzende Gespräch mit seinem Vater hat ihn davon abgehalten, die Fernsehnachrichten weiter zu verfolgen.
Soweit sind sie gekommen, als das Telefon klingelt.
Béatrice nimmt den Hörer ab, stößt einen Freudenschrei aus.
– Marc, das ist genial! Du rufst früher an als sonst! Elie ist nämlich da!

Ein kleiner Zettel fiel aus den Seiten des Romans, den Marc Liliental gerade las, *The Garden of Eden* von Hemingway.
Er hob ihn in dem Augenblick auf, wo die Stewardeß der Delta Airlines verkündete, das Flugzeug werde in wenigen Minuten auf dem Flughafen von Boston landen.
Marc erkannte Fabiennes Handschrift wieder. Er erkannte auch den Text wieder. Sein Herz klopfte wie beim ersten Mal.

*The lost of man is much*
*the lost of grace is more*
*the lost of Christ is such*
*which no man can restore …*

Es war in der ersten Nacht, im *Pilgrim's Inn* auf Deer Isle. Am Freitag, dem 12. Dezember. Fabienne schwebte im luftigen, gedehnten Raum des Zeitunterschieds, wie Marc Liliental ihr vorausgesagt hatte.
In New York hatte sie sich zu einem anderen Flughafen begeben müssen, um den Flug 528 der Panam nach Boston zu neh-

men. Aber alles war perfekt organisiert. Eine Limousine erwartete sie, samt einem Chauffeur mit silbrigen Schläfen, der sich bemühte, wie ein englischer Lord zu wirken.
In La Guardia, bei der Einreisekontrolle, hatte man ihr einen weiteren Brief von Marc überreicht, der einem zweiten Buch beilag, *The Garden of Eden* von Ernest Hemingway.
Der Brief war kurz: »Neue Lektüre, Miss F. Noch ein kleiner posthumer Roman des alten Ernest. Ich habe das Beste und das Schlechteste darüber gehört. Aber es kann dir bis Bangor, wo ich dich erwarte, als Reiseführer dienen. Führer durch Amerika, da du nun hier bist. Führer zu unserem intimen Höllenparadies, denn wenn ich die Kritiken richtig verstanden habe, ist dieser Roman die Geschichte der Erkundung des Höllenparadieses der Liebe durch ein Paar. Aber sind wir ein Paar? Zeitweise, seit letzten Mittwoch, ertappe ich mich dabei zu hoffen, daß dem so ist. M.L.«
In Boston hatte es keine Botschaft und kein Buch mehr gegeben, aber der Kopilot der kleinen Propellermaschine der Bar Harbor, deren einziger Passagier sie bis Bangor zu sein schien, sprach sie in der Abflughalle lachend an: »Miss Dubreuil, vermute ich?« Sie sagte, ja, er vermute richtig. Er habe den Auftrag, sagte er, ihr Maine von oben zu zeigen. »Das trifft sich gut«, erläuterte er, »das Wetter ist ausgezeichnet, die Sicht hervorragend. Und Sie sind heute unser einziger Passagier!«
Fabienne setzte sich in die erste Reihe der wenigen Sitze der Maschine. Nichts trennte sie von dem Piloten und dem Kopiloten, die vorn im Cockpit saßen. »Wir werden eine besondere Route fliegen«, sagte der Pilot, »damit Sie die Bucht von Penobscot in allen Einzelheiten sehen können ...«
Eine Dreiviertelstunde später sank die kleine Maschine tatsächlich auf wenige Dutzend Meter über dem Meeresspiegel hinab, damit Fabienne die Aussicht auf die tausend Inseln und Inselchen bewundern konnte, die das schillernde Wasser der Bucht von Penobscot übersäten. Der Kopilot trug Fabienne die Litanei der Namen des Archipels vor, angefangen mit dem der Isle du Haut, über den sie sich wunderte. Und der junge

Amerikaner erinnerte sie an die zahlreichen Spuren der französischen Präsenz in der Gegend. »Es ist ein Teil von Arkadien, wissen Sie? Das alte französische Arkadien. Übrigens gibt es entlang den Küsten auf einigen Inseln ein Naturschutzgebiet, das wir den Arkadischen Nationalpark nennen.«
Marc Liliental erwartete sie in Bangor.
Er hatte sie nach Deer Isle gefahren, mit sehr hoher Geschwindigkeit, trotz der überall sichtbaren Tempobegrenzungsschilder, im knirschenden und spröden Winterlicht, durch eine Landschaft mit Rauhreifwäldern und tiefblauen Meeresarmen, so blau, daß es einem den Atem verschlug. Sie hatten in Ellsworth angehalten, um zu tanken, in Blue Hill, um eine Kleinigkeit zu essen. Sie fuhren durch Eggemoggin über die Hängebrücke, die den Kontinent mit der Ile aux Cerfs verbindet. Nachdem sie Fabiennes Gepäck im *Pilgrim's Inn* abgestellt hatten, machte Marc mit ihr eine Rundfahrt um die Insel. In Stonington, um vier Uhr nachmittags – für sie war es schon elf Uhr nachts –, tranken sie einen Kaffee und gingen zu Epstein, um Klamotten für sie zu kaufen.
In dem Laden bemerkte Fabienne, daß die kleine blonde Verkäuferin leicht errötete, als sie Marc begrüßte, den sie bereits kannte, das sah man. Sie wies ihn hinterhältig darauf hin, als sie sich von der jungen Amerikanerin entfernt hatten und in den Auslagen stöberten.
Marc brach in Lachen aus.
Es stimmt, daß mir dieser kleine Leckerbissen geschmeckt hätte, sagte er zu Fabienne, wenn sie sich nicht darauf versteifen würde, Turnschuhe zu tragen. Jeans mit Turnschuhen – das ist zuviel für mich, auch wenn man einen hübschen Arsch hat. Interesse verdienen Jeans nur mit Strümpfen, die sich um einen sichtbaren Knöchel spannen, und möglichst mit Ledersandalen. Ein Apéritif sind sie nur, wenn sie etwas anderes suggerieren als die rustikale Derbheit des Pionierstoffs!
Jedenfalls, sagte Fabienne spöttisch, sehe ich keinen Grund, warum du mir erklären müßtest, ob du diese kleine Gans besteigst oder nicht!

Marc hatte sich an Béatrice erinnert, wegen des Verbs »besteigen« natürlich.
Er lachte entspannt.
Ich muß dir nichts erklären, aber ich erkläre es dir. Und du bist es, die ich besteigen will, denk dran! Deswegen bist du doch gekommen, oder?
Fabienne reagierte nicht auf diese Flegelei; es geschah ihr ganz recht, was mußte sie ihn auch wegen einer so läppischen Sache kitzeln. Sollte sie etwa die Illusion haben, in Marcs Leben einmalig zu sein, sie, die ihn gerade erst seit drei Tagen kannte? Vielleicht die Verlockung oder die Hoffnung, es zu werden?
Als Marc in den im Laden ausgelegten Sachen stöberte, hatte er festgestellt, daß die Leinenkleider, dem Schnitt und den Farben nach typisch amerikanisch, häufig ein Etikett trugen, das darauf hinwies, daß sie in China, Südkorea oder Singapur hergestellt worden waren.
Lachend wies er Fabienne darauf hin.
– Erinnerst du dich an Stalin? rief er. An seinen letzten theoretischen Text von 1952? In bezug auf den Weltmarkt?
Fabienne sah ihn verblüfft an.
– Ich wußte nicht, daß Stalin je einen wirklich theoretischen Text geschrieben hat! erklärte sie knapp. Außerdem habe ich nie eine Zeile von Stalin gelesen!
– Das kann doch nicht wahr sein!
Er sah wirklich so aus, als glaubte er ihr kein Wort.
– Was glaubst du denn, wie alt ich bin? sagte Fabienne gekränkt. Stalin ist Vorgeschichte!
Er nahm sie in seine Arme, küßte sie hinters Ohr, auf den Hals und lachte wie ein Verrückter.
– Da ist sie endlich! Die neue Eva, die den Mühseligen und Beladenen verheißen ist, zurückgekehrt aus den heißen Ländern, den kalten Dogmen! Was für ein Glück ich hatte, an dich zu geraten!
– Was ist denn in dich gefahren?
– Schwörst du mir, daß du wirklich noch nie eine Zeile von Stalin gelesen hast, Fabienne?

Sie machte sich von ihm los, kreuzte die Finger, schwor.
– Weder von Mao noch von Thorez, weder von Trotzki noch von Togliatti ... Ich schwöre es! Ich, ich habe Philosophie studiert!
– Und Marx? fragte er.
– Das willst du doch wohl nicht vergleichen? Erstens ist Marx ein Schriftsteller. Und zweitens war er genial. Völlig verrückt, aber genial! Erinnerst du dich an die Briefe, die er 1857 an Engels schrieb?
Er sah ihr in die Augen, streichelte ihr den Nacken unter dem kurzen Haar.
– Sprich, sprich! Ich spüre, du wirst mich aufgeilen!
Sie lachte nicht einmal, fuhr unbeirrt fort:
– Marx beklagt sich bei seinem *alter ego*, weil, wie er sagt, die unmittelbar bevorstehende Krise des Kapitalismus und sein unvermeidlicher Zusammenbruch – wir sind im Jahr 1857, hast du gehört? – seine Arbeit über die Aufdeckung der Gesetze des handelskapitalistischen Systems überflüssig machen werden. Er werde zu spät kommen, klagt er ... Und das Buch, an dem er schrieb, das ein Entwurf geblieben ist, ist ein geniales Buch, die *Grundrisse*. Sobald er konkrete Voraussagen machte, sobald er an unmittelbar politischem Material arbeitete, lag der arme Marx immer daneben. Aber sobald er die abstrakten Allgemeinheiten der Weltgeschichte in Angriff nahm, hat er ins Schwarze getroffen.
Marc Liliental pfiff leise, nahm sie wieder in seine Arme, sprach in ihr Ohr.
– Ich werde eine bezaubernd schöne und perverse junge Frau vögeln, die nicht nur *Die Verschwörung*, sondern auch die *Grundrisse* gelesen hat! Es verspricht, himmlisch zu werden!
Sie vergrub ihr Gesicht in Marcs Schulter, sah ihn dann an.
– Vögeln, vögeln, wir reden viel davon! Wann lassen wir Taten folgen?
– Ich bemerke den Plural, sagte er. Das ist ein gutes Omen!
Er küßte sie abermals, streichelte ihre Hüfte, ihre Brust.
Einige Päckchen fielen von einem Regal, durch eine unge-

schickte Bewegung Fabiennes heruntergerissen. Sie bückte sich, um sie aufzuheben. Es waren Zellophanhüllen mit Strümpfen.
– *Black illusion*, rief sie entzückt, als sie die Marke sah.
Aber die Zeit war vergangen, es war Nacht in ihrem Zimmer im *Pilgrim's Inn*, Fabienne kam zum Bett zurück, taumelnd vor Müdigkeit, ermattet von der Schärfe ihrer Lust.
Sie legte sich neben Marc.
Plötzlich bemerkte Fabienne einen sichtlich alten, gestickten Sinnspruch unter Glas, der über dem Nachttisch neben ihr an der Wand hing. Sich halb aufrichtend, auf einem Ellbogen, entzifferte sie die Inschrift, über der sich ein Datum befand: 1838.
Sie las mit halblauter Stimme:

*The lost of man is much*
*the lost of grace is more*
*the lost of Christ is such*
*which no man can restore ...*

Marc lachte, als er dem Vierzeiler lauschte, den Fabienne wie einen Abzählreim aufgesagt hatte.
– Wahrhaftig, hatte er ausgerufen, immer ist er da, *der ewige Räuber der Energien*!
Immer und bei jeder Gelegenheit, in der Tat. Unmöglich diese Konfrontation zu vermeiden, seit den Abenden seiner Kindheit im Hinterhofladen der Rue du Roi-de-Sicile, wo er den Gefährten seines Vaters, meist frommen Juden, lauschte, die, gestützt auf Maimonides, über den theologischen Skandal diskutierten, den die Gestalt Christi darstellte, der arrogante Spalter des Einen, der ikonoklastische Zerbrecher der unaussprechlichen Einmaligkeit Gottes. Ausgeschlossen fortan, sich nicht mit dem Mysterium des Göttlichen im Menschen auseinanderzusetzen, über die Herausforderung des Bösen.
– Um so schlimmer, um so besser, sagte Marc, Fabiennes Hüfte streichelnd.
Die erste Nacht dieser drei Nächte im *Pilgrim's Inn*.
Er steckte den kleinen Zettel zwischen die Seiten des Buchs

und das Buch in seine Reisetasche. Auf dem Flughafen von Boston holte er seine Bordkarte für den Flug 527 der PanAm nach New York.
Dann eilte er zu einer Telefonzelle.
Endlich antwortete Béatrice am Telefon.
Aber sie gab den Hörer sofort an Elie Silberberg weiter, er habe ihm etwas Wichtiges zu sagen, sagte sie.
Elies Stimme war tonlos und schroff. Luis Zapata war heute morgen um acht Uhr ermordet worden. Daniel Laurençon war zurückgekehrt. Ja, Daniel, »Netschajew«, lebendig. Liliental verschlug es die Sprache. Er dachte weder an die möglichen Gründe noch an die Folgen dieser Absurdität. Er dachte nur an die Fotografie, die ihm Adriana zum Geburtstag geschenkt hatte. Aber Silberberg erzählte weiter, in abgehacktem Ton. Er sagte das Wesentliche: die Fotos, die Fabienne von Pierre Quesnoy bekommen hatte; der Kommissar Roger Marroux, der Stiefvater von Laurençon. Und dann Béatrice ... Was, Béatrice? brüllte Marc. Ein Kerl scheint seit gestern um sie herumzustreichen. Marc Liliental schrie vor Wut. Elie, ich flehe dich an, Elie, daß bloß Béatrice nichts passiert! Silberberg sagte ihm nicht – wozu ihn verrückt machen vor Angst, da er doch nichts unternehmen konnte? –, daß dieser Typ wahrscheinlich der Killer war, der am Morgen auf ihn geschossen hatte, im Friedhof von Montparnasse. Er versprach, daß Béatrice nichts passieren werde, daß er sie beschützen werde, sie nicht aus den Augen lassen werde! Du mußt zurückkommen, Marc! sagte Silberberg. Ich komme ja zurück, ich bin schon unterwegs, in Boston. Ich habe meine Rückreise um ein paar Stunden vorverlegt. Ich habe heute abend eine Verabredung bei *Lipp*, mit Fabienne. Fabienne? Derselben Fabienne? fragte Elie. Aber ja, natürlich, derselben. Scheiße! sagte Elie, du hast doch immer eine glückliche Hand! Aber Liliental lachte nicht. Glaubst du, das ist der richtige Moment? Gut, einverstanden, es ist nicht der richtige Moment! Treffen wir uns alle bei *Lipp*, sagte Marc. Julien ist in Genf, wir konnten ihn noch nicht benachrichtigen, sagte Silberberg. Alle anderen, sagte Marc. Gut, wenn es geht,

bringe ich dir auch Daniel mit, sagte Elie sarkastisch. Er wird uns erklären, warum er lebt, wo wir ihn doch zum Tod verurteilt haben. Er wird uns erklären, warum er Zapata hat umlegen lassen, der ihm wahrscheinlich das Leben gerettet hat ... Du glaubst, daß er es war? fragte Marc. Eigentlich glaube ich es nicht, sagte Elie. Und Kommissar Marroux scheint eher vom Gegenteil überzeugt zu sein.

Aber man rief die Passagiere des Flugs 527 nach New York auf, man mußte es dabei belassen.

Béatrice! schrie Marc Liliental noch einmal. Ich bitte dich, Elie, paß auf meine Béatrice auf!

# 7

– Läuten Sie, wenn Sie etwas brauchen. Ich heiße Iris!
Er sieht sie an.
Dieser Vorname rührt Erinnerungen auf: kleine Halme aus der Garbe der Vergangenheit, Reisig alter Worte, schimmernd.
Er lächelt plötzlich. Sein Gesicht, das Iris beängstigend hart vorgekommen war, ist völlig verändert.
– Iris! ruft er aus.
Daniel Laurençon lacht frei heraus, mit einemmal verjüngt.
– Iris. Botin der kleinen Freuden, Botin der Götter! Das steht Ihnen wunderbar.
Früher hieß sie in Wahrheit Claudine, aber sie hatten ihr den Kosenamen Iris gegeben. Damals, als sie alle in der Rue d'Ulm waren, in der Normale Supérieur. Claudine war eine charmante Person aus Sèvres, fröhlich, gebildet, zugänglich, freizügig mit ihren Reizen und ihren Talenten. In der Schule schliefen sie alle mit ihr (nein, nicht alle: Silberberg nicht, er war zu schüchtern oder zu romantisch für solche Spiele; oder zu platonisch in Adriana Sponti verliebt: bekanntlich sind die platonischen Lieben die ausschließlichsten!). Sie ging von einem zum anderen, Botin der kleinen Freuden, in der Tat. Zu dritt hatten sie – Marc, Julien und er selbst – einen erotischen Text verfaßt, bei dem jeder von ihnen ein Kapitel schrieb, und den sie »Claudine in der Schule« genannt hatten.
Früher, in der Rue d'Ulm, in einem anderen Leben.
Aber die Iris von heute wäre fast zusammengezuckt, hätte fast ihre Überraschung gezeigt.
Aber sie bezwingt sich. Sie hat gelernt, sich bei jeder Gelegenheit zu beherrschen, nie etwas von ihren Gefühlen verraten zu lassen. Sie führt die Paare, die ihr die Rezeption auf die Etage schickt, in der sie waltet, zu den Zimmern der *Ufer des Styx*. Sie bringt Getränke, wenn man welche bestellt. Gegebenenfalls kalte Mahlzeiten. Sie bringt alles, was man verlangt: es ist der Ehrenpunkt des Hauses, man kommt hier allen Wünschen der

Kunden nach. Champagner, Schnäpse, Zigarren, Zeitungen und Zeitschriften in allen Sprachen, Schönheitsmittel, japanische Stiche, Peitschen, Strümpfe und Strumpfhosen in allen Farben – man weiß ja, wie viele Männer sich bemüßigt fühlen, sie im Augenblick der Ekstase zu zerreißen –, einfach alles. Fragen Sie, das Haus besorgt den Rest, hat auf alles eine Antwort! Einigen Stammgästen – wenigen, um die Wahrheit zu sagen, sorgfältig ausgewählten – wird sogar gestattet, die Kammerzofen um aktive Teilnahme an ihren Belustigungen zu bitten. Auch in solchen Fällen, wenn nach ihr verlangt wird, weiß Iris sich zu verhalten.

Sie errät beim ersten Blick, sobald sie das Zimmer betreten hat, in dem man ihre Anwesenheit wünscht, während sie ihr weißes Häubchen und ihre makellose Schürze ablegt, sie errät beim ersten Blick auf das Paar, das sie gerufen hat, ob Madame gestreichelt, Monsieur animiert werden muß, oder umgekehrt. Sie hat ihre hochhackigen Schuhe, ihre strenge schwarze Uniform bereits ausgezogen; und mit amüsiertem Wohlgefallen stellt sie erneut fest, daß die Augen sofort zu leuchten beginnen: aufflackerndes Begehren im Blick sowohl des Mannes wie der Frau beim Anblick ihres vollkommenen Körpers, der Fülle ihres rotgoldenen Vlieses. Sie geht schon auf das Bett zu, wo man ihre Dienste oder ihre Martern erwartet. Denn sie fungiert im doppelten Sinn des Wortes als Zofe: Dienerin, gewiß, aber auch Peitsche mit langem Griff, um bei Gelegenheit die Ungeheuer zu wecken. Und sie hat bereits verstanden, ob diese beiden sie nur aus Spielerei, aus Provokation, aus Trotz oder aber aus Verzweiflung gerufen haben: weil es am Ende ihrer Hölle nichts anderes gibt als die Hölle, weil sie sich in einer Nacht befinden, nach der die Sonne nicht aufgeht.

Iris, für alle Eventualitäten abgerichtet. Jedem Wunsch gehorchend, den manchmal ihr eigener durchzieht.

Trotzdem hätte sie beinahe reagiert, ihre Überraschung gezeigt, als sie diesen Unbekannten fast genau denselben Satz sagen hörte wie Monsieur Marc. Iris, Botin der Götter, Botin der kleinen Freuden!

Unter den Stammkunden hat Iris eine Vorliebe für Monsieur Marc. Die hohen Trinkgelder spielen dabei mit, aber das ist nicht das Wesentliche. Andere Stammgäste geben ihr ebenso hohe, und sie verachtet sie insgeheim oder findet sie lächerlich. Eines Tages, als seine damalige Begleiterin gegangen war – es war das vierte oder fünfte Mal, daß er mit dieser herkam –, war Monsieur Marc im blauen Appartement geblieben. Er hatte eine Karaffe eisgekühlten Wodka bei ihr bestellt. Können Sie mir Gesellschaft leisten, Iris? Aber nicht, wofür sie geglaubt hatte. Oder im Grunde doch. Aber nicht nur. Sie hatten miteinander gesprochen, er hatte es fertiggebracht, daß sie ihm ihr Leben erzählte. Danach hatte er nur an sie gedacht, an ihre Lust, die er übrigens auch weckte – zu Iris' großer Überraschung, denn sie hatte den Geschmack an den Männern verloren –, endlos, bis ihre Stimme heiser davon geworden war.

Als er ging, hatte ihr Monsieur Marc das Gesicht, die Umrisse des Mundes, die Brustspitzen, die Hüfte gestreichelt. Er hatte ihr die Geschichte von Iris erzählt, der Götterbotin. Besonders die Episode des Styx hatte sie beeindruckt. Das kalte, reine Wasser des Styx, das Iris aus der Unterwelt holen muß, damit die Götter ihren Eid ablegen können.

Der Mann von heute, den Agathe angeschleppt hatte, den sie vermutlich in einer der benachbarten Bars aufgerissen hat, in der sie gewöhnlich arbeitete, mußte etwa so alt sein wie Monsieur Marc. Vielleicht etwas jünger, zwischen fünfunddreißig und vierzig. Er war schön, aber er hatte einen finsteren Blick, die Augen eines erloschenen, öden Vulkans, eine Falte kalter Bitterkeit um die Lippen. Sie fragte sich, ob Agathe nicht unvorsichtig gewesen war, ob sie ihm gründlich genug auf den Zahn gefühlt hatte, bevor sie ihn aufforderte, mit ihr zu kommen, oder sich auffordern ließ.

Dennoch hatte er soeben jungenhaft und bezaubernd gelächelt, ein Lächeln fröhlicher Unschuld, als er ihren Vornamen wiederholte. »Iris, das kalte Wasser des Styx, des Vergessens in Ihren hohlen Händen«, hatte er gemurmelt, sie ansehend. Durch sie hindurchsehend, in die Vergangenheit.

Auf der Türschwelle lächelte er noch immer.
Agathe war bereits im Begriff, ihren Rock auszuziehen, an den Kamin gelehnt, dessen Marmorverkleidung ein liegender Akt aus Bronze zierte. Es war das Barbedienne-Zimmer, Iris wußte nicht, warum es so hieß.
– Nehmen Sie, sagte der Mann, ihr Geldscheine in die Hand drückend.
Die Tür hatte sich geschlossen, sie sah nach. Es waren drei Zwanzigdollarscheine. Sie ging in das Büro zurück, wo sie die Anrufe erwartete. Sie las gerade an einem Buch, dem letzten Cioran.

Daniel betrachtete Agathe, die bereits ihren Rock und ihren Spitzenslip ausgezogen hatte, die sich darbot, an den Kamin gelehnt, den Rücken durchdrückend, um ihre Scham zur Geltung zu bringen.
Es wäre ihm lieber gewesen, wenn sie sich nicht auf diese Weise, unverzüglich, entkleidet hätte, um ja keine Minute zu verlieren, wie eine Prostituierte der Rue Saint-Denis.
Ihre scheinbare Vornehmheit hatte ihn angezogen, der Pelzmantel, jenes Benehmen einer Dame, die eher auf eine Freundin wartet, um Tee zu trinken, als auf einen Freier. Gewiß, wenn man sie näher betrachtete, sah man, daß sie in der Welt des Luxus nicht wirklich zu Hause war. Vielleicht wäre sie es ja in der Welt der Wollust.
Er erinnerte sich an einen Satz, den sie früher in der Rue d'Ulm sagten, Elie, Marc, sie alle, wenn sie das Äußere junger Mädchenblüten beschreiben wollten. Sie sagten, daß sie mehrere Generationen von Palmolive, Kaschmirs und Sonaten hinter sich oder eben nicht hinter sich hatten.
Agathe hatte bestimmt keine Generation von Sonaten auf ihrem Konto.
Daniel Laurençon hatte sie in der ersten Bar der Champs-Elysées gefunden, die er betreten hatte, auf der Suche nach ihr. Das heißt auf der Suche nach einer Frau dieser Art. Kurz nach Ende der Dreizehnuhrnachrichten im Fernsehen.

Bald saßen sie am selben Tisch, sie nannte ihm ihre Preise. Mit Preisen hatte er nichts am Hut. Für die Zeit, die ihm noch zu leben blieb, hatte er genug Dollars und Schweizer Franken. Genug, um zu feiern, ohne Probleme. Aber er behauptete, es sei teuer, aus Prinzip. Er hatte zu lange im Nahen Osten gelebt, um nicht den Spaß am Feilschen gelernt zu haben. Das Mädchen hatte eingeräumt, daß es nicht geschenkt sei. Aber sie hatte einige ihrer Talente gepriesen, hatte die Dinge aufgezählt, die sie mit sich machen ließe, mit präziser, neutraler Stimme. Mit demselben Ton vollendeter Professionalität hinzugefügt, sie sei HIV-negativ, sie könne es nachweisen, Atteste vorlegen. Sie führte ihn in eine nahegelegene luxuriöse Absteige, in der sie verkehrte.
Daniel ging in das Zimmer, legte sorgfältig seinen Kamelhaarmantel auf einen Sessel. In der Toilette der Bar, wo er mit Agathe einig geworden war, hatte er das Spezialhalfter abgenommen, das es ihm erlaubte, seine Waffe unter der linken Achsel zu tragen. Er hatte das Ganze, die 357 samt Halfter, in die Innentasche seines Mantels gesteckt, damit das Mädchen nichts merke.
Agathe erwartete ihn.
Es hatte Daniel ein wenig verstimmt, daß sie sich auf diese Weise auszog, sich wie eine Nutte darbot. Den Arsch zeigen, das können alle Mädchen von Beirut, und der ist häufig prachtvoll: knackig, prall, perlmuttfarben, paradiesisch. Aber er brauchte eine Frau, seit dem Morgen. Die leckere Dame mit den schwarzen Strümpfen, bei dem Künstler, hatte lediglich seinen Appetit angeregt. Eine Frau, diese hier, einerlei. Ungeachtet ihrer Vulgarität in der letzten Minute. Er würde in Ruhe nachdenken können, während er sie nahm.

»Die Tiefe der Leidenschaft bemißt sich nach den niederen Gefühlen, die sie birgt und die ihre Stärke und Dauer gewährleisten.«
Iris knickte die Seite ein, strich den Aphorismus mit dem Bleistift an.

Nicht, daß sie ihm ohne weiteres zustimmte, sie wußte zu wenig davon. Aber die Formulierung war frappierend, Iris hatte das Bedürfnis, darüber nachzudenken. Zumal in *Aveux et Anathème*, dem letzten Cioran, einem Buch, das sie in ihrer freien Zeit las, an frappierenden Formulierungen nicht eben Überfluß herrschte. Bisher war ihr die Lektüre mühsam vorgekommen. Iris hatte Wiederholungen, Beflissenheiten gefunden. Da Cioran über das Leben und sich selbst ständig radikal negative Formulierungen wiederkäute, ohne die Konsequenzen daraus zu ziehen, wurde seine Klinge stumpf und rostig. Es müßte Blut fließen – sein eigenes, das wäre perfekt –, damit sie wieder scharf und glänzend würde. Natürlich lag das Problem darin, daß es unmöglich ist, nach begangener Tat weiterhin treffende Aphorismen über den Selbstmord zu schreiben. Andererseits werden die Aphorismen ohne besagte Tat am Ende abgeschmackt und reine Fiktion.

Nun gibt es aber nichts Langweiligeres, dachte Iris, als einen fiktiven Selbstmord. Zudem einen ständig wiederholten. Das Nichts verträgt die Fiktion nicht: es übersteigt die Realität.

Zehn Seiten vorher hatte Iris in dem Augenblick, wo sie die Lektüre unterbrochen hatte, um ihre Freundin Agathe und diesen ungewöhnlichen, beängstigenden, aber ungemein verführerischen Typ ins Barbedienne-Zimmer zu führen, mit wütendem Bleistift das Wort »Idiot« an den Rand einiger Seiten des Buchs von Cioran geschrieben.

Urteilen wir selbst:

»Wer zuviel über die Sexualität spricht, sabotiert sie. Die Erotik, Geißel der zerfallenden Gesellschaft, ist ein Attentat auf den Trieb, ist die organisierte Impotenz.«

Iris hatte die Achseln gezuckt: das war wirklich einfältig, ganz zu schweigen davon, daß es fatal nach Vichy roch.

Diesmal war sie von Cioran enttäuscht. Vielmehr als eine »Geißel der zerfallenden Gesellschaft« ist die Erotik nämlich eine der Zierden der entfalteten Gesellschaften, dachte Iris. Nirgendwo, in keiner Epoche der Menschheitsgeschichte, ist eine große Kultur anzutreffen, die nicht eine wesentliche

Kodifizierung der Erotik enthält, sei es, um sie zu verherrlichen oder zu verteufeln.
Später, nachdem sie Agathe und ihren Kunden im Barbedienne-Zimmer untergebracht hatte, bemerkte Iris jenen anderen Aphorismus über die niederen Gefühle, die Cioran zufolge die Stärke und Intensität einer Leidenschaft gewährleisten. Das war scharf, bestimmt lohnte es sich, darüber nachzudenken. Aber es gelang ihr nicht, sich zu konzentrieren, ihr geistiges Auge so angestrengt auf diesen Satz zu heften, daß sie seinen Sinn, alle seine Schattierungen auszuloten vermochte.
Sie war zerstreut, von dem Gedanken an dieses Zusammentreffen in Anspruch genommen, das Agathes Unbekannten die gleichen Worte über ihren Vornamen hatte sagen lassen wie Monsieur Marc.
Iris, Botin der kleinen Freuden!
Sie sollte Monsieur Marc Ciorans Aphorismus zu lesen geben, das nächste Mal. Bestimmt hätte er diesem Thema etwas hinzuzufügen. Letzte Woche, als er mit seiner neuen Eroberung gekommen war – man brauchte nicht viel Grips, um zu erkennen, daß er sie zum ersten Mal bumste, und um zu erraten, daß es nicht nur das war: es begann ein Abenteuer, vielleicht eine Geschichte zwischen ihnen –, hatte er etwas Ähnliches gesagt.
Irgendwann hatte Monsieur Marc telefonisch Getränke bei ihr bestellt. Mit dem Tablett war sie in das blaue Appartement gegangen, bis zum Schlafzimmer. Fabienne – mit diesem Vornamen hatte er sie bei seiner Ankunft vor einer Stunde angesprochen – lag allein in dem großen Bett, nackt. Vielmehr lediglich mit schwarzglänzenden Strümpfen bekleidet. Iris fragte sich neugierig, was das für eine Marke sein könnte: es sah super aus! Aber Fabienne hatte lebhaft die Decke über sich gezogen. In diesem Augenblick war Monsieur Marc aus dem Bad gekommen, in dem roten Bademantel, der zur Ausstattung des blauen Appartements gehörte. Er hatte gelacht, als er Fabiennes schamhafte Geste gewahrte. Während Iris die Gläser und Flaschen auf einen niedrigen Tisch stellte, hatte er sich auf den Bettrand gesetzt und Fabiennes Nacktheit wieder auf-

gedeckt, indem er mit einer jähen Geste die Decke wegzog. Fabienne versuchte, sich zu wehren, aber Monsieur Marc hatte sie mit harter Hand festgehalten.
Iris war näher gekommen. Sie hatte verstanden, daß Monsieur Marc um ihren Blick bat, daß er wollte, daß sie aufmerksam, mit all ihrem Begehren Fabiennes Körper betrachtete. Sie betrachtete ihn. Sie sah, daß Monsieur Marcs junge Freundin unter diesem Blick errötete, dem sie indes nicht mehr auswich. Zumal er ihre schwarzumspannten langen Beine gespreizt hatte, um sie zu liebkosen. Leise sprach er auf Fabienne ein: »Nächstes Mal, wenn es ein nächstes Mal gibt, was wahrscheinlich ist, werde ich Iris bitten, daß sie dich auszieht, daß sie zu uns kommt, während ich dich nehme. Und eines Tages wirst du mich selbst bitten, sie vor deinen Augen zu nehmen, und du wirst sie streicheln, während ich sie nehme.« Und Fabienne, errötend, mit finsterem Blick, widersprach wütend, sagte etwas, was Iris nicht genau verstand, über Verirrung und Verwerflichkeit. Und er war in Lachen ausgebrochen, Fabienne weiter streichelnd. »Es gibt keine wahre Leidenschaft«, hatte er gesagt, »ohne Erkundung der Hölle. Was du Verwerflichkeit nennst. Du wirst sehen!« Fabienne warf konvulsivisch ihren Kopf hin und her, um kundzutun, daß sie diesen Gedanken ablehnte. Aber die Bewegung ließ allmählich nach, wurde harmonisch, ihre Lippen öffneten sich leicht in einem lang anhaltenden Stöhnen. Ihr Blick ließ die Augen von Iris nicht los, die noch näher kam, mit sanfter Hand genau in dem Augenblick ihre linke Brust berührte, da Fabienne den Höhepunkt erreichte.
Ja, das nächste Mal würde sie mit Monsieur Marc darüber sprechen.
Denn es würde nächste Male geben, daran bestand kein Zweifel. Noch besser, sie würde ihnen beiden den Text vorlesen, Monsieur Marc und Fabienne gemeinsam. »Die Tiefe einer Leidenschaft bemißt sich nach den niederen Gefühlen, die sie birgt und die ihre Stärke und Dauer gewährleisten.« Ein ergiebiges Thema.

Aber sie mußte den Cioran abermals beiseite legen. Genau das war der Grund, warum Iris jeder anderen Lektüre aphoristische Bücher vorzog: Kraus, Lichtenberg, Nietzsche, Gómez de la Serna, Cioran selbst, wie wir sahen. Es war leichter, eine solche Lektüre zu unterbrechen, sie wieder aufzunehmen, ohne mit dem Faden der Erzählung Probleme zu haben. Oder Proust, das klappte auch sehr gut. Den Fluß seiner Erzählung verlassen, um eine halbe Stunde später erneut in ihn einzutauchen, war überhaupt kein Problem. Auf jeden Fall badete man hier immer im selben Wasser! Aber Iris hatte *Auf der Suche nach der verlorenen Zeit* schon sechsmal gelesen, sämtliche Bände. Das reichte. *Die Gefangene* indes könnte sie durchaus ein weiteres Mal lesen.
So oder so war sie gezwungen gewesen, ihre Lektüre zu unterbrechen. Man rief sie ins Joséphine de Beauharnais-Zimmer.

– *Heimkehr ...*
Daniel Laurençon hatte dieses Wort gemurmelt, als er sich neben Agathe legte, die bereits nach ihm griff.
Als er Carpanis Visage in den Dreizehnuhrnachrichten im Fernsehen gesehen hatte, hatte Daniel zuerst vorgehabt, zum Boulevard du Port-Royal zu eilen, um Silberberg zu warnen. Er wußte, daß Elie wieder dort wohnte, mit seiner Mutter.
In all den Jahren des Exils war es Daniel gelungen, ungefähr zu wissen, was aus seinen ehemaligen Genossen wurde. Mit Hilfe von Christine oder auf andere Weise hatte er sich über die Ereignisse ihres Lebens auf dem laufenden gehalten. Bald hatte er übrigens nur noch die diversen Rubriken der französischen Presse zu lesen brauchen, um etwas über sie zu erfahren. Außer Elie gehörten sie alle zur feinen Gesellschaft.
Am meisten beeindruckt hatte ihn der berufliche Erfolg von Adriana Sponti: er hätte nicht gedacht, daß es ihr gelingen würde, sich Marcs Einfluß zu entziehen, sich eine eigene Existenz aufzubauen.
Nach der Selbstauflösung der Proletarischen Avantgarde und nach ihrer Trennung von Marc hatte Adriana zuerst in der

Fabrik gearbeitet. Es waren die Jahre, in denen die französischen Gauchisten die Verhaltensweisen der russischen Populisten aus der Zeit Netschajews wiederentdeckten. Archaische und arkadische Verhaltensweisen: als ob es genüge, auf eucharistische Weise das proletarische Leben zu teilen – für eine unterschiedlich lange, aber immer vorläufige Zeitspanne, in der grundsätzlich die Möglichkeit bestand, auszusteigen und in den Mutterschoß des Kleinbürgertums zurückzukehren, aus dem sie gekommen waren –, um real deren Klassennatur auf sich zu nehmen. Die sich einerseits durch das Schicksal der Herkunft, der Geburt definiert – ihre soziologische Schwerkraft, wie man früher sagte – und andererseits durch den entschlossenen Willen, davon loszukommen, die dynamische Notwendigkeit, das Arbeiterdasein abzulegen wie eine tote Haut, um zum wahren Leben zu gelangen – das meist nur eine Nachahmung oder sogar eine Karikatur des bürgerlichen Lebens ist –, sei's individuell, sei's kollektiv auf dem utopischen, illusorischen Weg der Revolution, dessen verheerende Folgen im Lauf des 20. Jahrhunderts man kennt.
Zwischen diesem Schicksal der Geburt und diesem Willen, es abzuschütteln, spielt sich das Drama des Proletariertums ab, das einzig die innere Veränderung des Systems und der Produktionsmittel zu überwinden vermag – sollte sie es denn schaffen, was keineswegs feststeht – und das kein Intellektueller, nicht einmal ein scharfsichtiger, jemals mit all seinen zerstörerischen Folgen wirklich auf sich zu nehmen vermag, so edel seine Absichten oder so erhaben und brillant seine Schriften auch sein mögen, die er von diesen literarischen und religiösen Lehrgängen *in partibus infidelium* mitbringt.
Adriana Sponti also war in die Fabrik gegangen, so wie man ins Kloster geht. Nach neun Monaten, in die Welt zurückgekehrt, hatte sie angefangen, beim Film zu arbeiten, kleine Jobs im Produktionssekretariat. Innerhalb von sechs Jahren hatte sie locker und nicht ohne einen gewissen Grimm alle Etappen und Hürden genommen und war zur angebeteten Produzentin und zum Leitstern eines Berufsstandes geworden, der sich in stän-

diger Krise befindet und in dem folglich eine andauernde Erneuerung der Galionsfiguren stattfindet.
Weder wunderte noch empörte Daniel Laurençon der Erfolg seiner ehemaligen Genossen. Er wußte, daß die intelligentesten Revolutionäre – die Arschlöcher sind zwar in der Mehrheit, interessierten ihn jedoch nicht – ein so reiches und präzises Wissen über die Gesetze der Gesellschaft erwerben, daß es ihnen, wenn sie bisweilen aus durchaus ehrenwerten Gründen die Seite wechseln, in der für eine demokratische Massen- und Marktgesellschaft unabdingbaren gesellschaftlichen Auseinandersetzung zum Erfolg verhilft.
Freilich dachte Daniel nicht nur deshalb einen Augenblick lang daran, zum Boulevard de Port-Royal zu gehen, um Silberberg zu helfen. Sondern auch deshalb, weil es ein bevorzugter Ort seines Gedächtnisses war. Dorthin zu gehen, wäre gleichsam eine Rückkehr zu den Quellen.
*Heimkehr.*
Als sie zusammen im Hypokhâgne waren, gingen Elie und er oft zu Silberberg, Boulevard du Port-Royal, um zu arbeiten. Die Tatsache, daß das kleine Haus von gegenüber Lucien Herr gehört hatte, erregte sie beide ungemein. Dort hatte der Bibliothekar der Schule, die Schlüsselfigur in der Dreyfus-Affäre, derjenige, der die linken Intellektuellen zusammengetrommelt hatte, um den verleumdeten Offizier zu verteidigen, der Meisterdenker so vieler brillanter Köpfe dieses Jahrhunderts, in den letzten Jahren seines Lebens gewohnt.
Manchmal, wenn er sich auf der Freitreppe von Elies Häuschen umdrehte, hatten sie beide an die Menschen gedacht, die die Schwelle des Hauses von gegenüber betreten haben mochten, um bei Herr einen Rat, eine Orientierung für ihre Arbeit oder die Lösung irgendeines intellektuellen oder moralischen Problems einzuholen.
Nicht zu vergessen, daß Lucien Herr, und vielleicht war das in ihren Augen sein größter Ruhmestitel, in *Die Verschwörung* vorkam, ihrem Lieblingsbuch, dank dem sie sich kennengelernt hatten. Die Helden des Romans begegneten nämlich

Lucien Herr an jenem Novembertag des Jahres 1924, an dem die Asche von Jaurès ins Pantheon überführt wurde. »Lucien Herr, der zusammen mit der unsichtbaren Last der großen ungeschriebenen Bücher schon die Bürde seines nahen Todes trug, kam auf sie zu: sie grüßten ihn.«
*Heimkehr.*
Als Daniel Laurençon sechzehn Jahre alt wurde, hatte man ihm einen großen versiegelten Umschlag überreicht. Er enthielt einen etwa hundertseitigen maschinegeschriebenen Text, der seltsamerweise diesen deutschen Titel trug. Eine Art Bericht, eine Folge von Betrachtungen, mit der sein Vater, Michel Laurençon, ihm die Geschichte seines Überlebens in Buchenwald als Erbe hinterließ. Seines Überlebens oder seines Todes? Trotz des Titels, *Heimkehr*, war es nicht wirklich der Bericht einer Rückkehr in die Heimat, einer Rückkehr aus dem Exil. Denn derjenige, der aus diesem Exil zurückkehrte – der Erzähler, Michel Laurençon –, schien davon überzeugt, dort geblieben zu sein. Die Seele seines Texts, eines bündigen, kargen, nüchternen Texts, bis auf den Knochen eines kurzen Satzes ausgewaschen, praktisch jedes erkennbaren Subjekts entblößt, war nicht die Seele eines Überlebenden, sondern die eines Verschiedenen. Und die Heimat, in die er zurückzukehren glaubte, war unheimlich, die heimtückische Stätte eines aufgeschobenen Todes.
Eine handgeschriebene Widmung stand auf der ersten Seite dieses nicht zu ertragenden Textes: »Meinem Sohn Daniel, weil er sechzehn Jahre alt ist.«
Alles hatte hier angefangen, in diesem schrecklichen und höhnischen Augenblick, da diese posthumen Worte – doppelt posthum: geschrieben, als er selber noch nicht geboren war; von ihm gelesen, als ihr Verfasser, Michel Laurençon, schon lange tot war – ihm eine unfruchtbare, aber unabweisbare Abstammung aufzwangen. Alles hatte in diesem Augenblick angefangen.
Der Mann, der alle Tode seines wirklichen Vaters überlebt hatte, der Mann, der mit seiner Mutter lebte, Roger Marroux,

hatte ihm den versiegelten Umschlag überreicht, als er sechzehn geworden war. Seine Mutter hatte es nicht gewagt. Sie war nicht sehr mutig, Juliette Blainville: eine schwache Frau. Eine schöne schwache Frau, eine anbetungswürdige und ungreifbare Mutter. Er, der Bulle, hatte ihm den Umschlag überreicht: am genannten Tag, zur genannten Stunde, in dem Augenblick, den der vergessene Tote, Michel Laurençon, festgelegt hatte. Dieser Tote, der mit seinem unvergeßlichen Testament nur auferstand, um rings um seine Abwesenheit den Tod zu säen.

Der Bulle: dabei hatte Daniel ihn wie einen Vater geliebt. So sagt man ja, lachhafter Weise: wie einen Vater lieben. Aber es geschah in der Lüge und der Illusion einer falschen Sohnschaft, einer usurpierten Vaterschaft.

Dann hatte er sich haßerfüllt vorgeworfen, diesen Usurpator wie einen Vater geliebt zu haben. Er hatte diese Liebe gehaßt, seine eigene Liebe und die Liebe dieses Mannes zu ihm.

Auch zu seiner Mutter. Und vor allem die Liebe – ja, ohne Zweifel durfte man dieses Wort verwenden –, die Liebe zwischen den beiden Männern. Er hatte den Gedanken an diese Liebe zwischen ihnen verabscheut, diese Komplizenschaft, dieses Einvernehmen. Den Gedanken an ihre gemeinsame Liebe zu Juliette. Er hatte den Körper dieser Frau verabscheut, die von einem zum anderen gegangen war, die, wie es schien, mit dem einen und dem anderen das fleischliche Glück gekannt hatte. Er hatte diese Realität, die ihm entging, gehaßt, diese Sache von vor seiner Geburt, die ihn jedoch für immer und ewig prägte. Wessen Sohn war er in Wirklichkeit? Wessen geistiger Sohn natürlich, denn die flüchtigen Bande des Bluts waren ihm schnuppe. Er gab nichts auf die Bande des Bluts. War er der Sohn von Juliette und Michel Laurençon? Oder von Marroux und Juliette? Oder gar beider Männer? Der Sohn eines Toten – des Todes –, der ihn im Jenseits des Lebens gezeugt hatte? Doch geschah das, um das Leben zu verewigen? Oder aber um den Tod zu verewigen?

Plötzlich, als er sein letztes Glas Wodka trank, nach den Dreizehnuhrnachrichten im Fernsehen, wurde ihm bewußt, daß er das Testament dieses Unbekannten, seines Vaters, für immer verloren hatte. Den Ariadnefaden, der ihn im Labyrinth der Abstammung und des Todes hätte orientieren können.

Michel Laurençons Testament, seine einzige Erbschaft, war nämlich in der Rue Campagne-Première geblieben, bei Christine. Daniel hatte ihr den Text anvertraut, 1974, als er Frankreich verließ. Vorhin hatte er nicht daran gedacht, ihn wieder an sich zu nehmen. Für immer verloren, die *Heimkehr*, der Bericht einer Rückkehr in die flammende Heimat des Todes. Aber vielleicht hatte dieser Verlust keinerlei Bedeutung mehr. Vielleicht war es belanglos zu wissen, woher man kommt, wenn man weiß, wohin man geht.

Er wußte nun, wohin er gehen mußte. Jetzt, nachdem sie Luis Zapata ermordet hatten, würde er nicht vor ihnen fliehen, sich nicht ständig verstecken, in der Angst vor der Treibjagd leben. Er würde auch nicht in der Schweiz Zuflucht suchen, wie es ihm am Vortag Julien Serguet geraten hatte, bis man höheren Orts eine diskrete Lösung für seinen Fall fände. Die Zeit eignete sich nicht für diskrete Lösungen von Fällen wie dem seinen, vor allem nicht höheren Orts.

Er würde die anderen aus ihrer Höhle locken. Nur er konnte es tun. Er würde die Stadt rot anstreichen, genau das würde er tun.

Daniel öffnete die Augen, betrachtete Agathes entrücktes Gesicht.

Sie hatte begonnen, die Sache in die Hand zu nehmen, schnell und sachkundig. Gute Arbeit, dazu angetan, eine rasche Explosion der Lust hervorzurufen. Und auf zum nächsten wahrscheinlich. Profiarbeit.

Aber Daniel war zu gewitzt, um sich sein Begehren auf diese Weise mit drei Lendenstößen aussaugen zu lassen. Auch zu erwachsen, um sich mit Appetithappen abspeisen zu lassen. Außerdem mußte er nachdenken, Ordnung in seine Gedanken

bringen. In der Hast eines flüchtigen Handgemenges würde ihm das bestimmt nicht gelingen.
Er erinnerte sich an einen Satz, den Julien Serguet ihnen unentwegt eintrichterte, früher – gestern abend hatte er es nicht gesagt, als sie sich zufällig im *New Morning* getroffen hatten, um ein Uhr morgens! –, daß es einem allmählich auf den Geist ging. »Jede Situation hat etwas Positives, man muß es nur finden und daran arbeiten«, oder so ähnlich. Mit fröhlicher Ironie dachte er, daß das einzig Positive zur Zeit Agathe war. Er arbeitete daran, gewiß, aber nicht ausschließlich. Jedenfalls half ihm das Nachdenken, die Lust andauern zu lassen, und deren Dauer erleichterte das Nachdenken.
Kurzum, ein gutes Beispiel für Dialektik.
Diese Geisteshaltung half ihm, das kalte, sachkundige, gründliche Gewitter der Arbeit von Agathes Körper vorüberziehen zu lassen. Dann ergriff allmählich er die Initiative, zwang sie nach und nach zur beständigen Ungeduld einer verzögerten Lust, zog Agathe mit gebändigter Brutalität dorthin, zuerst gegen ihren Körper – vielmehr gegen ihren Willen –, dann mit ihrer schamlosen, entzückten und schließlich jauchzenden Komplizenschaft.
Er betrachtete Agathes Gesicht, ihre vor unverhofftem Glück verdrehten Augen: Agathe, unter ihm gevierteilt, feucht von ihrer beider Schweiß und ihrer beider Säfte, sagte zusammenhanglose Worte.
– Du bringst mich um, laß mich nicht, ich gehöre dir, fick mich, schlag mich, ich werde deine Frau sein, deine Hure …
Sie reden irgendwas daher, dachte er aufgebracht, immer irgendwas: Hysterikerinnen. Wirklich unerhört: je weniger man sie liebt, desto leichter ist es, sie zum Genuß zu bringen. Je kälter, leidenschaftsloser man ist, desto besser kann man ficken. Und am Ende reden sie immer dummes Zeug, sie glauben felsenfest daran, die Armen! Dabei müßte Agathe, ein Freudenmädchen, eigentlich wissen, daß es nichts als Getue ist.
Er streichelte ihre Brüste mit harter Hand, bis sie aufschrie. Dann drang er erneut in sie ein. Er würde sie wichsen, bis sie

um ein wenig Ruhe, um eine Atempause flehen würde. Er würde sie ins Bad führen, sie unter dem Wasser der Dusche sanft liebkosen. Gewöhnlich können sie dem nicht widerstehen.
Und er würde Iris bitten, ihnen Champagner zu bringen. Er muß begossen werden, der letzte Tag des Lebens.

# 8

Das Tonband knisterte, man hörte nicht zu identifizierende Geräusche: das Geräusch eines Löffels, der klirrend eine Porzellantasse berührte, das eines Glases, das sich mit Flüssigkeit füllte und das man dann auf einen Tisch stellte.
Dann Luis Zapatas Stimme:
»Warum wendest du dich nicht einfach an Marroux? Den Kommissar?«
Roger Marroux schloß die Augen.
Er kannte die Fortsetzung. Er hatte Daniel Laurençons Antwort auf Zapatas Frage schon vernommen. Er hatte das ganze Gespräch zwischen ihnen, das Luis sicher ohne Daniels Wissen aufgenommen hatte, bereits abgehört. Aber er wollte die Antwort noch einmal hören: seine Stimme, seinen Tonfall.
Er schloß die Augen.
»Ja«, sagte Daniels Stimme. »Ja, natürlich ... Glaubst du, das sei einfach? Am Ende, gewiß ... Ich werde diese Sache zweifellos mit ihm beenden ...«
Man hörte das kurze, fast brutale Lachen von Daniel.
»Früher hatte ich ihm eine Nachricht hinterlassen ... Ich weiß nicht, ob er sie gefunden hat ... In San Francisco el Alto, erinnerst du dich? Ich habe in meinem Zimmer ein rotes Heft zurückgelassen, das ich immer mit mir herumschleppte, in das ich Eindrücke, Gedanken eintrug ... Damals war ich von Netschajew fasziniert, ich wollte ein Buch über ihn schreiben ... Eine Art Roman und Essay zugleich ... Über die siebziger Jahre des vorigen Jahrhunderts ... Es war wohl auch eine Art Tagebuch ... Ich habe es ein wenig vergessen, es ist lange her ... Aber ich habe es in jenem Zimmer zurückgelassen, für ihn ... Ich war sicher, daß er nach Guatemala reisen würde, daß er den Spuren, die wir hinterlassen hatten, bis nach San Francisco folgen würde ... Ich hoffte, daß er das rote Heft finden würde ... Es war auch eine Herausforderung: Sieh nur, was ich von eurer verfaulten Gesellschaft halte! Und eine letzte Botschaft ... Die

Sandalen des Empedokles am Rand des Vulkans! Ich frage mich, ob er es gefunden hat ... was aus meinem Heft geworden ist ...«
Roger Marroux führte die Hand zur Innentasche seiner Jacke, um nach dem kartonierten Umschlag von Daniels Heft zu tasten.
Er hatte es nicht mehr.
Verstört stoppte er das Tonband, rannte die Treppe hinunter und sah in dem kleinen Wohnzimmer von Zapatas Haus in Fromont nach, ob er das rote Heft vielleicht in einer seiner Manteltaschen gelassen hatte.
Aber auch dort war es nicht.
Er versuchte sich zu erinnern, wann er es zum letztenmal gesehen hatte. Und plötzlich fiel ihm alles wieder ein. Er hatte es vorhin bei Elie Silberberg in der Hand, er wollte ihm eine Stelle daraus vorlesen, als das Piepsen ihm signalisiert hatte, daß er die Kripo anrufen mußte. Denn man hatte soeben Sonsoles Zapata gefunden.
Das junge Mädchen tauchte auf, sie hatte ihn die Treppe hinunterrennen hören.
– Es ist fast drei Uhr, sagte Sonsoles. Wollen Sie nicht eine Kleinigkeit essen? Ich habe etwas in der Küche vorbereitet ...
Marroux sah sie an.
– Gibt es vor allem Whisky im Haus? Ich würde mir gern ein ordentliches Glas genehmigen ... Mir ist hundeelend.
Sonsoles sah ihn vorwurfsvoll an.
– Schon wieder! Sie werden doch nicht auf nüchternen Magen weitertrinken, oder? Essen Sie zuerst was!
Sie fragte sich, mit welchem Recht sie so zu ihm sprach, sie entschuldigte sich mit einer Geste. Aber er war in Lachen ausgebrochen, er begleitete sie in die Küche, die Hand auf Sonsoles' Schulter.

Gegen dreizehn Uhr fünfunddreißig standen sie vor der *Ansicht von Konstantinopel.*
Es war ein gut gemaltes, nicht signiertes Bild. Wahrscheinlich

stammte es aus einem Venezianischen Atelier des 18. Jahrhunderts. Im Hintergrund der Hafenlandschaft reckte die Basilika der Hagia Sophia ihre Kuppeln und Minaretts empor. Schiffe lagen vor Anker. Im Vordergrund wurde ein schwer beladenes Boot von seinen Ruderern an Land gezogen.
Sonsoles begann, die Kombination zusammenzusetzen, die es ihr ermöglichte, den hinter dem Bild verborgenen Safe zu öffnen.
Roger Marroux erinnerte sich an die *Meninas*. Oder vielmehr an Luis' Blick auf das Gemälde von Velasquez.
Nie würde er ihn vergessen, diesen Prado-Besuch mit Zapata, der zuerst verlegen und befangen war, dann entzückt über so viele ihm unbekannte Schönheiten, auf alles neugierig. Vorhin, in der Bar des Pont-Royal, hatte Sonsoles zu ihm gesagt, daß er den Museumsbesuch sehr gut erzählt habe. Das war falsch, er hatte lediglich einen winzigen Teil seiner Wahrheit, seines Reichtums zu vermitteln vermocht. Nicht einmal das Wesentliche hatte er erwähnt. Er hätte zu weit ausholen, sich in zu vielen Abschweifungen und Nebenwegen verlieren müssen, damit sie verstünde, wovon er sprach.
Im Saal der *Meninas*, wo an einer Wand ein riesiger Spiegel hing, der es dem Besucher ermöglichte, das optische Spiel des Gemäldes nachzuvollziehen, hatte Marroux lange von Velasquez' bildnerischer Absicht gesprochen. In einem bestimmten Moment hatte er den Eindruck gehabt, daß ein Mann ihm zuhörte. Jemand, der dort war, allein, reglos, ihnen den Rükken wandte, jedoch ihr Bild in dem großen Spiegel erkennen konnte, und der den Eindruck erweckte, als schenke er seinen Worten unauffällig Aufmerksamkeit. Vielleicht verstand er Französisch. Plötzlich hatte sich der Mann, bevor er den Saal der *Meninas* verließ, zu Zapata und ihm umgedreht. Es war jemand, der zweifellos auf die vierzig zuging, groß und mager, mit dichtem schwarzen Haar.
Der Unbekannte hatte ihm im Vorbeigehen einen Blick zugeworfen.
Roger Marroux war das Blut in den Adern gestockt, es hatte

ihm den Atem genommen. Er erkannte den Blick des Mannes wieder. Überall, bis zur letzten Minute seines Lebens hätte er den Blick dieses Unbekannten wiedererkannt, der an einem Tag des Jahres 1961 im Prado die *Meninas* betrachtete. Es war der Blick des jungen spanischen Deportierten von Buchenwald. »Aber das Krematorium hat gestern aufgehört zu arbeiten ... Es wird nie mehr Rauch geben ...«

Als er Marroux' Gesichtsausdruck sah, hatte der Unbekannte verstanden, daß dieser ihn wiedererkannte, ihn zumindest wiederzuerkennen glaubte. Er wandte den Blick ab, beschleunigte seine Schritte, verschwand.

– Und? sagte Luis, verwundert, daß Marroux nicht weitersprach.

Und dann, nachdem er ihn angesehen hatte:

– Man könnte meinen, du hast ein Gespenst gesehen, Alter! rief er.

Nein, er hatte Sonsoles im Pont-Royal die Geschichte des Prado-Besuchs mit ihrem Vater nicht gut erzählt. Er hatte ihr das Wesentliche nicht gesagt. Aber es war unmöglich, ihr das Wesentliche zu sagen. Das Wesentliche nimmt zuviel Zeit in Anspruch, es erfordert Abschweifungen, Rückblenden, Richtigstellungen. Oft muß man den Faden verlieren, um das Wesentliche einer Geschichte zu erzählen.

Das Wesentliche an jenem Tag im Prado war der Blick dieses Unbekannten gewesen. Aber wenn er sich damit aufgehalten hätte, dann hätte er den Faden verloren. Luis Zapata jedenfalls, dem Marroux alles erzählt hatte, weil er Zeit hatte, ihm alles zu erzählen, war mit ihm einig gewesen. Es war ganz einfach das Wesentliche dieses Tags, dieser überraschte Blick, der von anderswoher, aus weiter Ferne kam.

Aber Sonsoles hatte den Safe geöffnet. Der für Roger Marroux bestimmte Umschlag war deutlich zu sehen. Das junge Mädchen fand auch mühelos das Päckchen, das das angekündigte Geld enthalten mußte. Unter dem gleichgültigen Blick des Kommissars steckte sie es ein.

Während Sonsoles den Safe wieder schloß und das Bild an sei-

nen Platz hängte, öffnete Marroux den dicken Umschlag. Er enthielt eine handgeschriebene Notiz von Luis Zapata, eine Art Zusammenfassung der Situation, einige interne Dokumente mit dem fünfzackigen Stern der terroristischen Organisationen sowie zwei Kassetten. Die eine war eine Videokassette und datierte von 1974. Die andere, kleinere, eine Tonbandkassette. Sie datierte vom Vortag, dem 16. Dezember 1986. Zweifellos handelte es sich um die Aufzeichnung des Gesprächs, das Luis Zapata und Daniel Laurençon am Vortag geführt haben mußten.
– Wollen Sie, daß wir gleich nach Paris zurückfahren, um das alles durchzusehen? fragte Sonsoles.
Marroux antwortete nicht. Er las Zapatas Notiz.
Das junge Mädchen setzte sich und wartete, bis er zu Ende gelesen hatte.
Ein paar Minuten später hob der Kommissar die Augen.
– Gibt es in diesem Haus etwas, womit man die Kassetten abspielen kann? fragte er.
– Das gibt es, sagte Sonsoles. Im Zimmer meines Vaters, im ersten Stock. Ein Videogerät und einen großen Radioapparat mit Kassettenteil.
Marroux sah sie an.
– Haben Sie es eilig nach Paris zurückzufahren? fragte er.
Sie zuckte gleichgültig die Achseln.
– Ich würde mir diese Dokumente gern allein ansehen ... Bevor ich sie zu den Ermittlungsakten gebe ...
Sonsoles wartete auf die Fortsetzung. Denn es gab eine Fortsetzung, die Art, wie Marroux seinen Satz in der Schwebe gelassen hatte, ließ es vermuten.
– »Netschajew« ist mein Stiefsohn, sagte Marroux.
Sie legte die Hand auf ihren Mund, blaß vor Bestürzung. Marroux erzählte ihr in wenigen Worten die Geschichte von Daniel Laurençon. Die zuerst die Geschichte von Michel war, seinem eigenen Freund. Und die Geschichte von Juliette. Die Geschichte der fünf jungen Leute, die die Proletarische Avantgarde gegründet hatten. Die ganze Geschichte, die heute morgen mit dem Mord an Zapata endete.

– Sie sind Luis' Tochter, sagte er, Sie haben das Recht, es zu wissen. Jedenfalls für mich haben Sie es!
Er las Sonsoles die Notiz ihres Vaters vor.
»Kommissar: hier die Fakten; in den beigefügten Dokumenten finden Sie alles, was diese Information vervollständigt. 1) Daniel hat 1974 in Guatemala nicht Selbstmord begangen. Zum Teil hatten Sie es geahnt, es war eine Inszenierung, die ich zusammen mit ihm organisiert habe. Er war von seiner Organisation zum Tode verurteilt worden, und ich hatte eingewilligt, das schändliche Urteil zu vollstrecken. Aus Freundschaft und Bewunderung für Marc Liliental. In letzter Minute habe ich meine Meinung geändert. Warum? Weil ich ganz zum Schluß erfuhr, daß außer den grundlegenden politischen Differenzen der hauptsächliche Anklagepunkt darin bestand, daß Daniel seinen Genossen verschwiegen hatte, daß er der Stiefsohn eines Bullen war. Man verdächtigte ihn, ein Spitzel zu sein, ein Provokateur, der für den Nachrichtendienst arbeitete. Aber nun kannte ich Sie (die Leute der Avantgarde wußten es nicht; sie wissen es noch heute nicht). Ich wußte, daß es unmöglich war. Aber ebenso unmöglich war es, die anderen davon zu überzeugen. Oder Daniel davon zu überzeugen, seine irrwitzigen Guerilla- und Attentatspläne aufzugeben. Also habe ich Daniel gerettet. Aber die Einzelheiten darüber finden Sie auf der Videokassette. 2) »Netschajew« ist zurückgekehrt, aber er will jetzt den Kampf aufgeben. Schon seit mehreren Monaten sucht er nach einem Weg zu desertieren, bei dem er eine Chance hat, seinen Ausstieg zu überleben. Er will versuchen, eine Reihe von terroristischen Operationen zu nutzen, die für die nächsten Wochen in Frankreich geplant sind, um sich aus dem Staub zu machen (Einzelheiten in den Dokumenten und auf der Tonbandkassette). Er hat mir heute den Plan dieser Operationen, die Namen der betroffenen Personen, den vorgesehenen Zeitplan usw. genannt. Er wird noch mehr preisgeben, wenn er die Garantie für ein gerechtes Urteil und eine mögliche Wiedereingliederung erhält. Er hat mich beauftragt, entsprechende Verhandlungen zu führen, mittels seiner früheren Genossen

(von denen im übrigen einige auf der Liste der Attentate stehen: Serguet, Liliental). Natürlich müßte er alles mit Ihnen besprechen. Im Grunde seines Herzens möchte er es auch, davon bin ich überzeugt. Seine Rückkehr ins Leben, in die Gesellschaft ist auch eine Rückkehr zu Ihnen. Aber es ist natürlich nicht einfach für ihn, das zu formulieren. 3) Daniel ist fest davon überzeugt, daß die Leute von der Terrororganisation nichts von unserem Gespräch heute nachmittag wissen. Sie sind über seine Beziehung zu mir nicht im Bilde, sagt er. Mag sein! Ich bin weniger zuversichtlich als er. Ich meine, daß er beschattet wird, denn man mißtraut ihm seit einiger Zeit. Ich bin nicht sicher, ob sie nicht bereits wissen, daß wir uns vorhin gesehen haben. Dagegen bin ich sicher (vertrauen Sie meinen alten Fähigkeiten!), daß sie nicht wissen, wo ich diese Dokumente verstecke. Ich gehe das Risiko ein, Sonsoles die Schlüssel zu diesem Safe zu geben – ihr, die mir auf der Welt das Teuerste ist –, weil sie im Boulevard Edgar-Quinet unter anderem Namen lebt, weil niemand in ihrer Umgebung weiß, daß sie die Tochter des ehemaligen Ganoven Luis Zapata ist. Sie selbst weiß nicht, wie sehr sie mir ähnelt! Sollte man also morgen früh Jagd auf mich machen, wenn ich das Haus verlasse – ich werde mit dem Hubschrauber nach Fromont fliegen, ausgeschlossen, daß sie mir folgen! –, sollten sie mich am Boulevard Edgar-Quinet aus dem Haus kommen sehen – die Tür neben der Wohnung von Georges Besse, was sagen Sie dazu? –, werden sie schwerlich herausfinden, welchen der vielen Mieter des Gebäudes ich besucht habe.
Alles übrige, Kommissar, befindet sich in den beigefügten Dokumenten. Und vor allem in Ihren Händen. Denn wenn dieses Schreiben in Ihre Hände gelangt, dann heißt das, daß sie mich erwischt haben. Wie Nieves sagte (erinnern Sie sich an Nieves? Sie hat uns in Gerona sehr geholfen, als wir die Bank überfallen haben!): *Siempre habrá un Zapata para abrir breche o cubrir la retirada* ... Viel Glück, Kommissar! Luis.«
Es folgte ein langes Schweigen. Marroux wagte nicht gleich, Sonsoles ins Gesicht zu sehen. Er wußte, daß das junge Mädchen weinte.

– *Deus nullo modo est causa peccati, neque directe, neque indirecte …*
Sonsoles betrachtete ihn hingerissen. Dieser Mann war wirklich verwirrend. Selbst in einem Roman würde es ihr schwerfallen, an so was zu glauben – ein Bulle, der Thomas von Aquin zitiert, auf lateinisch etwas über Gott und die Sünde murmelt. Und doch war er da, in Fleisch und Blut. Noch dazu ohne ein Gramm Fett am Leib. Verdammt verführerisch … Nur ein bißchen zu alt. Aber auch das wäre zu prüfen.
Es war fünfzehn Uhr. Der Kommissar und sie befanden sich in der großen Küche des Hauses in Fromont. Sonsoles hatte Feuer im Kamin gemacht, sie hatte ein Tandoori-Hähnchen gekocht, zur großen Verwunderung und Zufriedenheit von Marroux, der nicht wußte, daß es derartige tiefgefrorene Gerichte gab.
Trotzdem hatte er seinen Whisky mit Eis bekommen.
– Kurz, die Linie des Guten von der Linie des Bösen unterscheiden, fügte Roger Marroux hinzu.
Er hatte sich eine Zigarette angezündet, die erste an diesem Tag. Glücklich zog er den Rauch ein.
Wegen Sonsoles war er darauf gekommen, Thomas von Aquin zu erwähnen. Auch Jacques Maritain. Und natürlich Gott. Man kann schwerlich Jacques Maritain oder den Doktor Angelicus erwähnen, ohne daß irgendwo Gott herumschleicht. Denn Sonsoles hatte ihm eine Frage gestellt, wobei sie ihm fest in die Augen sah. Was sind die moralischen Kriterien, die es erlauben, Akte der Gewalt – Morde, um die Dinge beim Namen zu nennen! – entweder für legitim oder für kriminell zu erklären? Nehmen wir zum Beispiel den Mord an jenem ehemaligen Offizier der OAS oder einem Gestapo-Spitzel während der Résistance, und den an George Besse, dem Direktor von Renault, durch die Revolutionäre der Action directe? Waren das nicht allesamt Terrorakte? Welche Kriterien gibt es, sie voneinander zu unterscheiden?
– Selbstverständlich habe ich meine eigenen! hatte sie hinzugefügt. Aber ich möchte gern Ihre Meinung dazu hören …

– Warum nennen Sie die Mörder von Georges Besse Revolutionäre? hatte er zuerst gefragt.
Sonsoles ereiferte sich.
– Es schockiert Sie nur deshalb, sagte sie, weil dieses Wort, die Idee der Revolution immer noch einen positiven Wert für Sie hat! Daher halten Sie es für ein Sakrileg, es zu verwenden, wenn es um die Terroristen der Action directe geht. Für mich dagegen ist es ein neutrales Wort, ein Begriff, weiter nichts ... Es dient dazu, Erfahrungen einzuordnen, Hierarchien von funktionierenden Begriffen aufzustellen ... Diese Kretins der Action directe, denn sie sind nicht nur kriminell, sondern auch debil, lesen Sie deren Texte? Diese Schwachköpfe also stellen sich als Militante dar, sprechen als solche, verfügen über eine umfassende Theorie, leben in einer Wahrheit über die Welt und die Gesellschaft: woher haben sie das alles, wenn nicht von der revolutionären Tradition, und sei sie fehlgegangen, entgleist?
– Schon gut, schon gut, regen Sie sich nicht auf, Sonsoles! Gewiß lassen sich die Action directe oder die Roten Brigaden nicht von der revolutionären Tradition trennen, genauer gesagt, von der leninistischen Tradition, die Netschajew zum Teil vorwegnimmt, die jedoch nicht die einzige revolutionäre Tradition ist. Auch wenn sie lange Zeit den blendenden Glanz der Offenkundigkeit hatte. Anhand einer inneren Analyse des Diskurses der Action directe – nehmen wir ihr Kommuniqué nach der Ermordung von Besse – läßt sich feststellen, warum er abwegig ist, wo und wie er vom Realen, vom Realitätsprinzip abhebt und reine Spiegelfechterei wird ...
Aber sie unterbrach ihn hitzig.
– Der Definition nach, rief sie, der Definition nach, das ist doch klar! Der revolutionäre Diskurs drückt sich immer um das Realitätsprinzip, das ist sein wesentliches Merkmal ... Nur die Reformisten wissen der Realität Rechnung zu tragen, die Revolutionäre müssen sie verleugnen ... Denn die Realität ist niemals revolutionär ... Sie mag kritisch, katastrophal sein ... Sie kann sogar blockiert sein, erstarrt, ausweglos, aber sie ist

niemals revolutionär im leninistischen Sinn des Worts ... Also müssen sie das Realitätsprinzip leugnen, um sich eine geschichtliche Legitimation zu geben, dank der angeblich bevorstehenden Revolution, die alles rechtfertigt, dem Endzweck, der alle Mittel heiligt ... Aber um auf meine Frage zurückzukommen: welche Kriterien gibt es, um Gewaltakte voneinander zu unterscheiden, um zu wissen, welche gerecht sind?
Marroux sah sie nachdenklich an.
– Es gibt keine ein für allemal feststehenden Kriterien, sagte er, das wäre zu einfach! Jedenfalls wird uns die Geschichte nie Gewalt ersparen. Immer wird man in der historischen Gewalt nach der Gerechtigkeit suchen müssen: ihr zum Trotz, auch mit ihrer Hilfe. Sagen wir, daß es ein Orientierungsprinzip gibt: gerecht ist nur die Gewalt, welche die Gerechtigkeit, den Rechtsstaat, die Strenge des demokratischen Gesetzes wiederherstellt ... Die Gewalt, die den Bürgern das Wort erteilt und nicht den Waffen! Als Fidel Castro mit der revolutionären Armee in Havanna einzog, sagte er einen herrlichen Satz, den er natürlich schnell vergaß und verriet. Er sagte: »Jetzt müssen die Waffen vor dem Volk auf die Knie fallen ...« Das ist es: die Gewalt ist nur dann legitim, wenn sie vor dem Volkswillen niederkniet ... wenn sie eine demokratische Legitimität begründet ...
Und da erinnerte er sich an Gott. Oder vielmehr an seine Wortführer: Maritain und Thomas von Aquin.
»Wenn man sich der Wahrheit erinnert, aus der sich alle andern ableiten, die absolute Güte Gottes und seine absolute Ignoranz des Bösen, dann brechen die Sophismen von selbst zusammen. Wir haben nicht das Recht, dem Schöpfer Fragen zu stellen, worüber es auch sei.«
Gleich auf den ersten Seiten seiner Abhandlung *Über Gott und die Erlaubnis zum Bösen* zitiert Jacques Maritain diesen erstaunlichen, wahrhaft wahnwitzigen Satz von Lautréamont. So wahnwitzig, daß der Philosoph gezwungen ist, ihn zu korrigieren, den Wahnsinn zurechtzubiegen, der doch gerade seine unzulässige Schönheit ausmacht.

»Lautréamont drückte sich schief aus, als er von Gottes absoluter Ignoranz des Bösen sprach«, sagt Maritain. Und man kann ihm nur recht geben, wenn man die Prämissen jeder theologischen Konstruktion akzeptiert. Denn wie könnte Gott, der Definition nach allwissend, irgend etwas nicht wissen, Er, der die Schöpfung, das Geschöpf und das Ungeschaffene mit einem einzigen, Zeit und Raum transzendierenden Blick erfaßt? »Natürlich kennt Gott das Böse, und zwar sehr gut«, fährt Maritain fort. »Lautréamont wollte damit sagen, daß Gott am Bösen absolut unschuldig ist, das heißt auch, daß Gott das Böse nicht denkt und nicht erfindet. Wie Thomas von Aquin lehrt, gibt es in Gott keinen Gedanken, keine intelligible Quelle des Bösen.«

Was unverkennbar noch wahnwitziger ist als der Satz von Lautréamont.

Wegen Daniel hatte Marroux die Abhandlung von Maritain gelesen.

Daniel war gerade sechzehn geworden, er hatte ihm den Umschlag gegeben, den sein Vater hinterlassen hatte. Es war ein Text, eine Art Reflexion über die Todeslager, wie man sagt. Eine Reflexion, wie nur die Überlebenden sie anstellen können, die den Tod also nur auf dem Umweg des Überlebens betrifft. Aber hatte Michel wirklich überlebt? Daniel wollte zu diesem Text seines Vaters nichts sagen. Nur den Titel, *Heimkehr*. Der Marroux nicht verwunderte: sein Freund war ein ausgezeichneter Germanist gewesen. Der ihn jedoch aufwühlte, weil Michels Rückkehr in die Heimat eine Reise der Agonie in den Tod gewesen war, nichts anderes. Heimat oder Tod? Die Heimat des Todes …

Aber die Lektüre dieses Testaments hatte Daniel verwirrt, das sah man. Er stellte Fragen über Probleme, die ihn bis zu diesem Zeitpunkt nicht berührt zu haben schienen. War Gott unschuldig an all dem Bösen, das die Vernichtungslager bedeutet hatten?

Marroux hatte Maritain gelesen, um mit Daniel darüber zu diskutieren.

Aber schon bei den ersten Seiten der Abhandlung über *Gott und die Erlaubnis zum Bösen* hatte ein dumpfer Zorn in ihm getobt. Wenn Gott nämlich unschuldig ist am Bösen, wenn er nicht die geringste Idee von ihm hat – wenngleich eine vollkommene Kenntnis seiner Realität –, so deshalb, weil der Mensch oder, um es mit Maritains Worten zu sagen, weil »die Kreatur die erste Initiative zum sittlich Bösen hat, auf sie geht die Initiative und Erfindung der Sünde zurück«.
Wenn man also die Postulate von Maritain akzeptiert (der im übrigen seine rationale Ohnmacht gesteht, mit einer Naivität, die eine letzte intellektuelle List ist: »Die göttliche Transzendenz ist für uns dunkel, sie ist eine Nacht für unsere Vernunft. So dunkel das Geheimnis sein mag, die absolute Unabhängigkeit Gottes einerseits und die absolute göttliche Unschuld andererseits leuchten in herrlicher Klarheit, und eben diese Helligkeit vermag unser Auge kaum zu ertragen.« Genau, dachte Marroux, sich an Aristoteles erinnernd, genau: wie die Fledermäuse!), wenn man Maritains Postulaten also auf den Leim geht, dann müßte man die etwas obszöne Idee eines Gottes akzeptieren, der sich die Hände in Unschuld wäscht, eine Art Pontius Pilatus im Maßstab des Universums, einen untätigen König, der nur die erfreulichen Aspekte der Welt auf sich nähme, der den freien Willen der Kreatur programmiert hätte, wenn diese sich für die »Linie des Guten« entscheidet, sie jedoch der vernichtenden Negativität ihrer schuldhaften Autonomie überließe, sobald sie das Böse wählt oder erfindet, was in den Möglichkeiten jeder Kreatur liegt, wie man nur allzu gut weiß.
Hat Jacques Maritain indes die Folgen seiner Kriegslist bedacht, fragte sich Marroux, seiner dialektischen Maschinerie, dazu bestimmt, Gott vor jeder Ansteckung durch das Böse zu bewahren? Denn wenn das Böse tatsächlich Sache des Menschen ist, wenn Gott nichts damit zu tun hat, wenn das Böse sogar der einzige konkrete Raum von Geschichtlichkeit ist, in dem der Mensch als Fürsich autonom, in völliger Freiheit handeln kann, ohne daß er irgendeiner Transzendenz etwas schul-

det, ohne andere Grenzen als die seiner Entscheidung, seiner eigenen Kriterien, heißt das dann nicht, daß man das Böse zur höchsten Affirmation des Humanismus des Menschen, seiner Menschlichkeit macht? Überläßt man damit nicht die Bereiche der konkreten Weltgeschichte den Unternehmungen eines anderen Gottes, da der sich einer absoluten, und sei's auf dem Bösen gründenden Freiheit bewußte Mensch gar nicht anders kann, als sich für Gott zu halten? Zumindest für seinen legitimen Erben? Und wäre der Mensch, der sich für Gott hält, nicht zwangsläufig ein Verrückter? Oder ein Tyrann? Oder beides auf einmal, warum nicht? Oder ein Netschajew? Ist der Terrorist nicht eben der Mensch, der sich für Gott hält, der sich das göttliche Recht über Leben und Tod anmaßt?

An diesem Punkt der Diskussion erinnerte sich Marroux an den Blick von einst, an den Blick von Michel Laurençon und des Unbekannten von Buchenwald – den Blick jenes Mannes, den er im Prado vor den *Meninas* wiederzusehen geglaubt hatte –, an diesen düsteren Blick von jenseits des Todes, der von der menschlichen Unmenschlichkeit des Bösen zeugte, aber auch von der Möglichkeit des Menschen, es zu überleben, nachdem er seine Dimension ermessen hat. Sich wahrscheinlich die Seele dabei verbrannt hat.

Es war Schweigen eingetreten. Sie träumten, jeder für sich. Sonsoles erinnerte sich an ihren Vater, an einen Satz von Marroux im Pont-Royal, um dessen Erklärung sie ihn bitten wollte. Marroux erinnerte sich an seinen Sohn. Vielmehr an den Sohn, den er nicht mit Juliette gehabt hatte, den Michel Laurençon mit ihr, von ihr gehabt hatte.

Dann sprach er, seine erste Zigarette des Tages ausdrückend.

– Vorhin habe ich Silberberg geraten, eher einen Roman als einen Essay über Netschajew zu schreiben ... Auch er interessiert sich für ihn!

– Es wäre an der Zeit! rief das junge Mädchen. Erstaunlich, daß Netschajew noch keinen Romancier inspiriert hat!

Er fuhr auf.

– Wie? Und Dostojewski? Vergessen Sie *Die Dämonen*?

Aber nein, überhaupt nicht, sie vergaß Dostojewski nicht. Im übrigen war sein Roman unvergeßlich. Sein Ernst, seine innere Spannung, sein vitaler Überschwang waren unvergeßlich. Aber hat sich Dostojewski wirklich von Netschajew inspirieren lassen? Ich meine, sagte sie: die Anekdote, zweifellos, der Mord an Iwanow, der Prozeß, die Nachricht also, das hat ihn inspiriert. Unmittelbar inspiriert. Dostojewski hat auf die Aktualität sogar mit einem Ungestüm reagiert, zu dem die Romanciers von heute unfähig zu sein scheinen! Aber er hat auch, sagte sie, was normal ist und was sein Genie ausmacht, er hat in diesen Roman auch seine Obsessionen hineingelegt, alles, was von seinem anderen damaligen Projekt herrührte, dem Buch, an dem er seit Jahren arbeitete, *Das Leben eines großen Sünders* ... Er hat seine eigenen Ängste hineingelegt, seinen Hang zur Sühne, seine metaphysische Unruhe angesichts des Bösen, das die Seelen verschlingt.
In gewisser Weise, fuhr sie beredt fort, steht sein Nikolai Stawrogin ihm persönlich näher als Sergei Netschajew. Übrigens hat er die Figur verdoppelt ... Stawrogin ist ihre schweflige Inkarnation, der Dämon des Bösen und des Bewußtseins des Bösen, der Mensch des Geständnisses ohne Reue ... Und Pjotr Werchowensky verkörpert ihre rationalen, zynischen, skrupellosen, zuweilen objektiv komischen, zumindest lächerlichen Aspekte ... Aber Netschajew, die historische Figur, der reale Mensch ist nach seinen Briefen, seinen Texten, den Zeugnissen seiner Freunde und Feinde und vor allem nach dem Zeugnis von Natalia, der Tochter von Alexander Herzen, viel weniger dostojewskisch, viel weniger eine »slawische Seele« ... Europäischer also, gerade deshalb ist er exemplarisch ... Und ihn beschäftigt nicht das Böse ... Er begeht seine Verbrechen im Namen des Guten ... Des absoluten Guten, der Revolution. Kurz, er ist moderner, leninistischer, wenn Sie mir den Anachronismus gestatten ... Er wird bestimmt keine Beichte ablegen wie Stawrogin, auch nicht wie Bakunin ... Er ist ein schwärmerischer Verbrecher, aber aus einem Guß, unbezähmbar ... Nein wirklich, Netschajew verdient einen Roman für

sich allein! Da braucht man nichts zu erfinden, außer der Wahrheit des Ganzen … den heiteren Ernst der Literatur …

– Weiter nichts! rief Marroux.

Sie lachten.

Aber es war Zeit, aufzubrechen und nach Paris zurückzufahren.

– Vorhin, im Pont-Royal, sagte Sonsoles vor Aufregung stotternd, haben Sie meine Mutter erwähnt … Sie sagten, daß mein Vater sie noch nicht kannte, als Sie diese Reise nach Spanien gemacht haben … Haben Sie sie später gekannt?

Er sah sie verständnislos an.

– Ich habe nie gewußt, wer meine Mutter war, murmelte Sonsoles.

Vor Überraschung zündete sich Marroux eine zweite Zigarette an.

– Ich habe sie gekannt, sagte er. Luis hat sie mir vorgestellt … Ich habe irgendwo sogar Fotos von uns dreien … Es ist eine ziemlich traurige Geschichte, wissen Sie?

Sie nickte.

– Liebesgeschichten sind oft traurig, oder?

Geschichten der Nichtliebe noch trauriger, dachte er. Das Leben, das ist oft traurig. Keine große Entdeckung!

Aber Sonsoles erhob sich plötzlich vom Tisch, kam auf ihn zu, legte ihm ihre Hände auf die Schultern, küßte ihn leicht auf die Lippen, entfernte sich.

– Eines Tages, wenn das alles vorbei ist, sagte sie, müssen Sie mich mit diesen Fotos einmal besuchen.

Er versprach es.

# 9

Auf der Straße von Brissago fängt die Windschutzscheibe eines Autos einen Strahl der untergehenden Sonne ein und wirft ihn zurück, blendend.
Julien Serguet schließt die Augen.
Pailletten, weiß wie wirbelnder Schnee, glitzern hinter seinen geschlossenen Lidern. Die Müdigkeit des Tages? Die Bestürzung? Er macht die Augen wieder auf, geht ein paar Schritte, schwerfällig, betrachtet den Horizont des Lago Maggiore.
Er braucht einen starken Kaffee, ein Glas kaltes Wasser. Er entfernt sich von der Hoteltür, geht zu einem der Tische, die draußen auf der Uferpromenade stehen, in Ascona, in der Sonne des Tessiner Winters.
Einen starken Kaffee, ja, im Freien: in wenigen Minuten wird die Sonne untergehen, es wird zu kühl sein.

Der fortschreitende Wald!
Wegen des schwachsinnigen Aspekts dieser Anspielung auf Shakespeare hatte Julien Serguet einen Auszug aus dem letzten Dokument der Action directe gewählt. Heute morgen, in Genf, hatte er seinen Vortrag auf dem Kolloquium über den Terrorismus mit einem Kommentar zu diesem Text begonnen.
»die revolutionäre front in westeuropa initiieren heißt, den kampf der metropole auf einem politisch-militärischen niveau und in einer strategischen orientierung zu führen, die das imperialistische system als ganzes in frage stellt und den prozeß der rekonstruktion der klasse in westeuropa als internationalistischen initiiert. daß einige immer noch im ideologischen labyrinth, das sie zu immer mehr dogmatismus und sterilem sektierertum führt, herumirren, daß die europäischen polizeien herunterleiern, daß wir isoliert und geschlagen sind, kann den ›fortschreitenden Wald‹ nicht verbergen.«
Durch eine einfache sprachliche Analyse derartiger Texte (er hatte auch Dokumente der Roten Brigaden, der ETA militar

und der ebenso irrsinnigen kommunistischen Kampfzellen herangezogen) hatte Julien Serguet in seinem Vortrag den Zerfall der marxistisch-leninistischen Sprache aufzuzeigen versucht, ein augenfälliges Symptom dafür, daß die revolutionäre Perspektive endgültig verschwunden war. Und er hatte es mit um so größerer Überzeugung getan, als er in gewisser Weise von sich selbst sprach: auch er hatte vergleichbare Texte geschrieben. Er selbst hatte diesen verhängnisvollen, todbringenden Singsang durchbrechen müssen.

Aber dieser Verfall der politischen Sprache – mit ihren Klischees, ihren Gemeinplätzen, ihren Barbarismen (in dem betreffenden Dokument der Action directe hatte Serguet flagrante Hispanismen bemerkt; und er hatte sich gefragt, ob die Tatsache, daß einer der historischen Anführer der Action directe sein militantes Leben in den GARI begonnen hat, deren Verbindungen zu den spanischen Gruppen bekannt sind, ausreichte, um eine solche Kontaminierung der politischen Sprache zu erklären, oder ob darin nicht eher der Beweis für eine Zuammenarbeit mit den Leuten der ETA oder der GRAPO zu sehen war), dieser Verfall war lediglich der Widerschein der wachsenden Marginalisierung des revolutionären Projekts durch die moderne Gesellschaft.

Marxens Theorie begriff die Befreiung der Arbeiterklasse als Ergebnis der Aktivität dieser Klasse selbst, in ihrer Gesamtheit: dazu bedurfte es nicht der Schaffung einer besonderen Partei der Kommunisten! Lenins Theorie ersetzte die Aktivität der Klasse – die er für unfähig hielt, über den bornierten Horizont ihrer ökonomischen Interessen hinauszugehen – durch die Aktivität einer Partei, die qua Beruf von der Gesellschaft getrennt war, sich ihr aufzwang. Und die Theorie der Marxisten-Leninisten, die den bewaffneten Kampf predigten, ersetzte die Aktivität der proletarischen Partei, die sie der bürokratischen Entartung bezichtigten, durch einen militärischen Kern oder einen Guerillafokus oder eine kämpferische Partei, die den Auftrag hat, »die Klasse zu rekonstruieren«, nicht mehr und nicht weniger!

Der fortschreitende Wald! Welch blutiger Hohn!
Alles in allem war das Kolloquium gut verlaufen. *Sin pena ni gloria*, hätte er auf spanisch gesagt. Julien spickte seine Gedanken manchmal mit Ausdrücken dieser Sprache, die er perfekt beherrschte. Es war glanz- und schmerzlos verlaufen, alles in allem. Gegen viertel vor elf, nach seinem Beitrag und der daran anschließenden Diskussion, hatte er sich unauffällig aus dem Staub gemacht. Ein Wagen erwartete ihn, um ihn nach Cointrin zu fahren, zum Flughafen von Genf, wo er mit der geliebten Frau verabredet war.
So nannte sie Fabienne Dubreuil. Mehr wußte sie auch nicht von Bettina: diesen Vornamen und daß sie die geliebte Frau war. Die unsichtbare, geheimnisvolle Geliebte ihres Chefs. Geliebte war vielleicht ein etwas hochtrabendes Wort für derart episodische Beziehungen.
Julien hatte die geliebte Frau vor ein paar Monaten in Madrid kennengelernt, Ende des Frühjahrs 1986.
Sobald er die Möglichkeit hatte, und auch wenn er sie im Grunde nicht hatte, verbrachte Julien Serguet zwei oder drei Tage in Madrid. Seiner Meinung nach war es eine der anregendsten Städte Europas. Er quartierte sich im *Palace* ein, nachdem er mit dem letzten Flugzeug aus Paris eingetroffen war. Er dinierte mit befreundeten Journalisten und Schriftstellern in *La Ancha*, im *Pescador* oder irgendeinem anderen Lokal, je nach seiner Laune, der Jahreszeit, der neuesten Entdeckung oder dem letzten Schwarm von irgendwem. Aber am nächsten Tag, auch wenn er übernächtigt war, ging er in den Prado, sobald dieser seine Tore öffnete.
Dort verbrachte er einen Teil des Tages.
Mit seinem Vater, Professor Robert Serguet, hatte Julien schon als Kind die Schönheiten dieses Museums entdeckt. Außerdem hatte der Prado im Leben seines Vaters eine entscheidende Rolle gespielt. Wegen dieses Museums nämlich hatte Robert Serguet so lange gezögert, mit der Kommunistischen Partei Frankreichs zu brechen, deren Moral und Strategie er schon seit geraumer Zeit nicht mehr teilte.

Verstehen wir uns recht: es lag nicht nur am Prado. Es gab vielerlei Gründe für einen so verspäteten Bruch, denn er erfolgte erst 1968, nach dem Einmarsch der sowjetischen Truppen in die Tschechoslowakei. Einer der Gründe war, daß der distinguierte Professor, ein feinsinniger Liebhaber gracianischer Spitzfindigkeiten, die kommunistische Brüderlichkeit der einfachen Kämpfer sehr geliebt hatte. Das primäre, wenn man so will primitive Gefühl, zu einer Gemeinschaft von Gerechten zu gehören, die eine tausendjährige Zukunft in sich trug; zu einer Bruderschaft, die auf den Werten der Hingabe und Nächstenliebe gründete – dieses Gefühl hatte lange Zeit die rationale Gewißheit der historischen Lüge, der kollektiven, globalen Niedertracht überdauert, zu denen in der konkreten Geschichte des Jahrhunderts so viele individuelle kommunistische Abschwörungen geführt hatten.
Ein anderer, noch wichtigerer Grund war, daß Robert Serguet wegen seiner Kenntnis der Sprache und des Landes von der Kaderkommission der PCF ausgewählt worden war, um mit der klandestinen Organisation der spanischen Kommunisten zusammenzuarbeiten. So hatte er seit 1954 mit seinem Wagen, manchmal viele Wochen lang, Militante der spanischen Partei durch Spanien kutschiert, die hier mit falschen Pässen reisten. Diese Tätigkeit tröstete ihn über den Katzenjammer und die Wutanfälle hinweg, die die Führer seiner eigenen Partei bei ihm hervorriefen, wenn sie mit obszönem Starrsinn stets die unseligsten politischen Entscheidungen trafen.
Und hier kommt das Prado-Museum ins Spiel. Julien hatte seinen Vater manchmal auf diesen Reisen begleitet, während der Schulferien. Und in Madrid stand der Prado im Mittelpunkt von allem: abgesehen vom Schatz seiner Gemäldesammlungen war er ein idealer Ort für geheime Treffen!
Julien stand ein weiteres Mal vor den *Meninas* von Velasquez, vor ein paar Monaten, gegen Ende des Frühjahrs, als sich Bettina an ihn wandte und ihn um eine Auskunft bat.
Es überraschte ihn nicht, er war daran gewöhnt: man bat ihn immer um Auskünfte, überall. In Paris, sobald schönes Wetter

war, sobald er es wagte, durch die Straßen zu gehen, plagten ihn unerbittlich japanische Touristen, fragten ihn nach dem Weg zum Sacré-Cœur oder zum Eiffelturm oder zur *Brasserie Lipp*. Sie hatten Dutzende von Passanten gleichgültigen Blicks an sich vorüberziehen lassen, bevor sie sich mit schillerndem und gierigem Lächeln auf Julien stürzten. Statt Japaner könnte man genauso gut Schotten, Bayern oder Peruaner sagen. Ganz zu schweigen von den Einheimischen natürlich. Julien Serguet war schließlich zu der Meinung gelangt, daß er so aussah wie jemand, der Bescheid weiß und auch hilfsbereit ist, der sich nicht ziert, den Spaziergängern, die sich verirrt haben oder außerstande sind, sich allein mit Hilfe eines Stadtplans zurechtzufinden, zweckdienliche Antworten zu geben.

Doch auch wenn es ihn nicht überraschte, daß Bettina – das heißt jene dreißigjährige Unbekannte – sich an ihn wandte, so verblüffte ihn dagegen ihre Schönheit.

Durch Velasquez' Bild benebelt, dem eine kürzliche Reinigung die Leuchtkraft seines ursprünglichen Farbenreichtums zurückgegeben hatte, war ihm unter den reglosen glühenden Bildbetrachtern jenes Tages die junge Frau nicht aufgefallen.

Als sie auf ihn zukam, vom andern Ende des Saals – der nicht mehr derselbe war, in dem Julien in seiner Jugend dieses Bild betrachtet hatte –, um ihn nach Einzelheiten über die Restauration der *Meninas* zu fragen, überwältigte ihn die Anmut ihres Gangs. Der Raum um sie war nicht mehr immateriell leer: im Rhythmus ihrer Schritte füllte er sich mit Schwingungen und Schauern, als hätten sich die Falten des Kleides, das sie duftig umhüllte, hinter ihr vervielfacht, Libellenflügeln gleich.

Julien gab ihr die Auskünfte, um die sie bat, und wich nicht mehr von ihrer Seite, führte sie durch den Prado, so wie man jemandem seinen Besitz zeigt. Er liebte die Idee der Frau, die sie in seinen Augen verkörperte. Die Idee der idealen Frau. Julien hatte eine Tendenz, ideale Frauen zu lieben, vielleicht wegen der ehelichen Nähe zu einer realen, nur allzu realen, trivial realen Frau. Doch diesmal, im Frühjahr in Madrid, war die Idee der Frau ihm hold oder gewogen oder liebreizend. Jedenfalls befand sich Bettina nach dem Prado in seinem Zimmer im *Palace*. Befand sich sogar in seinem Bett, auch wenn es übertrieben wäre zu behaupten, daß sie sich darin verlor. Oder sich wirklich hingab. Denn Bettina war kein leichtes Mädchen, weit gefehlt. Mit einem berühmten, sehr viel älteren Gelehrten verheiratet, der quasi der einzige Mann ihres Lebens war, eher ein gütiger, etwas inzestuöser Vater denn ein feuriger Liebhaber oder einfach ein aufmerksamer Gatte, war Bettina in Fragen des Sex von fast überirdischer Unwissenheit. Aber überaus lernbegierig. Doch hier stand ihrer erotischen Entfaltung, die sie im Prinzip nicht ablehnte, ein weiteres Hindernis im Wege: sie hatte auf diesem Gebiet überhaupt kein Gedächtnis.

Einige Wochen nach dieser Begegnung in Madrid, als Julien sie bereits mehrmals in seinen Armen gehalten hatte, hatte er Bettina einige Sätze von Nizan gesagt, die sie, wie er glaubte, aufs vortrefflichste definierten. Aber Bettina hatte noch nie etwas von Nizan gehört. Zu ihrer Entlastung sei gesagt, daß Bettina von P. aus einer berühmten deutschen Familie stammte. Einer ihrer Ururgroßonkel hatte eine Rolle bei Bismarck, dem eisernen Kanzler, gespielt. Eine andere ihrer Vorfahren, Nichte des Vorgenannten, hätte beinahe ein Abenteuer mit Karl Marx gehabt, auf dem Dampfer, der 1867 Hamburg mit London verband. Aber dieses Detail war Bettina unbekannt, und Julien hütete sich, es ihr zu offenbaren. Dagegen wußte Bettina, obwohl sie vorgab, es vergessen zu haben, daß ein weiteres Mitglied ihrer Familie Marineattaché des persönlichen Stabes von Hitler gewesen war.

Als Deutsche, obwohl in Österreich geboren, wohin ihre Mutter nach dem Zweiten Weltkrieg gezogen war, hatte Bettina von P. keinen besonderen Grund, Paul Nizan zu kennen, von dem ja auch die Franzosen selbst leider nicht viel Aufhebens machen!

Julien hatte ihr also folgende Stelle vorgelesen:

»Es fehlte Bettina (in Wirklichkeit heißt die Person in *Die Verschwörung* Catherine, Schwägerin von Bernard Rosenthal, die seine Geliebte geworden war), es fehlte Bettina aber an Vorstellungskraft, ihr Körper hatte kein Gedächtnis. Bernard ahnte nicht, daß sie den Höhepunkt und das Ausklingen der Lust nur wie glückliche Zufälle und angenehme Begleiterscheinungen hinnahm: daß sie ohne sie nicht leben könne, dachte sie keineswegs. Es war eine Frau, der es mit der Liebe so erging wie manchen Leuten mit der Musik, die in der Minute, in der sie ihr zuhören, aus dem Häuschen geraten, die Melodie aber nicht behalten.«

Um keinen Deut verärgert, hatte Bettina Beifall geklatscht. Sie fand, daß Nizans Satz ihre eigene Situation recht treffend schilderte. Vor allem fand sie ihn wundervoll.

– Warum schreibt man heute nicht mehr so? hatte Bettina gefragt.

– Weil die Romanciers psychologische Erwägungen meiden wie die Pest. Sie haben schreckliche Angst vor der Kritik, sie fürchten, altmodisch zu wirken. Die Psychologie ist den Groschenromanen vorbehalten. Diese sprechen am besten von den Geheimnissen der weiblichen Seele! sagte er.

– Lesen wir also Groschenromane! hatte Bettina ausgerufen.

Er hatte gelacht.

– Du solltest mir deine Musik öfter vorspielen, fügte sie hinzu. Bestimmt würde ich die Melodie dann lernen …

– Abgemacht! hatte er ausgerufen.

Mit einer Handbewegung hatte sie diese Perspektive von sich gewiesen.

– Es geht nicht, das weißt du doch!

Er wußte es, natürlich. Ihre gesellschaftlichen Verpflichtungen, ihr alter Ehemann, die Reisen, Empfänge, Konzerte: es blieb ihr nur hier und da eine Stunde, die sie Julien gewähren konnte. Und dieser wußte, daß er wahrscheinlich nie eine Nacht mit der geliebten Frau verbringen würde. Nie würde er sie nach der Liebe am Abend oder vor der Liebe am Morgen in Armen halten. Niemals, es war nicht möglich. Sie würde auch nie etwas unternehmen, um es möglich zu machen. Ihr Ehemann, so sagte sie, würde es nicht überleben. Ihr berühmter alter Ehemann.

Und wenn du ihn eine Nacht allein lassen würdest? Sie schüttelte den Kopf: es würde ihn umbringen. Und er würde es auch nicht überleben, wenn er wüßte, daß du einen Liebhaber hast? hatte Julien einmal wütend gefragt.
Bettina war selbstsicher, ruhig.
Er würde alles überleben, glaube ich, hatte sie gesagt, wenn ich bei ihm bleibe. Sie sagte es mit einem Anflug von Befriedigung. Sogar Stolz. Eine Frau zu sein, bei der die Vorstellung, sie zu verlieren, einen umbringen würde.
Manchmal hatte er sie im Verdacht, diese Situation zu genießen. Gefallen an ihr zu finden.
Die wahre Liebe muß durch das Geheimnis geschützt sein, hatte Bettina einmal gesagt. Durch das Nichtgesagte, die Verborgenheit. Es ist kein Gefühl, das den hellen Tag verträgt, auch nicht die Posaunen der Propaganda, nicht einmal den Hauch eines Gerüchts. Sie liebte die geheimen Treffen, die Lüge, die sie schützte, die Losungswörter, die Stundenhotels. Das doppelte Leben also.
Julien hatte eines Abends beschlossen, ihr in ein großes Restaurant zu folgen, wo sie mit ihrem Mann, anderen illustren Wissenschaftlern und deren Gattinnen dinierte. Sogar aus der Ferne, auch wenn er kein Wort der Unterhaltung verstand, hatte er die Gewißheit erlangt, daß an ihrem Tisch die Gefühle und Gedanken so rein klangen wie Kristall. Klar war auch, daß Bettina im Mittelpunkt der Aufmerksamkeit stand, daß sich alles um sie drehte: die Wörter, die Gesten, das Lächeln. Er sah sie vor innerem Glanz strahlen, mit allen Feuern ihrer triumphierenden Weiblichkeit funkeln.
Er richtete es so ein, daß er zum Schluß an ihrem Tisch vorbeikam, mit Fabienne. Denn er hatte Fabienne mit voller Absicht eingeladen, wegen ihrer Schönheit. Aber Fabienne wußte nichts von dieser Intrige. Sie ging durch den Saal des Restaurants, an Juliens Seite, mit ihrem Primadonnagang, ohne zu wissen, welche Rolle sie in dieser Komödie spielte. Doch die Blicke der Männer richteten sich auf sie, wie üblich.
Am Ende der Mahlzeit ging Julien an dem Tisch vorbei, an dem

Bettina mit ihrem so distinguierten, so alten Gatten dinierte. Er wurde doppelt belohnt. Einer der illustren Professoren erkannte ihn, flüsterte den anderen Gästen seinen Namen zu. Aber vor allem konnte er Bettinas plötzlich starren Blick bemerken, die Verzerrung all ihrer Gesichtszüge, bevor sie sich wieder faßte. Julien bewahrte den schwarzen, wilden Glanz von Bettinas Blick auf Fabienne wie einen Diamanten in seinem Gedächtnis.

Aber er würde diese Frau, so hatte er bis jetzt gedacht, niemals in seinen Armen halten mitten in der Nacht, in der glühenden Einsamkeit der Nacht, im leichten Schlaf einer von Gelächter und lustvollem Stöhnen unterbrochenen Nacht.

Doch heute sollte das Unmögliche geschehen.

Bettina von P. war es gelungen, ihren Mann zu überreden, sie mit einer Jugendfreundin in die italienische Schweiz reisen zu lassen, nach Lugano, um die Sammlungen der Villa Favorita zu besichtigen. Der illustre Professor begleitete Bettina nahezu überall hin: ins Konzert, zu den Anproben bei ihrem Schneider, er brachte sie zu ihrem Friseur und holte sie wieder ab, und so fort. Aber es gab Orte, wohin er ihr nicht folgte, weil er sich absolut nicht für Malerei interessierte: nämlich in Ausstellungen, Museen, Vernissagen.

Er war also vor dem Gedanken zurückgeschreckt, einzig wegen der Thyssen-Bornemizsa-Sammlungen achtundvierzig Stunden in Lugano zu verbringen. Ein Rückzug, der Julien die himmlische Perspektive zweier ganzer Nächte mit Bettina eröffnete.

Somit befand sich Serguet um elf Uhr morgens auf dem Flughafen von Cointrin und wartete auf die Ankunft der geliebten Frau aus Paris. Sie hätten gerade noch Zeit, den Terminal der innerhelvetischen Linien zu erreichen und um elf Uhr dreißig eine Maschine der Crossair nach Lugano zu nehmen.

Alles wäre also bestens, in Butter, wie sein Freund Quesnoy sagen würde, wäre Julien in der vergangenen Nacht nicht Daniel Laurençon begegnet. Ja, »Netschajew«, leibhaftig, aus dem Nichts aufgetaucht, vom Tod zurückgekehrt.

Serguet hatte noch spät abends in der *Action* gearbeitet und mit der Redaktionsmannschaft den Umbruch der Zeitung besprochen. Tatsächlich hatten sie den Redaktionsschluß vierundzwanzig Stunden vorverlegt, wegen seiner Abreise nach Genf am Mittwoch morgen. Danach hatte er mit Fabienne im *Flo* gegessen. Gegen ein Uhr morgens bekam er Lust, im *New Morning* Jazz zu hören. Fast hätte Fabienne ihn begleitet. Doch dann hatte sie es sich anders überlegt. Sie mußte am nächsten Morgen früh aufstehen. Warum früh? fragte Julien. Wir sind fertig, es ist okay! Fabienne war ein wenig rot geworden. Sie mußte um acht Uhr morgens wach sein, einigermaßen angezogen: sie erwartete ein Telegramm. Natürlich war das unsinnig. Man erwartet kein Telegramm zu einer festgesetzten Zeit! Man weiß nicht im voraus, um welche Uhrzeit die Telegramme ankommen, die der Definition nach unverhofft eintreffen. Doch, bei ihr war das so: jeden Morgen um acht Uhr ein Telegramm von Marc Liliental. Julien hatte Fabienne angesehen, die sich verabschiedete. Gut, ciao, bis bald, alles Gute für die Bornemisza! Aber er hatte sie eine Sekunde zurückgehalten. Sag mal, Marc langt ja tüchtig zu! Übrigens hast du mir gar nichts von deinem Wochenende in Maine erzählt ... Es war super, Julien! Fast wäre er wütend geworden. Hör auf, wie eine Schwachsinnige zu reden, das ist nicht deine Art! Ach was, ciao, es war super! Das war doch nie dein Stil. Sprich wie eine Erwachsene oder halt den Mund! Sie hatte ihn feierlich angesehen ... Du hast recht, Julien ... Ich will dir die Wahrheit sagen ... Ich bin noch nie so glücklich gewesen ... Ich habe noch nie solche Angst vor dem Glück gehabt!

Er hatte sie kurz an sich gedrückt. Sie hatten sich geküßt.

Im *New Morning*, Rue des Petites-Ecuries, als Julien das Lokal betrat, spielte ein Trompeter, den er nicht kannte – allerdings hatte er in den letzten Jahren die Entwicklung des Jazz nicht mehr verfolgt – mit einer sehr guten kleinen Band *On the sunny side of the street*. Er setzte sich, die Musik ging ihm sofort unter die Haut, zu Herzen, nostalgisch dachte er an seine Jugend. Törichterweise spukte Laurençons Gespenst in seinem Gedächtnis. Denn es war Laurençon, der den Jazz wirklich liebte. Marc konnte nichts damit anfangen, hörte damals nur Schönberg. Und Elie wußte zwar alles über den Jazz, so wie über jedes andere erdenkliche Thema, liebte ihn aber nicht wirklich. Liebte ihn nicht mit seinem Bauch, seinem Herzen, seiner Traurigkeit, seinem Weltschmerz, seiner Sexualität, seiner Phantasie. *On the sunny side of the street*, Julien hatte Tränen in den Augen.

Und dann, in dem Halbdunkel, dem Tabakrauch, den spitzen Schreien der Mädchen, in der Aura dieser weltweiten nostalgischen Folklore des Abendlandes, sah Julien Serguet, wie sich ihm das Gesicht von Daniel Laurençon zuwandte.

Er sagte halblaut »Salut, ›Netschajew‹«, ganz selbstverständlich, bevor ihm einen Augenblick später bewußt wurde, daß er soeben einen Toten begrüßt hatte. Zumindest ein Gespenst.

Aber Bettina kam auf ihn zu. Sie sprach mit einer gleichaltrigen eleganten Frau von ganz anderer, brauner Schönheit, die sie zu begleiten schien, ebenfalls eine Reisetasche trug.

– Anne, kennst du Anne? Ich habe dir schon von Anne erzählt, nicht wahr?

Bettina redete, machte unnötige Gesten, sie, die doch sonst nichts automatisch tat. Ja, er kannte Anne. Jedenfalls dem Namen nach. Immer war es Anne, die Bettina die Alibis lieferte, wenn ihre Eskapaden länger dauerten als gewöhnlich, wenn es also eines echten Alibis bedurfte. Auch in Antibes, im September, als sie sich am letzten Tag der Ausstellung von Nicolas de Staël wiedergesehen hatten, war Anne der Vorwand und das Alibi gewesen. Bettina war vom Familienanwesen bei Grasse ans Meer gefahren, um den Tag mit Anne zu verbringen, voilà.

Bettina erklärte. Anne war gezwungen gewesen, sie wirklich zu begleiten. Unglücklicherweise hatte ihr Mann sie beide gestern getroffen. Sie hatten Einkäufe gemacht. Er hatte beschlossen, sie selbst zum Flughafen zu fahren, ausgeschlossen, es ihm auszureden, darauf zu bestehen, daß man unbedingt allein fahren wolle. Er hätte sofort Verdacht geschöpft.

Also war Anne jetzt hier. Schön, aber Lugano. Sie würde ihnen doch nicht nach Lugano folgen? Doch, es ging nicht anders. Ihr Mann würde anrufen und bestimmt mit Anne sprechen wollen, ganz bestimmt. Er mochte Anne übrigens sehr. Welcher Mann? Der Mann von Anne oder der von Bettina? Beide, so schien es. Die beiden Ehemänner würden anrufen.
Anne betrachtete ihn unterdessen. Musterte ihn sogar. Prüfte mit kritischem Blick den unbekannten Liebhaber ihrer besten Freundin. Schien ihn schließlich nach ihrem Geschmack zu finden. Jedenfalls schenkte sie Julien ein betörendes Lächeln.
– Sie werden sehen, Julien, sagte sie mit etwas heiserer, sinnlicher Stimme. Ich werde diskret sein ...
Sie stieß ein kurzes, beherrschtes Lachen aus, scharf wie eine Messerklinge.
– Sie können Bettina in mein Zimmer schicken, wenn Sie genug haben ... Oder wenn sie erschöpft ist ... Ich werde ihr neue Kraft geben ...
Serguet wußte nicht mehr, was er sagen sollte. Nicht einmal, was er denken sollte. Aber man rief die Passagiere der Crossair nach Lugano auf.
Auf der Straße von Brissago hatte die Windschutzscheibe eines Autos die Strahlen der untergehenden Sonne zurückgeworfen. Flimmernde Reflexe.
Weiße Pailetten, glitzernd wie wirbelnder Schnee, hinter seinen geschlossenen Lidern.
Julien Serguet hatte die Augen geöffnet, betrachtete den Horizont des Lago Maggiore. Er hatte einen starken Kaffee bestellt, eine Flasche kaltes Mineralwasser.
In Ascona, vor den Toren von Locarno, auf der Uferpromenade, kurz vor fünf Uhr nachmittags, am Mittwoch, dem 17. Dezember 1986.
Jetzt würde Daniel Laurençon anrufen.

*Las barricadas cierran las calles pero abren las perspectivas.*
– Die Barrikaden versperren die Straßen, aber sie öffnen Perspektiven, ja? sagte Daniel Laurençon.

Letzte Nacht, im *New Morning*.
Daniel hatte einen großen Schluck Whisky getrunken, den Kopf nach hinten beugend. Der Schnurrbart gab ihm ein sehr britisches Aussehen, dachte Serguet.
Die Band spielte jetzt *In the shade of the old apple tree*. Es war entschieden eine Nacht der Erinnerung. Aber es erinnerte sie nicht unbedingt an die gleichen Dinge, dieses Stück, das zu lieben sie gelernt hatten, als Louis Armstrong es spielte. Daniel erinnerte es an jemanden, den er nicht gekannt hatte, an seinen Vater. Michel Laurençon sprach von Armstrong, vom Jazz, von den Parties während der Besatzung in seinem Bericht, den er für seinen Sohn geschrieben hatte: in jenem Testament.
Sehr rasch hatten sie die Situation auf den Punkt gebracht. Daniels Leben, seit er tot war, war leicht zusammenzufassen. Sogar monoton. Die Zukunft dagegen versprach aufregend zu werden. Warum hatte er mit Zapata Kontakt aufgenommen, statt sich direkt an sie zu wenden? hatte Julien gefragt. Weil die anderen Zapata nicht kennen, antwortete Daniel. Weil ihr überwacht werdet. Weil Liliental und du auf der Liste der nächsten Attentate stehen. Die Operation beginnt in einer Woche, Zapata war mein Mittelsmann. Na schön, hatte Julien gesagt. Jetzt sprichst du mit mir ... Was machen wir? Was schlägst du vor? hatte Laurençon gefragt. Julien Serguet hatte schon darüber nachgedacht, als er Daniels Bericht zuhörte. Folgendes, sagte er. Morgen früh fliege ich nach Genf ... In wenigen Stunden ... Ein Kolloquium über den Terrorismus ... Daniel brach in Lachen aus. Eine Frau drehte sich zu ihnen um, bat um Ruhe.
– Der Terrorismus! Nimm mich als Assistent mit, Alter!
– Schon gut, sei ernst, »Netschajew«, es ist nicht der richtige Moment!
– Mit dir ist es nie der richtige Moment, Juju! Aber dein Ernst hat dir Streiche gespielt! Bist du immer noch mit der Engels verheiratet?
– Genau! rief Serguet. Nach Genf mache ich einen Seitensprung mit einer geliebten Frau nach Locarno.

Daniel lachte noch lauter.
– Locarno? Na, sowas ... Dort hat Bakunin den Winter verbracht, auf der Flucht vor dem Genfer Wind ... Dort hat Netschajew ihn besucht ...
Er leerte sein Glas, füllte es erneut aus der Flasche, die auf dem Tisch stand, tat bis oben Eiswürfel hinein.
– »Ich habe jetzt hier ein Spezimen dieser jungen Fanatiker, die an nichts zweifeln und nichts fürchten ... Sie sind bewunderungswert, diese jungen Fanatiker – Gläubige ohne Gott und Helden ohne Phrasen!« Erinnerst du dich, Julien? So kündigte Bakunin im April 1869 James Guillaume die Ankunft von Netschajew an ...
Aber Serguet unterbrach ihn.
– Laß uns einen Augenblick mit deinem Netschajew in Frieden! Du mußt das Weite suchen, Daniel! Ich bin nicht so sicher wie du, daß sie Zapata nicht kennen, daß sie dich heute nicht im Auge hatten ... Du verschwindest, du kommst mir nach Locarno nach ... Das heißt nach Ascona ...
– Ascona! rief Daniel, das kenne ich ... Ein zauberhafter Ort ... Es hat dort einmal ein Treffen gegeben ... Mit Deutschen und Italienern ... Auch der Typ, der es organisierte, gab sich als Deutscher aus ... Aber bestimmt war es einer vom russischen Geheimdienst ...
Serguet hatte ihn angesehen. Sein Journalisteninstinkt regte sich augenblicklich.
– Was du alles zu erzählen hast, Daniel!
– Und noch mehr, was ich nicht erzählen kann! sagte Daniel. Pflicht zur Diskretion wie bei den Diplomaten. Oder den alten Komintern-Leuten ... Meinst du vielleicht, die alten Komintern-Leute der Sonderabteilungen haben alles erzählt, als sie ins warme Nest der Demokratie krochen? Trepper und die anderen ... Oder sogar David Silberberg, Elies Vater, meinst du nicht, daß er noch einiges zu sagen hätte?
Aber Serguet kam auf seinen Vorschlag zurück.
– Du ziehst nach Ascona – auch du ins warme Nest der ältesten Demokratie Europas ...

– Quatsch! unterbrach ihn Daniel. Frag Netschajew ... Die Schweizer haben ihn schlicht und ergreifend an die zaristische Polizei ausgeliefert. Und am Ende ist er in den Verliesen der Peter-und-Paul-Festung vermodert.
– Sie werden dich nicht ausliefern, da sie keinen Grund haben, dich zu suchen!
– Gut ... Ich bin in Ascona ... Und was geschieht dann?
– Dann werde ich in Paris – vergiß nicht, daß ich eine Zeitung habe! – mit Hilfe deiner Angaben dafür sorgen, die terroristische Operation zu vereiteln und deine Rückkehr in den Stall vorzubereiten ... Ich werde unbedingt deinen Stiefvater aufsuchen müssen!
Daniel leerte sein Glas.
– Nettes Wort, Stall! murmelte er wütend. Soll das daran erinnern, daß ich ein Schaf bin?
Julien antwortete nicht. Er legte einfach seine Hand auf Daniels Arm.
Durch einen leicht zu rekonstruierenden Gedankengang hatte Daniel nun von Hans-Joachim Klein gesprochen, von seinem Zeugnis. Sowohl in seinem eigenen Buch, *Rückkehr in die Menschlichkeit*, wie in dem von Cohn-Bendit, *Wir haben sie so geliebt, die Revolution*!
Dein Text in Danys Buch war sehr gut, Julien ... Aufregend ... Deine Geschichte von Barcelona ...
Ja, ein Septembertag 1977 in Barcelona.
Am frühen Morgen war Julien Serguet im Güell-Park hoch über der Stadt spazierengegangen. Er liebte diesen steingewordenen Wald, in dem bunte Mosaiksteine wuchern wie tropisches Moos, jene traumhafte, in Marmor und Granit erstarrte Vegetation, die Gaudí ersonnen hatte. Er liebte diese gezähmte Landschaft eines urbanen Arkadiens – poliert durch zivilen Gebrauch und menschliches Zusammenleben – hoch über einer Stadt, die maßlos geworden war, alle rationalen Fesseln des Fin-de-siècle-Urbanismus gesprengt hatte, sich in die Umgebung fraß wie ein Urwald, unerbittlich auf dem Vormarsch, eine Art amazonischer Kessel, ein Asphaltdschungel.

Das Wetter war schön an jenem Tag: ein klarer September über dem Meereshorizont der Stadt.
In dem Augenblick, als er zum Ausgang des Parks hinunterging, traf Julien auf der mittleren Esplanade eine Gruppe junger Mädchen und Knaben. Die Mädchen waren in Blüte, besser gesagt: in Jeans und Latzhosen. Sie waren schlank, zierlich, keck. Sie scherzten mit den Jungen, die sie begleiteten, gaben sie einander weiter für Umarmungen oder Scheingefechte. Alle sprachen ein notdürftiges Katalanisch mit den singenden Intonationen des Südens. Vermutlich waren sie Söhne und Töchter von eingewanderten Arbeitern aus Andalusien, Estramadura oder Murcia, aus ihren Provinzen vertrieben durch die gewaltige Umwälzung infolge der Expansion des Binnenmarkts des Kapitals: einer brutalen, wilden Expansion, die jedoch historische Veränderungen barg. Ihre Generation war in den Tiefen der bürgerlichen Gesellschaft aufgewachsen, der diese Entwicklung – zur großen Empörung der begriffsstutzigen Doktrinäre des epigonalen Marxismus – neue Lebenskraft geschenkt hatte unter der starren, versiegelten, infamen Kruste der Institutionen des Franquismus. Und nun brachen sie auf, um den Himmel ihrer eigenen Wahrheit, ihrer irdischen, täglichen Freiheiten zu erstürmen.
Im Vorbeigehen rief eine der Heranwachsenden Julien einen Willkommensgruß zu. Er antwortete mit einer ausgelassenen Geste.
Später, in einer der steil abfallenden engen Straßen, die den Punxet-Hügel hinunterführen, war Julien vor einer Inschrift in Großbuchstaben stehengeblieben, die auf einer weißen Mauer prangte. *Las barricadas cierran las calles pero abren las perspectivas.* Darunter stand ein mit einem Kreis umgebenes A, das Kennzeichen der libertären Bewegung.
»Die Barrikaden versperren die Straßen, aber sie öffnen Perspektiven«: in wenigen Worten wurde eine über hundert Jahre alte Tradition beschworen, mit der Prägnanz einer Grabinschrift, der Schönheit eines Schwanengesangs.
– Du erinnerst dich bestimmt an Blanqui? sagte Julien in jener

Nacht zu Daniel Laurençon. In *Instruktionen für den Aufstand* – das aus dem Jahr 1869 stammt, genau dem Jahr, in dem dein Sergei Gennadijewitsch Netschajew in der Schweiz auftaucht, um dort alle Welt zu verführen, angefangen mit Bakunin, der in diesen jungen Fanatiker tatsächlich verliebt gewesen ist! Und im übrigen steht Netschajew in der Tradition des Blanquismus: Verschwörung, Geheimgesellschaften, Aufstand –, in den *Instruktionen* von Auguste Blanqui ist die Barrikade gleichsam ein Tempel im Mittelpunkt des Universums der Revolution. Er beschreibt sie ebenso minutiös wie der Marquis de Sade die erotischen Stellungen und Kombinationen! »Der Gesamtumfang der Barrikade und ihres Vorwalls beträgt 144 Meter, was bei 64 Pflastersteinen je Kubikmeter 9186 Pflastersteine ergibt, das heißt 192 Reihen zu 4 x 12 oder 48 pro Reihe. Diese 192 Reihen ergeben 48 Meter Länge. Daher wird das Straßenpflaster auf einer Länge von 48 Metern aufgerissen, um das Material für die vollständige Schanze zu liefern.« Verrückt, was? Auch wenn die spanischen Anarchisten ihren Feind Friedrich Engels, sein Vorwort von 1895 zu Marx' *Klassenkämpfe in Frankreich*, nicht gelesen haben, wo er das Ende der Barrikaden und des bewaffneten Kampfs als Mittel der proletarischen Machtergreifung verkündet, so wissen sie doch aufgrund ihrer eigenen, im 20. Jahrhundert nicht eben geringen Erfahrungen der Kämpfe in Spanien, daß die Barrikade ausgedient hat! Im Juli 1936 in Barcelona haben sie mit Erfolg den Bewegungskrieg praktiziert, und es waren eher die Gruppen der aufständischen Generäle, die sich in den Kasernen verbarrikadierten. In dem erwähnten Graffiti wird das Wort »Barrikade« als Metapher verwendet, die ich für umwerfend schön halte, auch wenn sie absolut falsch ist. Wieso das Falsche schön sein kann, ist ein anderes Problem. Das eher Platon als Blanqui betrifft, nicht wahr?
– Wir werden Silberberg fragen, sagte Daniel Laurençon. Bei Platon ist er unschlagbar.
– Elie ist immer unschlagbar. Bei Platon und allem anderen!
Jener Septembertag 1977, so erzählte Julien auf Daniel Lauren-

çons Drängen weiter, war der Tag der *Díada*, das Fest Kataloniens zur Feier seiner Freiheit, seiner wiedererlangten nationalen Autonomie. Hunderttausende waren durch Barcelonas Straßen gezogen. Julien war lange in der Menge mitmarschiert, erregt über diesen Sieg ohne Barrikaden, diese absolute Gewißheit.

Er hatte den Gesängen gelauscht, den Parolen, den Schreien, dem Gelächter. Er hatte die Gesichter betrachtet, hatte sich von diesem Strom, dieser menschlichen Flut tragen lassen.

– All unsere politische Erfahrung, mein alter »Netschajew«, sagte Serguet, die gesamte ideologische Struktur unserer Weltanschauung gründete auf einer radikalen Kritik der Demokratie, die wir stets rein formal nannten. Oder bürgerlich. Dem Wesen seines strategischen Inhalts nach ist der Leninismus nichts anderes – die Kodifizierung aller politischen Mittel, die dieses Endziel verfolgen: die Zerschlagung der repräsentativen Demokratie. Alles übrige ist nur ein vorläufiges Rückzugsgefecht, Kriegslist und Rauchvorhang, wenn die Bewegungsschlacht zur Stellungsschlacht wird. Sicher gibt es in den kommunistischen Parteien immer eine Strömung, die diese Phasen der taktischen Atempause ernst nimmt, die sich bemüht, eine demokratische Strategie daraus abzuleiten. Aber diese verschiedenen Strömungen der Erneuerung sind von der kommunistischen Bewegung stets hinweggefegt worden. In der guten alten Zeit Stalins und Maos wurden sie sogar als Sündenböcke der Kursänderung ausgerottet. Und daß sich die westlichen Parteien seit kurzem nicht mehr auf den Leninismus berufen, ist nicht das Zeichen für einen wirklichen Wandel, sondern einfach das Zeichen ihres Niedergangs, das Symptom dafür, daß die lohnabhängigen Schichten und Klassen der entwickelten demokratischen Gesellschaften den leninistischen Fremdkörper abstoßen. Was die Situation im übrigen nicht besser macht: in dem Maße, wie die Perspektiven des realen Sozialismus nicht mehr von einem nationalen Vorposten der kommunistischen Parteien abhängen, sondern ausschließlich von dem der Sowjetmacht, nunmehr der einzigen Avantgarde, ist jede

Chance, die Politik besagter Parteien durch Einbeziehung in das parlamentarische Spiel zu beeinflussen, verschwindend gering ... Heute, wo es keine Komintern mehr gibt, vermittelt der KGB zwischen der UdSSR und den revolutionären Bewegungen ... Und genau hier findet man das Problem des Terrorismus wieder.
Daniel nickte zustimmend.
– Ausgezeichnet! Sehr guter Leitartikel ... lieber Julien ... Du kriegst eine Eins!
Plötzlich spitzte er die Ohren. Der Trompeter des *New Morning* hatte sich gerade in das Solo von *Big Butter and Egg Man* gestürzt.
– Scheiße, murmelte er. Das ist ja ein Festival der alten Hits von Armstrong!
– Warum wird Frankreich zur Hauptzielscheibe? fragte Serguet.
– Weil es dem Schein zum Trotz das schwächste Glied in der imperialistischen Kette ist, antwortete Daniel. Ein solcher Schein ist zum Beispiel die Force de frappe, die bloß noch die Franzosen selber davon abhält, der Realität ins Auge zu sehen! Einerseits weil Frankreich sich im Nahen Osten noch immer für eine Großmacht aus Lord Curzons Zeit hält, die die arabischen oder islamischen Staaten gegeneinander ausspielen könnte ... Weil Frankreich sich vorstellt, es könne dem Irak Exocet-Raketen liefern und den Iran mit guten Worten, Israel mit einem Lächeln und Assad mit Komplimenten abspeisen, es sei Geisel des schiitischen Islams ... Verdammt viel Mut wird nötig sein, es aus dem Räderwerk herauszuholen! Und weil Frankreich andererseits die militärisch stärkste demokratische Kraft in Europa ist, ist es für die UdSSR objektiv der Hauptfeind. Sowohl im Fall einer Konfrontation wie im Fall einer vorläufigen, ja sogar einer anhaltenden Entspannung. Im ersten Fall, weil die französische Armee zerschlagen werden muß, alles andere zählt nicht. Die französischen Raketen müssen zerstört, die atomaren U-Boote lokalisiert und neutralisiert werden ... Und im Fall einer Entspannung, weil dann die

gaullistische Autonomie der französischen Force de frappe, auch wenn sie zum Teil obsolet ist, bei allen Abrüstungsverhandlungen zwischen Sowjets und Yankees eine latente Bedrohung bleiben wird ... Auch zwischen der Nato und dem Warschauer Pakt ... Selbst wenn also der KGB nichts damit zu tun hat, zumindest nicht unmittelbar, wird die UdSSR jede Schwächung Frankreichs, ob nun durch den islamischen Terrorismus oder die Fallstricke des Nahen Ostens, durchaus beifällig betrachten, auch wenn sie Mitleid und Verständnis heuchelt.

– Du mußt wirklich nach Ascona kommen! rief Julien. Wir haben uns einiges zu erzählen!

– Fährst du nun nach Ascona um zu reden oder um zu bumsen? Bumst du die geliebte Frau oder bewunderst du sie bloß?

– Ich bumse sie ein wenig, immerhin! Wenigstens hoffe ich es!

– Ach, Julien! Ich verstehe sehr gut, daß man bis zum Wahnsinn lieben kann, ohne zu bumsen ... Die große Liebe meines Lebens ist und bleibt eine junge Italienerin, die ich zehn Minuten auf einem Bahnsteig in Savona gesehen habe ... deren Namen ich nicht einmal kenne ... »Denn ich weiß nicht, wohin du eilst, du weißt nicht, wohin ich gehe. O du, die ich geliebt hätte, o du, die es wußte!«

– Bravo! sagte Julien. Zwölf Jahre sind vergangen und du zitierst immer noch die Verse von Baudelaire, mit denen Elie uns in den Ohren lag ...

Aber er hatte seine Barcelona-Geschichte noch nicht zu Ende erzählt, Laurençon erinnerte ihn daran.

An jenem Tag, mitten in der katalanischen Menschenmenge, hatte Julien sowohl begrifflich wie sinnlich, ja fast körperlich die Allgemeingültigkeit der demokratischen Werte wiederentdeckt. Wohlgemerkt, es war keine Offenbarung. Vielmehr das Resultat eines Prozesses: ein Augenblick der Bewußtwerdung, der plötzlichen Verschmelzung verstreuter und disparater Gedanken zu einem zusammenhängenden Ganzen. Jedenfalls habe ich an jenem Tag in Barcelona begriffen, sagte Serguet, daß die nationale Selbstbehauptung der Katalanen – als solche zwangsläufig beschränkt und partikularistisch wie jede andere dieser Art – zur Bereicherung eines in seinen Unterschieden befriedeten Spanien beitrug, weil es sich von dieser demokratischen Universalität nährte, sich ihr öffnete. Weil sich dagegen die nationalistische Selbstbehauptung der Basken nicht auf die Demokratisierung stützt, sondern vielmehr auf einen totalitären Begriff des Gesellschaftsvertrags, versandet und verarmt sie, bis sie in der terroristischen Arroganz ihrer mystischen – und mystifizierten – Identität schließlich irrsinnig wird.

– Ich, sagte Laurençon, habe diese Entdeckung, Resultat einer ähnlichen Bewußtwerdung, nicht in Barcelona, sondern in Jerusalem gemacht! Mit Hilfe der Lektüre eines Essays von Orwell, *The Lion and the Unicorn* …

– Orwell? Jetzt verstehe ich, warum du diesen so britischen Schnurrbart eines Offiziers der Indienarmee trägst! Erzähle, Daniel … Erzähl mir von Orwell und Jerusalem!

Daniel Laurençon verneinte mit einer Handbewegung.

– In Ascona, sagte er, heben wir uns etwas für Ascona auf …

Er wußte nicht, daß Zapata in wenigen Stunden sterben würde. Daß er nicht nach Ascona fahren würde, daß er Julien also die Diskussionsabende mit Ehoud Avirel in dessen Bibliothek in Jerusalem nicht würde erzählen können.

Daniel hob den Kopf.

– Hörst du das, Alter? fragte er.

Der anonyme Musiker hatte soeben das Solo von *Cornet Chop Suey* angestimmt.

Sie lauschten, schlugen mit geschlossenen Händen den Takt auf den Tisch.

Julien Serguet hatte die Augen geöffnet, betrachtete den Horizont des Lago Maggiore, das in der untergehenden Sonne flammende Wasser.

Er wandte den Blick nach Westen, zum Tal der Maggia.

In Ascona, vor den Toren von Locarno, wo Bakunin einst den Winter verbrachte.

Wie hieß es doch im *Katechismus* von Netschajew?

»Der Revolutionär ist ein verlorener Mensch … Streng gegen

sich selbst, muß er es auch gegen andere sein. Alle Gefühle der Neigung, der verweichlichenden Empfindungen der Verwandtschaft, Freundschaft, Liebe, Dankbarkeit müssen in ihm erstickt werden durch die einzige, kalte Leidenschaft des revolutionären Werks. Für ihn existiert nur ein Genuß, ein Trost, ein Lohn, eine Befriedigung: der Erfolg der Revolution …«
Eine junge Angestellte des nahegelegenen Hotels kam auf ihn zugerannt: er wurde am Telefon verlangt.
Fünf Uhr. Daniel Laurençon meldete sich pünktlich.

# 10

Der Himmel war klar, man sah Paris in der Ferne.
Daniel Laurençon wählte die Nummer des Hotels in Ascona und sah dabei aus dem Fenster des Salons. Der Dezemberhimmel war blau. Daniel sah in der Ferne das Profil von Paris, von Sacré-Cœur, eine Art weißliches Schaumgebäck, die graue Spindel des Eiffelturms. Man antwortete in Ascona, die Frauenstimme hatte einen kehligen alemannischen Akzent. Er wollte mit Julien Serguet sprechen. Ja, tatsächlich, Monsieur Serguet erwartete einen Anruf, man würde ihn holen!
Ein Züricher Akzent, das war es.
Sergei Gennadijewitsch Netschajew war im Frühjahr 1872 in Zürich eingetroffen. Er kam aus Paris, wo er während des Deutsch-Französischen Kriegs in der Rue du Jardinet und der Rue Saint-André-des-Arts gewohnt hatte ... Er hatte nur einen kleinen Koffer und zwei Bücher in der Hand, die *Bekenntnisse* von Jean-Jacques Rousseau und die *Authentischen Mémoiren* von Robespierre. Was für ein Romananfang, großer Gott!
Man bittet ihn zu warten, Monsieur Serguet kommt gleich.
Er hebt die Augen, Véronique hat das Zimmer betreten. So scheint sie zu heißen, die Krankenschwester oder Gesellschafterin seiner Mutter. Die ihm mißtraut, seit er vor einer halben Stunde angekommen ist. Sie hat das Zimmer betreten, in dem das Telefon steht, eine Art Salon, sie streicht herum, tut so, als sei sie auf irgendeiner geheimnisvollen Suche nach nicht existierenden Dingen. Um ihn zu beobachten natürlich.
– Mademoiselle, sagt er höflich. Wollen Sie mich bitte allein lassen. Es ist ein Privatgespräch ...
Sie sieht ihn mit einem vernichtenden Blick an.
– Privat? Wieso privat? Sie sind hier nicht zu Hause!
Er lächelt.
– Aber ja, sagt er sanft. Oder fast ... Madame Marroux ist meine Mutter ... Mir scheint, sie hat es Ihnen gesagt, oder nicht?

Ja, Juliette hat es gesagt.
Sie hat Daniel ohne Überraschung begrüßt, um die Wahrheit zu sagen. Ich wußte, daß du zurückgekehrt bist, mein Daniel! Aber nie will mir jemand glauben!
– Verschwinden Sie! sagt Daniel mit plötzlich schneidender Stimme zu Véronique.
Sie zögert, will protestieren. Er zieht die Magnum 357 aus dem Halfter.
– Verziehen Sie sich! bellt er.
Sie verzieht sich, was bleibt ihr anderes übrig?
– Julien? sagt er.
Ja, es ist Julien. Eine merkwürdige, verletzte Stimme, die ihn fragt, wann er kommt.
– Ich komme nicht mehr, sagt Daniel.
Aber wieso denn, aber gestern, überleg doch, aber wir können doch sonst nichts tun ...
Daniel unterbricht ihn.
– Du bist in Ascona, mit der geliebten Frau ...
– Scheiße, ja! ruft Julien. Zwei Frauen auf einmal. Die geliebte Frau und die beste Freundin der geliebten Frau ... Das passiert mir zum erstenmal.
Daniel lacht. Ein eisiges Lachen.
– Nütze es gut aus, Juju. Vielleicht ist es das letztemal! Also, was ich sagte, du weißt wohl das Neueste noch nicht?
Er sagt Julien, was mit Luis Zapata geschehen ist. Er sagt, es sei zu spät, in die Schweiz zu fahren, daß sie weiteres im Schilde führten. Es sei gestern sehr schön gewesen. Heute sei Krieg. Er habe eine Chance, ihnen wirklich wehzutun, wenn er gleich handeln würde, ohne eine Sekunde zu verlieren.
Lebwohl, Julien. Ja, fast bestimmt Lebwohl. Zapata hätte besser daran getan, mich vor zwölf Jahren zu erledigen.
Serguet versuchte zu argumentieren, ihn am Ende der Leitung zurückzuhalten, so wie man einen Ertrinkenden an einem Seil festhält. Aber wer war in diesem Fall der Ertrinkende, »Netschajew« oder er, Julien Serguet?
Daniel Laurençon hatte eingehängt.

Vorhin, nachdem er mit Iris und Agathe Champagner getrunken, sich mit beiden zum Abendessen verabredet hatte – seine Zukunft war heute mit Frauen bevölkert, die auf ihn warten würden! –, war er zur Place de l'Alma gegangen.
Er brauchte einen Wagen, um nach Saint-Leu zu fahren.
Er täuschte sich nicht über diesen Wunsch, der heftig in ihm aufgestiegen war. Er wußte, daß die Tatsache, von seiner Mutter Abschied zu nehmen, eine Art und Weise war, sich Roger Marroux zu nähern, seinem Stiefvater. Er wußte es sehr gut. Unterschwellig.
In der Nähe der Place de l'Alma hatte die Frau wortlos, ohne einen Blick, die Hand mit den Autoschlüsseln ausgestreckt. Der Page stürzte herbei, nahm die Schlüssel. Kein einziges Wort, kein einziger Blick wurde ihm gegönnt. Vielleicht bekäme er später ein Trinkgeld. Die Frau hatte sich bereits umgewandt, sie ging zur Tür der Luxusboutique.
Der Page würde das Auto parken.
Daniel hatte eine Welle des Hasses in sich aufsteigen spüren. Gallenbitter brannte es ihm im Mund.
Es war ganz in der Nähe der Alma, wenn man von der Avenue du Président-Wilson kommt, an der Ecke einer kleinen Straße, die zu den Seinequais hinunterführt.
Die Arroganz dieses ausgestreckten Arms, diese gleichgültige Kopfhaltung, dieser bereits zum Eingang der Boutique gewandte Blick. Die Frau war schön, ein goldbrauner Wollrock schmiegte sich eng um ihre Taille, der Oberkörper zeichnete sich unter dem beigen Kaschmir ab. Ein kostbarer Pelzmantel, halb offen, ließ ihre Gestalt erkennen.
Sie kehrte den Rücken, Daniel betrachtete ihre mit rauchgrauen Nylons umspannten langen Beine.
Er holte tief Luft. Sie hätte er bumsen sollen statt Agathe. Er hätte seine Waffe gezogen, sie der feinen Dame in die Rippen gestoßen. Schon gut. Es reicht, genug des Spiels.
Der Page kam zurück, nachdem er das Auto der Schönen etwas weiter entfernt geparkt hatte, die Schlüssel in der Hand. Er hatte eine widerliche Visage, um die Wahrheit zu sagen. Eine

gemeine Fresse, wie eine miese kleine Ratte, die in den Toiletten der Damen herumschleicht, soviel stand fest. Eine Art Gaby, mehr oder weniger. Mit solchen Nieten würde man den Klassenkampf bestimmt nicht neu erfinden.

Er lachte sehr laut, schnitt dem Pagen den Weg ab. Nahm ihm die Schlüssel aus der Hand, drehte ihm den Arm um, zerrte ihn mit sich zum Auto. Der andere war zu Tode erschrocken, gab keinen Mucks von sich.

Als er startete, hatte der Page weder seine Sprache noch seine Lebensgeister wiedergefunden.

Der Tank war voll. Er raste mit dem GTI zum Norden von Paris, auf die A 15, dann die Umgehung A 115, verließ sie beim Autobahnkreuz Plessis-Bouchard-Gros Noyer. Er fuhr geradeaus nach Saint-Prix, bog links in die Rue Auguste-Rey nach Saint-Leu ab.

Hier mußte es irgendwo sein. Es war hier.

Véronique hatte ihm die Tür geöffnet, wollte ihn nicht hereinlassen. Als Daniel hörte, daß Juliette allein war und heute sehr unruhig wegen eines Alptraums über die Rückkehr eines verschollenen Sohns, schnitt er ihr das Wort ab.

– Verschollen? Was wissen Sie denn davon?

Er schob sie beiseite, betrat das Haus und suchte das Zimmer seiner Mutter.

Juliette, im Augenblick überhaupt nicht unruhig, saß da, der Waldlandschaft gegenüber, im rückwärtigen Teil des Hauses, dessen Vorderfront nach Süden und Paris ging. Sie blätterte in einem Album mit Familienfotos. Das heißt Fotos von Daniel. Aus der Zeit, als er sich noch fotografieren ließ, vor der Proletarischen Avantgarde und dem Untergrund.

– Daniel, wie nett, daß du an mich denkst! Ich wußte ja, daß du wieder da bist, aber nie will mir jemand glauben …

Er drehte sich zu Véronique um, die Daniel besorgt ins Zimmer gefolgt war.

– Sie sehen, daß ich recht hatte, Véronique?

Die junge Frau nickte. Aber ihre Besorgnis war dennoch nicht verflogen. Es gab überhaupt keinen Grund für sie, das Auftau-

chen eines Gespenstes beruhigend zu finden, das vor zwölf Jahren in Guatemala gestorben war.
Sie gedachte, sich diskret wegzustehlen und Kommissar Marroux anzurufen. Doch kaum hatte sie zwei Schritte auf dem Flur getan, als sie Daniels Hand spürte, die ihren Arm preßte.
– Wir werden hübsch artig sein, Mademoiselle! Wir werden den Kommissar nicht anrufen ... Jedenfalls nicht gleich ...
Er hatte Véronique ins Zimmer von Juliette zurückgebracht. Die junge Frau hatte sich nicht mehr zu rühren gewagt, unter Daniel Laurençons Blick erstarrt.
Dann war die Zeit vergangen, als er mit seiner Mutter Erinnerungen austauschte. Flüchtige, schmerzliche Erinnerungen. Es war fünf Uhr geworden. Der Augenblick, Julien anzurufen.

Er hatte gerade noch rechtzeitig aufgelegt, um Véronique erneut in der Diele des Hauses abzufangen. Sie hatte einen Mantel angezogen und versuchte, sich heimlich aus dem Staub zu machen.
– Soso, hatte Daniel ironisch gesagt, man läßt also seine Kranke im Stich? Das ist aber gar nicht nett, Mademoiselle!
Sie hatte ihn verstockt angesehen.
– Ich muß den Kommissar benachrichtigen ... Er hat ein Recht zu wissen, was bei ihm zu Hause vorgeht ... Er dachte, Sie seien tot, Sie sind zurückgekommen ... Meinen Sie nicht, daß er das wissen muß?
Möglicherweise weiß er es bereits, dachte Daniel. Es würde mich wundern, wenn Zapata, der alte Fuchs, nicht irgendwo Spuren unserer Unterredung hinterlassen hat. Vielleicht sogar eine Nachricht für Marroux ... Schließlich waren sie befreundet gewesen ...
Es läutete an der Tür.
– Gehen Sie aufmachen, sagte Daniel leise. Aber versuchen Sie bloß keine Tricks! Ich schwöre, daß ich Ihnen beide Beine breche, wenn Sie Blödsinn verzapfen!
Wieder zeigte er ihr die 357, um ihr das klarzumachen. Véronique wurde bleich, überzeugt, daß er es ernst meinte.

Sie ging aufmachen, es war Fabienne Dubreuil.
Nun ja, weder Daniel Laurençon noch Véronique wußten in diesem Augenblick, daß es Fabienne Dubreuil war. Sie sahen eine einnehmende junge Frau, die Madame Marroux sprechen wollte.
Plötzlich gewahrte Fabienne Daniels Anwesenheit, der etwas im Hintergrund der Diele stand.
Sie stieß einen leisen Schrei freudiger Überraschung aus und sagte etwas Unpassendes.
– Wann haben Sie sich den Schnurrbart abrasiert?
Daniel war nicht erstaunt, eher entnervt. In was für einer Welt lebte man denn? Gestern nacht im *New Morning* hatte Julien ihn auftauchen sehen und »Salut, Netschajew!« zu ihm gesagt, als hätten sie sich erst gestern getrennt. Heute sprach seine Mutter mit ihm, als wären sie niemals getrennt gewesen. Und diese junge Gans – aber berückend war sie, Herrgott! – redete von seinem Schnurrbart, als sähe sie ihn jeden Tag!
Grund genug, um aus der Haut zu fahren, oder?
Aber er ließ sich nichts anmerken, antwortete mit größter Ungezwungenheit.
– Heute morgen natürlich! Wo haben Sie mich zum letztenmal mit einem Schnurrbart gesehen?
Sie machte ein paar Schritte ins Innere des Hauses, schloß die Tür hinter sich und der winterlichen Kälte.
– Nicht ich ... ein Fotoapparat! Aber Sie kennen den Fotografen ... Pierre Quesnoy, Serguets Freund ... Wir arbeiten alle bei der *Action* ...
Fabienne sagte ihren Namen, stellte sich vor.
Warum hatte Julien ihm nichts von diesen Fotos gesagt? Es machte ihn neugierig. Wo waren sie aufgenommen worden?
Die letzte Frage brauchte er nicht zu stellen. Fabienne kam ihm zuvor.
– Pierre hat diese Fotos gestern in der Bar des *Athénée* aufgenommen ... Zufällig ... Nicht Sie versuchte er zu erwischen, sondern einen saudischen Geschäftsmann ... Sie sind zufällig aufgetaucht, Monsieur Lachenoz!

Er pfiff durch die Zähne.
– Sie fangen an, mich zu interessieren, sagte Daniel.
Sie erzählte ihm alles, was sie wußte, in wenigen Worten. Auch, daß Serguet von nichts eine Ahnung hatte. Im übrigen habe sie ihn vorhin nicht erreichen können, im Tessin. Auch mittags nicht in Genf.
– Ich habe soeben mit ihm gesprochen, sagte Daniel, ohne eine Miene zu verziehen. In Ascona. Mir scheint, daß er zwei Frauen am Hals hat ... Die geliebte Frau und die beste Freundin der geliebten Frau ... Eine Situation, von der jeder normal beschaffene Mann träumen würde, die ihn jedoch zu überfordern scheint, weiß der Himmel warum!
Fabienne blieb der Mund offen stehen.
Er erzählte ihr auch, was zu erzählen ihm beliebte. Die Begegnung im *New Morning* jedenfalls. Juliens Vorschlag, ihm in die Schweiz zu folgen.
In ihr Gespräch vertieft, hatten sie Véroniques Verschwinden nicht bemerkt.
Diese kam ins Vorzimmer zurück, mit spitzem Mund.
– Der Kommissar möchte Sie sprechen, Monsieur Laurençon.
Daniel machte eine abwehrende Geste. Aber Fabienne nahm ihn am Arm.
– Sprechen Sie doch mit ihm. So, wie es um Sie steht!
Er sah sie feindselig an. Was wußte sie denn, wie es um ihn stand? Aber er ging zum Telefon.
– Salut, sagte Daniel.
– Ich habe das rote Heft gefunden, weißt du? sagte Marroux als Einleitung.
Roger Marroux' Stimme hatte sich nicht verändert, dachte er. Die Stimme seiner Kindheit, pädagogisch, geduldig, warm: väterlich.
Die Stimme, die er später gehaßt hatte. Gerade weil sie weiterhin geduldig und väterlich war.
– Im Zimmer der *fonda*, in San Francisco el Alto?
– Aber vorhin habe ich es bei Silberberg liegen lassen, Boulevard de Port-Royal, fuhr Marroux fort. Ich hatte es heute mor-

gen mitgenommen, als man mich über Zapatas Tod informierte.
Warum nur sprach er davon? fragte sich Daniel. Woher wußte Marroux, daß Zapata und er gestern von diesem roten Heft gesprochen hatten?
– Wenn ich recht verstehe, sagte Daniel zu seinem Stiefvater, hat Zapata dir eine Nachricht hinterlassen ...
– Er hat mir alles hinterlassen, Daniel! Unter anderem eine Bandaufnahme eures gestrigen Gesprächs ...
Daniel lachte.
– Ich wußte doch, daß er mich reinlegen würde! rief er. Aber es stört mich nicht ... Im Grunde gewinnen wir dadurch Zeit ... Jetzt weißt du alles ...
– Fast alles, sagte Marroux mit seiner bedächtigen Stimme.
– Fast?
– Ich weiß nicht, was du vorhast, Daniel! Wir sollten darüber reden ... Warte in Saint-Leu auf mich ... Ich bin in einer halben Stunde da, wenn ich ein bißchen rase ...
Daniel lächelte.
– Eine halbe Stunde? Da bin ich weg, Alter!
Es war ihm wieder eingefallen, ganz von selbst, wie er ihn früher genannt hatte.
– Warte auf mich, Daniel! Wir können diese Geschichte gemeinsam zu Ende bringen!
Marroux' Stimme klang jetzt erregt.
– Wir könnten es, ja, sagte Daniel. Tatsächlich, das ist ein mögliches Ende ... Ich hatte schon daran gedacht ... Aber dazu müßtest du außerhalb des Gesetzes handeln ... Und du hast das Gesetz doch immer verkörpert ... Was ich seit kurzem positiv finde, weißt du? Du mußt das Gesetz bis zum Schluß verkörpern, Alter! ... Nein, ich werde diese Geschichte allein zu Ende bringen, weil sie böse enden wird und weil ich ein Gesetzloser bin ... Ich werde die Möglichkeiten meiner Illegalität nutzen, um das Gesetz wiederherzustellen, gewissermaßen ... Jedenfalls ist das gerechter ... Kannst du dir vorstellen, daß ich die anderen Schweine verpfeife und das Gesetz seine Arbeit tun

lasse? Zu einfach, nicht wahr? Ich selbst werde das Gesetz wiederherstellen und Gericht halten. Auf eigene Gefahr ... Ich habe schon Luis umbringen lassen, das reicht! Die nächsten Toten wird es in ihrem Lager geben!

– Aber du, Daniel!

– Warum sollte ich dem Gesetz entgehen? Auch wenn ich selbst es anwende? Warum sollte ich der Gewalt des Gesetzes ausweichen?

Es trat ein Schweigen ein. Daniel hörte das Keuchen seines Stiefvaters am andern Ende der Leitung.

– Hör zu, Alter, sagte Daniel fast zärtlich. Nach Zapatas Tod und meinem Verschwinden haben sie ihre Pläne vielleicht modifiziert, den Zeitpunkt und das Programm der Operation geändert ... Die kleinen Chefs haben zwei Verstecke in der Umgebung von Paris ... Sie können nicht wissen, daß ich sie kenne, aber im Zweifelsfall werden sie sie wechseln, wahrscheinlich. Wenn ich sehr schnell handle, kann ich sie beim Aufstehen einsammeln ... Verstehst du?

Marroux verstand sehr gut. Er wußte nicht, was tun, wurde verrückt vor ohnmächtiger Verzweiflung.

– Daniel! Wir gehen zusammen hin ... Alle beide ... Außerhalb des Gesetzes, ich pfeife drauf!

Daniel diskutierte nicht mehr.

– Alter, hör zu, Alter! Rue Campagne-Première, Nr. 13, vierter Stock, Tür A ... Bestimmt haben sie die Wohnung gestern aufgegeben, die Flucht ergriffen ... Aber vielleicht konnten sie die Leiche von Gomez-Cobos nicht mitnehmen ... Im Wandschrank des Schlafzimmers ... Ich habe ihn umgelegt, suche nicht woanders ... Aber das ist es nicht ... In einer Schreibtischschublade muß das Manuskript von ...

Er zögerte den Bruchteil einer Sekunde.

– ... von meinem Vater liegen ... Das heißt von deinem Freund, Michel Laurençon ... Erinnerst du dich? Das Geschenk zu meinem sechzehnten Geburtstag ...

Er lachte, es war schrecklich.

– Das Testament ... Hol es zurück, ich schenke es dir ...

*Heimkehr*, erinnerst du dich? Auch ich bin heimgekehrt ... Zum selben Zweck, Alter ... Um zu sterben ... Es gibt keine andere Lösung ... Keinen anderen Ausweg ...
Er legte sehr schnell auf.
Fabienne Dubreuil wartete im Vorplatz auf ihn.
– Kommen Sie mit? fragte Daniel. Ich biete Ihnen eine Exklusivstory ... »Netschajews« Rückkehr ... Das letzte Gespräch mit Frédérique Lachenoz, genannt Laurençon, Daniel ... oder umgekehrt, gleichviel! Die Beichte eines ehemaligen Terroristen kurz vor seinem Tod!
Sie gingen zusammen weg. Véronique sah sie auf der Allee zur Straße von Saint-Leu laufen.

In Ascona, als Julien Serguet wieder in die Suite hinaufgegangen war, die er für Bettina und sich hatte reservieren lassen, tranken die beiden Frauen gerade Tee.
Sie hatten auch eine Tasse für ihn vorgesehen, immerhin.
– Dieser Telefonanruf, ist er gut verlaufen, fragte Anne, während Bettina ihm Butter auf ein Toastbrot strich.
– Sehr gut, sagte er. Ein Mord, Attentate in Aussicht, eine Auferstehung ...
– Allenfalls die Auferstehung kann unsere Neugier wecken! rief Anne. Das andere ist banal ...
Noch nie hatte eine Frau ihm solche Lust beschert wie vorhin Anne, während ihrer komischen libidinösen Siesta. Und dabei liebte er sie gar nicht. Er empfand ihr gegenüber überhaupt kein Gefühl, das diesen Namen verdiente. Und sie hatten es in Bettinas Beisein getan – mit Bettinas Komplizenschaft: ihrem Blick, ihren Händen, ihrem Mund –, eine völlig undenkbare Situation, zumindest für ihn, bis zu diesem Tag.
– Ich mag die Klugheit deiner Freundin, sagte er zu Bettina. Fast so sehr wie ihr Geschlecht, das heiß ist, wie wir beide wissen!
– Bedauern Sie es? fragte Anne provozierend.
Er beugte sich zu ihnen, küßte beide, streichelte ihre Brüste, ihre Bäuche, die sich im Negligé ihrer Toilette darboten.

– Nichts, sagte er, ich bedaure nichts ... Oder doch, etwas ... So spät entdeckt zu haben, daß die Lust nicht unbedingt von der Liebe abhängt ...

– Aber es ist Liebe! rief Bettina mit bebender Stimme.

Julien hatte sich entkleidet, um es sich bequem zu machen. Er zog Bettina zu sich, indem er sie autoritär am Nacken packte, bis er in ihren Mund eindrang.

Anne, die braune Gottheit, näherte sich ihnen, berührte mit erfahrener und zärtlicher Hand Bettinas Schultern, ihren hellen Elfenbeinrücken, ihre gewölbten Hüften.

– Liebe? fragte er.

Irgend etwas riß sich von ihm oder in ihm los, sehr weit weg, mit verzweifelter Freude.

– So gut wie, sagte Anne schlicht.

Sie löste sich von Bettina, kam und preßte sich an ihn. Ihr Mund schmeckte nach Gardenien.

Es hatte sich ganz natürlich ergeben, wie ein Spiel, eine Improvisation, ein Schauspiel, dessen Regeln man während seiner Aufführung erfindet. Zuerst hatte Julien selbst sich bemüht, die Dinge von ihrer guten Seite zu nehmen, darüber zu lachen. Auf Kosten des alten Gatten natürlich, des Gehörnten der Fabel. Er vermied es, an den weiteren Verlauf dieser beiden Tage zu denken, an Annes ständige Anwesenheit. Na schön, es würden ihm die Nächte bleiben.

In Lugano hatten sie einen Wagen genommen, um nach Ascona zu fahren, einer kleinen Stadt in der Nähe, die Bettina ausgewählt hatte, weil sie diskreter war. Man lief hier weniger Gefahr, unangenehmen Leuten zu begegnen. Freunden des alten Gatten zum Beispiel. Sie hatten zu Mittag gegessen, über dies und jenes geredet, scheinbar entspannt.

Aber im Hintergrund blieb, irritierend, die Ungewißheit über ihre Beziehungen in der Zukunft. Zumindest bei ihm und bei Bettina. Anne wirkte zuversichtlicher. Vielleicht war sie die einzige, die eine Idee oder einen Wunsch bezüglich der kommenden Stunden, der Organisation ihres gemeinsamen Lebens hatte.

Es war Julien, der alles ausgelöst hatte, unfreiwillig. Durch einen Witz. Eigentlich nicht einmal das. Einfach ein Wort.
Sie waren nach dem Essen in ihr Appartement gegangen – es war ihnen gelungen, für Anne ein Zimmer neben ihrer Suite mit einer Verbindungstür zu bekommen –, und Bettina hatte gesagt, wahrscheinlich um Zeit zu gewinnen, um sich nicht zu schnell für ein bestimmtes Verhalten in den kommenden zwei Tagen entscheiden zu müssen, sie hatte gesagt, sie sei müde, sehr früh aufgestanden und würde gern eine kleine Siesta halten. Und da hatte Julien, ohne an Böses oder Gutes zu denken, ihnen ein spanisches Kompliment erklärt, ein *piropo*, einen Ausdruck, mit dem Männer den sexuellen Reiz einer Frau rühmen: ¡Qué siesta tienes! Was für eine Siesta du hast!
Anne hatte den Ball aufgefangen. Hatte lachend gesagt, Bettina habe in der Tat eine gute Siesta, sie verdiene es, anders gesagt, daß man die Siesta mit ihr halte. Ein Wort gab das andere, ein Lachen das andere, eine Anspielung hier, eine Geste dort, und ohne daß sie es ausdrücklich beschlossen hätten, fanden sich Anne und Julien zusammen, um mit Bettina die Siesta zu halten. Ihr die Siesta zu bereiten. Und bald die Fiesta.
Daß Anne, wenn nicht die Gewohnheit – wahrscheinlich war es das erstemal, daß sie diese amouröse Unordnung praktizierte, geregelt wie Notenpapier, denn die Varianten beschränkten sich auf die Dreiertonleiter –, so doch die Phantasie derartiger Situationen hatte, schien auf der Hand zu liegen. Aber daß Bettina dabei so etwas wie eine plötzliche und heftige Entfaltung erfuhr – wobei sich Tränen und Vorwürfe in die Freudenseufzer mischten –, von einer Sinnlichkeit, die bis zu diesem Tag eher gedämpft zum Ausdruck kam, war eine Überraschung sowohl für Julien wie für Anne. Sowohl für die Freundin wie für den Geliebten. Göttliche Überraschung? Jedenfalls machten sie es sich zunutze, alle beide, Anne mit heiterer Sachkunde, Julien mit einem Glück, in das sich verzweifelte Bitterkeit mischte.

*Ann', die vermählt mit fahlen Laken*
*Während das Haar sich selbst belassen*
*Blaß vor dem halben Auge steht*
*Schaut auf den Arm der dünn und eingedreht*
*Farblose Haut am weißen Bauch verrät*

Später, zwei Stunden später, als das Sonnenlicht bereits zur Neige ging, hatte Julien diese Verse von Valéry gemurmelt, im Halbdunkel des Liebesgemachs.
Bettina hatte mit ihren Lippen den glatten, dunklen Bauch ihrer Freundin berührt.
Aber nicht aus Liebe zu Frauen, die bei dieser Gelegenheit ans Licht gekommen wäre, hatte sich Bettina von P. stürmisch zu diesen Spielen hergegeben. Sondern aus Liebe zu ihrem eigenen Körper, aus unbändigem Narzißmus. Denn gibt es einen besseren Spiegel der eigenen Schönheit als ein schöner Frauenkörper? Sich selbst, alle verborgenen Möglichkeiten ihres eigenen Körpers, all ihre latenten Begierden entdeckte Bettina mit einemmal im dunklen, schattigen Spiel von Annes Körper.
Julien erinnerte sich an einen Zwischenfall, der ihn vor ein paar Tagen frappiert hatte, dessen volle Bedeutung ihm jedoch entgangen war.
Er hatte sich mit Bettina verabredet, um im Antoine-Bourdelle-Museum eine Ausstellung von René Xavier Prinet zu besuchen. Wie man sich erinnert, begannen ihre amourösen Begegnungen immer mit dem Besuch eines Museums oder einer Galerie. An jenem Dezembertag hatte Bettina den Wunsch, die Gemälde von Prinet kennenzulernen, weil die Kritiken, die sie gelesen hatte, das Proustsche Ambiente der just in Cabourg gemalten Strand- und Promenadenszenen hervorhoben. Das stimmte zwar, aber zwischen der Welt von Proust und der von Prinet bestand noch eine andere, weit tiefere, sogar befremdliche Ähnlichkeit. Jene Frauen unter sich, geschützt vor jedem männlichen Blick außer dem des Künstlers, der Definition und Berufung nach dem eines Voyeurs, sowohl auf dem Bild *Das Billardspiel* wie auf *Die Tanzstunde*

beschworen auf wahrhaft frappierende Weise das Leben von Albertine herauf, seine Neigung für die junge Mädchenblüte, hatte Julien Serguet gedacht.
Auf dem Bild *Die Tanzstunde* umschlangen sich im Vordergrund zwei Frauen, walzertanzend, Wange an Wange, Scham an Scham, wobei sich der schwarz behandschuhte Arm der einen von dem rosa Taftkleid der anderen abhob, eines blonden und zerbrechlichen Mädchens, das er besitzergreifend um die Taille hielt.
Bettina war vor diesem Bild lange stehengeblieben, aber vor *Das Billardspiel* war sie sichtlich in Verwirrung geraten. Auf diesem Bild stützte sich eine junge Frau mit der linken Hüfte an einen Billardtisch. Die Drehung des Körpers unterstrich ihre Schlankheit: schmale Taille, ein Bein, umgossen von dem langen, grau moirierten Kleid, das sich durch die Bewegung eng an ihre rechte Körperseite preßte, von der Rundung des Busens bis zu der des Knies, während der Stoff auf der anderen Seite dieses glorreichen, arroganten Körpers schwebte und flatterte, der sozusagen das gesamte Licht der Szene aufsaugte und damit magnetisch den Blick einer Gruppe junger Mädchen auf der rechten Bildhälfte anzog, die gedämpftere Farben trugen und die Geste der Spielerin beobachteten, wie sie den Billardstock hielt und sich anschickte, die Elfenbeinkugel anzustoßen, in einer Haltung sinnlicher Anmut verrenkt.
Gewiß, die Ausführung des Bildes war konventionell. Aber der Gegensatz der weiblichen Figuren war geschickt in Szene gesetzt und drückte eine wahrnehmbare Spannung aus. Ins Halbdunkel des Billardsaals getaucht, schien die Gruppe der fünf jungen Mädchen fasziniert zu sein von dem Frauenkörper, der sich ihrem Blick darbot: ihrer Begierde oder ihrem Neid, wer weiß? Auf der anderen Seite die triumphierende Weiblichkeit der Spielerin, die, mit provokanter Selbstsicherheit den langen Phallus aus lackiertem Holz handhabend, eine imaginierbare Nacktheit zur Schau trug, die das lange, grauschillernde Kleid zwar verhüllte, die Falten des Stoffs jedoch betonten, indem sie sich um alle Rundungen eines Körpers

schmiegten, der sich in der Freude anspannte, körperlich zu existieren.

– Los, komm! hatte Bettina damals mit veränderter Stimme gesagt.

Sie zog ihn mit auf die Straße, in die Absteige, in die Lust. Warum war sie schwach geworden beim Anblick eines herrlich weiblichen Frauenkörpers, der sich im dunklen Licht des homosexuellen Begehrens in einem Billardsaal darbot? Diese Frage hatte sich Julien an jenem Tag der vergangenen Woche gestellt.

In Ascona sieht er Bettinas Mund, der Annes Körper, ihre Scham, die Wölbung des Bauchs, die Spitzen der Brüste berührt. Er hat soeben Verse von Valéry gemurmelt. Das bringt ihn auf einem merkwürdigen Umweg in die Wirklichkeit zurück. Denn früher hatte ihnen Elie Silberberg Gedichte aufgesagt.

Er muß nach Paris zurück, unbedingt.

Aber ein weiteres Mal unterliegt er diesem ätzenden, schwefligen Glück, das weder Grenzen noch Gesetze zu kennen scheint. Die Liebe der geliebten Frau – geteilt und entweiht mit Anne, der verspielten Spielerin, ihrer Komplizin.

# 11

Die Schauspielerin hatte an ihrer Stimme gearbeitet, die ihrer Natur nach warm war, ergreifend, klangvoll. Sie hatte sie sozusagen mit Bimsstein abgeschliffen, zu rauhem, mineralischem Staub zerrieben, um etwas Dumpfes, Uraltes aus ihr zu machen: eine Stimme ohne Alter, aus der Tiefe der Zeit emporgetaucht, primitiv und verschlagen, mit der Zauberkraft längst versunkener Wahrheiten, durchzogen von der sinnlichen, zuweilen fast vulgären Zuckung eines Lebens weiblicher Knechtschaft und Arroganz.

Im Halbdunkel des Bühnenbildes, das ein spärlich möbliertes Zimmer darstellte – und man konnte hinter den geschlossenen Fensterläden, auch wenn man den Roman nicht gelesen hatte, dem die Erzählung der Magd Zerline entnommen war, die etwas drückende Ruhe eines zu Ende gehenden Sommertags ahnen, unterbrochen vom Glockenläuten einer Kleinstadt –, saß die Schauspielerin an einem Tisch, einen Apfel schälend oder endlos ein Stück Stoff zerknitternd und glattstreichend, und meisterte herrlich das Schweigen, den dumpfen und banalen Klang der Wörter, das plötzliche Aufblitzen eines Bildes, das die Gewalt des Begehrens ahnen ließ: das unterschwellige Leben, das sich dem langen und langsamen Monolog wie dem Knäuel eines Schicksals entwand.

Die Schauspielerin hatte nur einen einzigen Gesprächspartner – falls man den Mann, der im Halbdunkel dieses Zimmers lag, zweifellos um die Ruhe einer sonntäglichen Siesta zu genießen, als solchen bezeichnen konnte –, der fast stumm war und dessen kurze Fragen oder vielmehr Zwischenrufe nicht einmal dazu dienten, das Selbstgespräch, den zuweilen windungsreichen Fluß der Erzählung der Magd Zerline wieder in Gang zu setzen, sondern eher dazu, deren gelassene Anstößigkeit herauszustreichen, in der sicherlich ihre tiefe Wahrheit bestand, getreuer Widerschein der schillernden Anstößigkeit des Lebens.

Die Stimme der Schauspielerin erhob sich von neuem, nach einer Pause, den Text herleiernd.
– »Er war der beste Liebhaber; kein anderer war mit ihm zu vergleichen. Wie einer, der vorsichtig seinen Weg sucht, war er im Suchen nach meiner Lust ...«
Elie Silberberg rutschte auf seinem unbequemen Sitz.
Im Halbdunkel des Theaters betrachtete er das Gesicht von Adriana Sponti, ihr Profil. Sie drehte sich leicht zu ihm um.
Vor ein paar Stunden, als sie sich mit Fabienne Dubreuil in ihrer Wohnung befand und Elies Gesicht in den Fernsehnachrichten erschienen war, hatte sich Adriana an den hochgewachsenen, schüchternen jungen Mann mit dem verwirrenden Blick erinnert, den Daniel Laurençon ihr vorgestellt hatte. Sie hatte sich an die Seiten der *Verschwörung* erinnert, die Elie ihr im Luxembourg aufsagte, um sie zu verführen. Mit klopfendem Herzen hatte sie gedacht, daß es absurd, daß es idiotisch war, sich diese Liebe, diese lange Ungeduld von Elie zu versagen. Seine unschwer vorstellbare Zärtlichkeit, seine Intelligenz, auch seine Achtung.
Adriana hatte nicht an die Lust gedacht, als Elies Gestalt im Friedhof Montparnasse auf dem Bildschirm erschienen war.
Aber jetzt, in Brochs Text, den Jeanne Moreau las, ging es um die Lust, und der Schatten von Marc Liliental hatte sich plötzlich zwischen sie geschoben. Der schwere, körperliche Schatten von Marc im porösen Zwielicht des Theaters.

Es war Marc Liliental, der dafür gesorgt hatte, daß der Lauf der Zeit sich beschleunigte und die Uhrzeiger vorrückten. Er hatte den Tag zur Nacht gemacht, er hatte diesen Tag in einem anderen Meridian verlebt als alle anderen Personen der Geschichte, in der Zweideutigkeit des Zeitunterschieds.
Ein Telefonanruf von Marc Liliental war schuld daran, daß die Nacht über diese Geschichte niedersank.
In New York, kurz vor dreizehn Uhr, auf dem Kennedy-Flughafen, hatte Marc Liliental erneut die Möglichkeit gehabt, Paris anzurufen. In seiner Wohnung, Place du Panthéon, war

niemand. Bei Silberberg antwortete Sarah, die junge Krankenschwester von Elies Mutter. Nein, Elie war nicht nach Hause gekommen. Bei Adriana Sponti schließlich nahm Béatrice selbst den Hörer ab. Alles war in Ordnung. Sie war zum Schlafen zu ihrer Mutter gegangen, Elie hatte darauf bestanden. Nein, Adriana war mit Elie ins Theater gegangen. Aber nein, sie war nicht allein. Das Ehepaar, das sich um Mamas Wohnung kümmerte, war da, natürlich! Maria und Roberto, genau ... Alles war in Ordnung, sie wollte sich eine Filmkassette aussuchen und sie abspielen. Nein, Marc, ich werde nicht irgendeinen Dreck aussuchen, ich verspreche es! Einen interessanten Film, glaub mir ...

Marc Liliental legte auf.

Durch diesen einfachen Telefonanruf aus New York hatte er diese Geschichte ihrem Ende zugetrieben, hatte ihre Auflösung beschleunigt. Wie ein Film, der zu schnell abspult und dessen Figuren steif und ruckartig in alle Richtungen zu rennen scheinen, hatte die Zeit einen Sprung nach vorn gemacht. Keine Möglichkeit mehr, diese Geschichte an dem Punkt wieder aufzunehmen, wo wir sie verlassen hatten.

Die Nacht war hereingebrochen, die Winternacht, nach der für Daniel Laurençon die Sonne nicht mehr aufgehen würde.

– »Wie ein Schüttelfrost hat ihn die Ungeduld zittern lassen, und trotzdem hat's ihn nicht übermannt, und er hat nicht mich übermannt, sondern hat gewartet, bis es mich hingetragen hat zum Abgrund, wo der Mensch das letzte Hinabstürzen ahnt ...«

Adriana hatte sich zu Elie umgedreht, ihre Augen glänzten.

– »Arzt war er und Lehrer und zugleich meiner Lust Diener«, sagte die Stimme von Jeanne Moreau.

Adriana schloß die Augen, als wollte sie vor den allzu blendenden Bildern fliehen: zu weiß, zu nackt, von zerstörerischer Helligkeit. Oder zerstörter.

Elie Silberberg dachte, er würde sie ein weiteres Mal verlieren, genau in dem Augenblick, wo das Glück so nahe schien. Daß Marc sie ihm abermals entreißen würde. Die Erinnerung an

Marc, an seine Macht über sie, in den Worten von Hermann Broch und der Magd Zerline.
Vorhin erwartete ihn Adriana in einem Kleid mit dumpfen, warmen Farben; sie war geschminkt und trug ein wenig Schmuck.
Sofort war er in Panik geraten.
– Du gehst aus? hatte er gerufen. Du hast es dir anders überlegt?
Adriana lachte entspannt.
– Das ist doch für dich, Elie! Wir trinken ein Glas, und ich führe dich ins Theater, wie abgemacht!
Sie hatte ihn bei den Händen genommen, in den Salon im Erdgeschoß gezogen, der in eine Art Wintergarten überging.
Kurz darauf kam Béatrice, um ihnen auf Wiedersehen zu sagen. Sie war am Nachmittag zu ihrer Mutter gezogen, da Elie darauf bestanden hatte, daß sie nicht allein in der Wohnung an der Place du Panthéon blieb. Sie hatte ihre Lateinübersetzung beendet, es war nicht allzu schwierig gewesen. »Apropos Latein«, hatte Elie sich erinnert, »wolltest du mich nicht nach einem Wort fragen?« Béatrice hatte ihrer Mutter einen raschen Blick zugeworfen. »Ich weiß nicht, ob man vor Mama darüber reden kann, Elie!« hatte sie sehr ernst geflüstert. »Bestimmt ist es ein bißchen schweinisch!« Adriana und Elie hatten sich erstaunt angesehen. Auch ein wenig geniert. »Aber das macht nichts«, fügte Béatrice hinzu, »ich komme schon klar!« Die anderen hatten nicht nachzufragen gewagt.
Als Béatrice den Salon verließ, hatte sie sich ein letztes Mal zu ihnen umgedreht. Sie hatte sie lange betrachtet, wie sie Seite an Seite auf einer Couch saßen.
– Nicht schlecht für ein altes Paar!
Und sie hatte sich verdrückt.
Adriana hatte gezwungen gelacht. »Was ist das für ein schweinisches lateinisches Wort?« hatte sie sich gefragt. Sie hatte sich erinnert, daß das fragliche Wort dunkel mit einer Zeichnung in *Libération* in Zusammenhang stand. Sie suchten in der Zeitung. An diesem Tag brachte *Libération* auf den Mittelseiten

ein mit Zeichnungen illustriertes Dossier über die Übertragungswege des Aids-Virus. Auf der linken Spalte kommentierte eine Reihe von Vignetten die Risiken bei den verschiedenen Arten heterosexueller Beziehungen. Die letzte dieser Vignetten war dem *Cunnilingus* gewidmet.

Sie fanden es also sofort, auf den ersten Blick, kaum daß Elie die Zeitung auf dem niedrigen Tisch vor ihnen aufgeschlagen hatte. Aber sie gaben keinen Kommentar ab. Elie Silberberg errötete, faltete die Zeitung wieder zusammen. Adriana zwang sich abermals zu einem Lachen. Es verstrichen ein paar Sekunden, sie leerte ihr Glas.

– Gehen wir, sagte sie mit etwas gedämpfter Stimme. Es fängt früh an in den Bouffes du Nord, und man reißt sich um die guten Plätze!

Sie beugte sich zu ihm und streichelte ihm den Mund mit zarter, leichter Hand, bevor sie aufstand.

– »Hab ich vor Lust geschrien, so war's das Lob, das er brauchte, das sein Begehren gebraucht hat, um stets aufs neu angestachelt zu werden«, sagte die Stimme der Schauspielerin jetzt.

Elie hatte ein starkes Verlangen, Adriana in seine Arme zu nehmen, ihr ins Ohr zu sagen, daß auch er Lehrer und ihrer Lust Diener sein könne, daß er sich schon sehr lange für ihre Lust bereitmache, willens, ihr seine Zeit und sein Leben, seine Tage und seine Nächte zu widmen, ja zu opfern. Ihr zuzuflüstern, daß er bei den Worten des Romans von Broch, als er ihn gelesen habe, Jahre bevor jemand auf den Gedanken kam, ihm einen dramatischen Text zu entnehmen, daß er bei diesen Worten sofort habe denken müssen, daß er sein Leben hergeben würde, damit Adriana sie eines Tages sage und dabei an ihn denke.

Im Halbdunkel des Theaters betrachtete er Adrianas Gesicht, Totenmaske eines zerreißenden Glücks, und es verlangte ihn, ihr zuzurufen, daß Zerlines Erzählung heute abend nicht gesprochen werde, um traurig die Vergangenheit zu beschwören, sondern als fröhliche Voraussage.

Auf seinem unbequemen Sitz zusammengekrümmt, von jedem gesprochenen Wort verletzt, kämpfte Elie mit der ganzen Kraft seiner Seele und seiner Hoffnung, um nicht in die Finsternis zurückgestoßen zu werden, weit weg von dem wilden Paradies, in das Marc Adriana schon einmal entführt hatte.
– »Am Abgrundsrand«, sagte die Stimme der Schauspielerin, »sind wir gemeinsam als einziges Wesen gestanden während jener Nächte und Tage. Und doch hab ich gewußt, daß es schlecht war.«
Am Abgrundsrand, sicherlich, dachte Adriana.
Sie hatte geahnt, welche Gefühle Elies Herz überfluteten, welche Ängste seinen Geist befielen. Sie hatte Elies Unruhe an ihrer Seite gespürt, als Zerlines Worte das Phantom von Marc beschworen hatten.
– »Je rüder meine Worte, desto echter seine Lieb«, sagte die Stimme der Schauspielerin, und im Halbdunkel, in der heiseren und ernsten Stille eines faszinierten Publikums, das eins war in der unschuldigen und sinnlichen Glut von Zerlines Erzählung, hatte sich Adriana an Marcs erregte Freude erinnert, mit der er einst im nachtdunklen Zimmer ihren strahlend obszönen Worten lauschte.
Sie öffnete die Augen, sah Elies erstarrtes, vor Angst ausgehöhltes Gesicht.
– »Denn das Weib hat der Manneslust zu dienen«, sagte die Stimme der Schauspielerin.
Adrianas Blut wurde wieder warm und lebendig. In einer Art körperlichem Jauchzen dachte sie plötzlich an die Lust, die sie Elie gern bereiten würde, nach so vielen Jahren, die er in wahnsinniger Liebe und fruchtlosem, leidenschaftlichem Warten verbracht hatte.
– »Wohl hab ich daran gelernt, warum die Frauen sich an ihn gehängt haben und ihn nicht haben loslassen wollen, aber ich hab auch gelernt, daß ich nicht eine von ihnen war, und daß ich weg hab müssen, so sehr mein Begehren nach ihm gestanden hat«, sagte die Stimme von Jeanne Moreau.
Adriana drehte sich abermals zu Elie um, für den Augenblick

von der Vergangenheit entbunden, gereinigt von den klebrigen Bildern von einst. Als sei Zerlines Stimme, primitiv und schamlos, nicht dem Halbdunkel dieser Theaterbühne entsprungen, sondern der leuchtenden, gestirnten Nacht ihrer eigenen Zukunft, ihrer vergänglichen, unsterblichen Seele.
Und als im Monolog der Schauspielerin eine Pause eintrat, beugte sich Adriana zu ihm und küßte ihn auf den Mund.

– Das ist eine falsche Frage, sagte Daniel Laurençon. Wie im Fall von Rimbaud, immer stellt man die falsche Frage …
Es war acht Uhr abends, Rue de l'Abbaye, bei Fabienne Dubreuil.
In deren Wagen war Daniel vorhin weggefahren. Er hatte den gestohlenen GTI vor Roger Marroux' Haus stehen lassen. Dann hatte er sich zur Place Victor Hugo fahren lassen. Er wollte nicht, daß die junge Kellnerin in der Kneipe an diesem Platz unnötig auf ihn wartete. Daß sie sich ein weiteres Mal sagte, daß die Männer Schweine sind, daß man ihnen nicht trauen kann. Fabienne blieb im Wagen, während er zu dem jungen Mädchen ging, um sich zu entschuldigen, um ihr zu sagen, daß er heute abend nicht mit ihr ausgehen könne, aber bestimmt ein andermal. Wenn er demnächst wieder in Paris sei, würde er vorbeischauen.
Dann bat er Fabienne, ihn zuerst zum Gare de Lyon zu fahren, dann zum Gare du Nord. Aus den Schließfächern der beiden Bahnhöfe holte er die Reisetaschen, die er vor ein paar Wochen dort deponiert hatte.
– Und jetzt, sagte er, lassen Sie mich an der Porte Maillot … Ich habe dort ein Hotelzimmer.
Er legte eine Hand auf Fabiennes Knie.
– Es hätte mich gefreut, Sie kennenzulernen, Fabienne, sagte er. Marc erwischt immer die besten Stücke …
Sein Blick war zärtlich und entspannt, die Vulgärität seiner Worte Lügen strafend.
– Aber ich lasse Sie nicht! rief Fabienne, die der Gedanke ängstigte, ihn verschwinden zu sehen.

Er lächelte, nickte.
– Natürlich! sagte er. Ich bin es, der Sie läßt!
– Marc würde es mir nie verzeihen, wenn es mir nicht gelingt, Sie zurückzuhalten.
Sie bemerkte Daniels geweitete Augen, spürte, daß seine Hand vom Knie zum Schenkel hinaufglitt, zum Saum des Strumpfes und der nackten Haut. Sie verkrampfte sich.
– Würde er es Ihnen auch verzeihen, wenn Sie mich auf die Ihnen bekannte Art zurückhielten?
Sie versuchte, eine Antwort auf diese Frage zu finden.
Aber Daniel hatte lachend von ihr abgelassen.
– Was haben Sie mir vorzuschlagen, abgesehen von Ihrem Arsch ... Der auf den ersten Blick deliziös ist ... Aber ich nehme das Angebot nur an, wenn Marc selbst es mir macht ...
Sie zuckte zusammen, machte eine Anstrengung, wieder zu sich zu kommen. Fand genug klaren Verstand, um ruhig zu sprechen.
– Heute nacht können Sie nichts unternehmen, nicht wahr? Warum warten Sie nicht, um mit Marc darüber zu sprechen? Ich habe Ihnen ja gesagt, daß er um Mitternacht bei *Lipp* sein wird.
– Und ich, wo werde ich sein?
– Bei mir! Es ist ganz in der Nähe, Rue de l'Abbay, an der Place Furstemberg ...
Das erinnerte ihn an etwas, Furstemberg. Ja, an ein Mädchen. Ein Rendezvous, mehrere Rendezvous, Begegnungen. Plötzlich wurde er bleich. Es war nicht er, nicht sein eigenes Gedächtnis. Es war Michel Laurençon, der zu Juliette ging, Place Furstemberg, während der Besatzung, wenn er von irgendeiner Mission für die Résistance nach Paris zurückkam. Und Roger Marroux? Wo würde er Juliette wiedersehen, die Treulose, die Wankelmütige?
Er erzählte Fabienne die Geschichte von Juliette, so wie er sie rekonstruiert hatte anhand von Bruchstücken, die er seiner Mutter selbst und Marroux entrissen hatte. Vor allem aber mit Hilfe des Textes von Michel Laurençon: *Heimkehr*.

Fabienne war erschauert, während sie ihm lauschte. Aber sie hatte verstanden, daß Daniel bei ihr bleiben würde.
Er atmete tief.
– Einverstanden, sagte er leise. Auf Ihre Gefahr ... Ich werde mit Ihnen auf Marc warten ... Geben Sie mir zehn Minuten, ich werde mein Zimmer bezahlen und meine Sachen holen ...
Sie hielt ihn am Arm zurück, als er aus dem Wagen stieg.
– Quesnoy hat mir gesagt, daß Sie auf Marc ganz besonders sauer sind ... Stimmt das?
Daniel sah sie ernst an.
– Was konnte Marc denn tun? Er war sich der Gefahr meines Verhaltens bewußter als die anderen ... Wohl auch entschlossener als sie, ins Leben zurückzukehren ... Aber was konnte er tun? Mich überzeugen? Absolut unmöglich ... Alles geschehen lassen? Es hätte Tote gegeben, viele Tote ... Mich bei der Polizei denunzieren, um mich daran zu hindern, Schaden anzurichten? Nicht einfach und nicht die feine Art ... Marc befand sich etwa in der gleichen Situation wie ich heute ... Auch ich habe auf Kommissar Marroux' Hilfe verzichtet, vorhin ... Daß er mein Stiefvater ist, ändert natürlich nichts! Auch ich werde töten, um sie am Töten zu hindern ... Da ist kein großer Unterschied.
– Da ist ein Unterschied, Daniel, murmelte Fabienne.
Er wartete auf die Fortsetzung.
– Sie setzen Ihr Leben aufs Spiel ... Bei der Proletarischen Avantgarde setzte niemand sein Leben aufs Spiel.
Er lächelte, berührte ihr Gesicht mit einer brüderlichen Geste.
– Es gibt immer Gewinner und Verlierer im Dschungel der Gesellschaft. Und ich bin immer ein Verlierer gewesen!
Er zwängte sich aus dem Auto, drehte sich um und sprach durch die offene Wagentür.
– Dabei sehe ich nicht unbedingt wie ein *loser* aus, oder?
Er entfernte sich, mit einem großen Gelächter.
Aber es waren zwei Stunden vergangen, sie befanden sich in der Rue de l'Abbaye, und er sprach nicht von Rimbaud, obwohl es so aussah. Rimbaud war nur ein Vorwand.

– Wie im Fall von Rimbaud, immer stellt man die falsche Frage. Warum hat er aufgehört zu schreiben? Ein so brillanter junger Mann, mit einer solchen Zukunft als Schriftsteller! Dabei gibt es unzählige Gründe, mit dem Schreiben aufzuhören, wie um aufzuhören zu leben ... Die richtige Frage ist eine ganz andere ... Warum hat dieser begabte junge Mann, der eine banale und raffinierte, vor lauter symbolistischer Affektiertheit fast schon manierierte Poesie schreibt, plötzlich angefangen, wie Rimbaud zu schreiben? Ebenso ist es mit dem Terrorismus, mit mir. Die Frage ist nicht, warum man aufhört – man braucht nur die Augen aufzumachen, auf die Stimmen der Realität zu hören, einen Augenblick lang nicht mehr wie ein Schlafwandler blind vorwärtszugehen! –, sondern vielmehr, warum man anfängt, warum man vom militanten Extremismus in den Terrorismus abgleitet ... Aus dem Bereich der Politik in den des Mords ...
In diesem Augenblick läutete das Telefon.
Fabienne nahm den Hörer ab, stieß einen Überraschungsschrei aus. Es war Marc Liliental, der aus New York anrief.

Um acht Uhr abends betrat Kommissar Roger Marroux die Wohnung seines Chefs, Rue des Favorites. Er war kein willkommener Gast, das sah man.
– Was gibt es denn so Dringendes, Marroux? Konnte das nicht bis morgen warten?
Er wagte nicht, dem Chef zu sagen, daß er selbst nicht bis morgen warten konnte. Wahrscheinlich auch Daniel Laurençon nicht. Zumindest wenn man wollte, daß er am Leben blieb.
Aber es war besser, diese Geschichte nicht mit Erklärungen über Daniel Laurençon zu beginnen.
– Der Mord an Luis Zapata ist aufgeklärt, Monsieur! Er ist gewissermaßen die Einleitung einer Reihe von terroristischen Aktionen, die in Kürze beginnen werden ...
Der Chef bat ihn in sein Wohnzimmer.
Es war offenkundig, daß man sich hier anschickte, einen Fernsehabend zu verbringen. Der Apparat war in die Mitte des

Raums vor ein Zweiersofa gerückt worden. Auf einem niedrigen Tisch standen Flaschen, kleine Teller mit Mandeln, Pistazien und anderen Nüssen. Auch eine Platte mit Käse und eine andere mit Schinken war zu sehen.

So war es mittwochs oft.

Der Chef verließ sein Büro in der Kripo etwas früher als sonst und führte seine Frau ins Kino. Später, wieder zu Hause, gingen die Festivitäten weiter. Nochmal Kino, aber Porno. Leicht bekleidet servierte die Frau des Chefs, eine üppige Blondine mit festem Fleisch und Rabelais'scher guter Laune, ein kräftiges Gericht, denn ihr Appetit war auf allen Ebenen beachtlich, und schaltete den Videorecorder mit der Hard-Kassette ein. Hart, hart, so hart wie nur möglich.

An diesem Mittwoch hatten sie zuerst in einem Kino im Quartier Latin einen sehr kunstvollen Film über die kleine Thérèse von Lisieux gesehen. Und sie hatten vor, den Abend mit einem dänischen Pornofilm fortzusetzen, von dem sie das Allerbeste gehört hatten.

Roger Marroux wußte natürlich nichts über die Einzelheiten dieses Programms. Er wußte nicht einmal, daß es ein Programm gab. Er stellte lediglich fest, daß er störte, als er um fünf vor acht angerufen hatte, um sein Kommen anzukündigen.

– Zapata? Der Terrorismus?

Der Chef schien willens, sich skeptisch zu zeigen, schwer zu überzeugen. Schließlich mußte er Marroux für sein Eindringen in einen so vortrefflich organisierten Abend zahlen lassen.

– Da müßten schon solide Beweise vorliegen, Marroux, wenn Sie wollen, daß man uns höheren Orts nicht auslacht.

Marroux lächelte.

– Unwiderlegbare Beweise, Chef!

Dieser bat ihn, Platz zu nehmen, bot ihm jedoch nichts zu Trinken an. Dabei wäre ein wenig Alkohol sehr willkommen gewesen, dachte Marroux.

Aber er spannte seinen Chef nicht auf die Folter. Er erzählte ihm die Ereignisse dieses Tages, des 17. Dezember, so wie er sie rekonstruiert hatte. Wobei er hin und wieder die erforderli-

chen Quellen, Erklärungen und kurzen Rückblenden einflocht, um den Faden des Berichts verständlich zu machen. Gewiß, es fehlten ihm noch einige Elemente. Ein paar Details. Beispielsweise wußte Marroux nicht genau, wie es den Terroristen gelungen war, die Wohnung von Zapatas Tochter ausfindig zu machen, deren Tür sie aufzubrechen versucht hatten. Zweifellos um dort nach Dokumenten zu suchen, die Luis möglicherweise bei seinem morgendlichen Besuch seiner Tochter Sonsoles anvertraut hatte. Es fehlten noch andere Teile des Puzzles. Aber das Gesamtbild war bereits erkennbar, dank der Dokumente, die Zapata selbst geliefert hatte.
Der Chef schien beeindruckt.
Marroux übergab ihm sodann die Liste der Persönlichkeiten, denen die Attentate gelten sollten.
– Zu dem Mord an Zapata, präzisierte Marroux, wird man sich natürlich nicht bekennen. Wahrscheinlich wurde er improvisiert, um »Netschajew« zu isolieren ...
Während seines ganzen Berichts hatte Roger Marroux dieses Pseudonym verwendet. Nie hatte er den Namen Daniel Laurençon erwähnt. Aber irgendwann würde er es wohl tun müssen.
– Zwei Gruppen sind für die Attentate vorgesehen. Zwei unterschiedliche Arten von Personen, sagte Marroux. Zum einen Leute aus den Medien, vom Journalismus ... Zum anderen Industrielle ... Aber sie kommen alle aus der Linken, manche sogar aus der extremen Linken ... Darin liegt die Originalität der Operation, wenn ich so sagen darf!
Der Chef sah sich die Namen an und dachte an die Probleme der nächsten Tage. Es sträubten sich ihm dabei die Haare.
– Und dieser »Netschajew«, Marroux, den werden Sie sich doch schnappen, da er lebt?
Roger Marroux nahm sich die Zeit, tief durchzuatmen.
– Jetzt, wo sie Zapata liquidiert haben, sagte er, ist »Netschajew« gezwungen, mit seinen ehemaligen Freunden der Proletarischen Avantgarde Kontakt aufzunehmen ... Ich werde sie alle ab morgen observieren lassen ... Um sie zu schützen und um »Netschajew« aufzuspüren ...

– Übrigens, sagte sein Chef, wie war doch sein richtiger Name ...
Marroux holte noch einmal Luft. Dann sprach er den Namen von Daniel Laurençon aus. Und präzisierte dann, daß es sich um seinen Stiefsohn handelte.
Dem Chef blieb der Mund offen. Jetzt fiel es ihm wieder ein, vor Jahren hatte er von dieser Geschichte gehört. Also, der Sohn seiner Frau war auferstanden? Komische Geschichte, Marroux, ich möchte nicht in Ihrer Haut stecken!
– Ich auch nicht, Chef, ich auch nicht!
Es gab jedoch ein Detail, das Roger Marroux für sich behielt. Er unterließ es, seinem Chef zu sagen, daß Fabienne Dubreuil zu dieser Stunde mit Daniel zusammen war. Daß Véronique sie im selben Wagen hatte wegfahren sehen. Daß er Daniel bestimmt finden würde, dank Fabienne. Dupré stand vor dem Haus der jungen Frau, Rue de L'Abbaye. Und Dupré war ihm treu ergeben.
Er unterließ es, seinem Chef zu sagen, daß er hoffte, noch in dieser Nacht Daniels Spur zu finden.
Der Chef begleitete seinen Besucher zur Tür.
Roger Marroux entschuldigte sich, daß er zur Unzeit gekommen sei. Aber der andere dachte lediglich an die Scherereien, die er wegen dieser Geschichte bekommen würde. Wobei die erste Schererei wäre, daß Bobonne nach dieser Unterbrechung ihres Programms sicher mit ihm schmollen statt feiern würde. Es sei denn, diese Geschichte, die er ihr vertraulich erzählen könnte, würde sie im Gegenteil animieren.
Man würde sehen.

Béatrice Liliental weinte heiße Tränen.
Sie schluchzte lautlos, zusammengekauert auf einem Kanapee des Fernsehsalons in der Wohnung ihrer Mutter, Rue de Lille.
Dabei hatte der Abend so gut angefangen.
Sie war nicht unzufrieden, die Nacht bei Adriana zu verbringen – nein, sie nannte ihre Mutter nicht mit Vornamen: sie nannte sie Mama; ihren Vater nannte sie Marc, oder Typ, oder mein Alter, es gab viele Varianten! Sie hatte es auch nicht

ungern gesehen, daß ihre Mutter und Elie Silberberg zusammen ins Theater gingen, Arm in Arm. Natürlich ließ sich kein Mann mit Marc vergleichen. Aber Elie amüsierte, interessierte sie, er sprach mit ihr wie mit einem erwachsenen Mädchen. Und außerdem sah man überdeutlich, daß er ihre Mutter anbetete, daß es schon rührend war. Und beruhigend.

Wenn man noch die Aufregung berücksichtigte, die die Geschichte dieses plötzlich zurückgekehrten Daniel hervorrief, eine Geschichte, die sie nur in groben Zügen verstanden hatte, genug, um zu ermessen, wie romantisch sie war, fand sie den Abend großartig.

Ihre Hausaufgaben waren gemacht. Sie brauchte nur noch eine gute Videokassette aus der Sammlung ihrer Mutter zu finden. Béatrice hatte also gesucht und sich bemüht, ehrlich zu sein, das Marc gegebene Versprechen zu halten und nicht irgendeinen Dreck anzuschauen. Plötzlich, als sie auf dem Regal mit den Kassetten herumstöberte, fand sie eine, auf der, mit Filzstift, lediglich »Adriana« geschrieben stand. Wahrscheinlich ein Urlaubsfilm, zu der Zeit gedreht, als sie und Marc zusammenlebten. Das Datum auf dem Etikett schien diese Vermutung zu bestätigen: 1977.

Béatrice holte sich eine Cola aus dem Kühlschrank, nutzte die Gelegenheit, Roberto und Maria gute Nacht zu sagen, ließ sich vor dem Fernseher nieder, halb ausgestreckt auf einem bequemen Sessel, nachdem sie die Kassette eingelegt hatte.

Sie drückte die Knöpfe der Fernbedienung, gespannt auf diesen Film von früher, als sie fünf Jahre alt war.

Eine Dreiviertelstunde später schluchzte Béatrice Liliental lautlos, auf dem Kanapee zusammengekauert, hinter einem Wall aus Kissen um sich herum, den sie errichtet hatte, um sich von der Brutalität der Welt abzuschirmen.

Dabei glaubte sie zu wissen, was sich zwischen einem Mann und einer Frau abspielt, wenn sie Liebe machen. Ein zum Teil angeborenes Wissen, im Geheimnis ihrer eigenen Intimität emporgetaucht, zum Teil erworben bei den Gesprächen, dem Geflüster und Gekicher der Mädchen ihres Alters.

Marc war nicht zu sehen auf den Bildern des Films, den er mit einer Videokamera wohl selbst gedreht hatte. Aber man hörte seine Stimme, die Adriana die Stellungen und Gesten ihrer Paarung mit einem Mann befahl. Man sah einen Körper, vielmehr die Geschlechtsteile eines Mannes, denn das Gesicht war vom Auge der Kamera nie erfaßt worden. Man hörte Marcs Stimme, anordnend und kommentierend, heiser vor schändlicher Lust, diesem Unbekannten den wunderbaren Körper einer fügsamen, seligen Adriana auszuliefern.
In dem Augenblick, als Adriana aufschrie, hatte Béatrice Lilienthal das Gerät abgeschaltet, in Tränen ausbrechend.
Jetzt, im Halbdunkel des Salons, lautlos schluchzend, hatte sie den Eindruck, daß ihr Leben zu Ende war. Zumindest eine bestimmte Art des Lebens. Es begann nun etwas anderes, setzte sich in Bewegung. Etwas Dunkles und Glühendes.
Die Zukunft erschien ihr unübersichtlich wie eine Wüste voller Luftspiegelungen, Fallen und unermeßlicher Einsamkeit.

– In Tel Aviv, sagte Daniel Laurençon, in der neuen französischen Buchhandlung von Tel Aviv, im Dizengoff Center ... Die ersten Septembertage, vor drei Monaten ...
Bei Fabienne, Rue de l'Abbaye. Die junge Frau hatte soeben den Hörer aufgelegt, nach dem Anruf von Marc Liliental.
Auch Daniel hatte mit ihm gesprochen. »Grüß dich, Netschajew«, das waren Marcs erste Worte gewesen, dieselben, die Julien Serguet letzte Nacht im *New Morning* gesagt hatte, als sie einen ihnen unbekannten Trompeter so herrlich die alten Themen von Louis Armstrong spielen hörten. Marc und Daniel hatten sich verabredet. Aber Marc wollte nicht, daß Fabienne, wenn Adriana und Elie wie ausgemacht ins *Lipp* kämen, ihnen etwas von Daniels Anwesenheit in der Stadt erzählte. »Ich möchte lieber, daß wir uns allein sehen«, hatte Marc gesagt. Dann hatte er sich nach Julien erkundigt. Hatte man etwas von Julien gehört? Daniel hatte etwas gehört, er lachte schallend. »Er ist in Ascona, im Tessin. Mit zwei Frauen gleichzeitig. Das war nicht vorgesehen, es hat sich so ergeben

... Die geliebte Frau, eine geheimnisvolle Deutsche aus guter Familie ... Bettina, wie die Nervensäge von Arnim, erinnerst du dich, Marc?« Daniel hörte Lilientals Lachen in der Ferne, durch die Funkübertragung gebrochen, fast irreal. Das Lachen von einst, intelligent und zynisch. Marc erinnerte sich anscheinend an Bettina von Arnim, an ihre Briefe und ihre intensiven verschnörkelten Texte. Wenn sie, in der Rue d'Ulm, von den Untaten der romantischen Seele sprechen wollten, bezogen sie sich oft auf Bettina von Arnim, in ihrer verrückten Jugend. »Also gut ... Bettina und die beste Freundin von Bettina, soweit ich es verstanden habe ... Julien scheint über dieses Glück verblüfft und gleichzeitig schockiert zu sein ... Aber so ist er schon immer gewesen, unser Juju ... Er wollte immer die Butter ohne das Geld für die Butter, ohne den Preis dafür zahlen zu müssen! Apropos Butter, Marc ... Würdest du mir bis zu deinem Eintreffen Fabienne ausleihen? Wir würden fester an dich denken, beim Warten auf dich, wenn wir zusammen bumsen würden ...« Aber Marc Lilientals Lachen brach abrupt ab, seine Stimme wurde schroff. »Sie ist volljährig, weißt du? Fabienne wird tun, was sie will ... Ich dagegen verleihe gar nichts, ich gebe sie nicht her ... Ich behalte sie für mich!
– Schon gut, schon gut, sagte Daniel, werde nicht pathetisch ... Ich halte sie dir frisch bei einer brillanten Konversation ... Ich erzähle ihr mein Leben, Stoff genug, um uns zu beschäftigen ...«
Fabienne saß Daniel gegenüber. Sie war errötet, als sie den letzten Teil des Gesprächs hörte.
– Was hat Marc über mich gesagt?
Daniel schenkte sich einen großen Whisky ein.
»Fabienne wird tun, was sie will ... Ich dagegen verleihe nichts, ich gebe sie nicht her ... Ich behalte sie für mich!« Bravo, meine Liebe! Vielleicht sind Sie der Anfang eines neuen Lebens von Marc Liliental!
Er hob sein Glas, trank auf Fabiennes Wohl.
– In Tel Aviv, sagte Daniel jetzt. In der neuen französischen Buchhandlung von Tel Aviv ...

Er hatte die Hand nach dem Buch ausgestreckt, noch bevor er den Titel gesehen hatte, *Ein verliebter Gefangener*. Der weiße Umschlag, die roten und schwarzen Druckbuchstaben, das Kürzel der NRF hatten seine Aufmerksamkeit erregt. In Beirut, in Caracas, in Barcelona, in Frankfurt hatten all die Jahre hindurch die Bücher, die diese Livrée trugen, stets seine Blicke auf sich gezogen. Er nahm sie von den Tischen, von den Regalen der französischen Buchhandlungen überall auf der Welt. Blätterte in ihnen, sog ihren alten Geruch ein, besänftigt. Diese Anziehung, dieser Stich ins Herz war leicht zu verstehen. Alle Romane, die Daniels Leben beeinflußt, seine Jugend geprägt hatten, die es ihm ermöglicht hatten, die – höchst subjektiven, oft willkürlichen, aber zwingenden – Kriterien des Schönen und Guten in der Literatur herauszufinden, hatten diesen Umschlag. *Die Verschwörung* von Nizan, *Das schwarze Blut* von Guilloux, *Der Ekel* von Sartre, *Paludes* von André Gide, *Sartoris* von William Faulkner – sie alle waren unter dem Kürzel der NRF erschienen.
Jedesmal, wenn ihn der Zufall eines Spaziergangs in einer fremden Stadt den berühmten weißen Umschlag vor Augen führte, hatte Daniel Laurençon den Eindruck gehabt, an den Faden einer Geschichte anzuknüpfen: den Faden seines Lebens. Den Eindruck, nicht von allem abgeschnitten zu sein, einschließlich seiner eigenen Vergangenheit, seiner eigenen Wurzeln. Mit einem Wort: daß er hier oder dort dem schwarzen Kürzel der NRF begegnete, gab ihm die Gewißheit, noch am Leben zu sein.
Aber an jenem Tag, dem letzten eines Aufenthalts in Israel, wohin er mit falschem Paß gereist war, war die Entdeckung des Buchs von Jean Genet, *Ein verliebter Gefangener*, in der französischen Buchhandlung von Tel Aviv noch wichtiger gewesen. Hell wie ein Blitz des Gedächtnisses und der Erkenntnis brachte sie einen langen Weg der Bewußtwerdung zum Abschluß. Die Tatsache, daß man in Tel Aviv ein Buch kaufen konnte, das wild und leidenschaftlich für die Palästinenser Partei ergreift – auch dumm: trotz einiger Stellen von deskrip-

tiver oder psychologischer Schönheit dreht sich Genets Buch im Kreis, in einem jammernden Schnurren, außerstande, einen einzigen Gedanken hervorzubringen, der die Realität erhellen würde –, diese Tatsache schien Daniel den Erfolg Israels zu symbolisieren, seinen Geist, seinen Unterschied zu allen anderen Ländern der Region. Dieser Staat, wie alle Staaten entstanden aus einem Akt der Gewalt gegen den natürlichen Lauf der Geschichte, der bekanntlich immer konservativ ist; entstanden aus einem Volkskrieg gegen den britischen Imperialismus und einer langen Konfrontation mit den benachbarten arabischen Staaten; entstanden aus der endgültigen Wiederaneignung einer tausendjährigen Geschichte durch die Juden und der vorläufigen Vertreibung der Palästinenser aus dem Besitz ihrer angestammten und latenten Rechte – dieser Staat war paradoxerweise der einzige Rechtsstaat des Nahen Ostens, die einzige Demokratie der Region. Kurz, der einzige Staat, der zum Recht und zur Demokratie, den einzigen allgemeingültigen Werten der Menschheitsgeschichte ein effektives, lebendiges Verhältnis herstellte, und zwar unter historischen Bedingungen, die der Entfaltung jener Werte äußerst hinderlich sind.
In der französischen Buchhandlung von Tel Aviv, als er auf einem Tisch das Buch von Jean Genet sah, *Ein verliebter Gefangener*, faßte Daniel Laurençon den Entschluß, der in ihm schon seit langem heranreifte: er würde aus der marxistisch-leninistischen Organisation des bewaffneten Kampfs aussteigen.
Alles hatte ein Jahr zuvor in Frankfurt begonnen.
Daniel war auf der Durchreise, es war die Woche der Buchmesse. Er wagte sich zu den Ständen der französischen Verlage. Und dort hatte er einen Essayband gefunden, *Terrorismus und Demokratie*, und hatte ihn mitgenommen, um ihn in seinem Hotelzimmer gleich zu lesen. Ein Vorwort von François Furet brachte darin meisterhaft die Frage auf den Punkt. Aber der Text der Sammlung, der ihn am meisten interessiert hatte, stammte von jemandem, den Daniel gut gekannt hatte, einem ehemaligen Führer des militärischen Arms der Gauche prolétarienne, von der ihre eigene Avantgarde nur eine Abspaltung

gewesen war. Unter dem Pseudonym Antoine Liniers und der Überschrift *Einwände gegen den Griff zu den Waffen*, der den Titel des berühmten kleinen Werks von Auguste Blanqui umstieß, zählte er die Gründe auf, warum es die Gauche Prolétarienne dadurch, daß sie ihre Selbstauflösung beschloß, vermieden hatte, in die kriminelle Torheit des Terrorismus abzugleiten.

– Das, sagte Daniel in der Rue de l'Abbaye zu Fabienne, das war für mich sicherlich eine entscheidende Lektüre ... Ein Schlüsselerlebnis ...

Fabienne wollte wissen, wer Antoine Liniers sei. Daniel sagte es ihr. Sie war überrascht: aus den heutigen literarischen Schriften dieses Mannes ließ sich seine politische Herkunft nicht leicht erraten.

– Denn genau an diesem Punkt verknüpfen sich die Dinge, fuhr Daniel fort. Wie im Fall von Rimbaud ... Am Anfang, nicht am Ende ... Warum gleitet man in den Terrorismus ab ... Warum gelingt es, ihn zu vermeiden ... In dem Text von Liniers – trotz der etwas arroganten Überheblichkeit, die für die Ehemaligen der GP typisch ist, die sie auch bei ganz anderen Gelegenheiten beibehalten haben und die das letzte Zeichen ihrer Zugehörigkeit zur revolutionären Tradition ist, der arrogantesten, die es intellektuell gesehen überhaupt gibt – wird dennoch das Wesentliche gesagt ...

Daniel suchte in seinen Taschen, zog einen zerknitterten, abgewetzten Zeitungsausschnitt heraus. Sorgfältig faltete er das kleine Stück Papier auseinander.

– Im Oktober, sagte er zu Fabienne, während eines Flugs mit der SAS von Stockholm nach Paris, habe ich in *Le Monde* einen Artikel von Fontaine gefunden ... »Die verlorenen Kinder« ... Vielleicht eine Anspielung auf »den verlorenen Menschen« von Netschajew ... Jedenfalls ein verblüffendes Zusammentreffen ...

Er las den Text von André Fontaine vor.

»Das Argument, der Auslöser, der bewirkte, daß sie von der bloßen revolutionären Militanz zum bewaffneten Kampf übergegangen sind, läßt sich in wenigen Worten zusammenfassen: man darf kein Mitleid haben mit denen, die in dieser oder jener Hinsicht die Welt ohne Mitleid unterstützen, in der wir leben und mit der wir uns alle mehr oder weniger abfinden, ob aus Egoismus, Feigheit, Zynismus oder Heuchelei ... Diesen neuen Reinen ist alles unrein außer sie selbst. Was tut es zur Sache, daß das Volk, in dessen Namen sie zu handeln vorgeben, ihnen nicht einmal die Spur eines Mandats gegeben hat; daß es sie nahezu einhellig ablehnt: Lenin wörtlich nehmend, als wäre seine Sicht der Dinge vollkommen exakt gewesen, als habe sich die Welt seither nicht erheblich verändert, halten sie sich für den weltlichen Arm der Klassenjustiz, dazu berechtigt, den ›Feind‹ zu schlagen, wo es ihnen beliebt ...«

Er hob die Augen, sah Fabienne an. Diese pflichtete ihm mit einer Geste bei.

Aber Daniel Laurençon sprang ruckartig auf. Er verschüttete einen Teil der Flüssigkeit, die sich in seinem Glas befand.

–Véronique! rief er.

Fabienne Dubreuil verstand nicht, auf wen oder worauf er anspielte.

– Überlegen Sie doch, Véronique, die Krankenschwester oder Gesellschafterin von Juliette! Sie wirkte so, als sei sie ihrem Chef, Kommissar Marroux, treu ergeben. Sie wird ihn nochmal angerufen haben, nachdem wir weggefahren sind. Um ihm zu sagen, daß wir Ihren Wagen genommen haben, Fabienne. Bestimmt hat er diese Chance, mich zu finden, sofort wahrgenommen, die einzige, die ihm blieb. Möglicherweise wird das Gebäude bewacht. Ganz bestimmt sogar!

– Wir hauen ab, schloß Daniel. Ich will nicht das Risiko eingehen, morgen früh Marroux hinter mir herzuziehen ...

Daniel Laurençon verstaute alle Waffen, die er besaß, in einer einzigen Reisetasche, außer der Magnum 357, die er am Leib behielt. Er verstaute auch die Munition darin. Und das Geld, man kann nie wissen.

– Folgendes werden wir tun, sagte er zu Fabienne.

In der Rue de l'Abbaye lauerte Inspektor Dupré vor Fabiennes Haus. Sein Wagen stand fast genau gegenüber dem Eingang, auf der anderen Straßenseite, am Bürgersteig der Kirche.
Plötzlich, gegen halb zehn, sah er, wie die junge Frau das Haus verließ.
Sie ging mit ruhigem Schritt, spazierengehend, zur Place Saint-Germain-des-Prés. Da er sie nicht aus den Augen verlieren wollte, stieg Dupré aus, um Fabienne in einigem Abstand zu folgen.
Etwas weiter entfernt verschwand sie plötzlich in ihrem Wagen und brauste davon.
Überrascht machte Inspektor Dupré kehrt und rannte zurück.
Er konnte gerade noch einen Mann sehen, der aus dem Hauseingang sprang, in Fabiennes Auto stieg, das einen Augenblick langsamer gefahren war.
Als er seinen eigenen Wagen erreichte und in Gang setzte, waren die anderen bereits verschwunden, links in die Rue Jacob einbiegend.
Inspektor Dupré, zwischen den Zähnen fluchend, fuhr eine Weile durch das Stadtviertel, vergebens.
»Netschajew« hatte die Flatter gemacht.

# Epilog

– DAS FRANZÖSISCHE VOLK ANERKENNT DIE EXISTENZ DES HÖCHSTEN WESENS UND DER UNSTERBLICHKEIT DER SEELE.

Über den Türflügeln aus massivem Holz, auf dem gotischen Torbogen der Kirche von Houdan, war die Inschrift im Licht des frühen Morgens erkennbar.

– Siehst du, daß es kein Witz war? sagte Daniel Laurençon. Findest du das nicht göttlich?

Marc Liliental hatte brutal gelacht.

– In der Tat, ich finde es göttlich! Göttlich vor Arroganz, Dummheit, Absurdität! Sozusagen exemplarisch!

Die aus der Zeit der Französischen Revolution stammende Inschrift war nicht getilgt worden. Endlich können wir beruhigt sein, dank Robespierre und den Seinen. Endlich ist die Existenz Gottes und der unsterblichen Seele vom souveränen Volk anerkannt. Endlich sind beide humanisiert, durch diese Anerkennung des Volks. Endlich ist die Stimme des Volkes zur Stimme Gottes geworden und umgekehrt. Die Rätsel sind gelöst, die Geheimnisse gelüftet, die Metaphysik endlich dem Verdikt des Volkswillens unterworfen. Du existierst, o Gott, und auch du, o unsterbliche Seele, existierst durch die Anerkennung, den Willen des souveränen Volks. Wir haben für Deine Existenz gestimmt, o Höchstes Wesen, wir gestehen Dir durch dieses Votum Deine Überlegenheit zu, souverän beschließen wir Deine Güte, Dein Wohlwollen. Aber schon morgen können wir souverän das Gegenteil beschließen, souverän aufhören, Dich anzuerkennen, Dir Existenz und Unsterblichkeit zu nehmen, denk daran. Du mußt Dich nur gut benehmen, o Gott, denn wir können Deine Existenz auf ein Septennat beschränken. Oder sogar auf einen Fünfjahresplan. Wir zahlen Dir lediglich eine Rente aus, die wir Dir in jedem Moment wieder streichen können! Eventuell mit Hilfe der Guillotine!

– Wann hast du diese Inschrift entdeckt? fragte Marc Liliental. Warum hast du uns nie davon erzählt?

Daniel Laurençon zuckte die Achseln, er erinnerte sich nicht mehr.

– Ein alter Trick, bemerkte er. Wie der Satz von Cocteau: da diese Rätsel über unseren Verstand gehen, tun wir so, als hätten wir sie organisiert!

Marc lächelte.

– Man kann sogar noch weiter gehen ... Das souveräne Volk kann beschließen, daß es selber Gott und unsterblich ist ... Das ist sogar das logische Ende jedes Eindringens ins Territorium der Göttlichkeit.

– Im allgemeinen, sagte Daniel, beschließt das nicht das Volk ... Sondern diejenigen, die in seinem Namen, an seiner Stelle sprechen, in seinem Schweigen ... Diejenigen, die im Namen der Revolution sprechen, wobei das Volk lediglich ihr Vollstrecker ist ...

– Oder ein Vollstreckter, fügte Liliental hinzu.

Daniel Laurençon schaute auf seine Armbanduhr.

– Wir gehen jetzt, sagte er. Ich jedenfalls gehe ... Du kannst dich immer noch verdrücken, Marc ...

Dieser zuckte die Achseln.

Er murmelte ein letztes Mal die Worte der revolutionären Inschrift über dem Portal der Kirche von Houdan.

Welch prachtvolles Epitaph für diese Geschichte, dachte er.

Welch prachtvolle Art, daran zu erinnern, daß es Wahnsinn ist, Gottes Platz einnehmen zu wollen, sich im Besitz absoluter Wahrheiten zu glauben, sich für einen Pionier auf dem Weg des Heils zu halten.

Bleiben wir an unserem Platz, dachte Marc Liliental, und Gott an dem seinen.

– Gehen wir, sagte er.

Instinktiv preßte er den Knauf der Maschinenpistole Marke Skorpio.
Sie gingen zu dem Auto.

Um acht Uhr morgens hatte Kommissar Roger Marroux gespürt, daß eine Hand sein Gesicht berührte.
Er wachte auf, dachte, es sei Juliette, daß sie ihm Daniels Rückkehr verkünden werde.
Aber nein, Juliette war gestern.
Heute war es Véronique.
Marroux hatte sie einen Teil der Nacht in seinem Bett behalten, er floh mit der jungen Frau, ihren Körper wiederentdeckend, vor der drückenden Angst dieser Stunden, die vermutlich Daniel Laurençons letzte sein würden.
Abrupt richtete er sich auf, fragte Véronique, was los sei.
Es war die Kripo, ein Anruf von Inspektor Lacourt.
Er rannte zum Telefon.
Lacourts Stimme war knapp und präzis, wie üblich.
– Kommissar, sagte der Inspektor. In einem Bauernhof in der Nähe von Houdan hat soeben eine offene Schlacht stattgefunden ... Zwei Männer scheinen das Haus gestürmt zu haben ... Es gibt Tote und Verletzte ... In dem Bauernhof scheint sich nach ersten Erkenntnissen eine Gruppe gesuchter Terroristen befunden zu haben ... Einer der Angreifer ist schwer verletzt, Marc Laloy, oder Liliental ...
Inspektor Lacourt schwieg eine Sekunde.
– Ein Toter ... Er hat falsche Papiere auf den Namen Daniel Laurençon ...
Kommissar Roger Marroux schloß die Augen.
Er erinnerte sich an das Gesicht von Michel Laurençon, im Bett des Repatriierungszentrums von Eisenach.
– Gott ist undenkbar, hatte Michel gemurmelt. Oder verrückt ... Ein verrückter Tyrann ...

Marc Liliental lag im Bett eines Krankenhauses mit einem schlimmen Bauchschuß. Aber er würde durchkommen, sagten

die Ärzte. Marc ließ sie reden. Er wußte genau, daß er es nicht überleben würde. Daß er es nicht überleben wollte.
Er sah Kommissar Roger Marroux an, der an seinem Bett saß. Womit sollte er diese Erzählung beginnen? Man weiß nie, womit man eine Geschichte beginnen soll, das ist bekannt. Doch in diesem besonderen Fall hätte er Lust, mit dem Tag des 10. Dezember zu beginnen. Nicht nur, ja nicht einmal grundsätzlich, weil er sein Geburtstag gewesen war. Nein, eher deshalb, weil er mit dem alten Foto aus Fouesnant begonnen hatte, mit dem plötzlich wiederauftauchenden Gesicht von »Netschajew«. Adriana war nur die Mittlerin des Schicksals gewesen, das ist alles. Daniel war wieder aufgetaucht, und Fabienne war in sein Leben getreten. Es begann wie alle anderen Geschichten, mit dem körperlichen Glück. Aber sehr schnell war es etwas anderes geworden. Zukunft, es war Zukunft geworden. Vielleicht eher die Illusion einer Zukunft als die Zukunft einer Illusion.
Aber das war früher, gestern. Keine Zukunft mehr für Marc Lilienthal.
Er bemerkte den Blick des Kommissars, der auf das rote Heft von Daniel Laurençon auf dem Nachttisch starrte.
– Es gehört Daniel, sagte er mit schwacher Stimme, sich langsam die Worte abringend. Silberberg hatte es, er hat es mir letzte Nacht gegeben …
Roger Marroux streckte die Hand aus, nahm das Heft an sich. Der kartonierte Umschlag war durchlöchert, die Seiten verbrannt wie von einer Zigarette. Drei Kugeln hatten Daniels rotes Heft getroffen.
Es gab nur den Tod. Es hat nie etwas anderes gegeben als den Tod. Der Kommissar steckte das rote Heft in die Innentasche seiner Jacke.

# Glossar

S. 9 Paul Nizan: *Die Verschwörung,* übers. v. Lothar Baier, München 1972.

S. 9 Dostojewski: *Die Dämonen,* übers. v. E. K. Rahsin, München 1982.

S. 14 Hypokhâgne: Vorbereitungsklasse für die Ecole Normale Supérieur.

S. 16 MOI: Main d'oeuvre immigrée.

S. 16 FTP: Franctireurs et partisans.

S. 36 René Char: übers. v. Johannes Hübner und Lothar Klünner, Frankfurt 1959.

S. 38 Henri Beyle: Pseudonym von Stendhal.

S. 38 César Vallejo: übers. v. Hans Magnus Enzensberger.

S. 39 ENA: Ecole nationale d'administration (staatliche Beamtenschule).

S. 39 Flins: Renault-Werk, 1968 von Arbeitern besetzt.

S. 46 PC: Parti communiste.

S. 79 Marguerite Duras: *Der Schmerz,* übers. v. Eugen Helmlé, München 1986.

S. 79 FLN: Front de libération nationale (nationale Befreiungsfront Algeriens).

S. 88 OAS: Organisation de l'armée secrète (illegale Organisation zur Bekämpfung der Algerienpolitik de Gaulles).

S. 131 Lucien Herr: 1864–1926, Bibliotheksleiter der Ecole Normale Supérieur, Übersetzer und literarischer Anreger.

S. 157 Paul Valéry: übers. v. Rainer Maria Rilke.

S. 164 CNPF: Conseil national du patronat français (Arbeitgeberverband)

S. 164 siehe Anm. zu S. 177.

S. 167 Serge July: Direktor von *Libération.*

S. 167 Bernard Tapie: sehr populärer, erfolgreicher Unternehmensberater; Präsident des Fußballclubs Olympic Marseille, den er – wie viele andere Unternehmen – vor der Pleite gerettet hat.

S. 172 Manchette: Autor von Kriminalromanen.

S. 176 Jean Bodin: französischer Ökonom und Philosoph des 16. Jahrhunderts, Theoretiker der absoluten Monarchie.

S. 177 Kommuniqué der Action directe: anonyme Übersetzung aus der unregelmäßig erscheinenden Publikation »Zusammen kämpfen« (nach Recherchen des ID, Frankfurt).

S. 190 Jacques Benigne Bossuet: 1627–1704, französischer Theologe und Historiker, Verfasser einer berühmten Universalgeschichte; Briefwechsel mit Leibniz.

S. 213 GARI: Groupes d'action révolutionnaire internationaliste.

S. 220 EDF: Electricité de France.

S. 221 NEP: Nowaja Ekonomitscheskaya Politika (Neue Ökonomische Politik in der UdSSR 1921–1928).

S. 275 Jacques Maritain: 1882–1973, französischer Philosoph und Essayist.

S. 276 Lautréamont: übers. v. Ré Soupault.

S. 281 siehe Anm. zu S. 177.

S. 282 GRAPO: Grupo de resistencia antifascista primero de octubre.

S. 315 Paul Valéry: übers. v. Michael Wildenhain

S. 334 NRF: Nouvelle Revue Française (Gallimard).

# Inhalt

*Rotbuch*
*Literatur von heute*

**Dermot Bolger**
Journey Home. Roman
Aus dem Englischen von
Thomas Gunkel
336 Seiten. TB 1027

**Dermot Bolger**
Die Reise nach Valparaiso.
Roman
Aus dem Englischen von
Thomas Gunkel
443 Seiten. Gebunden

**Dermot Bolger**
Die Versuchung. Roman
Aus dem Englischen von
Thomas Gunkel
270 Seiten. Gebunden

**Ewald Dawid**
Der Kuss der Erinnye. Roman
164 Seiten. Gebunden

**Thea Dorn**
Die Hirnkönigin. Roman
298 Seiten. Gebunden

**Thea Dorn**
Ultima Ratio
Erzählungen und Kolumnen
128 Seiten. Gebunden

**Christian Geissler (k)**
ein kind essen
liebeslied
148 Seiten. Gebunden

**Gunter Gerlach**
Der Haifischmann. Roman
184 Seiten. Broschur

**Renate Klöppel**
Der Pass. Roman
216 Seiten. Gebunden

**Agota Kristof**
Das große Heft. Roman
Aus dem Französischen von
Eva Moldenhauer
168 Seiten. Gebunden

**Liebesgeschichten aus Irland**
Herausgegeben von
Hans-Christian Oeser
und Jürgen Schneider
224 Seiten. TB 1132

**MACHT.**
Organisierte Literatur
286 Seiten. Broschur

**Peter Matthiessen**
Far Tortuga. Roman
Aus dem Englischen von
Joachim Kalka
450 Seiten. Gebunden

**Patrick McCabe**
Der Schlächterbursche. Roman
Aus dem Englischen von
Hans-Christian Oeser
260 Seiten. Gebunden

Rotbuch Verlag | Bei den Mühren 70 | 20457 Hamburg

# *Rotbuch*
## *Literatur von heute*

**Amanda Michalopoulou**
So ist das Leben. Roman
Aus dem Griechischen von
Birgit Hildebrand
376 Seiten. Gebunden

**Yüksel Pazarkaya**
Ich und die Rose. Roman
350 Seiten. Gebunden

**Poetry Slam 2002/2003**
Herausgegeben von
Hartmut Pospiech und Tina Uebel
184 Seiten. TB 1131

**Poetry Slam 2003/2004**
Herausgegeben von
Hartmut Pospiech und Tina Uebel
200 Seiten. TB 1149

**Małgorzata Saramonowicz**
Die Schwester. Roman
Aus dem Polnischen von
Ursula Kiermeier
200 Seiten. Gebunden

**Małgorzata Saramonowicz**
Spiegel. Roman
Aus dem Polnischen von
Ursula Kiermeier
260 Seiten. Gebunden

**Peter Schneider**
Lenz. Erzählung
96 Seiten. TB 71

**Lorenz Schröter**
Bella oder
Wie ich durch Deutschland zog
180 Seiten. TB 1157

**Lorenz Schröter**
Lucy. Roman
200 Seiten. Gebunden

**Ralf Sotscheck**
Dublin Blues
160 Seiten. TB 1142

**Feridun Zaimoglu**
Kanak Sprak. 24 Mißtöne vom
Rande der Gesellschaft
144 Seiten. Broschur

**Feridun Zaimoglu**
Abschaum. Die wahre
Geschichte von Ertan Ongun
185 Seiten. TB 1141

**Feridun Zaimoglu**
Koppstoff. Kanaka Sprak
vom Rande der Gesellschaft
136 Seiten. Broschur

**Feridun Zaimoglu**
Liebesmale, scharlachrot
Roman
300 Seiten. Gebunden

*Das vollständige Programm*
*finden Sie unter*
*www.rotbuch.de*

Rotbuch Verlag | Bei den Mühren 70 | 20457 Hamburg